深情写在大地上

人民日报2020年散文精选

人民日报出版社

·北京·

图书在版编目（CIP）数据

人民日报 2020 年散文精选 / 人民日报文艺部主编.
—北京：人民日报出版社，2021.5
ISBN 978-7-5115-6994-3

Ⅰ.①人… Ⅱ.①人… Ⅲ.①散文集－中国－当代
Ⅳ.①I267

中国版本图书馆 CIP 数据核字（2021）第 063623 号

书　　　名：	人民日报 2020 年散文精选 RENMINRIBAO 2020 NIAN SANWEN JINGXUAN
主　　　编：	人民日报文艺部
出　版　人：	刘华新
责任编辑：	宋　娜　刘思捷
封面设计：	金　刚
出版发行：	人民日报出版社
社　　　址：	北京金台西路 2 号
邮政编码：	100733
发行热线：	（010）65369527　65369846　65369509　65369510
邮购热线：	（010）65369530　65363527
编辑热线：	（010）65369521
网　　　址：	www.peopledailypress.com
经　　　销：	新华书店
印　　　刷：	北京中科印刷有限公司
法律顾问：	北京科宇律师事务所　010-83622312
开　　　本：	880mm×1230mm　1/32
字　　　数：	320 千字
印　　　张：	13.25
版次印次：	2021 年 5 月第 1 版　2022 年 5 月第 5 次印刷
书　　　号：	ISBN 978-7-5115-6994-3
定　　　价：	58.00 元

目 录

同心抗疫

- 江城花儿开 　　　　　　　　　　董宏猷　003
- 接力"妈妈" 　　　　　　　　　　何建明　008
- 生命之舱 　　　　　　　　　　　纪红建　014
- "同济"战"疫"记 　　　　　　　李朝全　022
- 铁人张定宇 　　　　　　　　　　李春雷　030
- 情满鸡鸣山 　　　　　　　　　　李　英　044
- 特殊的旅行 　　　　　　　　　　任启亮　050
- 一千个祝愿，飞向"金银潭" 　　　汪　渔　052
- 第十一筐青菜 　　　　　　　　　吴昌勇　058
- 有你会平安 　　　　　　　　　　徐　鲁　061
- 打开生命的通道 　　　　　　　　徐向林　065
- 爱的温暖和力量 　　　　　　　　曾　散　071

- 火神山日记 　　　　　　　　　　　　张久聪　　　081
- 千里驰援 　　　　　　　　　张培忠　许　锋　087

脱贫攻坚

- 深情写在大地上 　　　　　　　　　　范　稳　099
- 吕梁山里的新生活 　　　　　　　　　葛水平　108
- 杨家沟巨变 　　　　　　　　　　　　蒋　巍　114
- 腾飞的十八洞村 　　　　　　　　　　李　迪　123
- 高高的元古堆 　　　　　　　　　　　秦　岭　133
- 小山村的艺术活力 　　　　　　　　　苏沧桑　140
- 游客来到了木屋村 　　　　　　　　　孙翠翠　148
- 这方水土的甘甜 　　　　　　　　　　唐小米　155
- 村路畅，日子旺 　　　　　　　　　　谭　谈　161
- 大峡谷的"背篓医生" 　　　　吴　冰　姜晓丹　164
- 猕猴桃挂果了 　　　　　　　　　　　王宏甲　172
- 绽放心中的爱 　　　　　　　　　　　熊红久　181
- 两个人的学校 　　　　　　　　　　　肖　勤　190
- 霞浦的美丽事业 　　　　　　　　　　许　晨　196
- 大山里动听的旋律 　　　　　　　　　谢沁立　203
- 石碶白鹇图 　　　　　　　　　　　　余同友　208
- 定西脱贫三章 　　　　　　　　　　　张文祥　215

- 一坛美酒出深山　　　　　　　　朱　磊　222
- 彩云那边人家　　　　　　　　　周舒艺　229

人与城市

- 冰城的时光　　　　　　　　　　阿　成　239
- 难以忘怀的土地　　　　　　　　陈世旭　242
- 心底是兰州　　　　　　　　　　陈　炜　246
- 心在鄱阳　　　　　　　　　　　范晓波　251
- 温馨美丽的城市　　　　　　　　高洪波　254
- 在这滨江滨湖的城市里……　　　葛昌永　258
- 一座古城的新气象　　　　　　　洪忠佩　261
- 深圳情思　　　　　　　　　　　侯　军　264
- 在梧州看水　　　　　　　　　　黄咏梅　269
- 家在黄河边　　　　　　　　　　李　勇　273
- 韵味长沙　　　　　　　　　　　马笑泉　276
- 走进成都　　　　　　　　　　　彭家河　279
- 大地深处的温暖　　　　　　　　任林举　283
- 老城新风记南皮　　　　　　　　王　蒙　286
- 浦东在我心中　　　　　　　　　叶　辛　289
- 小巷深处　　　　　　　　　　　朱谷忠　293

遇见美好

- "北斗"璀璨　　　　　　　　　　　黄传会　　299
- 黄河岸边小泥罐　　　　　　　　　　李登建　　312
- 小巷养花人　　　　　　　　　　　　梁真鹏　　316
- 一位无愧于时代和人民的作家　　　　铁　凝　　319
- 雪域高原上的甜蜜事业　　　　　　　谭仲池　　322
- 氾光湖上那盏灯　　　　　　　　　　王向明　　327
- 青春的姿态　　　　　　　　　　　　王子潇　　333
- 童油匠改门记　　　　　　　　　　　文　猛　　336
- 一条鱼的故事　　　　　　　　　　　杨晓升　　340
- 鹿西岛上，有位陈老师……　　　　　周华诚　　342

生态与旅游

- 行走苍南　　　　　　　　　　鲍尔吉·原野　　349
- 湖光迪荡　　　　　　　　　　　　　贾飞黄　　353
- 霍山红岩松记　　　　　　　　　　　梁　衡　　358
- 嘉峪关前的白杨树　　　　　　　　　马步升　　361
- 北麂人家　　　　　　　　　　　　　沈小玲　　365
- 希望之树　　　　　　　　　　　　　王必胜　　370
- 老人与树　　　　　　　　　　　　　徐　刚　　373

- 白鹤亮翅 　　　　　　　　　　　余　艳　376
- 筲箕湖上护鱼人 　　　　　　　朱能毅　382

乡土与美味

- 霜来秋色浓 　　　　　　　　　陈爱民　389
- 最喜荔枝红 　　　　　　　　　蒋子龙　392
- 吴堡的饼子 　　　　　　　　　李光泽　396
- 春的锣鼓 　　　　　　　　　　乔忠延　398
- 清江三鲜面 　　　　　　　　　王在恩　402
- 剪窗花过年 　　　　　　　　　肖复兴　405
- 人勤春来早 　　　　　　　　　杨志宏　410

同心抗疫

千里驰援

铁人张定宇

生命之舱

火神山日记

有你会平安

爱的温暖和力量

江城花儿开

董宏猷

元旦过后，春节将临。想念武汉，想回家过年了。

近两年，客居京郊，逐渐习惯了在北方过年。习惯了春节吃饺子，逛庙会，和家人一起游故宫。中午，在太和殿或者乾清宫旁的椅子上，晒晒太阳，打个盹。然后，在潮白河的冰面上，自由地滑行。

但是，我仍然忘不了武汉的热干面，忘不了过年的时候，家里热腾腾的排骨藕汤、腊肉炒菜薹、黄焖肉丸子，还有春卷。遇到春雪，东湖梅园的梅花开了，便和家人一起踏雪赏梅。满园的清香中，春便悄悄地来了。

春节前夕，回到武汉。我的家，就在汉口火车站附近，就在华南海鲜市场附近。我家所在的唐家墩街，成为武汉的疫情高危地段。得知我此刻回来的朋友惊呼，你怎么这个时候回来啊？这附近都是最危险的地方啊！

我开始每天关注疫情的发展。这么大的疫情，来得这么突然，让人猝不及防。各地的医护人员源源不断紧急驰援武汉。现在，最危险的地方是医院，承担风险最大的是医护人员，医院成为拯救生命最关键的战场。

那些为防控疫情而奋战的白衣天使，让我们切身体验到"救死扶伤"四个字沉甸甸的分量。就在武汉中心医院，许多医生都病倒了，更多的人又顶上去。耳鼻喉科的袁琨主任告诉我,她们科室有8位医生自告奋勇去了第一线。8人中有的孩子还小,有的亲属也病了,但是都义无反顾,穿上防护服和成人尿不湿,就进隔离区了。袁琨主任还说,现在的医院里,哪里都是前线。

是的。哪里需要拯救生命,哪里就是前线,奔向前线是医护人员的天职。疫情暴发后,武汉协和医院感染性疾病科的主治医师朱彬,正在上海华山医院进修学习。他当即提出申请,返回武汉,要和同事们在一起。他紧急联系前往武汉的航班及火车,但是航班取消,火车停运。怎么办呢?他想到了先飞湖南长沙,再辗转租车回武汉。朱彬到了长沙联系租车公司,租一台车需要3000多元。但是公司听说他是医生,要赶回武汉救治病人,二话不说,当即表示,免费送他回武汉。

像朱彬这样主动返回前线的故事,还有很多很多。疫情暴发,很多人却选择了"逆行",选择了冲向前线。既然是"前线",不管是有形的,还是无形的,前线就是生死线。上了前线,就要面对生死的考验,而许多平凡的医护人员,选择了义无反顾,着实令人感佩。

武汉市肺科医院ICU主任胡明自从上了前线,每天只能睡两到三个小时。谁都知道,ICU,也就是重症监护病房,是拯救生命的最后一道关口。为了抢救患者,常常需要进行气管插管,常常会有患者的体液、血液喷溅出来,医护人员被感染的风险非常大。为了降低被传染的风险,胡明便叫年轻的医生护士都出去,手术室里只留下自己与一位名叫沈斌华的医生。

胡明年龄其实也不大。他的妻子是这个医院的护士长。儿子今年才9岁。疫情暴发以来,夫妻二人都铆在了第一线。除夕夜,他俩只能通过手机与儿子视频通话。

"听话吗?儿子?"

"听话。"

"想爸爸吗?"

"想!心里想!"

听到儿子这么说,硬汉子胡明的眼睛也潮湿了。

是啊,谁无父母?谁无妻儿?谁的生命不是最宝贵的?但是胡明说,ICU是救治患者的最后一道关,如果我们都退了,还能指望谁呢?

年轻的一代同样有热血、有担当。

年轻的女孩子,谁不爱美呢?一头秀美飘逸的长发,是许多年轻女孩的最爱。但是,为了上前线,为了迅速穿戴防护服,同时,也为了尽量降低感染的风险,一个个俏丽的美护士,纷纷拿起剪刀,剪去长发,变成奔赴前线的"花木兰"。

1月27日下午,武汉协和医院西院31位护士相互剪掉长发,走向第一线。一把把黑亮的长发被收藏起来,这是一个个平凡的女孩人生中珍贵的纪念。武汉大学人民医院东院区神经内科护士单霞,是一位九〇后漂亮女孩。她也有一头乌黑秀丽的长发。走向第一线的前夕,她不但剪掉了长发,而且,干脆理了一个光头。一头秀发的她,与光头的她,形成鲜明的对比。家人和同事们见她理了光头,心情都有些沉重。单霞却幽默地说,本来年前就准备换一个发型的,结果还真如愿了。没关系啊,头发没有了,还会再长嘛!现在首要的问题,就是保护好自己的同时,尽力去救更多的人。

最质朴的语言却是最有力量的。单霞的话是这些女孩子真实的心声。此刻,她们是战士。在这次空前的防疫保卫战中,第一线的医护人员承受了巨大的压力与牺牲。当我看到,这些女孩累了,困了,就在医院的休息室地上和衣而睡,摘下口罩后,满脸勒出深深的印痕,我真的只有一个心愿:好好休息,保重自己,千万别累倒了啊!

防疫战斗一旦打响，前线就是一个多兵种相互配合的整体。除了关键的医护人员，后勤保障、设备装备、整个战斗运转的链接，一环也不能少。

例如，120急救中心的担架员们。

武汉急救中心的担架员们，大多是外地来汉的农民工，平均年龄40多岁。疫情暴发以来，他们放弃了回乡与亲人团聚过年，选择留下来，与这座城市同呼吸、共命运。

急救中心抢救的都是危重病人。担架员们是最早接触患者的群体。50岁的于晓东是一位东北汉子，家在大兴安岭，在武汉急救中心做担架员，已经17年了。他坦率地说，工作比平常累，精神上也有压力，毕竟是传染病啊。但是他又说，急救中心的工作就是救人，在这样的关键时刻，我不能当逃兵嘛。

26岁的韩银飞，是担架队中少有的大学生，也是担架队中的临时工。适逢春节，他完全可以回家过年，没有人会去苛求一个临时工。但是韩银飞也选择留下来。战场不相信眼泪，抗疫也没有临时与正式之分。上了前线，就是战士；抬起担架，就是冲锋陷阵。26岁的大学生，穿上白色的防护服，与那些担架队的战友们一起，奔向了前线。他说，疫情这么紧张，担架队正是缺人手的时候，这个时候，我要出点力。

当我写这篇文章的时候，武汉防疫保卫战正处于最胶着、最关键的阶段。火神山医院建起来了，雷神山医院建起来了，一个个方舱医院建起来了。成千上万的医护人员从祖国的四面八方奔向武汉，奔向湖北，此时此刻，正日夜战斗在防疫保卫战的第一线。医院里，那些彻夜不眠的窗口，是多少人牵肠挂肚的眼睛啊。

朋友发来了照片，说家里的水仙悄悄开花了。是啊，这个时候，东湖的红梅也应该香了。然后，三月，武汉大学的樱花也会如雪绽放。四月,江南的油菜花会金灿灿的,像一片片云霞。在这场争分夺秒、舍生忘死的战斗中,我们一定会战胜凶猛的病魔,迎来清洁的蓝天。那个时候,江城的每一片花瓣,都是武汉人铭记抗疫英雄的心香。

接力"妈妈"

何建明

"妈妈——"
"哎！"
"妈妈——"
"哎——"

2月20日，一缕温暖的阳光洒在小彤彤身上，她那张红润的小脸上，绽放着稚气未脱的笑颜。只见她一会儿张开双臂搂着护士长夏爱梅，一会儿又搂住医生曾玫，还对着一群穿着白大褂的年轻护士阿姨，奶声奶气地叫着一声声"妈妈"……这情景让前来欢送小彤彤出院的上海复旦大学附属儿科医院的医生护士们，好不暖心，许多人流下热泪。

"1月19日晚，我们接下的第一例儿童新冠肺炎患者，竟是个小女婴，还不满一周岁，这一下让我们原来就绷得很紧的心更添几分忧虑：孩子这么小，不能出半点闪失！尤其是看到需要隔离的孩子母亲流着泪水向孩子告别的那一刻，我们的心都碎了……"护士长夏爱梅接到医院通知，从家里赶回医院，第一时间接待了这位小患儿。

"妈妈——妈妈——"小彤彤在一声声的哭声中被抱进隔离病房。

"喔，乖乖不哭，不哭了……"夏爱梅不知哄了多久，小彤彤才迷迷糊糊睡下。

"今晚是你值班呀？"夏爱梅放下小彤彤，想检查一下接班护士是谁，一看正在穿防护服的张洁，不由担忧起来："你行吗？要不我留下吧！"24岁的张洁，根本没有照顾婴儿的经验。而如此幼小的新冠肺炎患者，既要24小时贴身护理，还要进行各种治疗。护士长的担心不是没有道理。

"请护士长放心，我一定做好！"张洁坚定地说道。

夏爱梅沉默片刻。"一定要多加小心。"她再三叮嘱张洁。

"明白。"张洁点点头。

夜深了，隔离病房内异常安静。但生病的小彤彤似乎很不安宁，不一会儿就"哇哇"大哭起来。当张洁靠近时，小彤彤便哭得更厉害。

张洁赶紧俯身哄着："喔，小乖乖不哭……"

小家伙仿佛听懂了似的，一双忽闪忽闪的眼睛，直盯着穿着白色防护服的张洁，显得十分好奇。"小乖乖睡觉了啊……"张洁以为小家伙不哭了，哪料又"哇哇"大哭起来。

张洁束手无策，只得再靠近过去。没想到，小家伙竟然对张洁伸出一双小手，示意"抱抱"。看着孩子那可怜又可爱的样子，一股抵挡不住的爱流涌至这位年轻女护士的心头……张洁走上前去抱起小彤彤。

呵，小家伙不哭了！小脸蛋上竟然还露出笑容！张洁激动不已。

"好——我抱我抱！"这一夜值班，张洁抱了小彤彤不下四五回，每回都要抱几十分钟。

接张洁班的，是比她还要小两岁的王锦。几个月前才毕业分配到感染科当护士的王锦，悄悄向张洁讨教"伺候"小患者的秘诀。张洁告诉她：当好她的"妈妈"就行。

啊，我当她的"妈妈"？王锦惊讶得差点叫出声来。张洁笑了，又在她的耳边说了几句。

嗯！王锦认真地点点头。

又一位护士像慈爱的母亲一样,勇敢地走进隔离病房……

"妈——妈!"小彤彤看到身穿白色防护服的王锦,以为"妈妈"回来了,兴奋地张开小手,迎接"妈妈"的怀抱。

"好乖——"又一位"小妈妈"温柔地将小家伙抱起……

之后,每天,每夜,都有一位同样温柔的"妈妈",来到小彤彤病房,抱起她,逗她玩,给她喂奶、换尿布、抽血样……

然而,毕竟孩子还小,小彤彤的母亲和家人还是有些担心。

"放心吧,彤彤妈妈,你把她交给了我,我就是她的妈妈,我会像对待自己的孩子一样照顾好小彤彤的。"医生王相诗恰好有一个与小彤彤同样大的二胎宝宝,她便加了小彤彤妈妈的微信,每天通过视频把治疗的每一个环节和方案以及效果给对方看。

在一位位"妈妈"的接力呵护下,小彤彤的病情很快趋于稳定,一天天好起来……那一声"妈妈"也变得越来越甜蜜,融化着每一个医护人员的心。

复旦大学附属儿科医院,是上海市唯一收治新冠肺炎确诊患儿的医院。尤其是收治确诊患儿和疑似患儿的感染科,更成为疫时最紧张的地方。这里的战"疫"与其他地方又有所不同,孩子们太小,最大的11岁,最小的还是婴儿。要确保这些幼小的生命平安无事,要让他们健康地生活和成长,相当不容易。

在收治小彤彤后不久,一岁的小丁丁也被确诊。小丁丁与小彤彤的病床挨着,但两个娃娃对医护人员却是截然相反的态度。小丁丁一见穿防护服的人走进病房,就以为有什么"怪物"来了,哭个不停,更不用说为其治疗。

这下把主治医生曾玫急坏了!

"看我的!"医生王相诗向曾玫"请战"。

"噗！"曾玫看着王相诗的背影，心头暗笑："一会儿我进去查房，倒要看看你的本事哩！"

十来分钟后，曾玫带着几位专家查房，来到小彤彤和小丁丁的病房。

刚走进病房，曾玫就被里面的场面逗乐了——穿着防护服的王相诗，正站在两个孩子的病床中间，扭动着臃肿的身子，跳着自编自导的"儿童舞"，那滑稽的情形逗得两个小家伙"咯咯"笑个不停，把害怕完全丢在九霄云外。

"好嘞——！"曾玫和其他几位医生趁机为两个孩子打针、喂药……

"妈妈"们的招数太特别。原本回荡着哭闹声的病房，变成丰富多彩的"儿童乐园"。患儿的家长通过视频看到这一切，无不赞叹和夸奖医护人员。

"我们的目标是全力保护和治愈每一位入院的孩子。因此我们既要有过硬的医疗能力，更要当好每个孩子的妈妈，因为妈妈是孩子幼小生命中最重要的支撑和依靠。"曾玫和夏爱梅对她们的团队如此说。

8位医生、20位护士，每一天都在与病魔搏斗。这需要勇气，需要智慧，需要耐心……甚至还需要苦口婆心，百般劝哄。

"其实，在孩子那里，一个'哄'字，既是育儿艺术，更是一种温暖和无私的爱。"夏爱梅说。

11岁的女孩娜娜，被确诊后就是不配合治疗，她的父亲提出种种理由要带孩子回家。当所有的"理由"都被驳回后，娜娜的父亲说出一句话："她从来没有离开过妈妈，你们能做得到吗？"

"做得到！"夏爱梅坚定而又庄严地向娜娜的父亲承诺。

"好吧，那我要看孩子病房内的视频！"娜娜的父亲扔下这样一句话，离开医院。

有点懂事又不是很懂事的娜娜，开始折腾起夏爱梅，不是说打针疼,就是嫌病房太闷,一会儿又说饭菜不好吃……

那是一段对夏爱梅来说十分艰难的日子。或许是因为年龄大些,娜娜比其他患儿更容易焦躁,她把这些焦躁又不停地转嫁到医生护士身上。所有这些,夏爱梅默默地看在眼里,同时又百般地体贴娜娜,尽可能地满足她的需求。夏爱梅知道,"额外"的要求,正是娜娜这样大的患儿内心痛苦所致,而这些,是无法用药物医治的。

"来,娜娜,我们一起唱首歌吧!"

"娜娜真聪明!给阿姨讲一个你在学校里表现特别棒的故事好吗?"

夏爱梅就是如此不厌其烦地耐心启发。与此同时,曾玫医生和专家团队不断根据娜娜的病情及身体情况,针对性地调整治疗方案……一番努力之后,娜娜的病情逐渐缓解。

出院那天,娜娜突然变得异常温顺可爱。她搂住夏爱梅,脸贴着脸,悄悄在她的耳边说:"阿姨比我妈还疼我呢!"

那一刻,夏爱梅的眼眶有些湿润。

正是这份慈母般的体贴与温馨的爱,让这里收治的新冠肺炎患儿无一转为重症,并于3月13日前全部康复出院。

"感染科注意了!马上有两例境外输入患儿需要我院收治。曾医生、夏老师,你们需要立即调整队伍,全力投入新的战斗!"

"是!请院长放心,我们全科严阵以待!"刚刚火线入党的曾玫和夏爱梅,再度披起"战袍"。

"妈妈,你到哪儿去呀?娇娇今晚想搂着妈妈睡,好吗?"接到新任务的王会莲刚想出家门,却被5岁的女儿抱住双腿,小宝贝的恳求让她鼻子一酸。

"娇娇听话。娇娇先去睡,妈妈回来就搂着你睡。"王会莲弯着身子,在女儿的小脸上亲了一下,然后走出家门……

"妈妈——"王会莲走进病房,见一个随父母从国外来到上海的小男孩,梦中喊着"妈妈",那喊声让她仿佛看到自己的孩子在梦中呼唤她,于是她轻轻地走到孩子身边,给他盖上被子……

"妈妈在,妈妈就在你身边……"王会莲蹲着身子,一遍又一遍在孩子的耳边深情地回应着……

"谢谢妈妈!"

"妈妈再见!"

又是一个阳光明媚的春日。又有两位入境患儿出院了,医院门口那一声声与"妈妈"惜别的话音,让这个春天里的上海,变得更加温暖与甜美……

生命之舱

纪红建

3月10日,武汉传来令人振奋的消息:方舱医院患者清零,全部休舱。

方舱医院自开舱以来,在这次"武汉保卫战"中发挥了重要作用。数据统计,武汉方舱医院共提供13000多张床位,收治12000多位患者。

2月28日,国务院新闻办召开的新闻发布会介绍,方舱是名副其实的"生命之舱",建设方舱医院是一项非常关键、意义重大的举措。

——"武汉方舱医院收治的是轻症患者,短期内扩充了医疗资源,实现了轻症患者从'居家隔离'到'收治隔离'的转变,切断了社会传染源头,并通过及时救治避免轻症恶化,在防与治两个方面都发挥了不可替代的作用。"

——"方舱医院与定点医院、定点隔离点一起,组成了四类人员'应收尽收、应治尽治、应早尽早'的疫情防控网络,是扭转武汉疫情防控的关键之举。"

一

2月1日,农历正月初八。又一支国家医疗队从北京首都机场出发,飞往武汉。

在这支队伍中,有一位戴着眼镜,气质儒雅的专家,他叫王辰,中国工程院副院长、中国医学科学院院长、呼吸与危重症医学专家。2003年,他是北京市最早接触非典患者的专家之一,在那场抗击非典的战役中,积累了宝贵经验。

这一次,王辰将面对更大挑战。

一到武汉,王辰一行就马不停蹄地到相关医院调研。

眼前的紧迫形势令人焦虑:医院拥挤着大量患者,很多不能及时被医院收治。而这些患者无论是在社区走动,还是在家里隔离,都会造成进一步感染;最紧迫的任务是解决病毒的社会传播和扩散问题,而且家庭式聚集发病形势很严峻……

这天晚上,他辗转反侧,不能成眠。

第二天,他参加武汉市的会议,提出当务之急是要把已经确认的病例全部收治到医院中,进行集中隔离治疗。

"可是医院人满为患了啊!"有人说。

"建方舱医院!"王辰建议。

在这个会上,他认为,只有完成了对病毒的包围,才算做到了切断传染源,才有可能迎来疫情的拐点。

武汉市卫健委数据显示,截至2月3日23时,武汉全市28家新冠肺炎定点医院已近满负荷运行,已用床位8000余张。两天后的新冠肺炎疫情防控发布会上,武汉市相关方面表示,已经确诊的和很多疑似患者无法住进指定医院进行救治,形成了救治的"堰塞湖"。

形势刻不容缓,中央指导组果断决定:建设方舱医院!2月3日晚,火速启动首批三家方舱医院的改建工作。

在不到两天的时间内,武汉国际会展中心被快速改造成方舱医院,其他的方舱医院也陆续建成,确诊的轻症患者迅速得到隔离和收治,避免了疫情的进一步扩散……

二

"鲁刚吧，请马上到指挥部来一趟！"

2月3日晚8时，武汉市东西湖区应急管理局干部鲁刚接到区防疫指挥部的紧急电话。

他急忙赶到区防疫指挥部，接下"军令状"：火速调配400张床铺，第二天天亮前送到武汉客厅，办法自己想。

在这个特殊时刻，如何在短时间内找到400张床呢？

他想到了商场，商场没开门；他想到了厂家，工厂没开工。

他想到开宾馆、酒店的朋友。原以为，这样会让朋友为难，但令他欣喜的是，所有接到他求助电话的朋友，不但没有犹豫，反而非常热情。他们为自己能在武汉最危难的时候出一份力而欣慰。

凌晨4点，400张床铺全部抵达武汉客厅。

第二天，鲁刚被紧急派往武汉客厅。到了那里他才知道，要在武汉客厅建东西湖方舱医院，这也是武汉首批三家方舱医院之一。当时的指挥部还只是个轮廓，区里主要领导担任指挥长和副指挥长，他临时担任后勤总协调。指挥部向他宣布了三条纪律：第一，必须全力以赴保障方舱医院的顺利建成与正常运转；第二，从此时起与原单位脱钩；第三，必须24小时驻守，不能离开半步。

当时他觉得奇怪，就这几个人能建起方舱医院吗？但随后，数百名战友陆续抵达，打消了他的顾虑。一批批战友匆匆赶来，没有握手，没有寒暄，却个个士气高涨。

有的人装建筑隔板，有的人装抽风系统，有的人搭厕所棚子，有的人安装洗漱间……大家来自不同单位，互不认识，只顾赶着自己手中的活儿。再忙再累，都必须自己干，因为谁的手上都有活儿，谁都抽不开手。

冯光乐也是2月3日晚接到紧急通知的。

冯光乐老家黄冈红安，是武汉地产集团总经理助理，之前是雷神山医院建设指挥部副指挥长。

"其实当时雷神山医院的建设还没有建完，下午5点多，接到电话，我就火速赶往武汉国际会展中心，来的路上还不知道具体干什么。到这儿一看，才知道要紧急建方舱医院。依托武汉国际会展中心建，叫江汉方舱医院，我被明确为建设项目负责人。"冯光乐说。

一万多平方米的大厅空空荡荡，冯光乐立马给集团下面的设计院院长打电话，叫他们派设计人员火速赶来。

晚上9点，第一稿平面设计方案出炉。但这一稿是按800个床位布局设计的。晚上11点多，决定会展中心不光一楼布局，二楼也需要布局，按1800个床位的方案设计。

"2月4日清晨，50个床位的样板就建出来了。这是第一批工人干出来的，他们是凌晨3点到的，全是木工。"冯光乐说，"紧接着又来了三批，早上7点左右来了八九十人，上午9点半左右来了100多人，上午10点左右武汉地铁集团的200多名工人也到了。"

会展中心一片"叮叮当当"的繁忙景象。

2月5日凌晨2点，所有隔断、医护专用区、通道，全部建好；电路不仅装好，并且全部调试好；床铺全部摆放好。至此，江汉方舱医院顺利竣工。随后医院接管，医务人员进场，熟悉方舱医院总体布局、功能分区，转运物资药品、医疗救助设备等。晚上10点，开始接收轻症患者。

三

病房有了，医生在哪儿呢？

正从大江南北赶来！

"老婆，赶紧回家收拾行李！"

2月3日晚7点45分，孙洁接到丈夫黄钟的电话。

"怎么啦？"孙洁先是心里一惊，但她很快就反应并淡定下来，"是不是要去武汉？"

"没错！"黄钟说，"医院刚刚接到国家卫健委紧急通知，医院的国家紧急医学救援队马上去武汉，我给你一起报了名，不管选不选得上，先赶快回家做准备。"

孙洁父亲是上海知青，母亲是新疆生产建设兵团的后代，父母都是医生；黄钟老家在江苏苏州，他也是抱着一腔热血扎根新疆的。他们除了都是八〇后，同为新疆石河子大学医学院第一附属医院医生外，还都是医院国家紧急医学救援队成员。孙洁是从肿瘤内科转到感控科的，黄钟则是急诊内科医生，也是医院国家紧急医学救援队的组建者之一。

孙洁拎着包赶紧往家赶。刚到家，丈夫就来电话了，告诉她两人都被选上了。听到这个消息，她很激动。马上就要出发，赶紧收拾行李。

"知道去武汉，但具体去哪里，干什么，我们一无所知。"孙洁说，"除了带行李，我们每个人都带了帐篷。当时有领导说，湖北人民现在很忙，咱们去了不能给他们添任何麻烦，必须自己管好自己。咱们都带上帐篷，如果不行，咱们就露营，大家要做好吃苦的准备。"

2月4日晚，他们从乌鲁木齐启程，飞往武汉。到了武汉才知道，东西湖方舱医院是他们的战场。

与此同时，救援队的医疗指挥车、影像检查车、野外露营车等十余辆专业医疗车队,昼夜不停地疾驰武汉。

新疆生产建设兵团的这支队伍,除了石河子大学医学院第一附属医院的医务人员,还有兵团医院、第一师、第五师、第六师等4家医院的医务人员,共有100余人。每名队员配备了适合野外生存的单兵作战装备,人员包括护理、重症医学等多个专业。

彭金玲是孙洁的同事,一名儿科主管护师。她老家在湖北随州,在石河子上完大学,她便留在了那里工作,并结婚生子。

她是两个孩子的妈妈,大儿子放在老家,由姥姥帮着带。

他们科室有很多小姑娘,报名时比她快,等她反应过来,名额已报满。但老家有难,她若不来,会内疚一辈子。于是她求着其他同事,动之以情,终于拿到一个名额。

她没敢跟妈妈说,怕她担心,也怕自己的儿子想妈妈。但最终,这事还是被妈妈知道了。妈妈很着急,你就不替孩子想想吗?彭金玲说,人家都来了,我一个湖北人更应该回来呀。我也希望疫情早点结束,摘掉口罩,回去看看您和孩子。妈妈听后,含泪点头。

四

"我们是兄弟姐妹!新冠病毒是我们共同的敌人!我们有信心战胜它们!"

程青虹说完,舱内爆发热烈的掌声,许多患者热泪直流。

程青虹今年53岁,身材高大,性格直爽。他是东西湖方舱医院医务部副主任兼A舱医疗总负责人。

这一幕发生在2月18日下午。

那天下午,A舱的患者自发组织了一个朗诵比赛。他们特别想请程青虹参加,但又有所顾忌,毕竟自己是患者,担心传染他。

护士长陈小艳知道这个情况后,立即向程青虹报告。

"有什么可顾忌的?必须参加。"程青虹说。他不仅参加了,发言了,还与患者一起手拉着手进行了朗诵。

程青虹知道,方舱医院住的都是轻症患者,治疗并不复杂,一般只需要按国家推荐的治疗方法下医嘱。因此,鼓励他们树立治愈的信心十分重要。

患者刚进舱时,程青虹发现不少人非常紧张焦虑。其实把他们收进来,就是给他们以支持。这支持的背后是什么呢?是信心。刚开始,有些医护人员不敢靠近患者,自己穿着防护服,还离他们一米以上。程青虹想,要在保证安全的基础上尽量靠近患者,并带头去做,遇到患者,不是离得远远的,而是走近,伸出手来,拉一下患者的手。这一拉,不仅拉近了距离,也拉走了隔阂,让患者对他们更加信任。

不只是抗击新冠肺炎的医护人员在忙碌,方舱医院的心理医生也在紧张战斗着。

在江汉开发区方舱医院,上海援助湖北心理医疗队第九组组长、华东师范大学附属精神卫生中心副主任医师杨道良,自2月21日进驻方舱医院后,就对舱内患者的心理状况进行摸排,发现一些患者存在焦虑、紧张等问题。为此,他们在方舱医院内设立心理咨询室,同时开通电话、微信咨询渠道,倾听患者说出心中对病情的困惑,给予患者战胜疾病的信心。他们通过舱内广播有针对性地播放病情科普节目,以及一些轻松的心理疗愈音乐,取得了不错的治疗效果。

其实,除了这些可敬可爱的医护人员,还有绞尽脑汁让饭菜丰富多样的餐饮人员,冒着风险清扫医疗垃圾的保洁人员,来自全国各地的志愿者……他们都在方舱医院里忘我地忙碌着,为这个"生命方舟"注入温暖和力量,用他们的无私奉献诠释着"同舟共济、互助友爱"的方舱精神。

"刚刚得知自己感染新冠肺炎后,我非常担心。但是来到方舱医院后,我重新看到了希望,找回了自信。国家花这么大的代价,建设方舱医院收治我们,各省份的医疗救援队和志愿者无私地前来支援武汉,来帮助我们,这让我深深地感受到了温暖,也重新树立了生活的信心……"

这是武昌方舱医院C区患者、八五后的月月入住方舱医院之后的感受。

如今,武汉方舱医院已经全部休舱,但是与方舱医院有关的人与事,却将永远留在这座城市的记忆里……

"同济"战"疫"记

李朝全

2月6日深夜,一声新生儿的啼哭打破沉寂的夜晚。在华中科技大学同济医学院附属同济医院中法新城院区,一位感染新冠肺炎的产妇顺利产下一名男婴,在场的每一个人都流下激动的泪水。主刀医生是妇产科乌剑利大夫,虽然汗水湿透了他的三层防护服,雾气迷住了他的护目镜,但他还是成功地完成了手术。

"这一场特殊的手术经历刻骨铭心,生命的希望不可阻挡!"乌剑利说。

那时的武汉,静得出奇。同济医院产房里发出的婴儿啼哭声,是武汉城里最美好的声音。

循着这一声啼哭,2月底,我从北京南下,来到战"疫"中的同济医院。

一

2019年和2020年之交的这个冬天,位于武汉市解放大道的华中科技大学同济医学院附属同济医院主院区,情况似乎有些异乎寻常。

元旦刚过,院长王伟到发热门诊巡视查房。他感觉情况有些不对劲,位于第二门诊楼的发热门诊前,患者明显比平常多。敏锐的王伟当即指示,对发热门诊进行改扩建,并把感染科一层楼病区腾出来,作为发热病人的留观病房。

但是，改扩建后的发热门诊和留观病房，还是不够用。

那时，大家对当时称之为不明原因肺炎的传染性认识还不足，但是知道，发热病人往往具有一定传染性，因此许多医护人员都感到防护的压力，担心发生交叉感染。

1月15日，同济医院紧急召开办公会，决定把老内科楼全部腾空，再度扩展发热门诊面积。老内科楼一层是急诊外科，二层是传染科门诊，其上三层的传染病房，可以快速改建成满足传染病治疗所必需的"三区两通道"（污染区、半污染区、清洁区和医护人员通道、患者通道）。经过连续数日的紧张工作，改造顺利完成，同济医院主院区发热门诊和病房面积从最初的110平方米增加到5000余平方米。

"我们就是一步一步往前走。刚开始每天有50到100人的发热门诊量，等我们改造完病区，主院区日发热门诊量就飙升到1000人以上。"王伟说。

现在想来，如果当时没有及时大幅度扩建发热门诊，那么每天1000多名发热患者涌入医院，后果将难以想象。

很快，重症新冠肺炎患者越来越多，而发热门诊楼上只有60张住院床位。大家隐隐意识到，恐怕同济医院将要承担更多的救治工作。

在主院区之外，同济医院还有两个新院区——光谷院区和中法新城院区，都是刚建三四年，设备器材都很新。但是，如果要作为传染病区收治病人，仍然需要重新改装。

通过进一步规划分析，最终院委会一致决定，将中法新城院区1100张病床拿出一半来，先进行改造。

他们很快就将住在院区里的患者做了分类，能出院的病人安排出院，不能出院的撤离到主院区，将整座中法新城院区腾空。1月27日，中法新城院区550张床位启用，作为武汉市政府指定新冠肺炎重症救治定点医院，开始接收重症患者。

然而，550张床位几天内即住满了。病床依然捉襟见肘。

余下的550张床位，又立刻启动改建工作。2月5日，中法新城院区的1100张床位，全部变成新冠肺炎重症患者床位。

4天后，光谷院区也改建启用830张床位，用来收治新冠肺炎危重病人。由于人手缺乏，先期到达的护士们都兼任搬运工，每位护士长带领护理团队负责清空一层楼。"为了能及时收治患者，我们必须与时间赛跑。"光谷院区E3病区护士长李虹霖说。

在疫情高峰期，同济医院三个院区一共开放了2025张重症病床，坚决地落实了中央提出的"集中患者、集中专家、集中资源、集中救治"的要求。

全国医疗队伍驰援武汉后，有35个医疗队、4000余名精兵强将来到同济医院中法新城院区与光谷院区，来自北京、上海、吉林、山东、山西、江苏、陕西、河南、浙江、广东、湖南、福建等地重点医院的一流专家和医护人员汇聚于此，大家协同研究制定救治流程、管理方案、技术方案、防护系统措施等，为抗击新冠肺炎提供了全局性的技术指导，为打赢抗疫攻坚战创造了很好的条件。

二

"医者担当，护佑健康！"这是疫情袭来时，同济人发出的铮铮誓言！

从1月中旬起，同济医院将三个院区所有呼吸内科、重症医学科、感染科的医护人员都集中起来，但仍然满足不了发热患者的就诊需要。于是，医院决定将全院各科室的医护人员进行基本培训后，都调上前线，一同参加战斗。

大家的压力都很大，但是当大战来临之际，没有一个人后退或者逃离。一些身在外地的、新婚不久的、家里孩子幼小的、正准备与家人度假的医护人员，也都纷纷加入这场空前的战"疫"。

医院成立发热门诊临时党支部、中法新城院区重症救治定点医院临时党支部、光谷院区重症救治定点医院临时党支部、光谷科技会馆方舱医院临时党支部。1月30日，党员们一起站在党旗前宣誓，重温入党誓词。2月9日，院党委发出《致同济医院全体职工的公开信》，信中写道："在此疫情防控关键时期，全体同济人要坚决树立大局意识，坚决听从国家召唤，坚决服从组织安排；全体党员干部要以身作则、履职尽责、落实落细；全体职工群众要弘扬格物穷理的科学态度，守护生命、守卫健康……"

与此同时，医院加强了院内感染控制科学管理和防护，注意让值班医护人员轮班倒休。

对于那些已经确诊感染新冠肺炎的医护人员，同济医院不惜一切代价，组织最好的专家组全力救治，使绝大多数医护人员转危为安，病愈康复，从而极大稳定了军心。

1月初的一个晚上，急诊科医生陆俊值夜班，一个人接诊了30多名发热待查患者。那时候大家对新冠肺炎认识不足，因此在值夜班时陆俊除了戴上N95口罩外，并没有穿防护服和戴护目镜。

1月5日他发起了高烧，通过CT检测发现双肺感染，接着持续9天高烧不退。新冠肺炎核酸检测试剂启用后，陆俊成为医护人员中第一例确诊的新冠肺炎重症病例。1月17日他被转到金银潭医院，一度出现呼吸困难。

在专家组主任赵建平、重症医学科主任李树生等人的精心救治下，陆俊终于脱离危险。1月23日,陆俊获知网上关于自己的谣传消息后,委托支援金银潭医院的协和医院眼科医生刘伟,拍下自己活动的视频并发到网上,用以辟谣。作为一名危重症患者,陆俊在医务人员的救治下成功脱离危险,他希望用自己的亲身经历告诉大家:不要畏惧,要保持信心。1月29日,陆俊回到普通病房。

陈广是同济医院感染科大夫。1月13日同济医院主院区的发热病房正式投入使用,陈广主动请缨。第一天,他一口气收治了7名高度疑似新冠肺炎患者。其中,有一位60多岁的女性突发急性心功能衰竭,医生们毫不犹豫地冲上去给她做心肺复苏,根本来不及戴防护面罩,他们的脸距离患者的口鼻只有30厘米左右,回想起来真是让人后怕。

给患者采集咽拭子标本时,患者一张嘴就会产生大量夹带病毒的气溶胶,这是一线护士必须面对的风险。为了减少护士被感染的风险,陈广所在小组所有医务人员都参与采集咽拭子。最多的一次,陈广和心内科的白杨大夫一起采集了32个标本。作为医疗小组组长,陈广说:"大家都是一条战线上的战友,危险的工作,我们一起来分担。"

2月5日,中法新城院区床位全部用于收治新冠肺炎重症患者。本该轮岗休息的陈广又主动请战。

与此同时,他的妻子、同济医院妇产科医生袁明也报名奔赴一线。"一定要做好防护,发热门诊比病房更辛苦,风险也更高。"陈广放心不下妻子,再三叮嘱她。

综合科的一名护士在发热门诊上班,她的父母和丈夫都不幸感染了新冠病毒。她的丈夫病情尤其严重,但是当时没有床位,只能在发热门诊里留观。这位护士把丈夫的CT照片通过微信发给陈广,请他帮忙看看肺部的感染情况。

看了微信,陈广马上给这位同事打电话:"我跟院里说说,想想办法给解决一个床位。"

没想到,这名同事却说:"不用了,谢谢!您帮着给定个治疗方案,比我们更重的患者还有很多,优先收治他们吧!"

听了同事的话,陈广的眼泪差点流出来。这就是自己的战友呀!

张霓是感染科三病区的一名普通护士。1月18日晚,她从发热病房下班,赶往大伯家探望送饭。张霓1岁时父亲因车祸去世,是奶奶和大伯把她拉扯大的,大伯把她视作亲生女儿。

然而,等她赶到大伯家时,才发现大伯已经去世。

她每天都守护在患者身边,可是却救不了至亲的生命。

料理完大伯的后事,张霓向护士长请求重返一线。护士长劝她多休整两天,缓解一下心情。张霓却回答:"现在所有的医护人员都在抢救患者,我不能够缺席,我是党员。"张霓很快回到了护理岗位上。

三

1月底,全国35支医疗队会师于同济医院,目标只有一个:降低重症病亡率,提高救治成功率。

在国家卫健委的直接指导下,同济医院成立战时专家组和医务处进行质量控制,建立会诊制度和死亡病例讨论制度。由医疗队联合成立核心质控组,交叉查房,层层讨论,提出更优建议。

同时,同济医院还联合北京协和医院、中日友好医院等共同发布《重症新型冠状病毒感染肺炎诊疗与管理共识》,对患者院前评估及转运、病区设置及管理、医疗质量评估、多学科联合诊疗及整体护理等诊疗流程进行明确规范。

而针对各支国家医疗队在诊疗过程中普遍遇到的临床问题,同济医院发挥综合医院多学科优势,组建专科临床支持小分队,包括护心队、护肾队、护肝队、护脑队、中药特殊治疗队、气管插管队、体外膜肺氧合（ECMO）队、康复队。这些小分队集中优势医疗力量，重点解决单个支援医疗队某一领域力量薄弱的问题，是提高新冠肺炎治愈率、降低死亡率的一个重要举措。

通过密切合作，大家形成一套比较完整的诊疗技术规范和统一流程。在七八天的时间内，便将重症病例的死亡率从5.58%降低到3.39%。这一战果来之不易。

来自5家医院的18位麻醉医生在光谷院区组成一支混编的"插管敢死队"，他们要应对来自医院16个病区和1个ICU的急救气管插管任务。同济医院新冠肺炎患者病情重、体质差，无法耐受长时间缺氧及血压、心率的剧烈波动，所以想要把握这些病人的插管指征，顺利完成插管任务，只有统一标准才行。

华山医院医疗队、青岛医疗队、同济医院医疗队的麻醉医生，拿出此次救治任务中可执行的"麻醉医生共识"。而当麻醉医生在病人口鼻附近进行近距离操作时，病人呼吸道会喷射出大量的病毒气溶胶，其风险可想而知。在30天的时间里，小分队成功完成近200例气管插管操作，成功率100%，为病人争取到更多的时间和希望。其中，年龄最大的是一位85岁的老人，合并有多种基础疾病，麻醉医生在插管过程中熟练应用多种血管活性药物，在顺利完成气管插管的同时，保证了在整个过程中病人生命体征的平稳。

还有一位74岁的王奶奶，于1月底开始发烧、胸闷、咳嗽、气喘，经确诊感染了新冠肺炎，2月11日，因病情加重被转至同济医院。

"炎症因子是正常值的10倍，极有可能出现炎症风暴。"王奶奶入院时神志模糊，存在严重的呼吸衰竭。同时，接诊医生发现王奶奶还合并有多年的慢性肾功能不全，这无疑是雪上加霜。

同济医院肾内科主任徐钢立即带领"护肾队"对王奶奶进行会诊。新冠肺炎患者由于病毒感染导致机体释放大量的炎症因子，炎症因子会损伤多器官，严重者可以引起急性多器官脏器的衰竭或者是死亡。而利用血液净化技术清除炎症因子阻断炎症风暴，对患者的各器官提供支持治疗，避免重症转化为危重症，可以为患者的后续治疗赢得时间，能有效提高救治率。

"护肾队"为王奶奶进行了血液净化治疗，之后几天又连续进行多次治疗，王奶奶的肺功能、肾功能逐渐好转，体内的炎症因子也基本恢复至正常值。

四

2月27日，同济医院专门给医护人员的全体家属去信，对大家的奉献、牺牲和付出表示高度的赞扬，同时送去院方的温暖和关心。信中写道："这个国家之所以英雄辈出，是因为有一群积极培育、支持英雄的伟大的人民；同济之所以能'与国家同舟，与人民共济'，是因为在任何时候都有一群勇赴国难的同济人以及你们这样的家属！英雄们的伟大成就国家的伟大，你们的伟大成就英雄们的伟大，英雄们是这个春天的象征，你们是这个春天的底色！"

同济医院，这座有着120年历史的医院，在这场与新冠肺炎疫情的搏战中，挺身而出，自觉担负起自己的职责和使命，践行了"与国家同舟，与人民共济"的初心。

正是因为有成百上千像同济医院这样的医疗机构的自觉担当，有成千上万的白衣战士在奋勇作战，武汉，这座英雄之城，已经看到胜利的曙光，已经迎来春天的温暖。

铁人张定宇

李春雷

无疑,在这次武汉抗击疫情战斗中,金银潭医院始终引人关注。

这里,累计收治了2220名新冠肺炎确诊患者,其中包括武汉市大多数危重症患者。

这里,还因此曝光了一个备受关注的人物。

他,就是身患渐冻症的"铁人院长"张定宇。

铁人,并非仅仅形容他的意志刚强如铁,还因为他的身体状况。由于病情日益加重,他双腿僵硬,犹如铁具……

山雨欲来

2019年12月27日晚7时。

像往常一样,张定宇滞留办公室。

每个傍晚,都是属于他的黄金时间。大家都下班了,再没有人来人往,再没有电话喧闹,整个楼层,像空山一样静谧。沏上一杯茶,静心地处理文件、细心地翻阅报纸、安心地回复微信,既处理了当天事务,又避开了堵车高峰。晚上7时半,大街空敞了,开车回家,回归自己的小生活。那里,是妻子热腾腾的饭菜和甜蜜蜜的微笑。

秋冬交替之后,是呼吸道疾病和常见传染病高发期,可今年格外稀少。虽是好事,却也有些不正常。因为暖冬?还是别的原因?张定宇的心里隐隐有一丝不安。今天,他邀了业务副院长黄朝林留下,想聊一聊。

两人刚刚打开话题,手机响了,本市同济医院的一位专家。

对方语气急迫,有一位不明原因肺炎患者,肺部呈磨玻璃状,疑似一种新型传染病。对方还说,第三方基因检测公司已在病例样本中检测出冠状病毒RNA,但该结论并未在检测报告中正式提及。鉴于这种情况,询问是否可以将病人转诊过来。

心底,一道闪电掠过。

张定宇所在单位是武汉市唯一的传染病专科医院。相关法律规定,传染病要定点集中治疗。

"你们做好准备,我马上通知值班医生,带车接人!"

可,一会儿后,对方又打来电话,病人不愿转院。

又是这样,总有患者因忌讳"传染病"三个字,对金银潭医院避忌有加。

他叹息一声:"那就做好隔离,密切观察吧。"

虽然患者没有过来,但张定宇的内心,已经风起浪涌。

当即联系那家第三方检测公司。反复沟通,由对方将未曾公开的相关基因检测数据发送本院合作单位——中科院武汉病毒研究所,进行验证。

几个小时后,初步基因比对结果提示:一种类似SARS的冠状病毒!

12月29日下午,湖北省疾控中心来电,省中西医结合医院出现7名奇怪的发烧患者,所述病状与同济医院的那名患者类似。

心头,一阵惊雷震响。

张定宇马上安排黄朝林副院长亲自带队,前往会诊,并叮嘱务必做好二级防护,出动专用负压救护车。最后,又严正强调:每名患者单独接送，一人一车，不要怕麻烦！

就这样，小心翼翼、战战兢兢，直到深夜12时左右，才把患者陆陆续续接入金银潭医院南七楼重症病区。

他的双腿，禁不住颤抖起来。

他隐隐约约意识到，考验来临了。

这是一场战役，一场新中国历史上规模空前的抗疫战斗。

我本医生

张定宇，1963年12月出生于武汉市汉正街。小时候，他跟着哥哥，跑遍了那里的每一条街巷，体味着老汉口的繁华。1981年，他考入华中科技大学同济医学院医疗系。

大学期间，最亲爱的哥哥患病而亡。凶手，是一种名叫流行性出血热的传染病。

这，是他生命中永远的痛。

医学院毕业，张定宇进入武汉市第四医院，成为一名麻醉科医生。

个头不高、浓眉大眼、身材清瘦、医术精湛，说话办事风风火火，严肃认真从不服输，这是他留给所有人的印象。

出色的表现，使他成为组织重点培养对象，从医生、副主任、主任、院长助理，直到副院长。

在这里，他还邂逅了爱情。妻子程琳，武汉卫校毕业，本院护士。贤惠的妻子，无微不至地照料着他和全家人。父亲病故后，母亲跟随他生活。婆媳亲好，宛若母女。

2013年12月，张定宇调任金银潭医院院长。

金银潭医院，几年前由本市三家具有传染病业务的医疗单位合并而成。相比许多综合型医院，业务比较单调。

虽然如此，他却没有灰心。

别人不知道，因为当年哥哥的早逝，他与传染病，一直较着劲呢。

针对医院的不景气状况，他开始尝试各种探索、多方突破。

专科医院？综合医院？创伤中心？肝移植技术？后来，思路逐渐清晰：还是立足传染病业务，这才是正路。

于是，下定决心，在原有基础上加强管理、全面提升、重点突破。

第一个突破点，便是把艾滋病防控工作争取回来。法律规定，法定传染病由各地传染病医院负责。但是，由于种种原因，原来这方面业务大都挂靠在别的部门，颇不顺畅。张定宇多方努力，终于捋顺关系，进一步确立了金银潭医院在区域传染病界的影响和地位。

同时，针对传染病治疗的关键难点，引进一系列先进设备，全面提高治疗水平，吸引广大患者。

最精妙一步，是费尽千辛万苦，建立GCP平台。

什么是GCP呢？

简言之，就是新药试验平台，即在国家支持下，对所有预上市新药进行系统且缜密的试验确证。这是庞大的系统工程，需要专业团队和设备，还有结构合理、人数众多的志愿者队伍。当然，在整个过程中，如果表现良好，自有经费补贴。而他们打造的平台，在全国评比中，名列第二。

年近60岁，就这样再干几年，光荣退休，享受生活，无悔无憾，此生足矣。

他万万没有想到，一场突如其来的疫情，打乱了他的生活……

新冠肺炎

12月30日，市疾控中心相关人员来到金银潭医院。他们反馈，已收治的7名患者的检测结果显示,所有已知病原微生物,均为阴性。

张定宇大吃一惊。

"你们取什么检测的?"

"咽拭子。"

咽拭子取样是在上呼吸道,而肺炎病人的感染已经抵达肺叶。

"不行,马上做肺泡灌洗!"

张定宇通知纤支镜室主任,采集患者的肺泡灌洗液样本,火速分送省疾控中心、中科院武汉病毒研究所检测。

当天下午5时,标本采集完毕。

3个小时后,初步结果出来了:病原体均呈阳性!

第二天清晨,国家卫健委派出的工作组和专家组,乘坐第一班飞机,抵达武汉。

专家组来到金银潭医院,会诊病人和查看相关影像资料。同时,相关人员进行传染病流行病学调查。

当晚,武汉市卫健委10楼会议室,灯火通明。

专家组向国家卫健委派驻武汉市工作组汇报临床观察意见。

这次会议一个最为紧要的任务,就是分析新发疾病,抓紧商议制订一个诊疗方案。会议开到第二天凌晨3时。

真正的跨年会议!

1月1日早晨8时,检测人员紧急采集环境样本515份。

2020年1月3日,4家权威科研单位对病例样本进行实验室平行检测,初步评估判定为不明原因病毒性肺炎病原体。

1月10日,紧急研发的PCR核酸检测试剂运抵武汉,用于现有患者的检测确诊。

12日,这种全新疾病被正式命名为"新型冠状病毒感染的肺炎"。

别无选择

1月3日，金银潭医院新开两个病区，转入50多名新冠肺炎患者。

同时，紧急采购呼吸机、监护仪、输液泵、体外除颤和心肺复苏设备。每个楼层，大致准备25台呼吸机和25个输液泵。

1月5日，患者已达100余位。

查房时，张定宇猛然发现一个问题：病人自费用餐，非但标准不高、营养不全，而且任由剩饭剩菜裸放床头。保洁员束手无策，不便清理。

这是一个巨大隐患。

他马上下令，即日起，所有病员餐饮费用由本院负担，标准与本院干部职工相同。且全部统一送餐，统一保洁！

有人表示不解，这会额外增加医院的经济压力。

张定宇说，特殊时期，不算小账！

形势越来越紧张。

正在这时，金银潭医院的50多名保洁员不辞而别。

怎么办？

护士和行政人员顶上！

第二天，18名保安也全部离岗。

怎么办？

生死关头，不能回头！

所有党员、后勤人员，全部上前线！送餐、保洁、保卫……

在此期间，张定宇紧急招聘多家外部工程队，聚合院内所有人力物力，日夜苦战，用最快速度将全院21个病区全部改造完毕、消毒完毕、布置完毕。

大战之前,这是多么艰巨的工程!

事后证明,这是多么及时的工程!

关键时刻,张定宇身边两位最重要人物,先后感染。

妻子在武汉市第四医院门诊部负责接诊,虽然小心注意,还是感染了。听到确诊消息,张定宇眼前一黑,瘫倒在地。

他已经好多天没有回家了,现在更是分身无术,不能前往探视。

仅仅几天之后,他在工作上最倚重的战友——业务副院长黄朝林,也不幸感染,且是重症。

无奈的张定宇,愤怒的张定宇,疲惫已极的张定宇,眼泪夺眶而出。

此中悲痛,此中心焦,如坐针毡,如火焚烧!

别无选择,别无选择,只有拼命地工作,拼命地工作,把所有的措施补防到位,把所有的预案准备到位。

每天晚上,他都要闭眼、面壁,单腿直立半小时。

是在祈祷吗?

当然不是!

除夕夜

大年三十。傍晚7时,办公室。

吃过饭,张定宇突然想起,要与病房里的妻子视频,说几句安慰话。这个可怜的女人啊,为我付出了一切,现在身染重病、生死未卜,不仅没有得到我的探望和照顾,连暖心的问候也少之又少。想到这里,张定宇心如刀割。

他擦擦眼泪,使劲摇晃麻木的脑仁,想出了几句温柔话。可刚刚酝酿好情绪,电话响了。

紧急通知，解放军陆海空3支医疗队共450人，已乘军机星夜驰援，3小时后降落。其中，陆军军医大学150人医疗队，将直接奔赴金银潭医院。

少顷，电话再响：上海医疗队136名医护人员也将进驻，凌晨2时抵达！

"好！好！马上布置，马上迎接！"他挺直身体，一下子来了精神。

放下电话，急速召集人马，分头行动，再次冲锋。

真是武汉有幸、天道垂青。前些天，他已经抢在大疫来临之前，把全部病区规划改造完毕。这个"提前量"，在这个节骨眼上帮了他的大忙。

想到这里，心底涌上一阵职业的自豪。他伸出大拇指，狠狠地为自己点一个赞！

的确，张定宇提前完成的这一系列改造工程，太果断了，太给力了。

这，才是一个优秀管理者真正的责任感！

日历翻至1月25日，大年初一。

这是全国人民万家团圆的欢乐之夜，人们看完春节联欢晚会之后，大都进入了甜美的梦乡。

可张定宇和他的战友们，却不能停下。他们要立即清洁消毒、摆放物品，为即将进驻的医疗队能最快投入战斗做好准备。

1月26日下午1时，陆军军医大学医疗队接管两个病区。

下午2时，上海医疗队入驻另外两个病区。

截至当晚11时，金银潭医院已累计收治重症患者657人。

火线48小时，张定宇兵不解甲、马不停蹄！

铁与冻

金银潭医院的空气中,溢满了浓浓的消毒水味道,像硝烟,似雾霾。

楼道里,大家时时看到张定宇跛行的身影,常常听到他的大嗓门。

只是,他的嗓门越来越大,脚步却越来越迟缓了,特别是双腿僵硬,如假肢般愈发不灵便。

上楼时,必须用双手紧握栏杆,用力地拉、拉。有一次,走着走着,居然趴倒在地,好久站不起来。

1月28日早上8时,全体病区主任见面会。

简短地汇报完工作后,大家准备四散而去、各就各位。但这一次,张定宇破例要求大家留下,似有话说。

人们颇感意外。

而他,却又吞吞吐吐,足足一分钟。

众人纳闷了。这完全不是张院长的作风啊,从来没有见他如此局促啊。

他停顿一下,慢慢张口。

"兄弟姐妹们,事到如今,我不得不说。再不说,可能要耽误大事。"

大伙儿瞪大眼,眼神里翻动着惊疑的问号。这些年来,单位由乱到治,由弱到强,发生了太多太多细细碎碎而又轰轰烈烈的事情。对于这些,大家都已经习惯了,只要有张院长在,便没有什么大事。就像现在,天大的事,不也是他在硬挺挺地支撑着吗。

"我的身体出了问题……"

大家一惊,会场一片寂静。

"我是……渐冻症!"

什么?什么!大伙儿不敢相信,不愿相信。

"是的，渐冻症，前年确诊。"他缓缓地却是平静地说，"医生告诉我，或许还有六七年的寿命。现在，我的双腿已经开始萎缩……"

渐冻症，即运动神经元病，属于人类罕见病。此病多为进行性发展，其病变过程如同活人被渐渐"冻"住，直至身体僵硬、失去生命。更重要的是，这种病，无法医治。

在座都是医生，谁不明白呢。

联想他这些天来的异常行动，大家恍然大悟。

张定宇沉默少许，接着说："我向各位兄弟姐妹道歉啊。这两年，我脾气不好，批评你们太多，你们都受委屈了！现在，我的时间不多了。在这最后的日子里，我必须跑得更快，才能跑赢时间；我必须跑得更快，才能抢回更多患者；我必须跑得更快，才能和大家一起，跑出病毒的魔掌。现在，形势万分危急。我们要用自己的生命，保卫武汉！"

说完，他用尽全身力气，站起来，一跛一拐地走向前台，双手抱拳，深鞠一躬："拜托大家了！"

泪水模糊了大家的眼睛……

白衣执甲，冒死前行！

最疲惫的时候，最痛苦的时候，张定宇就仰躺在办公室沙发上，与妻子视频聊天。一是问候，二是排解压力。

"疫情过后，我陪着你，好好休息。"

"咱俩相差5岁，正好可以一起退休。到时候，我给你一个人当护士，你给我一个人当院长。"

"只是我脾气不好、急躁、不服周、老毛病改不了。"

"这才是武汉人。一代代都是犟脾气，好像会传染一样。"

"别提传染。我不想听！"

"好吧。张院长英明，张院长能干。在张院长领导下，汉正街永远正,长江水永远清,金银潭永远风平浪静。"

"哈哈哈哈……"

笑着笑着,却没有声音了。

再听,却是一串串呼噜声。

他睡着了。

灵丹妙药

如何提高治愈率、降低死亡率?

在张定宇主导下,金银潭医院采取了多种治疗方法,比如大量补充氧疗设备,在病房里尽量多地匹配氧气面罩、高流量氧疗、体外膜肺氧合等手段。

但仅有这些常规"武器",还不行啊。

探讨新路!

他们在国家专家组指导下,根据病情给予鼻导管氧疗、高流量湿化氧疗、无创通气治疗、气管插管呼吸机辅助通气等疗法,同时酌情给予抗病毒、抗感染、抗炎、抗休克,纠正内环境紊乱、纠正酸碱平衡失调等治疗。

还有血浆疗法。

大部分患者康复后,体内都会产生一种特异性抗体。这种抗体可有效杀灭病毒。目前,在缺乏疫苗和特效药物的前提下,采用这种特免血浆制品治疗,可以增加重症患者存活的机会,也可为医生的救治争取更多时间。

张定宇妻子康复后,经过身体检查,符合捐献血浆的条件。2月中旬,她来到丈夫所在的金银潭医院,捐献400毫升血浆。

很快,在国家卫健委印发的《新型冠状病毒肺炎诊疗方案(试行第六版)》中,赫然增加"康复者血浆治疗"一项。

遗体解剖,无疑是寻找致死根源的最直接途径。

目前,医学对新冠病毒感染、致死的病理机制认识不够,也没有对症特效药。通过遗体解剖,可以最快地掌握和判断其传染性和致病性变化规律。

金银潭医院的第一个死亡病例出现在1月6日。

在ICU病房外,张定宇耐心地与患者家属沟通将近一个小时,试图说服对方同意对逝者尸体进行解剖,但是,没有成功。

后来,凡有可能,他都会走上前,真诚哀悼之后,苦口婆心地劝说:我们知道凶手是谁,但它到底如何行凶,我们需要知道。只有这样,才能挽救生者。请您理解,请您支持啊……

终于,有家属同意了。

2月16日,第一例、第二例患者遗体解剖工作在金银潭医院完成。10天之内,共完成12例。

由解剖获得的直接数据,有望给未来的临床治疗提供有力依据!

疫情暴发后,科技部紧急启动针对该病毒的应急科研攻关。

金银潭医院承担的多个临床研究项目也陆续上马,涵盖优化临床治疗方案、抗病毒药物筛选、激素使用等急需解决的问题。张定宇当初建造的GCP新药平台,此时发挥了大作用。

在武汉前线的几位院士、教授和相关科技人员,迅速在这个平台上展开了克力芝、枸橼酸铋钾、瑞德西韦等药物的临床研究。

各种武器,一齐开火。瞄准新冠,精准射击。

最后的战斗

2月9日,已经超负荷运转43天的金银潭医院,再次接到收治一批危重症患者的紧急任务。

21个病区,每层楼都在走廊添加10至14张病床。

这天晚上,这里又吃力地接纳了256名危重症患者!

那段时间,每天都是如此节奏。

而调动整个医院运转的张定宇,无疑是其中最忙碌、最劳心而又最坚定的那个人。

一天天在萎缩的双腿,时时疼痛,好似抽筋。最痛苦的时候,必须单腿站立,把全身重心压迫到一条腿上,连续站立半小时左右,才能缓解。满头大汗、浑身颤抖、咬牙切齿、气喘如牛。

当然,还有他的战友,这些可敬的勇士们。在那些漫长的日子里,他们有家不能回,大都寄宿在自己的汽车里。

"汽车宾馆"就是他们战火中的家!

魔高一尺,道高一丈!

整个武汉市,战斗都是如此激烈。

在党中央的统一指挥下,来自全国各地的十多万医务工作者、志愿者和各界爱心人士,和武汉人民并肩作战,共同筑起一道道血肉长城,抗击疫魔!

日日夜夜、风风火火、铿铿锵锵。

希望之光、胜利之光,就这样吃力地从最初的慌乱和暗淡中走出,走向黎明、走向日出、走向满天朝霞……

2月21日,金银潭医院收治患者13人,出院56人。出院人数首次超过入院人数。

黄朝林副院长的病情也稳住了。最终,他获得了新生,并于3月2日回归医护队伍。

截至战"疫"尾声,金银潭医院的820张病床,累计收治2220名新冠肺炎患者，其中大多数为危重症患者。

而金银潭医院的勇士们，在与病魔决斗的同时，最大程度地保护了自身。作为战斗最激烈的一个主战场，这里只有9名医护人员感染，且全部治愈。

这，堪称奇迹！

张定宇和他的战友，用最大努力和最小牺牲，为保护这座城市尽了全力！

肺腑之言

一场大战，正在收兵。

张定宇，已近三个月没有休息了。

3月下旬之后，他偶尔回归原来的节奏：晚上7时下班。

他，终于可以回家了。家里，有妻子热腾腾的饭菜和甜蜜蜜的微笑。

生活，如此美好；生命，如此温馨。

只是这样的美好和温馨，对他来说，太有限了！太有限了！

但是，无论如何，现在的他，已经释然，足以欣慰。

因为，他问心无愧。

作为传染病专家，他想通过这场新冠肺炎之战说出自己的肺腑之言——

未来世界，重大传染病将是人类面临的最大敌人。人类，必须改变生存方式，进一步与自然和谐相处。

我的祖国、我的武汉、我的亲人，我爱你们，祝你们康宁恒好！

情满鸡鸣山

李 英

3月的义乌，柳枝吐绿，桃花正艳，春风拂面，暖意融融。

义乌国际商贸城，市场复苏，企业开工，人潮如涌，生机盎然。

鸡鸣山社区又像往常一样，车水马龙，熙熙攘攘，春节前离开的境外人员逐渐归来。

对鸡鸣山社区党委书记何文君来说，新的忙碌又要开始了。

一

何文君的工作包里总是放着一份统计表，上面密密麻麻登记着境外人员的返回情况。

鸡鸣山社区靠近义乌国际商贸城，辖区内有9个居民小区，1035家企业，其中有260多家外贸企业和一所万人学校，74个国家和地区的1380多名境外人员在这里居住、工作、学习，是义乌最大的国际化社区。

何文君心里有一本"账"，她每天都关注着返程人员。3月是境外人员的返程高峰，常住的基本上都回来了。不同国籍的外国经营户、采购商、居民穿梭其中，社区里人来人往，防控压力与日俱增。

何文君上班后的第一件事，就是打开电脑，刷社区的各个微信群。她最关心的是"鸡鸣山国际健康监测"微信群，这个群里都是回社区还没满14天的外国居民，而且人数每天都在变化。

何文君在群里提醒工作人员，及时关注居家观察人群的体温，热心解释有关防疫的措施要求，及时询问他们有些什么需求。

大批外贸企业复工后，何文君特别设计了"大礼包"，有鲜花、口罩、一次性手套、消毒液，给生活在这里的异国居民一份惊喜。

住在江东四小区的韩国魏女士，看到社区送来的鲜花和大礼包，惊喜连连，告诉工作人员："你们放心，我们都挺好。"

魏女士1月底带女儿回了趟韩国，不久前返回义乌，这天正是她居家隔离的第15天。

何文君热心叮嘱："虽然观察期过了，但还是要小心，千万不可大意啊。"

何文君送大礼包的时候，常常会和工作人员一起，细心询问，了解情况。

"有外来人员回来了，别忘了及时报告。"

"家里还需要什么吗？"

"垃圾要不要清理？"

这样的走访，何文君和工作人员日复一日，不厌其烦。

从大年三十开始，何文君连轴上班，几乎没在家里好好待过。清晨，从家里出发，天色刚刚破晓；等晚上回家，已是星星闪烁，夜深人静。

那天夜晚回到家，10岁的儿子阳阳还没睡。何文君想抱抱儿子，但最终还是把伸出去的双臂收了回来，自己天天在外面跑，与许多人接触过，万一成了密切接触者，后果不堪设想，她哪里还敢去抱儿子？

阳阳懂事地给了妈妈一个"飞吻"。小家伙的鼻子特灵，他指着进门处妈妈刚脱下的运动鞋，说："你的鞋子都发臭了。"

何文君有些窘迫，是啊，每天奔波在社区，要走上万步，甚至几万步。为了走路方便，天天都穿运动鞋，这双运动鞋都穿两个月了，一直没时间换洗。

抗疫期间，鸡鸣山小区医学观察隔离232人，最高峰的那段时间，小区隔离点达到42个。何文君和同事们整个春节都没有休息一天，她们用辛勤付出，换来了整个小区的"零确诊、零疑似、零感染"。

鸡鸣山社区每一个细枝末节，都充满了春天的活力，洋溢着蓬勃的生机。

二

3月的鸡鸣山社区，处处真情涌动，处处团结一心。

社区是防控的第一道防线，现在正是严防境外输入风险的关键时刻，各项防控措施比前一段时间更严格更细致。严格的防控举措，怎样让外国居民更好理解、自觉配合？刚开始，大家多少有些担忧，居住在社区的外国居民太多了，情况又各不相同，常常因为语言不通，沟通不畅，交流受阻。

何文君想，应该让外国居民一起参与管理，共同守护家园。于是，她在群里发起招募外国志愿者，得到哈米等外国朋友的热情响应。

一支汇集15个国家39位外国朋友的防疫志愿服务队，迅速组建起来。

今年55岁的伊朗籍商人哈米，自2003年以来，一直在义乌做外贸生意，他同时也是伊朗义乌商会会长。他已经在中国生活了31年，精通汉语、英语、日语、法语、西班牙语、阿拉伯语等6种语言，还是地地道道的"中国通"。

今年春节，哈米一家人原本要去北京过年，但突如其来的疫情让哈米决定留在义乌，主动参与社区的防疫工作。

哈米是何文君的老朋友，社区给了他一个特殊的职务——鸡鸣山社区兼职委员，专门负责涉外纠纷的调解工作。平时，外国商人有纠纷，外国家庭闹矛盾，都乐意找哈米。只要哈米出面调解，双方往往能冰释前嫌，握手言和。

前段时间，哈米和伙伴们在卡点值守，风雨无阻，常常忙到凌晨才回家。第二天，他又总是精神抖擞地出现在卡点上。他几乎在防疫一线忙活了两个多月，每天奔走在大街小巷，为社区居民采购物资、测温登记、宣传防疫知识。

社区要给居民发放温馨提示、生活指南，何文君精心设计，把宣传品制作成中文、英语、韩语等多语言版本。外国居民有需求或困难，只要在微信群里说一声，社区工作人员和哈米们会及时回应和帮忙。

一天，有居民反映，一位意大利女士在社区草坪上遛狗。何文君和社区工作人员立即前去劝说，告知这位女士，隔离期未满，还需继续居家观察。

刚开始，这位女士不理解，连说："NO，NO。"

何文君只好请来哈米。

哈米来到草坪，用西班牙语和这位意大利女士耐心沟通，终于说服了她。最后，这位女士表达了歉意，带着心爱的狗狗乖乖回家隔离。

前几天，哈米跟着何文君去走访刚从奥地利回来的企业主丹尼尔，刚进门，哈米就问了一连串的问题——

"体温量了吗？"

"绿码有没有变化？"

"最近有什么问题吗？"

丹尼尔连连回答："没问题，没问题。"接着，又友好地说："感谢中国政府，感谢中国人民！"

何文君、哈米和在场的人们都一起竖起了大拇指。

三

何文君是八五后年轻干部，个子不高，一张娃娃脸，总是洋溢着笑容，很有亲和力。

2007年，何文君从浙江工业大学计算机专业毕业，先后担任过村干部、社区党委书记、街道团委书记等职，多年基层历练，她在工作中形成了刚毅又细心的风格。2017年4月，她被任命为江东街道鸡鸣山社区党委书记。

人们都说，社区书记干的都是家长里短、婆婆妈妈的琐事。但何文君始终认为，社区安则城市安，民生是大事，外事无小事。

鸡鸣山社区里有商业区、教工区、居民区，每天人声鼎沸，热闹非凡，2.8万居民中，"新义乌人"就有2.5万，来自31个省市区，还有70多个国家和地区的商人，居民结构非常复杂，社区管理难度颇大。

以前，社区门口有一条200多米长的商业街，占道经营乱象丛生，垃圾随处乱丢，两边店铺林立，别说开车，连走路都挤挤挨挨。

去年的一天，在这里开店的经营户龚大妈拉住何文君的手说："这条街又杂又乱又吵，我们在这里做生意感到很不舒服。"

何文君笑笑说："大妈，您放心。社区正准备改造呢。"

何文君组织力量开展集中攻坚，协商座谈会、整改现场会开了20多次，又推出了商铺"十二分制"管理等一系列整改措施。

街道的面貌焕然一新，街道中间还由单位和商铺众筹捐助，栽上了30多株樱花，居民们把这条街命名为"樱花街"，昔日的"问题街"变成了现在的"网红打卡地"。

如今，樱花开得正旺，虽然受疫情影响，但仍有不少居民戴着口罩在樱花街散步休闲。

前两天,总有外国居民找哈米,打听社区里的汉语培训班什么时候开班。

何文君在微信群里告诉大家:"现在已经可以报名了,等疫情结束后,马上就能上课。"

越来越多生活、工作在这里的外国居民想把中文学好。

一位在社区住了12年的外国居民说:"这里就是我的家,社区、房东、邻居都很好,我不走了!"

抗疫时期的鸡鸣山社区,何文君和来自世界各地的人们,守望相助,患难与共,就像3月里的春风,温暖着每一个人……

特殊的旅行

任启亮

2月6日早晨,看到她在朋友圈里发的照片,在北京首都国际机场,身着运动棉服,背着双肩包,身边堆着13个大纸箱。我给她留言"这个时候怎么回国了",她没有理我。第二天,她才发来一条信息:"我已经回到爱尔兰,下周二还会去北京,如果需要口罩等防护用品,我可以带一些,请您到首都机场,当面交给您。"怎么那么快又回爱尔兰了?我一头雾水。

与她相识是在去年10月,我随全国政协一个代表团访问爱尔兰,到了她所在的卡洛理工大学企业创新园参观考察。她的名字叫刘雪梅,原籍山东泰安,国内本科毕业后来爱尔兰留学,先后获得硕士、博士学位,毕业后留在爱尔兰发展,成为卡洛理工大学的一名教师。

那一天,她身着深蓝色长裙,蓝白格红边丝巾,知性、干练、自然、大方,透着典雅气质。午餐时间,我得知,她已经加入爱尔兰籍,丈夫是这所大学的教授,纯粹的爱尔兰人。

我发微信给她,问她为何北京之行如此来去匆匆,这才知道事情的原委。

她身在万里之外的爱尔兰,却与我们一样关注着国内的疫情,看到确诊病例一天天上升,心急如焚。她的家乡泰安,先是发现1例确诊病例,继而是3例、8例、20例——看到患者数量不断增加,她坐不住了。

通过与家乡的亲友联系，得知医用防护服极度短缺，她马上决定购置一批寄回泰安。

联系商家，才知道要购置一定数量的医用防护服，是那么困难。她广泛联络亲朋好友，调动一切人脉关系，终于在最短时间内，购置了3000套。但是，新的问题又来了，爱尔兰货运航班停运，多家外国快递公司均答复要一个月后才能把物品运抵中国。她没有犹豫，立即购买往返北京的机票，要亲自运送国内，能带多少带多少，以解燃眉之急。

她带着爱尔兰丈夫和三个儿女一起干，装箱、打包、贴标志，奋战到半夜。第二天天还没亮，她就带着13个大大的纸箱，背着一个双肩包出发了。平时，她回中国的机会很多，到世界各地出席学术会议也是常事。可以想象，每一次她都会拉着一个行李箱，举止优雅地出现在机场。这次不同，她成了一名运输工，把防护服运抵国内后，要立即折返，接着再跑第二趟。因此，除了那13个大纸箱，她只背了双肩包，带着护照等一些简单的行李。

爱尔兰没有直飞北京的航班。转机、托运、一路奔波、周折、劳顿，6日早晨，飞机终于安全降落在北京首都国际机场。泰安的朋友接过她那13个纸箱，里面是1000套医用防护服和500只口罩。看到物品被顺利接收，她笑着朝大家挥了挥手，转过身又往机场的登机口走去。没有时间停留，她需要赶同一天的回程班机。

她告诉我，已经办完入关手续，下周二再来一次北京，把剩下的2000件医用防护服和5000只口罩，打成32个纸箱，全部带来，应该够泰安定点医院用一段时间了。她还说，下次要从法兰克福转机，特意买了头等舱机票，这样可以多带托运行李。随后，她发来一个胜利的符号和笑脸。我给她点了一个大大的赞。这一刻，我的眼眶有些湿润……

一千个祝愿,飞向"金银潭"

汪 渔

"幺儿"——

当匡振彬在这两个字后面打上"冒号"后,心里想说的话就"咕嘟咕嘟"一串串冒了出来。

60岁的他"老花眼"严重,端过枪的手使用微信打字已经非常吃力。女儿说,爸爸你发语音或者打电话吧。但是,他坚持认为,只有文字才显得庄重与正式。

春节以来,他每天就做两件事:看新闻、给女儿发微信。每当他看到"金银潭医院"几个字时,神情就高度紧张。

一

2020年1月24日,农历大年三十。

匡振彬看完新闻,得知重庆144名医护人员即将驰援湖北孝感,就急切地问女儿:名单上有你的名字吗?

女儿在重庆大学附属肿瘤医院放疗科工作,担任医院放疗科病区护士长,是肿瘤专科护士、ICU专科护士。

女儿理解父亲的心思。在军人出身的匡振彬眼里,"大战"当前,只有最优秀的战士才配得上做先锋。

然而,首批人员名单里,并没有"匡雅娟"三个字。

1月25日，匡雅娟得到通知：立即准备，驰援武汉金银潭医院。

　　这本是匡振彬希望的信息，但他突然紧张起来。他知道，金银潭医院是武汉最早集中收治不明肺炎患者的医院，是这场全民抗疫之战最早打响的地方，也可能是感染风险系数最高之地。

　　辗转难安，匡振彬一口气给女儿发出了数百字的微信。

　　——幺儿（重庆人对子女的爱称）：爸爸在家为你祈祷，平安，顺利，凯旋，成功……

　　——幺儿：你前去武汉抗击新型冠状病毒肺炎疫情，这是一场战斗，是为战胜疫情做贡献，你要努力工作。

　　——幺儿：爸爸愿你远征平安，希望你按照武汉医院的要求和程序，严格要求自己，千万预防感染。

　　——幺儿：你要注意休息，身体健康才有免疫力和旺盛的精力投入紧张的工作……

二

　　匡雅娟告诉父亲，自己被分配在"外围"上班。

　　匡振彬急了，大老远跑过去，怎么能在"外围"呢，你要争取到里面去。

　　她所在的综合一科，主要负责确诊患者的护理和防护物品的清洁工作。理想的工作目标就是一个：确保不往重症病房转移病人。

　　她们每天的日程，早晨6:30起床，7点早餐，20分钟后到达医院。

　　接着，花去整整半个小时穿戴防护用品。接触病人要求三级防护，由内到外洗手衣、防护衣、隔离衣，戴上双层橡胶手套、靴套、帽子、口罩、眼罩等。

　　此后，穿过内走廊、缓冲间，层层"突破"，进入病房。

将重点特殊事项标注在黑板上,然后依次完成治疗工作,输液、打针、喂药、测体温血压血糖,完成临时或者紧急医嘱……

完成出入院病人床位准备,更换床单、被套,全方位地清洁消毒……

完成两次病区消毒,病人的床栏、床头柜、椅子、地面、窗户、走廊……

普通、简单、琐碎,然而非常吃力。

在层层防护下,同事、护患间的交流必须大声喊叫、不断重复确认、外加手脚比画;由于戴了双层橡胶手套,对血管的深浅、弹性状况判断不准确,输液、采血等操作难度大大增加;由于病房设置的特殊性及防护装备透气性差,口罩被浸湿、面屏充满水雾模糊不清。

一天下来,鞋底都被汗湿透了,衣服湿了又干,干了又湿,脱下防护设备,同事互相笑称"老虎脸":护目镜、口罩等在脸上留下深深的勒痕,鼻梁、面颊被压红压伤,就像脸上被刻了只老虎,只差额头印个"王"字。匡雅娟在日记中描述:耳后勒痕深深,耳朵就像被月亮割了——小时候大人总说指了月亮会被割耳朵,可能就是这个样子吧。

下班之后,终于有时间向父亲解释何为"外围"了。

手机打开,又是一段段"幺儿"先跳出屏幕。

"幺儿:在保护好自己安全的前提下,应当事事冲在前面,为武汉的防控阻击战做出贡献。"

"幺儿:你要圆满完成这次战'疫'任务,保重身体,平安归来!"

匡雅娟向父亲解释:由于传染病房的特殊性,工作区域分为清洁区、半污染区和污染区,各区间设有缓冲地带,不能走回头路。护理工作也根据区域进行划分,主要分为两个板块,外围护士直接接触患者,为患者提供治疗,里面的护士主要负责准备工作。自己在"外围",那里也是真正的"火线"。

三

匡雅娟告诉父亲,自己遇上了一名特殊的患者。

他拒绝问话、拒绝吸氧、拒绝测血压、拒绝翻身检查皮肤……对一切都极不耐烦,多问两句他就侧身假装睡觉。

然而这名患者呼吸急促、头面部微汗,必须赶快测量生命体征了解缺氧情况。几个人不断用普通话哄劝,他反而凶巴巴吼道:你们真烦!

匡雅娟干脆拿重庆话"怼"他。没想到患者对重庆话很敏感,半推半就配合起治疗来。匡雅娟趁势要他吃饭,但他说心里难受,吃不下饭。

由于患者喘累、乏力,匡雅娟为他准备了轮椅和氧气袋,推着他去检查,路上要经过一段长斜坡,由于他身高一米八以上,匡雅娟累得出了汗,面屏内满是雾气。

这时候,这位轮椅上的患者突然指着匡雅娟身上的一行字笑了,竖起大拇指,大声地说了句"谢谢你!"

原来,在厚厚的防护服下,医护人员全副武装,患者看不到亲切的笑容、听不见柔和的细语,无形之中,有了障碍。匡雅娟她们为此想了一个办法。每天穿好防护服后,相互在衣服上画画写字。因为是鼠年,画是米老鼠,字是现场发挥的,诸如"加油加油""请放松""你很棒"。

匡雅娟今天穿着的字,恰好是"其实我很瘦!!!"

患者会意一笑,随即说起心事:自己是武汉江岸区人,家里一儿两女,1月14号开始生病,转诊三家医院,生病期间子女没来看望,心里十分难受,已经好几天没吃下饭……

回到病房,匡雅娟告诉他:我推不动你,下回检查得自己走着去,所以你必须吃饭。

这样，患者顺从地端起了盒饭。

这天，匡振彬给女儿发了长长的微信，中心意思只有一个——

"幺儿：爸爸认为你很优秀。作为一个几十年党龄的老党员，我期盼你能火线入党。"

四

2月2日，是匡家父女对话心情最为愉悦的一次。

这一天，武汉市金银潭医院有37名确诊新型冠状病毒感染肺炎患者出院。

这是疫情暴发以来，截至当天，该院出院人数最多的一天。出院病人年龄最大者88岁，也是该院出院患者中年龄最大的一人。

匡雅娟问父亲：女儿有贡献没？

匡振彬发了个"点赞"的表情。

女儿截了图，证明刚刚有个叫"礼敬"的人，申请添加她的微信。

这个"礼敬"，就是她在金银潭医院看护过的首位出院病人。

他一走出医院，第一件事，就是添加匡雅娟的微信。

匡雅娟还说，她们在"火线"有不少小发明。比如，防护服没有口袋，护理工作需要记录，要携带小物品如笔、记录本、剪刀、胶布……姐妹们利用休息时间，用一次性治疗巾自制了小布袋。

2月5日，匡雅娟引用了一首诗，在微信里表达自己的心情：

那双手绝对不会把春天剪坏

手术刀灵巧

一剪下去就是一个口罩

护目镜。防护服。防护罩

一剪下去就是一朵桃花

一个春天……

匡振彬回复:"幺儿!爸爸有一千个祝愿,飞向你,飞向金银潭医院!"

第十一筐青菜

吴昌勇

这是陕西旬阳县吕河镇的险滩村。村里平展展的土地上，一大片时令蔬菜在阳光下泛着油绿的光。

午饭过后，我戴着口罩走进村子。街道两旁的商铺大门紧闭，负责疫情防控的镇村干部，手持话筒沿街走过，他们嗓音有些沙哑。兴许是听见熟悉的声音，有住户推开窗子和他们招一招手。

这就算是新年的问候吧，彼此用眼神道一声保重。

一天进村好几趟呢！一位当地干部说，这个时候，群众看见我们的身影，听见我们的声音，心里才安生。望着各家各户的门牌，村干部说，生活还得继续，日子总会回归平静，对不？

正在村中走着，突然发现，在临近村道的一块菜地里，半蹲着一位老农。

黄色的胶布鞋，裤管沾着泥土，黑色的棉衣拉链敞开，抬起头的那一瞬间，额头淌下的汗水已经浸湿了贴合在鼻梁上的蓝色口罩。见到我们，他直起身子，握着满把青菜的双手在空中对碰了几下，新鲜的泥土从菜根处抖落。

摘菜哩？村干部远远打招呼。

他点点头，没吱声，继续忙活。随行的干部提醒了一句，注意防护啊。

老人又点了点头，依旧没吱声，回头友善地望着我们。

这几天还能上街卖菜？我问。

不卖！不卖！这菜不卖！他一口气重复了三遍，很着急的样子，生怕造成误会。

这青菜，我送人呢！他补了一句。

见我没作声，他索性从园子里走出来，站在离我不远处的田坎上，掰着指头数了数：整整第10天了！

这菜到底送到哪儿？安全吗？接触了哪些人？一长串的问号在我脑子里打旋儿。

村干部隔着口罩喊话，说说嘛，没事，你说说嘛。

原来，他的女儿是一名护士，就在离家不远的吕河中心卫生院上班，这些日子正在护理患者，已经十几天没有回家。尽管女儿闲下来的时候，总不忘向家里报一声平安，但是他和老伴依旧惦念。

女儿反复叮嘱：待在家里别出门，照顾好自己……顿了顿，他反问道，可哪有不惦记儿女的父母呢？

老两口心里发慌，于是就想出这个法子。每天从自家菜园摘一大筐青菜，推着小车送到女儿所在的医院门外——想给医院尽点力，是真的；想女儿，也是真的。

怕医院不要，担心这菜不卫生，他就在筐子里写了一个纸条，告诉医院，菜是自己种的，新鲜着呢。

女儿知道吗，知道你每天送菜吗？我问。

没说，怕她担心俺老两口，纸条落款我写着"老菜农"。头天送菜，我和老伴站在街边，看见保安从院子里走出来，看见筐子里的菜，又返回身，好像在打电话请示汇报。我担心他们不敢收，急忙穿过大街，给保安解释，我就是附近的老菜农，我报了自己的姓名和地址。他们怕冷落了我的一番好意,就收下了那筐青菜,还给我鞠了个躬!

这点东西不值钱,是我和老伴的一点心意,只想让那些和我女儿一起忙碌的医生护士们能吃到一口自家园子的青菜。老人诚恳地说。

已经送出第十筐青菜了。加上今天的,就是第十一筐了。老人补充道。

我一时间不知说什么好。要不,我们搭把手,一起将今天的筐子装满吧!我提议。

老人一边装菜,一边念叨,把自己的小日子过好,就是为国家添把力不是?等春暖花开,疫情过去,我和老伴要和女儿一起高高兴兴地吃一顿团圆饭。我得跟她说说,你在医院忙活的那段日子,大家伙儿和我们一样,在医院外面给你们加油鼓劲呢。

那个下午,在暖暖的春光里,第十一筐青菜就这样装满了。

我们站在菜园边,一起目送着老人,看着他推着独轮车,载着满满一筐青菜,渐行渐远……

有你会平安

徐 鲁

没有好父母,哪来的好儿女?没有好儿女,哪来的好家园?

套用老作家魏巍的一句话说:谁是我们最可爱的人?我觉得,在举国上下正在进行的这场抗击新型冠状病毒感染的肺炎疫情的战役中,那些舍生忘死奋战在抗疫第一线的医生和护士,就是我们最可爱的人!

这是湖北省蕲春县人民医院一位普通护士的故事。

她的丈夫在北京工作。春节前几天,她就请好假,带着不满1岁的宝宝,到了北京和丈夫团聚。可是就在大年三十这一天,突然接到单位返岗的通知。她明白,如果不是太过缺少人手,单位是不会这么"不顾人情"的。

于是,二话没说,她立刻返回蕲春。刚刚坐上返程的火车,她就听说:往武汉的道路封闭了。当机立断,她选择在离湖北最近的河南新县车站下了车,然后租了一辆车,转道安徽的宿松县和太湖县,往鄂东方向的家里赶路。

万万没想到,车到太湖县弥陀镇的时候,安徽和湖北的省界公路也不通车了。没有别的选择,她只能抱着幼小的孩子,顶着寒风步行回家。

从太湖县弥陀镇步行到蕲春县的漕河镇,60多公里路。这个平时总被爸爸妈妈疼爱着、被丈夫呵护关心着的人,竟然抱着宝宝,顶着凛冽寒风,一步一步走回了蕲春,回到了属于她的那个抗击新型冠状病毒肺炎的岗位上!

到达蕲春时,她身上的衣服早已被汗湿透了,宝宝也在她怀里不知睡了醒来、醒了又睡多少次了……

这不正是"中国好女儿"吗?这不正是"最美女护士"吗?"在茫茫的人海里,我是哪一个?在奔腾的浪花里,我是哪一朵?……不需要你歌颂我,不渴望你报答我,我把光辉融进祖国的星座……"《祖国不会忘记》这首歌里咏唱的,不就是这样的好儿女吗?

"护士长,我已经把初五的婚礼取消了,春节期间可以留守武汉,请安排我上发热门诊吧!"

1月23日,华中科大同济医院中医科一位新入职的护士,在科室群里这样请战。

婚礼的日子是一年前就看好了的,老家枝江的酒席,也早在半年前就预订了,婚礼信息在两个月前陆续发给了亲朋好友。眼看着离披上婚纱的日子越来越近,谁能料想,突如其来的疫情,把原本那么美好的憧憬和计划,全都给打乱了。

疫情当前,刻不容缓。这位美丽的准新娘,怀着百般的惋惜,含泪取消了婚礼,把自己留在发热门诊第一线的岗位上。

她没有时间给亲友们一一解释和道歉,只能在微信里留言说:"等一切妥当后,再来个更有纪念意义的婚礼吧,现在我只有一个心思:愿每个人都能平平安安!"

像这样的"准新娘",在同济医院里还不止一位。神经外科的一位护士,同样是一接到医院的通知,就取消了原定的正月初二的婚礼;急诊ICU的一位男护士和在外科工作的未婚妻,在接到医院的通知后,退掉了原本打算一起回老家举行婚礼的机票,双双坚守在抗击疫情的第一线。

正如很多人在微信圈里不约而同说的那句话：哪有什么岁月静好？不过是有人牺牲自己，替你负重前行。

还有一位美丽的护士，几年前就留起了一头美丽的及腰长发。可是，疫情来临时，为了工作方便，她含着眼泪，"咔嚓"几下，剪掉了平时百般呵护的美丽长发……

一位奋战在隔离病房一线的护士，在自己的抗疫日记里，记下了这样一个细节：

"你好，我是你的责任护士佳丹……"当她对一位女病人这样说着的时候，她看到，那位病人正坐在床头微微抽泣。

"我能感受到她落下的每一滴泪里，都含着迷茫和害怕，因为这个感受我也有，我跟着也红了眼睛……"

"你要坚强一点哦！我是你今晚的责任护士，你可以叫我丹丹，你现在有没有什么不舒服？"

"没有，护士，谢谢你。但是我……是不是治不好了？"

年轻的护士看到，这位中年患者，竟然像个恐惧的孩子，用衣角擦着眼泪，用求助的眼神看着她。那一瞬间，护士的心猛地一缩。

她递给病人一张纸巾，轻声安慰道："不要担心，我们会尽最大努力帮助你的，请相信我们！你看，我们已提早为你准备了简单的生活用品。"

"嗯，我不怕，有你们在，我不怕……不过你不要离我太近，你还这么年轻……"

"没关系，阿姨，请一定相信我们！一切都会好起来的！"说着，护士又用纸巾帮她擦去了眼泪。

"你也许还不知道，17年前，我们医院在SARS疫情暴发时，就治愈了很多病人，我们医院的感染科综合能力很强。什么禽流感、甲流，我们都有应对经验,你首先要战胜的是自己的恐惧心理……"

护士的一番话,让这位女患者的情绪渐渐平静了下来,嘴角终于露出一丝笑容,说"嗯,谢谢你,我相信你们!但请你不要离我太近!你还这么年轻……"

护士和病人之间的信任感,还有相互体谅和相互保护的真情,就这样温暖地传递着。

"这是我的夜班记录,是我在医院工作以来的成百上千个夜班中很普通、很平常的一天,也是非常特殊的一天。我不知道下一个夜班会遇到什么,但我相信自己,相信医院,我们有能力让每一个特殊的夜班都变成不平凡的一天……"年轻的护士以平实和质朴的语言,在日记里这样写道。

当星光隐入了云层,大海涌动着波澜,新一天的太阳依然会喷薄而出。你若要问,我们的祖国为什么能历尽艰辛而生生不息,只因为我们有无数的好儿女,在用真情为她守望,把她深深眷恋!你若要问,我们的祖国为什么这样壮丽,这样生机无限,只因为有无数双勤劳有力的大手,在为她奋斗、为她梳妆、为她打扮!

高高地升起来吧,我们有强大信念,我们众志成城,去赢得最后的胜利!

打开生命的通道

徐向林

一

己亥年最后一场冬雨,淅淅沥沥。

一辆白色的负压转运车,快速驶进江苏省盐城市某社区卫生服务中心空旷的停车场。1月22日,一名从武汉回来的发热病人前来看门诊,警惕的社区医生经过初诊,判断这名发热病人属于新冠肺炎疑似病例。

这是战"疫"警报拉响后,盐城发现的首例新冠肺炎疑似病例!

在官方消息发布后,这个停车场上的所有车辆都开走了,卫生服务中心邻近的街道上显得空旷、寂寥。

驾驶负压转运车的中年男人,高个,粗壮,皮肤黝黑,他叫张劲松,盐城市急救医疗中心车管科科长。他的任务是将这例疑似患者,转运至定点的市第二人民医院。

那天,穿上防护服,戴上口罩、护目镜的张劲松与两名医护人员下了车,细密的雨水模糊了他的视线,他使劲抹了抹护目镜,雨水虽然抹去了,但眼前仍然有团团雾气。

作为医疗急救车辆的驾驶员,首先要克服的就是视线模糊问题。好在,张劲松有"秘诀"——时光回溯到17年前的抗击非典战斗,张劲松是盐城市唯一一名转运疑似和确诊患者的负压转运车驾驶员。与平时转运危重患者不一样，转运传染病患者，隔离服、口罩、护目镜一样不能少。而护目镜的雾气，常常影响到他的驾驶。

怎么办？

张劲松尝试过在护目镜上涂甘油，效果不理想；涂护手霜，效果仍不理想。后来，他改用湿纸巾擦拭，有效果了，湿纸巾上的水不易让雾气形成，保持护目镜清晰的时间最长。

这让他养成一个习惯：平时身上总会带着一两包湿纸巾。这次也不例外。

自从盐城发现首例新冠肺炎疑似患者，张劲松便进入紧张的战斗状态。

张劲松平时喜欢说自己是个退役军人，哪怕已经在急救医疗中心工作了30多年，他依然保持着军人的姿态，将平时转运、抢救危重患者称为"战斗"。

本来，他管理着20几位驾驶员，在这次疫情防控中，他可以进行值班调度，但他说："我是军人，更是共产党员，我先上！"

这句话，成了张劲松的口头禅。

2003年，抗击非典，他说完这句话后，冲上去了。抗击非典战斗中，他独自转运了150多名疑似病人。

张劲松怕同事被感染，每转运一名疑似患者后，坚持独自一人对车辆进行消毒，清洗棉质隔离服。那段时间，他每天接触大量消毒剂，身体受到化学品的伤害，头发几乎掉光。

而他，丝毫没有怨言。

2008年，"5·12"汶川大地震发生，在组织赴灾区救援队时，张劲松也是这样说："我是军人，更是共产党员，我先上！"他带领盐城医疗救援队第一时间冲向灾区，克服无数困难，从灾区抢运了90多名伤员，转移了300多名山区受灾群众。

2016年，盐城"6·23"龙卷风风灾发生，他同样说了这句"我是军人，更是共产党员，我先上！"又冲上去了……

这次，防控新冠肺炎疫情，依然是这句话，依然是冲在第一线。

二

1月22日，张劲松驾车转运了盐城第一例新冠肺炎疑似患者。

1月24日，张劲松驾车转运了盐城第一例新冠肺炎确诊患者。

24日这天，正是大年三十。张劲松没有回家，他对负压转运车进行了消毒处理。有同事不解地问他："张科长，你不回家过年，侍弄车子干吗？"

他回答："我们已经进入了战斗状态，得提前准备好。"

果然，他的车子刚刚消毒完毕，就接到单位办公室主任打来的电话：有位刚刚从武汉回来的发热患者，需要马上转运。

他二话不说，立即脱下身上的棉衣，穿上隔离服、水靴，拉上值班待命医护人员，立马出发。车子启动的同时，张劲松给那位30多岁的发热男子打了电话，对方有点紧张，气喘不上来的样子，张劲松安慰他："你别着急，我们马上就到，现在有几点注意事项，提醒你一下。"

每次出发前，与转运的患者事先通电话，是张劲松的工作惯例。转运的注意事项并不复杂，一边接患者上车也可以一边交代。但张劲松喜欢提前打电话，他说这是让患者安心：你别慌，我们已经在路上了！

张劲松将患者成功转运到定点医院后，回到单位，天色已黑。

回到单位的第一件事，除了交代专业的消毒员对车辆进行消毒外，张劲松还要对自己进行全方位消毒。光是洗手，就得7次以上，每脱一件防护用品，就要洗一次手：进污染区的门，洗手；脱鞋子、鞋套，洗手；脱隔离服，洗手；脱护目镜，洗手；脱口罩，洗手；脱帽子，洗手；进入半清洁区，洗手；出门进入清洁区，洗手……

等消毒工作全部结束，新年的钟声已经敲响。

这个大年夜，张劲松没能和家人吃团圆饭。

1月25日，正月初一。一大早，张劲松接到通知：有一例确诊患者要从大丰区人民医院，转运到定点医院盐城市第二人民医院。

早饭还没吃的张劲松立马出发。到单位穿隔离服，对车辆隔热舱内加装隔离单，加带防护用品、消毒剂。一切妥当，拉上医护人员，风驰电掣地驶向30公里外的大丰区。

患者是一名较年轻的女子，虽然确诊，但看上去状态还不错。患者上车后，张劲松通过对讲机对隔离车厢里的患者讲："途中有什么情况，可随时通过对讲机告诉我们。"

行到半途，对讲机响了。患者有些紧张地问："我感觉有点儿不舒服，能不能躺下来？"

"可以，你别紧张，就躺到担架上，那上面舒服些。"张劲松说。

患者紧张的情绪逐渐舒缓下来。

当天，转运完这个患者，张劲松全身消毒完毕回到家时，已是晚上7点多钟。吃过饭，爱人以为他坐在沙发上看电视。走近了，却听到他轻微的鼾声，他睡着了。

爱人想扶他上床睡，他却猛地惊醒，本能地说："我还不能睡，随时可能有任务。"

他喝了杯浓茶，强压下睡意，不时掏出手机看，生怕漏接一个电话。深夜12点半，手机响了，单位通知，市区发现一名确诊患者，要急送定点医院。

张劲松立马从沙发上"弹"了起来，火速出门踏上征程。

这一阵忙碌，回到单位消完毒，已是凌晨3点。他干脆不回家了，直接在办公室和衣而眠，其实他哪睡得着呢，手机就放在耳边，每隔一会儿，他就朦朦胧胧地拿起来看看。

手机怎么没电话打进来？会不会信号不好？

可看看信号是满格啊，他还是不放心，爬起来开灯，用办公桌上的固话打自己的手机试了试，铃声响了，一切正常，他这才放心了。

三

1月26日，正月初二。

张劲松的爱人早早起了床，看到张劲松做好的红枣汤圆茶，正在餐桌上冒着热气。平日，张劲松在工作不忙的时候，会做这种红枣汤圆茶，既能当茶又能当饭，一举两得，他们夫妻都爱喝。

这次的红枣汤圆茶，是张劲松在单位一夜无眠后，赶回来做的。可是，一碗茶还没喝下去，张劲松又接到通知，要他赶紧出发，去转运一例发热患者。

爱人问他："你手下那么多驾驶员，就不能安排一个人去吗？"

张劲松道："新手不能上啊，他们没有经验，一步不到位，就可能被感染！"

爱人不出声了。张劲松出门的时候，她从抽屉里取出一个塑料袋，塞到张劲松手中。

"这是什么？"

"暖宝宝，穿水靴的时候往脚底一贴，脚就不冷了。"

张劲松开车到单位，里面除内衣外，只能穿薄薄的手术服，开车时不能开空调，必须开着车窗，以通风透气。这样的冷，张劲松倒不怕，毕竟他当过兵，平时也注意锻炼身体，经得住冷风吹。他难以忍受的是来自脚底的寒气。

水靴冰冷,不抵寒。尤其是夜里出任务回来,要站在污染区装满消毒液的水盆里泡水靴,泡完后,穿上拖鞋进入半污染区,而后再进入清洁区。这一过程,快的话要1个多小时,慢的话要4个小时。

寒气,张劲松可以忍受得住,但他就怕因此而受凉感冒。在这场没有硝烟的战斗中,如果不小心患上感冒,免疫力就会下降,人会变得脆弱,那就必须下火线。

有了这个"暖宝宝",张劲松的脚暖和了,他的心更暖和!

截至3月8日,盐城通报累计确诊新冠肺炎病例27例,无症状病例8例。这些病例中,有八成都是张劲松驾车转运的。

在这场全民战疫中,我们把一线医护工作者称为"最美逆行者"。但张劲松这样转运病人的120急救车驾驶员们,同样是不可或缺的"战斗团队"。因为他们的成功转运,与时间赛跑,打开了一个个生命的通道!

爱的温暖和力量

曾 散

岂曰无衣,与子同袍

长江浩荡,暮霭沉沉。夜色一点一点漫了过来,笼罩在武汉上空。

月亮仿佛也戴上了口罩,只露出小半张脸,注视着这里的街市。四处霓虹闪烁,却鲜有人语——入夜的武汉,本是一座人声鼎沸、红透天际的不夜城啊。

防护服。口罩。手套。全副武装之后,我走到路口,郑能量已等在路边。

坐上车,先给我喷洒一遍酒精。这是他的"标准流程"。他说,既要对乘车人负责,也要对自己负责。

郑能量长得高瘦,戴副眼镜。这个九〇后给我的第一印象是斯文,但也显得老成持重,让人放心。

我们都来自湖南,天然的地域认同感很快拉近了我们的距离。接下来的几天,我边采访他,边跟着他做志愿者。

后排座椅上堆满了盒饭。"现在晚上7点多了,给人送饭去?"我看了看时间。

"爱心人士赞助了150份盒饭,刚刚装上车,后备厢还有。"

郑能量的电话铃声响起。"您好!请问是郑大哥吗?"是个怯怯的女孩声音。

"欸，是的。我是郑能量，请问您有什么需要？"这是他接电话的标准答复，有求必应，铿锵有力。

"听说您那里有饭提供是吧？能否送一点给我？谢谢您！"

"没问题，我的手机号就是微信号，你加我微信发送定位，马上给你送过来。"

一口气开到约定地点，见面聊了才知道，打电话的小张是名大学生，放了寒假，告别父母来武汉陪外婆过年，住在硚口区荣华街道办事处的建国社区。小张告诉我，她外婆平时都是一个人独居，这次被确诊为新冠肺炎患者，正在住院治疗。

"那你就是密切接触者，你的身体怎么样？"我一边从车上给她拿盒饭一边问。

"我被隔离观察了14天，没有症状就回家了，可回到外婆的房子里就犯了难，我在武汉没有熟人，家里吃的都耗尽了，我又不熟悉环境，不敢随便出门。刚刚在网上看到郑能量发布的信息，就马上打电话求助了。"小张很有礼貌，语气也很平静，但我听出了她的无奈。

郑能量说："一定保护好自己，以后有什么困难就给我打电话，我会帮你想办法，我电话24小时在线。"小张连声道谢，我们看着她单薄的身影消失在楼道的转角。

郑能量的手机还在不断响起。晚上8点多，还有很多人没吃饭，有些是跟郑能量一样的志愿者，一直忙着没空吃饭，有些像小张这样的，家里面没有存粮了。

送完盒饭，又要赶往南京路上的武汉市中心医院，送一批爱心物资。还有下午刚接收的4000箱羊奶，河南商会爱心企业捐助的，近期都要送达各个医院和社区。郑能量要计划一下接下来的物资发放工作。

"要不先送你回去休息吧？"

"说好了，今天跟你并肩战斗到底，你什么时候收工，我什么时候回去。"

"我要再等等，晚上怕有人要用车。"

"那就一起等！"

电话骤然响起，果然有人求助。

已经是半夜12点。郑能量发车启动、导航设置一气呵成。

雨后的街道沉默而冷寂，湿漉漉，空荡荡。郑能量的白色小车飞驰在宽阔的楚雄大道上，目的地是湖北省中医院光谷院区，那里有两位老人等着回家。

求助者说，她90岁的奶奶低烧，父亲带着奶奶去省中医院光谷院区做进一步检查，医院CT检查和咽拭子检查均已排除新冠肺炎感染。去的时候是白天，社区安排了车辆，等一切都检查完了，天已经很晚了，社区有限的几辆小车，又正奔波于运送新发现患者的路上，一时半会赶不过来。两个老人在医院门口等了很久，始终打不到车。他父亲叫李在轩，家住洪山区纺机社区中南宿舍。

赶到医院，果然见到两位老人。见我们来了，李在轩立即声明，小伙子请放心，我们都没有感染新冠肺炎。

"没事的，大爷，我来接你们回家！"郑能量搀扶着老太太上车。看着颤颤巍巍的老人，我的内心无法平静，在这个雨夜的武汉，我看见了人类面对病魔的顽强，也感受到驱散寒冷的温暖。

李在轩千恩万谢的话语洒满了他回家的路。

"大爷，没事的。"郑能量说得风轻云淡。

平安抵达。李在轩扶着母亲下车，临走时将几百元钱卷成卷，丢在车座椅上。郑能量赶紧还给老人："我们志愿者是不收钱的，收钱的话那还出来干什么了？"

"小伙子，好人一生平安！"老人频频拱手作揖。或许在他心里，再多感谢的话都显得无力，只能用这种传统的礼仪表达谢意。

告别老人，郑能量说，两点了，应该没有什么人用车了，今天收工吧。

他觉得他做的只是些微不足道的小事。我说，放在平时，这些事情可能随便一个电话就能解决，但是放在此时此地，那就是雪中送炭，救人于危难之间。

投我以桃，报之以李

从到武汉那天算起，郑能量奔波的日常叠加起来，已将近一个半月，他那辆悬挂长沙牌照的小车，已经跑遍了武汉的大街小巷。

是的，郑能量是一位逆行者，他和那几万援助湖北医疗队的白衣战士一样，从外省逆行而来，顶着风和雨，带着光和热。

1月23日，武汉实行交通管制。

"关闭所有离汉通道？"郑能量把新闻看了一遍又一遍。

郑能量的家在长沙雨花区桔园小区，紧挨着京广铁路，他小时候总是枕着列车"哐当、哐当"的声音入眠。列车的声响把他的梦想也带到了远方。他说，京广线把长沙和武汉连在一起，两座城市，就是俩兄弟。

这个特殊的时候，郑能量希望做一些有意义的事情。安顿好患病的母亲，告别外婆和舅舅，他要北上武汉。

"我郑能量志愿进入武汉做志愿者，自愿接受最脏最累的一切任务，这是我的选择，也是我的社会责任……我不怕死，只怕今生有憾。"郑能量发这条朋友圈时，是1月25日17点55分。

1月25日，大年初一，长沙微雨蒙蒙。19点40分，郑能量开着一辆刚买两年的小车，正式出征武汉。到达武汉市区，已是大年初二的凌晨，街头空空荡荡，不时有救护车疾驰而过。郑能量的心头也空空荡荡，不禁生出酸楚。

无处落脚，找一个避风的立交桥下停好车，他在车里度过了到武汉的第一个夜晚，难眠又难忘。

天亮后，他开始到市区各大医院踩点、熟悉路线，同时在网络上公开发布声明：谁要用车，随喊随到。义务帮助有需要的市民出行、接送医护人员上下班、运送医疗物资、分配各地援助的生活物资……这些都是郑能量布置给自己的任务。

"投我以桃，报之以李。我只想回报社会，我就是来报恩的。"郑能量跟我说，他小时候家庭贫困，跟身患重病的母亲和外婆相依为命。雨花区民政部门、雨花亭街道和所在社区对他们一家帮助很大，特别是读大学那几年，更是靠着政府和社会各界源源不断的资助，才得以完成学业。郑能量本科就读于湖南第一师范学院。他说，学校的奖助学金、老师的情、同学的义、家人的恩，那么多的温暖和真情，他无以为报，这次来武汉就是来回报社会，尽自己的绵薄之力。

郑能量原名叫"郑郑"，大三那年，他觉得社会各界给予他的关怀太多，毅然把名字改为"郑能量"，取"正能量"之意，希望自己能帮助更多的人。

"你天天在武汉做志愿者，工作怎么办？现在湖北之外，很多地方都复工复产了。"我问他。这是目前比较现实的问题。

"我们单位对我在武汉做志愿者非常支持，而且还积极筹集了物资援助武汉，由我在两头做衔接。"郑能量的眼里闪着光。

随同物资而来的，还有一封亲笔信。他掏出一张纸，展开了递到我面前。

"你是湖南建工三万员工的榜样！我们是你坚强的后盾！……盼你早日凯旋！"2月11日，湖南建工集团党委书记给郑能量手写了一封信，为他加油鼓劲。

志同者，道合

郑能量到武汉后，先是一个人、一台车，再是一群人、一个车队。

他最早加入的是"武汉抗疫公益志愿者联盟123志愿车队"，在抗疫志愿者联盟司机群里，他接受各种任务安排，从不推诿。

郑能量印象最深刻的，是那天接到一个小女孩的求助，她妈妈疑似感染新冠肺炎，需要去医院检查。但是，她妈妈又是癌症患者，一直在做化疗，情况比较危险。如何面对这种高度疑似患者，一开始车队志愿者都没经验，一时没人敢接送。郑能量下意识地犹豫了一下，选择接下这个任务。

"如果我拒绝，她妈妈该怎么办呢，而且她一家人都可能被传染。"

"这样与疑似患者频繁接触，被感染的风险相当高，你害怕过吗？"我问他。

"开始的时候，真是有些恐惧的，但是事情那么多，渐渐就没有时间去害怕了，有的只是着急，还有心痛。但是，我还是会做好防护，保护好自己。"

他们车队的志愿者有时互称队友，有时也喊战友。他们说，这是战时状态，他们是同一条战壕里的战友，互相照应，守望相助，共同战疫。

郑能量有一个并肩战斗时间最久的铁杆战友——胡恒兵。在一家汽车修理店，我见到了胡恒兵，他给我的第一印象是忠厚踏实，个子不高，但很健壮。

40岁的胡恒兵是吊锅餐厅的老板兼厨师，做了半辈子鄂菜，最拿手的就是吊锅。在他的记忆里，武汉的冬天很冷，江风一起，人们喜欢钻进馆子，点个吊锅埋头吃一顿。

但这个冬天，却沉寂了。

胡恒兵原本打算1月23日回大冶老家，却因为疫情留在了武汉。他的手机频繁推送着疫情的消息，他看到，有一些前线的医护人员有时忙得连饭都吃不上。

"有种说不出来的心酸。"胡恒兵跟我说，作为一名厨师，他向来把吃饭看得很重，总不能让冲锋在一线的医护人员饿肚子吧？没吃饱怎么打仗啊。胡恒兵当即联系了7个同行，一起去支援医院食堂，给医护人员做饭。

他们第一天做了570份盒饭，两荤两素，全部用保温袋包住、消毒，再分给医院的病区、科室。

医院食堂运转正常之后，胡恒兵转移服务重心，跟郑能量一样，开车接送医护人员上下班，再后来又经常帮忙转运各种物资。

胡恒兵经历坎坷。他说，在这样的疫情面前，做一点就算一点，那么多事，都不去做，谁做呢？

志同者，道合。跟郑能量走在同一条道上的还有来自河北保定的魏飞。

魏飞今年53岁，是一名退役军人，在保定市开一家小公司。武汉疫情暴发后，魏飞一直干着急，想出点力又不知道干点啥，直到从网上看到郑能量"逆行"的故事，仿佛被点醒了，也下决心来武汉做志愿者。

在他们的住处，我见到了魏飞，一个随和忠厚的北方汉子。"不敢跟父母说来武汉的事，只跟爱人商量了一下，她知道我在家里天天为武汉的疫情发愁，所以很支持我的决定。"魏飞说。

魏飞特意从家里开来一辆面包车。他说，面包车运物资最实用，他以前在部队是装甲兵，最拿手的就是开车。从保定到武汉，1100百多公里，他开了15个小时。

魏飞还说，人活着，总要做一些有意义的事情。

是啊，他们是一群心怀共同理想信念的人，如今汇聚在武汉做同一件有意义的事。

德不孤，必有邻

在武汉一个多月，郑能量见证了这座城市的变化，他也从居无定所，到有了固定的大本营。

先是睡在桥下的车里，后来在好心人提供的健身房，如今郑能量和胡恒兵、魏飞他们住在一起，是爱心人士免费提供给他们的一套公寓。住宿稳定，他们就能集中更多精力去战斗。

各个志愿者车队也在进行整合。郑能量、胡恒兵、魏飞他们现在的车队叫"武汉007救援车队"。郑能量带我到武昌区和平大道的一个小区，在那里我见到了救援车队队长蒋镓淇。郑能量笑着说，这个大姐是他们车队的灵魂人物。

"还大姐呢，你刚来的时候看到我可是喊大哥。"蒋镓淇想起这事就会发笑。她说，郑能量好逗，因为都戴着口罩，穿着防护服，看到她是短发，就以为她是男的。

35岁的蒋镓淇，一身透着干练。她一边给郑能量盛饭，一边说他有口福。"今天车队一个小伙伴生日，小区业主爱心群里，有爱心人士特意煮了牛肉炖胡萝卜火锅。"

蒋镓淇说，小区里面有一批爱心人士，看到这些志愿者天天在外面奔忙，就主动拉了一个业主爱心群，整合力量给志愿者车队提供部分后勤保障，志愿者想吃什么菜，都尽量满足。菜做好之后放在各自家门口，通知志愿者去取，也不用打照面，避免接触。

"有一件事让我非常感动，不记得是谁说想吃饺子，于是部分爱心业主就马上行动起来，东家出肉，西家出饺子皮，南家出胡萝卜，北家出手艺，连饮料都有人给配齐了。我们将那顿饺子称为'百家饭'，也是我吃过最难忘的一顿饺子。"

蒋镓淇出生于医生世家，对病毒的认识更加理性，对车队每一位战友都关心爱护。她说，郑能量实在太拼了，一天24小时待命，好像不用睡觉似的，有单就抢着接。我们怕他身体吃不消，还会强制他去休息。

"这种被人关怀的踏实，是我的铠甲、我的装备。"郑能量放下碗筷，抬起头说了一句。

是啊，爱和温暖，从来都是互通的。他的逆行北上给武汉带来了正能量，武汉人民也还他以异乡的温暖。

1月28日，郑能量送中部战区总医院一位护士上班，护士说你们志愿者太辛苦了，从包里拿出一个鸡蛋递给他，嘱咐他补充营养，抵抗力才会更好，并提出拍张合影留念。那是郑能量到武汉之后第一次跟人合影。护士给他微信留言说："永远记得我们一起抗击疫情。"

郑能量说，有太多的好心人加自己的微信，一上来连话都没说就给他转钱，让他备感惶恐。有个名叫"利哥"的微信好友，一上来就给郑能量转账"666"元，祈盼他平安。

"我谨对利哥和所有人表示深深的感谢，但钱我一定不会接。"这是郑能量的心声。

在武汉的日子，有护士送给他口罩和酒精，有爱心人士送来水果和牛奶，有大爷送来面包，还有热心市民端来热腾腾的馄饨……郑能量的行动感动着武汉市民，武汉市民也感动着年轻的郑能量。

郑能量说，一个人的能量即使再大，在这场疫情面前都是那么微不足道，但是我们每一个人都挺身而出，尽力而为，出一分力，发一分光，汇集在一起的能量就可以是无穷大，就足以彻底消灭病毒，打赢这场人民战争。

夜色浓重。深夜两点，在这座英雄辈出的城市街头，我与郑能量道别，看着他的车渐行渐远。那尾灯一点一点变得模糊，最终融进整片暖黄的路灯中。

火神山日记

张久聪

2020年2月8日

今天下午,我们感染六科一病区第一次接收病人,戴沛军主任、张超、高富国还有我,我们4个医生去接诊。没有想到的是突然来了33个新冠肺炎确诊患者,过程很是紧张忙碌,戴主任带着我们把病人逐个"过"了一遍。

先是问病史。这边的方言有的很难懂,加上防护服和面屏有隔音效果,大声说话有共振耳朵受不了,小声说话患者又听不到,所以,需要低着头凑近患者头部去听去说,这样弯腰起身,再弯腰起身,时间长了很辛苦。

再看CT片。看受累肺叶,面积大小、炎症情况。护目镜上雾气朦胧,眼前一片茫然。正着、侧着、仰着、斜着,我尝试用各种角度看片子,告诉戴主任检查日期和影像表现。眼前一尺之内视物都困难,更别提黑白相间的CT片。

全副武装地进出每个病房,呼吸困难,体力消耗极大。不久,莫名其妙地,我忽觉一阵恶心涌上来,后脑勺炸裂般疼痛,四肢触电般瘫软,非常难受。我用前臂轻轻拍一下后脑勺,不行,又靠在墙上轻轻磕一下后脑勺,还是不行,仍然非常难受。他们几个也有同感。但是，看着戴主任年纪大了都还那么敬业，我狠狠地掐了自己一下，咬牙继续坚持。

后来戴主任告诉我，这是缺氧的表现。记得2014年去格尔木执行任务，在海拔4000余米的高原上待了46天，2018年参加组团援藏，在海拔3000余米的藏区待了半年，当时也没有出现过这种情况。缺氧症状真的非常难受。我们瞪大了眼睛，坚持把所有新入科病人的胸部CT片都"过"了一遍，然后把每个病人需要处理的内容都记在纸上，拍照传到绿区（即清洁区）。

脱下防护服和护目镜回到绿区，已是夜幕降临。然而，全无饥饿感，食物对我来说已经不重要了，重要的是，感觉光明不可或缺，感觉空气弥足珍贵，能大口呼吸、能放眼世界，真的真的好满足。

2月10日

今天是我的生日。

葱瑞主任和我一起值班。巧的是，2月9日，是葱主任的生日，2月10日，是我的生日。2020年2月9日22：30，正月十六的圆月下，我们一起乘车去值班；2020年2月10日凌晨04：30，我们一起乘车下班。我们一起守护着感染六科一病区45个病人，平安度过了又一天！

这个生日，注定会让我铭记一生。

在这个被万千逆行者护佑着的国度，在这方无数人用热泪和热血浇灌过的热土上，一群勇往直前的白衣战士，逆着洪流撑着生命之船。在这个如此静谧美丽的夜晚，在这轮遥寄牵挂与相思的圆月下，他们疲惫的双眼，守望期待着，迎接胜利的曙光与明天。

我想起诗人雪莱说过的，"冬天来了，春天还会远吗？"

2月13日

晚上,在微信公众号上看到一篇文章《泪目!至亲长辞,姐妹俩忍痛奋战战"疫"一线》。文中所写的姐妹俩王晓靖、王宏玲都工作在医疗救护一线。妹妹王宏玲在某医院发热门诊工作,姐姐王晓靖正在火神山医院鏖战。

早上的班车里,王晓靖护士长正和我们一起讨论工作中需要整改的细节,突然间,接到的一个电话,让她号啕大哭,"我回不去了,我不能回去啊!"原来,她的父亲去世了。一时间,一车人都沉默了。

微信里有一张照片:空军运输机机舱里,王晓靖护士长以军姿站立,敬着军礼。记得这张照片还是我给她拍的。2月2日凌晨4点,我们从兰州出发,乘坐空军运输机,飞赴武汉。当时我们坐在机舱的最前面,因为从来没有坐过运输机,所以互相拍照留念。我所认识的王晓靖护士长,坚强执着,认真负责,从不言苦。这一次,面对这样的情况,她依然如此!

就在两天前的2月11日,我们同一批来的一位战友吴亚玲,她的母亲去世了。在火神山医院抗疫一线的吴亚玲泪如雨下,面向家的方向深深地三鞠躬。稍微平复一下心情后,又重新回到工作岗位。这个视频在网上发出来之后,很多人看了都非常感动。

两天之内,两个战友的至亲走了,可是她们仍然冲锋战斗在抗疫最前线!想起那句话:哪有什么岁月静好,不过是有人替你负重前行……

2月16日

在这里,每天的轨迹很简单,像时针一样周而复始。从住地去医院,一个小时的车程,上高架,右转,下高架,左转,我已熟悉这路径,就如同我熟悉这沿途的风景。那里是黄鹤楼，那里是鹦鹉洲，那里是珞珈山，那里是知音湖。

下车步行过岗哨，走过一段长长的走廊，左拐下楼便到了我们病区。然后开始交班，查房。查房要先进入更衣室，换上防护服，戴上护目镜、口罩、帽子、两层手套，穿好鞋套。再进入黄区（即半污染区），添加隔离衣、面屏、口罩、帽子、手套、鞋套。最后的样子看起来有点像宇航员。接着，进入红区（即污染区）查看病人。

结束后，再逆序逐次退出，卸去装备。回到更衣室已是"面目全非"，脸上的压痕，暴突的眼睛，缺氧的嘴唇。内衣已全部湿透，紧紧贴在身上。小心地将内衣脱下整理打包，换上带来的干净衣服，再去开医嘱。

下班后回到住处，首先必须把湿透的衣服洗干净挂起来，不然很快就没有穿的了，然后要把今天失去的水分都补上。有的同事上班时用纸尿裤，但是我不习惯用，所以只能控制自己早上少喝水。

武汉，我曾经来过这座城市，漫步江岸，登临黄鹤楼。而今，这里已失去往日的热闹。但我坚信，再嚣张的疫魔也抵不住战士的猛攻。期待山河无恙，期待海棠花开，还你晴川历历，还你芳草萋萋。

2月24日

我所在的火神山医院感染六科一病区，医护人员和患者一起建了一个微信"希望群"。群里，除了经常推送新冠肺炎的防治等知识，推送舒缓紧张情绪的音乐、强身健体操的视频等内容之外，还常常有患者发送感谢医护人员的话语。

今天，看到"希望群"里出院患者写给我们的感谢信，读完这些信，我落泪了。

"你们不怕感染，又是治疗，又是服务，还要当护工做卫生，你们也有父母有妻子有儿女，你们舍小家、救民族、救人民，真是可歌可泣！"

"在这15天的治疗里，我看熟了你们的身影，虽然看不清你们的脸，但是我看见你们一双双清澈的眼睛，一颗颗对党对人民赤诚的心，医者仁心啊！"

"千言万语道不尽我感恩的心，你们防护服上写着的名字和说话的声音，你们的眼神，我会永远留在心间！"

"每天看到护士们个个紧张地忙碌，我多想见见她们美丽的面容，向她们说很多感激的话。"

"在这场没有硝烟的只能打赢、不能打输的战争中，你们听党指挥，带着一方有难、八方支援的使命，带着大爱无疆的一腔军民鱼水情的热血来救我们……"

……

在这场疫情中，不经意的一个小小触动，就能让人感慨万千。能得到患者的回馈与认可，对于我们来说，是一件多么幸福的事情，我感到，我们为之付出的一切都是值得的。

此时，我回想起新年递交请战书的坚定果敢，回想起妻子事无巨细交代时的放心不下，回想起出征誓师大会的庄重严肃，回想起离开8个月大幼子时的百般不舍……其实，我也曾纠结、痛苦过，但是面对疫情和人民生命的安危，我想，接受部队培养18年的我，更应奋不顾身，冲锋在前……

今天忽然觉得很欣慰，之前所有的顾虑都释然。对这个世界，我们需要充满热爱，为了那么多我们所爱的人们，为了那些值得我们为之奋斗的事业……

2月26日

这些天来，常常为患者的故事所感怀，每每被患者的眼神所触动，却又不知该如何去安慰。

但是，患者却反而来关心我们。有时候去查房，患者会说，张医生，我就只有一个要求，请你们一定要保护好自己，别被我们感染了。还有的时候，患者说，张医生，感谢你，每次隔着防护服也看不到你，好想看看你真实的样子。

记得有一次送患者出院，我们走出感染六科一病区的门，一直走到医院大门口。短短100米的路程，想起这些天我们的努力和付出，听着患者感激的话语，看着他们熟悉的身影，我热泪盈眶，不能自已。后来，我就不再去送他们出院了。但是，依然有患者问我，张医生，明天我出院，你会送我吗？于是，我就告诉她，对不起啊，明天我还有其他事情，今天我提前跟您道个别，祝您早日康复。虽然隔着护目镜和面屏，但是，我仍然害怕患者看到我眼眶里打转的泪水……

千里驰援

张培忠　许　锋

一

2020年1月18日,傍晚。广州南站。过节归乡的人潮已然涌来。

一位老人和助手来到售票大厅。

从老人矫健的身形和匆匆的步履,看不出,他已有84岁高龄。这个年纪,又逢岁尾年初,一般是不出行的。显然,老人是遇到了"特殊的情况",或者——"天大的事情"。

只是,车票已售空。

十万火急。不得已,老人想办法才搞到两张车票。

是17时45分的动车,目的地:武汉。车上没有座位,车长把老人和助手安排在餐车就座。

老人和助手吃了盒饭,然后,开始工作。先看材料,又不断打电话,连续打了十几个电话。21时许,累极了,老人仰靠椅背,闭目小憩,没摘眼镜,眉头紧锁。

他面色憔悴,脸有倦容。前一天,在深圳忙。这天上午,讨论一个重症病人的病情;中午没休息;下午,在省里开会;会议结束后,直接来到车站。

老人只休息了10分钟,然后,又是看材料,打电话。

23时，列车抵达武汉。

次日9时，老人在武汉会议中心参加高级别专家组会议；会后，去金银潭医院；之后，去武汉市疾控中心。下午，参加会议；18时许，飞往北京；22时许，参加会议，直至深夜。

1月20日，16时许，老人出席新闻发布会。人们知道了，这位老人就是钟南山，中国工程院院士、国家卫健委高级别专家组组长。

面对来势汹汹的新冠肺炎疫情，钟南山表示，肯定有人传人现象，已经有医务人员被感染，"这是我们应该提高警惕的时候""没有特殊的情况不要去武汉"。

二

除夕，万家团圆之日。再忙，这一天人们都会回家。

孰料，在新年的钟声即将敲响之际，武汉新冠肺炎疫情告急。全国各地驰援武汉的医疗队伍纷纷启程。

临近午夜，一架货舱满载医疗物资的南方航空公司航班，停在广州白云国际机场。

133名队员迎风而立。这是广东派出的第一批支援武汉的医疗队——

谢佳星，准备驾车回潮汕过年，果断放弃；谢国波，妻子怀孕4个月，接到任务没有一丝犹豫；陈丽芳，两个孩子，婆婆身体不好，孩子和老人都需要人照顾；彭红，远在湖南的父母盼女儿归来，她不敢说自己要去武汉；王凯，正在安徽老家陪伴父母，当即启程返粤；梁玉婵，取消了2月2日领取结婚证的计划……

不管有多少困难，这些医务工作者都咬紧牙关，义无反顾地踏上征程。

英雄不问出处。但此时，英雄的出处不能省略：广东省人民医院、广东省第二人民医院、中山大学附属第一医院、中山大学孙逸仙纪念医院、中山大学附属第三医院、南方医科大学南方医院、南方医科大学珠江医院、暨南大学附属第一医院、广州医科大学附属第一医院。均为三级甲等综合医院。

而且，医疗队成员全部来自呼吸科、感染性疾病专科、医院感染管理科、重症医学科、检验科。其中，多人参加过2003年非典救治。

团圆夜亦是出征时。羊城的除夕夜灯火辉煌，队员们有不舍，有牵挂，但更多的是信念——抗击病魔、安全归来！

深夜1点45分，航班抵达武汉天河国际机场。此时，已是庚子鼠年大年初一。133人，走入武汉的浓重夜色中。

三

抵达当日，没睡多久，队员们就开始业务培训。

汉口医院，距离华南海鲜市场只有4公里。广东医疗队接手原呼吸科病区时，住院者70人，其中病危3人，病重52人。

这是一家以康复医疗为主的二甲医院，本来不具备收治危重患者的条件。甚至，更衣间连灯都没有。

医疗队员们来到这里后，立即着手改善环境。手消毒，戴防护帽，戴口罩，穿防护服，戴手套，戴面罩，套鞋套……包住每一寸裸露的肌肤。

然后是当清洁工、垃圾搬运工。杂物、医疗垃圾、生活垃圾……无不潜藏病毒，每一次近距离接触，都危险重重。

接着是划分病区。将内科二楼通往原医生值班区的通道堵住，隔出清洁区、半污染区和污染区。各区之间，以木板相隔；木板与木板之间，用透明胶封住。

隔离门需要更换。使用下压式门把手,一摁,门开,仅一个指头接触。

尽管需要着手的工作还有很多,但是,渐渐地,已从无序变为有序,从忙乱变为稳定。然后,继续收治病人、分类隔离。

医疗队员们分批进入病区。133人,夜以继日,与患者一起,同病魔做斗争。

邓医宇,广东省人民医院急危重症医学部主任医师,医院赴武汉医疗队队长、临时党支部书记。党支部成立后,他组织召开临床医疗会议,梳理出《汉口呼六各班职责》(呼六:指呼吸科6个班),保障医疗有章有序开展。

周宇麒,中山大学附属第三医院呼吸内科副主任医师,医院支援武汉医疗队队长,在治疗急危重肺炎患者外,重拾多年前"开医嘱""书写病程记录""抢救记录"等基础工作。

王吉文,中山大学孙逸仙纪念医院重症医学科副教授,参加过非典隔离病房管理和一线救治,他鼓励队员:"情况紧急,我们要团结一心,拧成一股绳,想办法解决所有问题。"

无特效药。常常需要给患者氧疗。氧,一般都"装"在病床床头,一根管子连着,需要就开。汉口医院也是这样。但病人一多,供氧不够,这时候就需要用上氧气瓶。

用推车推氧气瓶。一个灌满氧的氧气瓶100多斤。而且,40分钟要更换一次,换瓶者常常是身材瘦削的女护士,并且裹着厚厚的防护服,戴着手套、面罩,蹬着脚套,护目镜朦朦胧胧一片水汽——费力程度可想而知。

刚开始换氧气瓶,几个人一起上。光用手不行,还得用扳手。慢了也不行,病人的血氧会往下掉。人力有限,大家不断总结经验,掌握技巧,很快,两名女护士可以迅速换好,接着,"厉害"一点的女护士,一个人就可以搞定。只是,每次都会汗流浃背,浑身如针刺一样难受。

防护服数量不够。穿上就管4到6小时,加上交接班,七八个小时也是常事。中间不能脱,更不能上厕所,只能穿纸尿裤。"人生中,第一次穿上成人纸尿裤!""走起路来挺难受。"

夜里,下起霏霏细雨。江城的街上,冷清、寂寥。下夜班的医生、护士结伴而行,有人突然说,今天是大年初二啊!

对他们每个人来说,这都是一个永远难以忘记的春节假期——他们将在"战场"上度过。而且,他们不能退缩,不能胆怯,不能低头。

四

例行查房。中山大学附属第一医院重症医学科主任医师吴健锋带队,逐一查看患者。

及至呼六病房,73床的那位老人看起来不太对劲——显得格外烦躁,手使劲摁在胸前,面色褐红,嘴唇青紫。

隔着防护面罩,吴健锋扫了一眼监护仪,血氧饱和度为60%,已是严重缺氧。

吴健锋依据多年的经验初步判断,老人可能突发气胸。

吴健锋环顾四周。他在找超声机。此时,唯有重症超声可视化技术才可诊断出患者是否为气胸。只是,汉口医院隔离病房此前未使用过这项技术,病床边没有超声机。

吴健锋急促地说:"立即联系医务科!"

在等待超声机的过程中,有医生给老者加大吸氧浓度;有医生用言语安慰患者;之后,大家一起商讨诊治方案。

约10分钟后,超声机到位。

在吴健锋的指导下，一系列抢救措施有条不紊地进行。

中山一院重症医学科主治医师司向立即对患者进行床边心肺超声检查——发现"肺点"，这是诊断气胸的特异征象，气胸确诊。

司向娴熟地定位：患者右侧胸，第四肋，腋前线。

中山一院重症医学科主治医师易慧将麻醉药喷洒在患者右侧胸，并用手均匀涂抹。

之后，借助超声引导，南方医院呼吸科主治医师肖冠华和易慧给患者行胸腔穿刺置管术。

胸腔穿刺针按照司向的定位准确刺入；针中，"藏"有一根银色的钢制引导丝；然后，针退，引导丝一头"驻留"肺部，一头留在体外；再用扩皮器扩张穿刺部位的皮肤，扩张完毕，胸腔引流管顺引导丝置入。

整个过程，医生与患者需要密切接触，彼此的呼吸，不是近在咫尺，而是近乎微距。

10分钟后，一股气体从管子里"吐出"——患者长换一口气，舒服多了。被引出的气体进入"负压瓶"——足足700毫升。

3分钟后，患者血氧饱和度上升，脸上褐红消退，嘴唇变得红润。终于转危为安。

这是中山大学附属第一医院援助武汉医疗队以重症床旁超声技术抢救突发气胸重症患者的一个成功案例，也是汉口医院第一次开展重症床旁超声技术应用。

老人戴着氧气面罩，虽说不了话，但依然抬起手，竖起大拇指，他在感谢医生的救命之恩。几位医生也纷纷竖起大拇指，为老人的坚强"点赞"；此刻，大家已是一身汗，真想擦一把，但又无处下手。

电话中，司向说，救死扶伤，是我们的天职，成功了，我们感到幸福。

除了这,你知道医生最幸福的时刻是什么?

500毫升,果粒橙。

咕嘟咕嘟,只听电话那头,司向一口气灌了下去。

五

那位阿姨睡得很香。

广东省人民医院护士李婕茹推着治疗车,沿着灯火通明的走廊来到病区,准备为她抽血。李婕茹停好治疗车,走到阿姨身边,轻轻拍了她一下。阿姨醒了。李婕茹透过护目镜,看到她睡眼惺忪,却露出微笑,顿时心里一暖。

阿姨挪了一下身体,腾出一点位置,"我要不要再躺过去一点?我不怕疼的,你扎多少针都可以。"

若在平时,病人这样说,李婕茹会不开心。针针不见血,不就是水平差吗?可是,自己现在穿着厚厚的防护服,戴着码数偏大的乳胶手套,还一双套一双,护目镜上蒙了一层雾气。这身装备,扎辫子都没准,何况是扎针。

李婕茹咬咬牙,拿过止血带,绑在阿姨手腕上。每天抽血,阿姨的手背上到处都是针眼。李婕茹隔着手套,细细摩挲,轻轻弹压,探了一轮,又探一轮,终于在中指和食指间的手背上找到一根弹性还可以的血管。

阿姨还在鼓励她:"阿姨年纪大了,血管不好,没关系的,扎多少针都不怕。"

下针时,李婕茹有点紧张。28岁的年纪,当了5年护士,扎针这个动作早就轻车熟路,可是这时候,她握着针,觉得手有些笨拙,眼睛看不清,整个身体像被箍着,她生怕一针没扎好,还要扎第二针、第三针。她调整一下呼吸，稳住手，凭借经验，一针进去——鲜血冒了出来，流进试管。李婕茹心里很激动。这是她工作5年来，无数次"一针见血"经历中最特别的一次。

"谢谢！"阿姨的眼睛里泛着泪花。"姑娘，你辛苦了，为了我们，你们一夜都没合眼！"阿姨起了起身，半仰着头说。

李婕茹说："阿姨，我们不辛苦。"她知道自己的声音是哽咽的。但是，她不能哭，她还要去下一个病房。

暖心的话，不断地从病人嘴里冒出来，在灯火通明的走廊上萦绕。

一个个护士，推着治疗车，时进，时出，由远及近，由近及远。他们与患者彼此相望，彼此感动。

六

133人，远远不够！

珠江连汉江，壮士再出征。

正月初四晚，来自中山大学附属第一医院、中山大学附属第六医院、广东省妇幼保健院、南方医科大学第三附属医院以及广东各地市医院的147人驰援武汉。

正月十三晚，中山大学附属第一医院、孙逸仙纪念医院262名医护人员，驰援武汉。

正月十四，广东省疾控中心检验队车载生物安全柜、生物废弃物高压系统、全自动核酸提取仪和荧光定量PCR仪，经16个小时长途跋涉，到达武汉，展开检测任务。

正月廿一晚，广东新组建的一批医疗队奔赴荆州。佛山、汕头、东莞、茂名、梅州、揭阳……全省医疗系统总动员。

除了这些团队，亦有人"踽踽独行"。

正月初九，中山大学附属第一医院重症医学科主任管向东教授，作为国家级专家组成员赶赴武汉执行紧急医学救援任务。"生命重于泰山，疫情就是命令。国家有困难，重症医学专家应当迅速响应！"

正月十九中午，广东省人民医院危急重症医学部主任医师蒋文新登上飞机。他奔赴荆州，担任广东省对口支援湖北荆州医疗队技术总指导。蒋文新有关节炎，膝盖疼，一拐一拐进了机舱。他注意到，这是一架客机，但却没有乘客。座位上面、下面，塞着一箱箱口罩、防护服、导尿包……机舱两侧悬挂着十几面五星红旗，在灯光的映照下，传递着温暖。

更有中医的力量。

张忠德，55岁，是当年抗击非典的勇士，当时不幸感染，一度呼吸衰竭写下遗书。除夕夜，他孤身启程。这些天来，作为国家中医药管理局应对新冠肺炎疫情防控工作专家组副组长，他率领67人的广东中医团队与国家中医医疗队合力战"疫"。

把脉、看舌苔、详细问诊、开药方。疲惫至极，但病房、走廊里飘起的中药味，又让张忠德颇感欣慰。

第一例。女，37岁，全身乏力、咳嗽、气喘，情况严重。她不想喝中药，觉得没啥用，也难喝。医生熬好药，一次一次端给她。后来喝了，"确实好得很快"。出院时，大家送她，她说："今天是我的生日，也是我的重生日。"

还有一位老年女性患者，起初也抵触中药。结果，喝药后"好像有惊人的效果"。她躺在病床上，冲医生竖起大拇指。

2月18日，国家卫健委、国家中医药管理局印发《新型冠状病毒肺炎诊疗方案（试行第六版）》，中医治疗部分由张忠德参与制订。

七

千里驰援，为武汉胜，为湖北胜，为中国胜。一曲新时代的奉献之歌、英雄之歌正在荆楚大地传唱——广东医疗队2461名队员，与来自全国各地的数万名医务工作者一起，为抗击新冠肺炎疫情而并肩作战。

2月14日晚。江城上空，雷声滚滚。

翌日一早，人们推开窗，惊喜地发现，天空中飘着雪花，这是庚子鼠年落到武汉的第一场雪——荆楚大地银装素裹，分外妖娆。

一位武汉市民说，瑞雪兆丰年，我们等待着春暖花开！

脱贫攻坚

腾飞的十八洞村

杨家沟巨变

深情写在大地上

绽放心中的爱

小山村的艺术活力

两个人的学校

深情写在大地上

范 稳

一

中国工程院院士朱有勇站在拉祜族山寨旁边的一块洋芋地里，头戴草帽，着一件黑色短袖圆领衫，藏青色休闲裤的裤脚上沾着斑斑点点的泥土，一双胶底鞋早已看不出原来的颜色。当地把马铃薯叫作洋芋。他手里举着一个大约有1.5千克的马铃薯，笑呵呵地对我们说："你们看看，多好的冬洋芋呀。你看它的皮，多光洁，多亮，一个坑都没有。北方人最喜欢我们的冬洋芋了。这个季节只有我们这里才能为市场提供新鲜的洋芋。"他的笑容敦厚而温暖，让人心生信赖。尽管他是一位著名的中国工程院农业学部的院士，获奖无数，但人们更愿意把他当作一名下乡扶贫的工作队员，质朴平易，谦逊温和，一如邻家大叔。

这个硕大的洋芋是朱有勇刚刚从地里亲手刨出来的。在他的身边，是身着民族服装的拉祜族乡亲，他们把这个收获的日子当作节日来过。在他的身后，是一望无际的洋芋田，洋芋秧还是青色的，一些洋芋已经从根茎处迫不及待地探头露耳了。人们只需拔去豆秧，用手都能把它们从松软的沙质土壤里刨出来。挖出来的洋芋黄皮锃亮，一堆堆地散落在地里。受疫情影响，收购商今年不便上门，朱有勇就专门请购物网站的人来直播拉祜族人开挖冬洋芋的场面。他自己则当起促销员，一会儿去地里挖洋芋，为人们讲解冬季洋芋的特色，一会儿又在农家表演切洋芋丝，刀工娴熟，简直超过农家乐的厨师。

这天网上销售出去的冬洋芋大约有30万元，云南农大和昆明部分高校也为学校食堂买了一大批冬洋芋。由于是网上订购，商家回款有个周期，朱有勇跟一道来的云南农大领导协商，说我们先把这笔钱给农民垫上，网上销售的钱再让他们转给我们。拉祜族同胞习惯一手交货一手交钱，我们不能伤了他们的积极性。第二天，云南农大的一位副校长亲自带着30万元现金飞来了澜沧。

时在清明，假期还有一天，南方边陲小城澜沧拉祜族自治县已是仲夏风光，阳光灿烂，大地翠绿。朱有勇的一个院士工作站就在澜沧县的竹塘乡蒿枝坝。这是全国少见的直接设在村里的院士工作站。它是幢两层小楼水泥建筑，楼下是村科技图书室，楼上有两个房间和一间会客室。平常朱有勇就在会客室里谈事、布置工作、接待来访的乡亲。与其说这是个让人心生敬重的院士工作站，不如说它是一个乡村扶贫点。而工作站的主人朱有勇院士，就是扶贫工作队队长。

许多人也许会纳闷，一位工程院院士，科学家，怎么会去扶贫蹲点、挖洋芋促销农产品呢？让我们把时间回溯到2015年冬，春城昆明一个阳光普照的日子。那天，云南省人民政府和应邀前来考察的中国工程院院士团队联合举办了一个扶贫专题座谈会。那一年，脱贫攻坚战役已经全面铺开。对云南来说，有一些深度贫困的"堡垒"亟待攻克。中国工程院受党中央、国务院的委派，定点负责云南澜沧拉祜族自治县、会泽县的结对扶贫工作。这两个县一在滇西南的亚热带少数民族地区，一在滇东北的高寒山区，都是深度贫困县。谁来扶？谁愿意去？座谈会上，工程院的领导环顾四周……朱有勇笑呵呵地对院领导说："云南是我的家乡，让我去澜沧扶贫吧。"那年朱有勇刚过60岁，自称为院士团队里的"年轻人"。他曾坦率地跟我说,他是云南人,又是党员,扶贫工作是大事,自然当仁不让。

君子一诺千金,院士一马当先。当年12月,云南的冬天尚有暖意,朱有勇带着自己的院士团队赶到澜沧县,一头扎进竹塘乡的蒿枝坝。这是个纯拉祜族村寨,贫困率高达51%。朱有勇的想法简单又质朴:既然是到农村扶贫,就得真正把自己的所学所长用到农民身上,让科技的光辉照亮这片热土。在此之前,他已被人们称为"农民院士"。他总是那么豁达地说,农民院士嘛,先农民,后院士。我本来就是农民的儿子,让农民过上好日子就是我的初心。

朱有勇是恢复高考后第一届大学生,从小在农村长大,上大学前还当过知青,深知农民疾苦和科学种田的重要性。成为一名农学专家后,他以搞生物多样性病虫害控制闻名于世,多年来先后获得发明专利20余项,国际、国家和省部级科技奖励18项。但朱有勇是一个用心在大地上写论文、做科研的人。多年的田间地头奔波,让他没有专家学者的书卷气,看上去更像一名乡镇一线工作人员,朴实敦厚、和蔼可亲。

朱有勇来到澜沧时,当地群众种植技术落后,收获微薄稀少。地里所产的水稻、玉米等农作物除了够农家自用,能卖出换钱的产物实在不多。人们需要一个撬开贫困的支点。

二

可能不会有人想到,一位中国工程院院士的扶贫是从带头种洋芋开始的。

朱有勇院士团队已经研究开发冬洋芋种植项目十来年,洋芋博士他都带出来了好几个。这项技术既利用了云南干季天热量足、雨水少的特点,又占天时地利之便,在我国大部分地区的冬天都不能生产洋芋时,云南的冬洋芋便一枝独秀，需求旺盛。

朱有勇带领自己的团队跑遍了澜沧县的山山水水。在他眼里，地处亚热带地区的澜沧有充沛的阳光、降雨，有丰富的热量，更有广袤的土地、丰富的物种，尤其是森林植被葳蕤茂盛，条件得天独厚。但在拉祜族地区，冬天是农闲季节，是人们喝酒唱歌跳舞晒太阳串寨子的美好时光。春天来了，布谷鸟叫了，人们才会荷锄下地。

当他告诉蒿枝坝人种冬洋芋的好处时，他看到的是一片怀疑的目光。没有人相信他，也没有人愿意干。配合工作的乡干部们说破了嘴皮，最后也只有两三户人家愿意试一试。朱有勇对自己的团队说，老乡们不愿干，我们就做出来给他们看。朱有勇的团队都是他带的博士，云南农大的青年教授或科研人员，自从跟随朱有勇下来扶贫，个个皮肤晒得黝黑，戴着草帽，挽起裤腿就下田，和他们的导师一样，一点也看不出教授和科研人员的模样来了。

2016年的初冬，蒿枝坝的田地静谧，朱有勇院士穿一身迷彩服，身后跟着一群同样着迷彩服的博士们。他们租了100亩地，在人们疑惑的目光中挖下冬闲地里的第一锄。他们没有多少豪言壮语，只是伏下身段勤勉地耕耘，洒下汗水浇灌这沉睡经年的土地，要用丰收来证明贫困并不是不可战胜。那期间朱有勇蹲在地里，指导人们如何播种，如何盖膜，如何施肥浇水。这位年过花甲的老人一身汗碱，满脸泥土，谁看得出来这是一名院士呢？

来年初春，蒿枝坝破天荒迎来反季节的丰收。朱有勇院士团队种植的冬洋芋亩产达到了3000千克，销售后每亩收入达1万元。朱有勇用最简单明了的话告诉蒿枝坝人：种1亩地，干100天，收入1万元。

拉祜族青年李扎丕家里有7口人，以前全年收入也就两万左右，只能勉强维持温饱，全家还住在茅草房里。朱有勇动员大家种冬洋芋时，李扎丕想着自己是蒿枝坝的村民小组长，还是党员，应该带个头。于是就抱着试一试的心态，拿出两亩地来，在朱有勇院士团队的指导下种冬洋芋。收获时，他每亩地收了2000多千克冬洋芋，一个冬闲季节家里就进账1万多元。2017年冬季，尝到甜头的李扎丕将冬洋芋种植扩大到5亩，2018年又扩大到8亩。到2019年，李扎丕已经成了蒿枝坝的致富带头人，一口气种了13亩冬洋芋，单是这一项收入，就达到十来万元。

有钱了，观念也更新了，李扎丕家开起了农家乐，办起了养殖业。我在李扎丕宽敞的院坝，看到他新买的一辆五座越野车。李扎丕说，他还有一辆农用拖拉机，一辆柴油三轮车，两辆摩托车。家里每个人出门都有车开呀，跟你们城里人一样。他还说，过去去县城赶街（集），花两块钱都会心疼。说到今天的变化，这个淳朴的小伙只会说，没有想到，真是没有想到啊。

三

2016年9月，田里的水稻收割了，粮食入仓了，忙碌了一年的拉祜族人并没有像往年那样闲着了。在朱有勇院士团队的具体运作下，中国工程院院士专家技能培训班在蒿枝坝正式开班。

在脱贫攻坚战役中，人们总结出很多有用的经验，如扶贫先扶智，扶贫先立志。朱有勇认为，培养具有一技之长的乡土人才是解决长远发展问题的重要路径。蒿枝坝地处偏远，信息不灵，人们受教育程度低。授人以鱼，莫若授人以渔。把产业带给他们，再把农科技能教给他们，就是脱贫致富的好办法。

培训班学员是各村寨的拉祜族同胞，教师则是院士、教授、专家学者，至少也是在读博士。如此高规格的培训班没有年龄限制，也无学历要求，更无男女之别，入学则非常简单，他们只需达到两个要求：语言沟通没障碍，想脱贫。

培训班的学员们一报到，便一人发一套迷彩服，一套被褥与洗漱用具。先进行两天的军训，请来教员训练他们做操，走正步。讲纪律、团结、协作、荣誉、责任、尊严……朱有勇说，要先把大家的志气树立起来，才能有赶走贫困的信心和勇气。

朱有勇为培训班制定了教学规划。培训班每班60人，计划开办10个班，每学期为半年左右，分4个阶段：第一阶段学习整地和播种，第二阶段学习施肥、浇水和管理，第三阶段学习收获、分级和销售，第四阶段是总结、规划和发展。

培训班开课，第一堂课都由朱有勇讲。他的开堂第一句总是问："你们想脱贫致富吗？"大多数学员都是首次进这样的课堂，更是第一次听一个院士亲自给他们讲课，拘谨得手脚都不知道往哪里放好。尽管都想早日脱贫致富，但还羞于表达，对能否学会一门农科技能心存疑惑。他们小心地回答说想，朱有勇则鼓励大家大声点："勇敢地说出来。让我听见。"他告诉大家，要致富，先得从立志开始，要记住：争当贫困户，永远不会富。

院士专家们手把手地教，学员面对面地学，才明白，种地原来还有那么多学问和讲究。培训班的学员们不仅通过培训掌握了一门农科技能、找到了脱贫的路径，许多人还成为村寨里的致富带头人。每期培训班结束后，还发给学员一本结业证，上面有朱有勇院士的亲笔签名。澜沧县政府也积极配合，县上规定凡持有院士专家技能培训班结业证的人，可以去银行优先办抵押贷款。有学员自豪地说："我也是院士的学生。"

拉祜族女青年李娜努也这样自豪地说。李娜努是那种勤劳肯干的庄稼人。但传统的耕作习惯，让她的家庭一直在贫困线以下徘徊。2017年，李娜努听说院士专家技能培训班在蒿枝坝招收林下三七种植的学员。尽管家住另一个村寨，李娜努仍匆匆赶去报名。

培训班实行课堂讲授和地里劳作相结合的方式，作业就是将三七种苗发给学员让他们自己回家种植，老师再加以跟踪辅导。有一次，李娜努与其他学员在山坡上的林地里学习种三七，忽然下起了大雨。大家觉得山路陡滑，朱院士一把年纪的人了，大约不会来了吧？想不到如注大雨中，一个人影拄一根树枝做成的拐杖，一身泥水地从山路上蹒跚而来。正是他们的朱院士！李娜努学得很努力，2017年她在团队的指导下种了两亩林下三七，两年后，喜获丰收。这是她在院士专家培训班完成的第一份"作业"。到如今，脱贫已然不是问题，小康目标近在眼前。李娜努说，他们夫妇每天都是开车去林地里干活，除了种好自家的林下三七，她还去院士团队引进来的三七企业打工。她有技术，一个冬天都在忙。

四

朱有勇经常说："农民需要什么我就研究什么。"云南是三七的重要产地。但大田三七种植一茬后，地力损耗，短时间不可再种，让三七种植的土地资源问题越来越严峻。早在十多年前，朱有勇就开始研究这个课题。多年的调查、摸索、探寻、验证、分析、试验、比对，院士团队终于找到林下三七的种植规律。只加以适当的人工干预，其余完全仿野生环境下的种植，一茬三七收获后，土地没有受到化肥农药的污染，可轮种其他林下药材，如黄精、重楼等。

研发林下三七种植技术，其中的艰辛自不待言。许多企业闻风而动，愿意开价十亿购买这项专利。也有人建议朱有勇院士团队自己租几座山林雇人种植，再成立一家公司，收入几个亿也是易如反掌的事情。但朱有勇都拒绝了。他召集自己团队的博士教授们开会，说我们是搞科研的，国家给我们经费，我们做出来的科研成果应该回报社会，教给农民去种，让他们尽快脱贫致富。这个财我们不能发。你们的精力应该放在科研和教学上，这才是正道。

院士团队里的许多人在朱有勇门下硕博连读。单是研究三七的博士，朱有勇就带出12个。从栽培管理到病虫害生态防治，从松针挥发到土壤腐解，这里面大家都贡献了智慧和力量。他们常年跟着朱有勇在三七地里风里来雨里去，搞出这一项技术着实不易。但是当我问朱有勇院士手下的几个得意弟子，他们都笑呵呵地说，我们听朱老师的，他是为我们好。是啊，所谓导师，应是既有业务指导，又有人生引领。

朱有勇还同时为引进来的几家企业提供技术支持，其推广模式是院士专家出技术、出标准，农民出林地、出劳力，企业出资金、出市场。按相关规定，企业无偿享有了林下三七的技术，应拿出利润的15%交给技术提供方，但朱有勇要求企业把这15%的技术转让费都返还给出租林地的农户。据初步估算，农户每出租1亩林地，可收获四五千元的技术转让费。朱有勇说，农民拿到手更多的真金白银，我比过年还高兴。

2019年12月2日，中宣部授予朱有勇"时代楷模"光荣称号。媒体记者追踪采访，人民大会堂做报告宣讲，荣誉纷至沓来。但朱有勇还是那身"农民院士"的行头，一有空就往澜沧跑。一顶草帽一身迷彩服，来到地里就蹲下身来，抓一把泥土看看，那是他多年养成的习惯。自他把院士工作站设在蒿枝坝以来，每年在澜沧工作多达100多天。昆明到澜沧的航班开通后，他应该是乘坐这趟航线最多的乘客之一，往返已达150多次。现在，每天早上，他会带着他的学生们一起在村道上晨跑。他用当地话和路上的村民打招呼拉家常，像村寨里一个德高望重的长者。我跟朱有勇在院士工作站住了一些天，每天早上门把手上都会挂着村民送来的早点，新鲜的玉米、洋芋、土鸡蛋，刚蒸好的糯米粑粑等。

至于是谁送的，谁都不说。

　　澜沧县即将提前实现整县脱贫摘帽的目标。蒿枝坝更成为一个美丽乡村建设的样板。在这个村庄，你总能感受到一种朝气、一种忙碌，每一家每一个人都有奔头、有梦想。

吕梁山里的新生活

葛水平

一

"人说山西好风光,地肥水美五谷香,左手一指太行山,右手一指是吕梁……"这是一首好唱又能感怀乡情的歌,诞生于20世纪一部电影《我们村里的年轻人》,不少山西人皆会哼唱。

歌曲中的吕梁山是中国山西省西部的山脉,也是北方黄土高原上的一条重要山脉。它是黄河中游干流与支流汾河的分水岭,整个地势呈穹隆状,中间一线凸起,两侧逐渐降低。这条连绵不断的崇山峻岭,宛如一条脊梁。

地处吕梁山的临县,是山西省的人口大县。黄土高原上沟沟壑壑,人们隔着山梁喊话,放羊,种地,跨过山,爬过坎,娶回媳妇生娃,这就是他们祖祖辈辈在黄土地上的生活。

我在临县城庄镇见到刘公平,48岁,家里排行老六,父母亲是农民。因为刘家孩子多,刘公平念完小学四年级就外出打工了,啥都干,啥赚钱干啥,拼的都是力气。临县山里单身汉多,刘公平想娶媳妇,想娶媳妇就得努力赚钱。他下煤窑干了3年,一个月700元——那可是30多年前。这笔钱顶了大用,娶媳妇花了7000元,还打了两眼窑洞。

接下来日子怎么过?力气下到田里,却很难养活一家人。刘公平跟着人去太原搞装潢，学了手艺再单干，一干就是8年。刘公平觉得家里虽然温饱不成问题，但是供孩子读书还是捉襟见肘。钱很重要，读书更重要。还得另想办法。

刘公平选择了养猪。一开始买了50多头猪，盖猪场和买猪仔花了5万元。半年后卖了成猪，倒赔了钱。刘公平性格倔强，接着又买了80多头，这回猪仔便宜了，养成之后又赶上猪价上涨，把之前赔的钱又赚了回来。养猪10年，市场起起伏伏。就在刘公平考虑下一步干什么时，秋水河畔的庙坪村刚选出了一位村支部书记。这位叫乔伟顺的共产党员后来影响了庙坪村，也影响了刘公平。

二

2011年冬天，庙坪村两委进行新一轮换届，村里35名党员把改变庙坪村面貌的希望寄托在吕梁市交通局年仅39岁的乔伟顺身上。

村里来人"请"乔伟顺回乡，说的一句话把乔伟顺震惊了：

"咱村目前有400多名单身汉，就是因为村里穷。姑娘一听是庙坪村来提亲，话都不让说完。"

来人缓缓起身，腰弯成一张弓，抱拳道："庙坪村得有个带头人。"

乔伟顺离开庙坪村时12岁，村里困顿的光景多年来一直停留在乔伟顺的记忆里。想到家乡的父老乡亲，想到那片生养自己却依然贫穷的土地，乔伟顺略一踌躇，便做出了回村的决定。

乔伟顺将党组织关系迁到了庙坪村。11月，经正式选举，乔伟顺全票当选村党支部书记。

2012年，他带领庙坪村两委班子外出看世界。走到山东寿光，看到人家土地流转后一亩地可收获10万元。乔伟顺心里算了笔账：山东寿光一亩地可赚10万元，我们一亩地最多收入2000元。别说10万，就按

8万算，也能顶庙坪村一亩地的40年——世界比他们想象的大，外面的人，挣钱有方法呢！

回到庙坪村，乔伟顺发现，庙坪村的小学不知道啥时候都没了。乔伟顺坚决要求恢复小学，留住学校就留住了村子的未来。庙坪村村委自己找老师，发动外出打工的村民把子女送回老家上小学。小学聘请了6位老师，招收了80多名学生。两千多人的村庄，因为庙坪村小学的存在，让60%的人选择留在了庙坪村。

建好了小学，乔伟顺又想：农村说振兴，说脱贫，没有产业，振兴、脱贫就没有依托，还得兴产业！

2012年下了一场大雨，河水暴涨，农田在洪水的冲击下隆隆地塌陷。洪水过后，乔伟顺在河道里发现了一截粗如水桶的怪物，怪物摸上去很柔软，有人说是肉灵芝。

肉灵芝的形成过程比较复杂，是一种罕见的黏菌复合体。庙坪村的土里既然能长出肉灵芝，那是不是也能种出别的菌——比如，香菇？

乔伟顺决定自己先试验种香菇，成功了再大面积推广。2013年，香菇试验种植成功，他信心大增，决定盘活农民的土地，成立合作社，吸引村民入股种植。有的村民一开始阻拦他们，乔伟顺现场做工作，说依靠种植传统的大田作物很难改变贫困的面貌。他承诺，1亩地1500元流转。人们一听放心了，说我们可不是给你使绊子，还不是怕你赔了钱还搭进土地。

土地盘活了。但要搞建设，村里还是没有钱。为解决资金严重短缺的难题，乔伟顺带头拿出自家全部积蓄不算，还访亲拜友，个人为村里转借回1000万元做垫底资金，才确保了庙坪村修路、栽树、垫地、建温室大棚等项目顺利铺开建设。自己贴了多少开支，连他自己也说不清楚，但从来没在村里的账上报销过一分差旅费。

村里有不少人劝乔伟顺说:"你回咱村受罪能图个啥?几年下来你什么事办不成,怕是'赔了夫人又折兵'!"乔伟顺想,解释不如行动。他组织庙坪村23户村民成立了种植专业合作社,6名村干部带头每人入股10万元。在北京开饭店的乔金山,回村里入股10万元;村里常年在外承揽工程的郝谈保思谋着转型发展,不仅拿出100万元资金帮助村里发展高效农业,还牵头成立起现代农业发展有限公司……

香菇大棚建成后,单身汉们有了上班的地方。生活稳当了,收入增加了,仅2014年夏秋时节庙坪村就有30多家结婚。第二期工程从2015年5月开始实施,已新建出菇棚架35个,新建了冷库和恒温育菌室,又添置了价值15万元的机械设备。

三

看着庙坪村的发展,城庄镇的刘公平心动了。

刘公平回到村庄,看到庙坪村大变样,人们搞香菇种植正干得欢。最能说明问题的就是,原来400多名找不到媳妇的,如今都娶妻成家了。刘公平想,都是秋水河畔,别人能干成,我也一定行。

当时只要农民成立合作社,就能够免息贷款种香菇。刘公平游说了上城庄几位老实、名声好的人一起成立了合作社。一开始盖了3个大棚,香菇5个月成品,他又赔了。庙坪村的菌袋长势丰满,他的菌袋却悄无声息!敲打、摇晃、针扎,千呼万唤就是不出来。焦灼着,企盼着,因为他知道,第一茬香菇的产量是决定收入高低的关键,一旦错过了,靠以后的几茬香菇很难弥补。

刘公平找到乔伟顺寻求帮助。乔伟顺带着技术员到上城庄帮助刘公平,技术问题很快解决了。雨季来临,潮湿的菇棚里香菇茁壮成长着。为了能够采到"最佳状态"的蘑菇,刘公平雇用村庄里的男女老少和香菇拼时间、拼意志，早起晚睡，看着它长。所幸，菌袋在前一次出菇时并没有消耗太多的营养，第二次发出的菇芽粗壮饱满，刘公平这才长长出了一口气。

几年种植，刘公平有了收入，添置了烘干机、冷库，一家人黑天白昼就生活在菌棚里。天天侍弄菌菇，刘公平的手总是沾满泥土，出门遇见熟人时，刻意把手往身后放，生怕一握手把别人的手也弄脏了。村里人笑说：刘公平讲究起来了！

采摘香菇的日子里，刘公平认识了同村一个叫赵巧英的妇女。这是个苦命人，丈夫瘫痪在床，家里的重担都落在她的身上。为了供养三个娃娃成人，再苦再累的活她都接，不让自己闲着。因为干了太多的体力活，身上留下了许多伤痕，腰时常的疼，胳膊时常的麻。

三个孩子，两个男娃一个女娃，都中途辍学，不是不想念，是没有钱。赵巧英背着丈夫带着孩子去太原火车站擦皮鞋，一擦就是10年。直到没人在街上擦皮鞋了，她才留下两个男孩子在太原打工，自己带着女儿、背着丈夫回到了上城庄。长年累月下来，肩膀上因为挑担子鼓出一个包，人瘦得皮包骨头。但她还是想办法给两个儿子娶了媳妇，嫁了女儿。刘公平说：这个女人太坚强了。

赵巧英在刘公平的香菇大棚里干活，看见香菇卖了好价钱，自己也想种香菇，就找刘公平商量想租赁大棚。刘公平说，他答应了不算，因为这是合作社，其他人的意见也很重要。话是这么说，刘公平心里已经打定了主意：他想免费"借"大棚给赵巧英种香菇。刘公平把自己的理由说出来：

这女人让人佩服。一个骨瘦如柴的人，顶着家里的一片天。她很穷，但没有丢下负担出走，她把笑脸给人，心里装着苦。我个人意见是免费让她租赁大棚。这种人懂得好，我们要尽力拉她一把。

刘公平说：去年，香菇种植合作社前期投资不到60万元，收入将近60万元，政府给我们菌棒补助21万元，我个人赚了8万。县里和乡里干部三天两头给我们支持，他们像兄弟一样耐心地讲解国家政策，我总得做点啥吧？我就想让更多的农民加入我们的合作社，让更多的贫困户富裕起来，这样就减轻了国家的负担。

说到此，刘公平自己也笑了。正好进来几位合作社农民，穿戴整齐干净，一脸喜悦。刘公平说：我出门见人比他们还讲究，我心里有梦想，等香菇赚了大钱，也盖一座楼，你们来了进办公室，不用在香菇棚地上坐小板凳，而是坐沙发。

没有人比农民更知道用勤劳表达感恩了。他们勤劳的汗水，在这片土地上浇灌出不同于祖辈的新生活。

杨家沟巨变

蒋 巍

一

你晓得天下黄河几十几道湾哎？
几十几道湾上，几十几只船哎？
几十几只船上，几十几根竿哎？
几十几个艄公呦嗬来把船来搬？
……

陕北汉子一声吼，扬起黄河万丈潮。

黄土高原是中华民族的历史见证。漫长的时光流淌过这片土地，冲决出纵横交错的千沟万壑，刻下道道文明的足迹，给记忆留下层层年轮。

那些日子很久远了，如今92岁的老乡蒋志明依然清晰记得，毛泽东同志穿一身灰蓝旧军装，骑着白马和一群战士路过他家窑洞门前的情景。因为雨后路滑坡陡，马走不动了，毛泽东同志和年轻战士们一起牵着马匹前行。后来人们知道了，那会儿这片黄土高原和这里的人民张开深情的怀抱，悄悄守护了一个与中国命运有关的秘密——米脂县杨家沟村。

毛泽东同志当时给自己起一个化名"李得胜"。他弹弹烟灰，笑说，"李得胜"者，谓之占得天下公理必胜也。

初冬的一天傍晚，杨家沟坡上的一孔窑洞中，毛泽东同志一手夹烟，一手提着马灯，正在仔细研看军事地图。这时，西北局书记习仲勋同志领着一位穿黑棉袄的年轻人走进窑洞，介绍说，主席，这是佳县县委书记张俊贤同志，他来杨家沟开会，特意来看看您。

毛泽东同志赶紧下炕，笑着说："小张同志，你领导了我几十天，管吃管住，真是好县委书记哟！"张俊贤同志不好意思，紧紧握住主席伸过来的大手说："哪里哪里，是主席领导得好！"

毛泽东同志没有忘记，他率部转战到陕北佳县，最后三天大军断粮了。习仲勋同志找到张俊贤同志，要他一定想想办法。张俊贤同志问，要多少？习仲勋同志说，12万斤。

对于只有不到10万人口的佳县来说，这可是天大的数字！张俊贤同志想了想，说："把全县坚壁的粮食都拿出来，够一天；把地里的苞米谷子青稞都割了，能吃一天；把全县的羊和驴都杀了，还能对付一天！"

毛泽东同志听说此事后，落泪了。三天后，中共中央机关顺利转移到米脂县杨家沟村。也正是在佳县的黄河岸边，李有源唱出了中国人民的伟大选择："东方红，太阳升，中国出了个毛泽东……"

中国共产党及其军队为人民求解放，付出了巨大牺牲；亿万人民群众为支援革命，最后一碗米送去做军粮，最后一尺布送去做军装，最后的老棉被盖在担架上，最后的亲儿郎送到战场上……

1948年3月21日，毛泽东同志率中共中央机关离开杨家沟，东渡黄河，前往晋绥。解放全中国的伟大号角，从此响彻大江南北……

时光飞逝。2017年7月1日，陕北汉子朱兆飞站在杨家沟的高坡上，望着山上山下一排排古老的窑洞，抚今追昔，心潮澎湃。此刻，他将投入到中国大地上另一场伟大的"战役"——脱贫攻坚大决战中去。

二

2017年6月29日，榆林文化旅游产业投资公司的会议室，气氛有些紧张。此前，书记朱兆飞主动报名参加扶贫工作，经市领导同意，委派他出任米脂县寺沟村（后与坡上的杨家沟村合并为一个行政村）第一书记。董事长李军召开公司全体员工会议，说，扶贫工程的重要意义大家都知道，但长年扎根农村帮贫扶弱不是件容易事，全公司都是朱书记的坚强后盾，要人要钱，朱书记说了算，点谁是谁！

很快，两名青年助手选定。当天上午10时，三人乘车向80公里之外的杨家沟出发。那天大雾，崎岖的山路在雾中蜿蜒盘旋。车上，朱兆飞给两个小青年做了一番动员，还特别强调，咱们一定要扶真贫、真扶贫，扎下去就要做好吃苦的准备，打不赢这场攻坚战决不收兵！

朱兆飞，1965年生，英眉朗目，白面长身，当过兵，做过榆林日报记者、榆能集团党委副书记等职。谁都没想到，朱兆飞会主动向市领导提出，希望下村去当第一书记。文件一下来，公司同仁、家人朋友莫不大吃一惊。榆林市米脂县作为国家扶贫开发工作重点县，之前脱贫工作开展不顺，效果一直不佳。不久前，榆林市委领导班子做了调整，对扶贫工作重新安排，并立下军令状，要求全市贫困县区一定要在2019年全部实现脱贫摘帽。政令如山，压力骤然加大，52岁的朱兆飞选择去米脂县寺沟村当第一书记，无疑是临危受命。

爬坡过沟，颠簸一路，小车驶进杨家沟的寺沟村。头天刚下过雨，地面泥泞不堪，朱兆飞干脆卷起裤腿，把鞋袜脱了，赤脚上阵。他爬到高坡上纵目四望，远近的高塬深沟裸露着层层黄土。村民们大都是老人，面色黝黑，衣衫陈旧，有的在劳作，有的在闲逛。一些泥头花脸的孩子围过来，好奇地瞅着他们。眼前的一切仿佛一张发黄的老照片，显得苍凉、沉寂。走进村部，镇里、村里的干部们正忙成一团，填写村民家庭经济档案表格，细项之多，令朱兆飞等人惊讶不已。看村干部们太忙，朱兆飞和村支书蒋志格、村主任刘伟周进行了简单交流之后，便下去走访农户。

据统计，寺沟村共98户人家，其中有24家贫困户。面对贫瘠的山村，该怎么办？沉甸甸的使命，山一样压在朱兆飞的心头。

三

2019年10月，我到杨家沟采访，在路口随便找了十几位村民，坐在石头上聊天。一位年过六旬的村民说他叫张万金。我说，这名字好富贵呀！他说这是他奶奶给起的。父亲那辈四兄弟，名字中分别有"荣华富贵"四个字；到他这辈，名字中分别有"钱金银喜"四个字。他是老二，故名张万金。这里的百姓，勤劳坚韧，希望能用自己的汗水和双手，换来富足美好的生活。取名万金，也是长辈对孩子未来的美好期望。奶奶还给他起了个乳名叫"摇钱儿"，即"摇钱树"的意思。

"摇钱树"只是一个美好的愿望吗？不。为人民谋幸福，为人民种下"摇钱树""幸福树"的实践，正在轰轰烈烈的脱贫攻坚中一步步完成。朱兆飞来到杨家沟，要办的就是这件事。

很快，朱兆飞走遍了沟沟坎坎、家家户户，先召开全村党员会，征求意见；又召开村民代表会，听取民意。老乡们你一句我一句，意见纷纷。一个严峻的现实摆在朱兆飞眼前：农村改革初期包产到户，极大激发了农民的劳动积极性，解决了当地人民的温饱问题。但这种个体分散的生产方式，也逐渐使得农村集体经济失去了活力。贫困户很多因孤寡、老弱、病残致贫，靠"大水漫灌"的方式，根本无法完成"不能落下一个贫困家庭,丢下一个贫困群众"的要求。

深山朗月,灯光如豆。连续几个不眠之夜,朱兆飞苦苦思考杨家沟的脱贫之路。贫困户靠自己的力量难以翻身,平均分钱的办法也不行。能不能把他们拢到一起干点大事呢?蓦然间,他的脑子里跳出一个创想:杨家沟地理环境独特,革命历史底蕴深厚。可以利用好杨家沟的自然资源,把"红色旅游"和"绿色经营"结合起来,将一家一户的扶贫金集中起来投入新产业。朱兆飞感觉思路渐开——把土地、圈舍、基础设施折合成集体资产,实行集体控股、个人分红,这样可以很好地帮助贫困户们摘掉贫困帽,走上致富路。

找到新思路,朱兆飞振奋不已,思绪如潮。在扶贫日记里,他对这个创想进行一次次论证和丰富。字里行间,充满着热情,充盈着干劲。

在朱兆飞的设想里,发挥好集体经济的作用,是重要一环。

以朱兆飞多年的企业管理经验,他选择了一个当初让村民们抵触、如今令村民们惊喜的绿色产业——养殖本地特有的黑毛土猪。

没资金怎么办?政府投资需要考察、报告、审批等环节。但脱贫工作,时间紧,任务重,需要打开思路找财源。后来,朱兆飞的好战友——榆林文旅公司董事长李军对他的创想大加赞赏,当即决定公司先投10万元。

朱兆飞和助手再次走进贫困户的窑洞,热情宣讲"红色旅游+绿色经营"的"双轮驱动"方案。哪承想,老乡们还是冷脸如霜,眼睛望着窗外。你们是不是给杨家沟画了个"大饼"啊?再说黑毛土猪生长慢,存栏时间长,成本高,卖不上价钱,还不亏个底儿掉?

朱兆飞明白,老乡们相信耳听为虚,眼见为实。听口号没用,关键得看行动。那就干起来看!

文投公司的10万元扶助资金到账,4000平方米的养殖场地点选定,建筑工程队的数台挖沟机、推土机、运输车,轰轰隆隆进村开工了。为节省资金,养殖场以及规模较大的通路、通电、通水、办公区和饲料加工间等设计方案,都在朱兆飞的扶贫日记上一笔笔勾画出来,连门窗大小、台阶尺寸都标得一清二楚。有些原材料一时买不起,就东借西凑——两百根钢管就是从一家公司借来的。一时间杨家沟成了大工地,到处机声隆隆,热火朝天。

朱兆飞天天在工地上摸爬滚打,满身土,两脚泥,一块砖是否砌整齐了都要严格把关。一开始,村民们都远远地看着;后来,几位老党员、村干部被感动了,默默进场帮忙;再后来,全村男女老少,带上铁锹、扁担、水桶都赶来了。钱不够了,老支书巩玉智、村支书蒋志格、老党员姜建生先后送来1万元现金,说这是他们自家的积蓄,先拿去用吧。70多岁的老贫困户王有冻也送来5000元,说要入股。老人家真诚地说:"你们实打实干起来了,我放心。"

村里有位聋哑青年小蒋,与人交流的唯一方式就是微笑。走访蒋家时,朱兆飞了解到,小蒋有个弟弟,因过失犯罪进了监狱。兄弟俩感情深,小蒋每每看到弟弟的照片便泪流不止。朱兆飞想,扶贫要暖心。2017年10月31日,他开车拉上小蒋,去榆林监狱探望他的弟弟。兄弟俩见了面抱头痛哭,朱兆飞和在场狱警也不禁流泪。朱兆飞说,现在国家对杨家沟展开大规模扶贫工作,你在狱中要好好改造自己,争取立功减刑,早点回村创造自己的新生活。小蒋的弟弟抹着眼泪道,谢谢朱书记对我的关心爱护,今后您看我的行动!

杨家沟的变化和朱兆飞的付出感动了小蒋。此后每次见到朱兆飞,他都笑呵呵地竖起大拇指。不同的季节,他还会从山上采来不同的水果,红苹果、黄梨、红枣等送给朱兆飞。小蒋没上过学,只会写自己的名字。有一天他把朱兆飞拉进办公室,在一张纸上认认真真写下"朱兆飞"三个大字,然后指指院子里的公示板,开心地笑起来。显然,这是他从公示板上一笔一画学来的。数天后,工地上一个焊工病倒了,小蒋抄起家伙就干,朱兆飞和村民们这才发现,小蒋竟然有一手焊工手艺!他的父亲说,那可能是他少年时候到县城帮人干活儿学来的。这也是小蒋第一次在全村人面前亮出自己的绝活儿。

朱兆飞的行动,犹如一张大犁,翻开了沉寂的土地,让穷困的山沟变了样,让乡亲们看到了日子的希望。

这一天,几位非贫困户上门提建议说,养殖互助合作社要成立了,国家给贫困户的5000元扶贫金可以入股分红,而我们和贫困户的生活水平其实差不多,确定贫困户的红线是人均年收入低于3015元,而我们家恰好是3016元或者多一点,就划在红线外,入不了合作社,我们也很想加入。更何况村上的土地、基础设施等资源本就是属于集体的。

真是智慧来自群众,朱兆飞一听,豁然开朗。是啊,完全应该把非贫困户吸收进来,请他们自愿入股。这样合作社就可以做强做大,以强带弱,互帮互助,尽快实现共同富裕。在当天的日记上,朱兆飞写道:"通过合作社模式,当地资源变资产,扶贫资金变股金,农民变股民,个体生产变集体合作,让村民自选劳动岗位,人人有事做,真是皆大欢喜啊!"

之后通过广泛征求意见,全村热情高涨,一呼百应。村民大会上,所有股民在合作社协议书上庄严地按下红手印。老支书巩玉智激动地说,当年我领着大家按下了包产到户的红手印,这回又按下了合作互助的红手印。我看这是实现共同富裕的光明大道!全场的乡亲笑开了花,张张笑脸像阳光一样照亮了古老的黄土高坡。之后,村民们商议制订合作社章程,选举理事会成员,朱兆飞当选监事长。2017年8月29日上午,寺沟村红旗飘扬,锣鼓喧天,举行了隆重的"亨亨养殖合作社"挂牌仪式,全体村民到齐,一百多头黑毛土猪进圈。

如今,杨家沟村获得榆林市"脱贫攻坚示范村"等多项荣誉,朱兆飞也捧回省市县"脱贫致富带头人"等一堆奖状。2017年12月19日,一则报道《山沟沟"第一书记"让贫困山村蜕变》在网上广泛传播。朱兆飞在日记中写道:"杨家沟一下红遍大江南北,我也成红人了。但我问心无愧,我们付出了,没有一点夸张,怎样做的就是怎样说的。"

四

2017年底,寺沟村与杨家沟村合并,贫困户变为125户。肩上的责任重了,朱兆飞的雄心却更大了。经他一手策划的"红色旅游+绿色经营"双轮驱动模式,在这片热土上展开了更宏阔的图景。从2017年到2019年,通组通户道路全部硬化并安装了太阳能路灯;一孔孔战时的破旧窑洞重新修整并恢复旧貌,老一辈革命家的旧居,中央下属的政治部、西北局、新华社、公安处等多处旧址,统一规划改建为红色遗址展览馆。每到年节,车辆如潮,游人上万。

与此同时,杨家沟的绿色经济也惠及全村。满身汗水的朱兆飞晒得黝黑,天天出工,一会儿变农夫,一会儿变园丁。他们的养殖产业规模越来越大,效益越来越好。在小动物园里,孔雀、鸵鸟、鸳鸯、野鸭、鸽子和各色观赏鱼共处一园,其乐融融。坡上坡下的良田两侧,构筑起近一米深的水泥泄洪渠,基本上解决了山洪冲毁庄稼的问题。

2018年,养殖业大获成功,黑毛猪供不应求,年底户均分红4000元。2019年6月二次分红,户均3000元。不过一年半时间,村民的本金就全部收回,还赚了2000元。2019年收入进一步增加。提起当初朱兆飞力排众议,铁心发展绿色养猪业,大伙儿都心服口服,说真是神了，你能掐会算啊？2020年春，受疫情影响，市场略显萧条。可来杨家沟抢购黑毛猪、佳米驴的商贩依然络绎不绝。

2018年10月18日，杨家沟召开了贫困户脱贫退出的民主评议会，78户主动要求退出的全部符合标准。这真是民心民风民意的大转变。过去争着抢着当贫困户，现在个个长了志气。老乡们说，这年头你总戴着贫困户的帽子，儿子连媳妇都找不到啊！

历经三年砥砺奋斗，杨家沟村发生了翻天覆地的大变化。2019年实现整体脱贫，合作社总资产翻了6倍多，期待已久的好日子终于到来。

朱兆飞领我在全村转了一圈。养殖场里干净整洁，500多头存栏的黑毛猪大的有300多斤，小的也有上百斤。近两百只长耳朵大眼睛的佳米驴皮毛发亮，欢实可爱。进入饲料加工间，两位村民正在用机器粉碎饲料。朱兆飞从地上抓了一把原料，一是苞米，二是黑豆。他一边嘎嘣嘎嘣咬着，一边分了一半给我，说，放心吃吧，没一点添加剂。我吃了一小把，是炒熟的，倍儿香！

上级规定，驻村干部每年驻村不得低于220天。三年来，朱兆飞年年驻村在320天以上，总共写了6大本40万字以上的扶贫日记。每一天的工作、每一天的数字、每一天的喜怒哀乐，他都写得清清楚楚，感人至深。从字里行间看得出来，朱兆飞以他的担当精神，把自己全身心地交给了杨家沟。他说："杨家沟是毛主席住过的地方，不忘初心，牢记使命，就是我全部工作的出发点！"

新时代的扶贫政策，条条倾心为民，条条温暖人心。杨家沟的脱贫历程和发生的巨变，还有那座拔地而起的红色遗址展览馆，就是有力的证明！

腾飞的十八洞村

李 迪

这里是湖南湘西十八洞村。一个古老而年轻的苗族村寨。

青山环抱,绿水流翠。木楼相依,万瓦如鳞。

2013年11月3日,习近平总书记来到了这里。在村民的晒谷场上,在一棵高耸入云、有着三百多年树龄的梨树下,面对围坐在身边的父老乡亲,习近平总书记第一次提出了"精准扶贫",指导全国扶贫攻坚战。沉睡在贫困中的十八洞村,自此蝶变,张开多彩而勤奋的翅膀,飞翔在脱贫奔小康的春风里。那样耀眼,那样明亮!

十八洞村由四个自然寨组成,习近平总书记所去的寨子,因为有梨树,就叫梨子寨。

村党支部书记龙书伍说,论季节本是初冬,我们却迎来一场春风!

行走在绿水青山的十八洞村,你会时时被精准扶贫、自强不息的故事所感动。

梨花朵朵惹人爱,采撷几朵存起来……

金兰蜜的故事

扶贫工作队队长龙秀林吓了一跳!

当他就着星光走上前去,这才看清,路边黑乎乎的一堆,不是柴火,而是一个人。

天寒地冻的,这是谁呀?

还能有谁?村民说,龙先兰!

听村民讲起,龙秀林心头一沉。原来,龙先兰年幼丧父,母亲改嫁,唯一的妹妹也跟着走了。他以酒浇愁。哪儿醉了哪儿睡,吃了上顿没下顿。

这不,大年三十,家家都在忙过年,他又醉倒在路边。

龙秀林急忙抱起他,兄弟,你醒醒,醒醒,跟我回家!

他把龙先兰领回自己位于邻乡的家,妻子正忙年夜饭。腊肉、酸鱼,蒿草粑粑。

哎哟,这是谁呀?

这是我弟弟。

啊?以前没听你说啊!

哈哈,现在说也不晚呀,他来跟我们一起过年!

要得,我添双碗筷!

龙先兰愣住了。龙秀林说,先兰,咱们一笔写不出两个龙。从今往后,你就有家了。你是我弟弟,我爹妈就是你爹妈!说着,他把爹妈请出来:爹,妈,你们看,我弟弟俊不俊?两位老人一看儿子"捡"了个弟弟回来,笑得合不拢嘴,遂按苗家认亲礼,给他包了一个大红包。龙先兰再也忍不住了,泪如雨下。爹,妈,他大声哭喊着,老天不公,我一再失去亲人,我没有希望,我只有喝酒,我兜里永远没有钱!现在,我又有家了,又有爹妈了!往后,我要听你们的话,听秀林大哥的话,活出人样儿来!

打这以后,龙先兰扔掉了酒瓶。龙秀林逢人就说,先兰是我弟。当然,帮助龙先兰脱贫,成了他进村后百忙之外的又一忙。小伙子正当年,光打零工不行,要引导他干一番事业。龙秀林先帮他摆了个鱼摊,养鱼卖鱼，还叫妻子动员姐妹们都去买。可龙先兰天生不是买卖人，嘴笨，不久就收摊大吉。再干啥好呢？龙秀林拍着脑袋苦想。忽然，一只蜜蜂冲他一脸的汗飞来。他一躲闪，来了主意。哎，让龙先兰学养蜂行不？苗家自古就会养蜂，但都是散养，星星点点，成不了气候。如果龙先兰能办个蜂场，养成规模，采自大山的天然土蜂蜜还愁没有销路吗？到时候不怕他嘴笨，只怕供不应求！

龙秀林把想法一说，龙先兰拍手叫好，可接着又摊手为难，我跟谁学呀？再说也没本钱啊。龙秀林说，师傅早给你请好了。本钱你还愁吗？哥有一块饼，就有你一半！就这样，龙秀林自掏腰包，把龙先兰介绍给邻乡的养蜂专业户，并为他购置了蜂箱等物件。龙先兰嘴笨手不笨。出徒后，第一年养的4箱蜂就挣了5000多元！他高兴得手舞足蹈，首先想到的是把本钱还给龙秀林。龙秀林说，还啥？看你那破房子，风来透风，雨来漏雨，还不赶紧翻修了找媳妇，想打一辈子光棍吗？

到底是哥。话说龙先兰30岁了，媳妇还不知在哪儿呢。十八洞村像他这样的光棍还有不少，成了扶贫工作队的心病。脱贫先要"脱单"，无家心不安。为此，工作队在村里举办了四届相亲大会。第一届举办时，龙秀林就把先兰拽去，跑前忙后给他当"媒婆"。

关键时候，龙先兰的嘴也不笨了，说我不会唱歌，也不会跳舞，但有一身好力气，哪个姑娘跟上我，我让她幸福一辈子！说完，就地十八个俯卧撑。脸不红，气不喘，一下子就被板栗村的姑娘吴满金看上了。

姑娘看上不行，爹妈不同意。

小吴主意正。不管爹妈同意不同意，自己跑到十八洞村。两个人一起打扫龙先兰的房子，光是垃圾就装了五口袋。

龙秀林听说后，选了个好日子，带上妻子，叫上村干部，一起来到板栗村为龙先兰提亲。他对两位老人说，先兰有家啊！我是他哥，这是他嫂子，这是村主任，这是村支书。我们都是先兰的亲人，也是你们的亲人。我们真心担保，先兰是个好后生，他现在不是酒鬼了，是个养蜂能手，姑娘跟他错不了，你们二老就放心吧！

小吴爹说，离了窝的小鸡要自己找食，受了欺负别后悔。

小吴妈说，孩子认准了，我们也不是不讲理的人。

龙秀林赶紧接上话，二老同意啦？

两位老人不说话。隔了一会儿，又点点头。

龙秀林小跑着回来向两个人报喜，说恭喜恭喜，好事成双啊！老人同意了，这是一喜，我刚得到消息，精准扶贫贷款下来了，每个贫困户5万元，这是又一喜。这下你们的蜂场可以开张了！

蜂场很快开张了！两个相爱的人从此开启了辛勤而甜蜜的生活。在两个披星戴月的身影背后，180个蜂箱如繁星飞落在百花丛中。

当小吴准备把收获的蜜带回家给爹妈品尝时，不留神被蜂在脸上蜇了一下。

爹一看到她的脸肿了，就吼起来，我就说他是酒鬼！妈心疼地掉了泪，闺女，这婚咱不结了！

哈哈哈，小吴笑弯了腰。你们快尝尝，这蜜甜不甜？

两位老人蒙住了。

很快，在唢呐和鞭炮齐鸣中，龙先兰和吴满金喜结良缘。他们的蜂场产出的蜂蜜也正式命名了。啥名？夫妻俩名字里各出一字——

金兰蜜！

"爱在拉萨"

没的事。这是龙拔二大妈挂在嘴上的话。

可是，那时候，她正"有的事"。

而且，不是一件，是三件。件件愁死人！

先是老伴病了。椎间盘突出。不能下地，不能坐，只能躺床上。地里的活儿干不了。还要看病，打针，一年要花好几千块钱。家里还有个老奶奶，日子也指望她。

再一个，家里上百只羊突然得了病，一下子全死光了。不能吃，只能埋了。龙拔二哭干了泪。埋完了，不想回家，坐在地里到天黑。

第三件，喜忧参半。或说忧大于喜。唯一的儿子杨英华，考上了华东师范大学。这是寨子里第一个大学生。乡亲们都来祝贺，龙拔二却眉头紧锁。这是要花钱的事。可是，钱呢？孩子很懂事。高中时住校，到了晚上，有钱的同学去逛街，他坐在寝室不出去。可现在不是逛街，是要真金白银，学费、生活费。

说实话，一般人都难以承受这样的压力。何况，龙拔二已经是60多岁的老人。她咋供得起呢？

她挺直腰杆，没的事。

偷偷地，把家里最后一头耕牛卖了。

家里本来养了三头牛。儿子上高中的时候，就卖了两头。儿子知道了，说妈你把牛卖了，咱家的地咋耕啊？她说没的事，还留着一头呢。地也不多，有一头就够了。

现在，为了给老伴和儿子凑钱，她把留下的那头牛也卖了。儿子急得哭。她说你小声点儿，别让你爸听见，他病着呢。家里的地我想办法请人帮忙。放心吧，没的事。

请谁帮忙呢？又哪儿有钱请呢？龙拔二只能自己当牛。她背着家人，买了一台便宜的旋耕机。当地人叫铁牛，类似手扶拖拉机，在机头前方安装了可以旋转的犁刀。耕地时人双手攥紧了把，掌握方向。犁刀旋转，泥花纷飞。半天下来能把人震酥。这都不说，铁牛重一百五六十斤，龙拔二家的地在高坡上，咋抬上去呢？

龙拔二喘了口气，没的事。她把铁牛的零件，一个一个地拆开，装进背篓里，分几次背上山。背到山上后，再一个零件一个零件地组装起来，然后就开始了一天的劳作。

到底是60多岁的人了，干了不一会儿就累了，一屁股坐在田坎上，看着要耕的地还没有尽头，坐着坐着，眼泪就下来了。

一天的劳作结束，龙拔二又把铁牛拆开，用背篓一次次背下山，明天接着干。就这样日出而作，日落而息，地终于耕完了。把种子和希望一起种下去，用脚蹬平。暮色四合，地里一串串歪歪扭扭的脚印。

这样的苦日子到底结束了！龙拔二做梦也没想到，有一天，习近平总书记来到村里，从此村子走上了脱贫致富之路。这里山高地少，种粮食困难，但山清水秀、风景宜人，可以发展乡村旅游，靠旅游脱贫。于是，进村的路拓宽了，家家门前铺上了青石板，村民的房屋装修好、卫浴改造好了，整个村子焕然一新。节假日的时候，全村游客多时一天能有七八千人。为了接待游客，一家又一家开起了农家乐。龙拔二家当然不例外。老伴烧柴、煮饭打下手，龙拔二亲自掌勺。苗家美食棒棒哒。最多时家里坐满十桌客人。一拨客人走了，又一拨客人来了。龙拔二再也不用上山了，坐在家里就能挣钱。

话分两头，再说说她的儿子杨英华。时光荏苒，英华以优异的成绩在华东师范大学毕业了。这样的好苗子，当地市县机关早就盯上了。眼看就要跟儿子团聚，龙拔二高兴得睡不着觉。

可是，有一天，突然，她接到了儿子的电话，妈，我要到西藏去支教，那里需要我！

龙拔二愣住了。她万万没想到，儿子不回来了，要直接去拉萨。

而且，合同一签就是10年！

就这么一个儿子，日思夜想的。龙拔二很揪心。孩子，你能不去吗？她心里翻江倒海，终于说出了这句话。

妈，咱家现在脱贫了，生活好过了。可还有没脱贫的地方啊，我们不能忘记。多的话也没有，妈，请您原谅我！

彻夜未眠，辗转反侧。

第二天一早，龙拔二拨通了儿子的电话——

没的事。十八洞人的心，要像十八洞那样大！

接到妈妈的电话时，杨英华已经踏上了前往西藏的旅程。48小时的硬座，吃不好，睡不着。当火车翻过唐古拉山时，上吐下泻，头晕眼花。他瞬间体会到父母的担心。但是，他无怨无悔。

送走了又一拨客人，龙拔二在围裙上擦擦手。她抬起头来，遥望绿水青山。她知道，在山的那头，就是拉萨。

十八洞村的农家乐，各家的名字各家起：阿雅民宿、幸福人家、精准坪广场饭庄……

龙拔二家的最特别——

"爱在拉萨"。

回乡种黄桃

隆吉龙是村里最早去广东打工的，一去20年。

20个春秋，事业有成。买了房子，买了车，结了婚，有了孩子。

现在，要舍弃这些幸福满满，重返十八洞村——那深山老林，那陡坡烂路，那养肥的猪要几个小伙子换着肩抬出大山才能卖的日子，重回记忆中这样的村庄，得要多大的勇气啊！

但是，他毅然转身。

习近平总书记在十八洞村首次提出"精准扶贫"，隆吉龙闻讯彻夜难眠。最终他说服爱人，离开繁华地，踏上回乡路，去跟村民一起建设家乡。一人美了不算美，全村都美才叫美！

下高铁后坐上长途汽车，在服务区休息时，隆吉龙在水果摊上看见了他没见过的桃，金灿灿的。

这是啥桃？

黄桃。

多少钱一斤？

15块。

啊？你卖金子呐！

你不买没关系，尝尝！咬一口，甜掉牙！

隆吉龙一咬，牙还在，心甜透！

你从哪儿进的？

哈哈，还用进吗？自家种的！

哦？你种了多少？

20亩。

一亩能种多少棵？一棵能结多少果？

一亩照着小30棵种，一棵能结上百斤。咋的？哥，你有意种吗？

有意。咱们保持联系！

隆吉龙买了一袋黄桃，就像买了一袋金子。

十八洞村山多地少，村民人均合不上一亩。种粮食只够糊口，谈不上收益。也有种西瓜或烟叶的，比种粮食好。但又能好到哪儿去呢？一亩地种西瓜，刨去成本，纯收入也就几百块钱。种烟叶也就这个价。而这两样东西都很"矫情"，种两三年必须换地方，再种下去就会生病，侍候不了。特别是种了烟叶的地，土是散的，风一吹跟沙子一样，回过头再想种玉米都不成。不少地就这样撂荒了，实在可惜。要是用来种黄桃多好啊！一棵树别说结上百斤，就结个70来斤，每斤也别说卖15块，就卖10块吧，那一棵树结的桃就能卖700多块钱。一亩地也别说种小30棵，就种25棵吧，这样一算，收入都有小2万！隆吉龙越算越高兴，对，回村就发动大家种起来，让黄桃成为脱贫桃！

然而，当他兴奋地把桃分给村民品尝时，各个都叫甜，可一说起种桃来，跟着要种的只有四家人。隆吉龙愣住了。他又把账响亮地算了一遍，听的人还是笑而不语。终于，有人说话了，桃三杏四梨五年，挂果不是短日子，中间树要有个病灾啥的，地就废了。又有人说，我家的烟叶正绿着，挣多挣少的，当年就见钱。还有人说，咱这地方以前从没种过这个，谁知这金贵东西水土服不服？隆吉龙明白了，黄桃究竟咋样，谁心里也没底。我说出花来，不如种出果来。他说，这样吧，我家有几亩地，我先种起来给大家当样子！我也提个主意，谁家愿意把地流转给我种黄桃，你地里原来种的东西每亩纯收入是多少，我现在就给你！或者干脆，旱地每亩给400，水田每亩给600，签下合同按年给，所有风险我承担。无论如何，一定要把黄桃种起来！春天有花看，秋天有果吃，吸引更多游客来十八洞村，为咱点赞，也给咱送钱！

话音落下，一片叫好。

连家里的带流转的，隆吉龙拿出打工攒下的辛苦钱，种了一百亩黄桃！

农谚不虚。第三年，挂果了！

隆吉龙听了卖桃人的话，树壮果肥。他把刚挂的果全打了，再养一年树。

第四年，黄桃大丰收，金铃满坡摇。

村民们眼见为实，大呼小叫，我要种黄桃，我也要种黄桃！隆吉龙跑前跑后，买苗送苗，指导栽种。

黄桃处处开花，村民张张笑脸。

村委会换届，村民一致选举隆吉龙当主任。

当上村主任，隆吉龙和村干部们为发展十八洞村要做的事，比树上的黄桃还要多——

要把飞虫寨到当戎寨的路修通，这条路村民盼了20年；要把青石板铺到田间地头，方便村民雨天下地，更为发展休闲观光式农业打下基础，让游客畅游绿水青山，分享春种秋收的快乐；哦，最重要的旅游项目是开发村里的大溶洞——那个溶洞，大洞套着十八小洞，号称夜郎十八洞，也是本村美名的来由……

忙了一天的隆吉龙走在回家的路上，边走边盘算，如同当初走在回乡的路上……

高高的元古堆

秦 岭

海拔高达2440米的元古堆，就偏居甘肃定西一隅的林缘地带。这里高寒阴湿，沟壑纵横，交通闭塞。羊肠小道本来就坑坑洼洼，遇到雨雪天气，里面的人出不去，外边的人进不来，群众生活困难。元古堆村共447户1917人，2012年时，人均纯收入仅为1465.8元，有低保户151户，五保户8户，扶贫对象221户1098人……

小村有大气象。在脱贫攻坚的大决战中，元古堆用短短6年时间，从一个贫困村蝶变为美名远扬的小康村。它的"转身"，如一曲悠扬、婉转、高亢的甘肃花儿，与古老的大石头河一起放歌。

元古堆之变

"一元复始，万象更新。"这一"元"，在元古堆显得更非同寻常。

2013年，腊月廿三，瑞雪过后的上午，村口来了一拨人。村民们一眼就认出来了，走在前面的就是习近平总书记。习近平总书记看望老党员马岗等村民，还嘱咐大家："咱们一块儿努力，把日子越过越红火。"

元古堆13个自然村，变成了脱贫攻坚的13个战场。国务院扶贫办将渭源县确定为直接联系县，为元古堆下派驻村帮扶工作队队长并担任村党支部第一书记。省、市、县、乡共同发力，组建了驻村帮扶工作队……

"我活了80多岁，从没见过这样火热的建设场面。"上滩社的王德基老人对我说。

拆迁，奠基，剪彩……开壕沟，埋管网，建厂房……

挖掘机，卷扬机，推土机……运输车，工程车，翻斗车……

元古堆在喧嚣，元古堆在沸腾，元古堆如久旱逢甘霖。

村头一座牌坊，上书4个苍劲有力的大字：群策群力。

最难改变的，反而是少数元古堆人的思想痼疾。个别村民坚持认为："我一个穷光蛋，有日头晒就行，不想改造房子""从风水上讲，今年动土不利"……为此，乡、村两级干部一次次上家做工作……讲政策，辩利弊，直至做通每一户的思想工作。

村民黄海堂就曾是有名的"难缠"户。说起几年前，他挺不好意思："我脑子转得太慢了。"土坯房变成了砖瓦房，臭茅房变成了水冲式厕所，自来水直通院子……如今的黄海堂主动投身村里的公益事业，担任治安户长。

上阵父子兵。在元古堆的脱贫攻坚战中，除了"父子兵"，还涌现出了大量"父女兵""夫妻兵""爷孙兵"……扩建梁上社自然村的主干道时，社长白海红因病在会川镇医院治疗。听说工程因征用部分村民的耕地和补偿问题而受阻，有位登门做思想工作的包村女干部还被人骂出院门。白海红心急如焚，出院第二天，就在女儿白月娥的搀扶下，拄着拐棍进东家门、出西家院做动员。

有人劝白海红："修路是惹人的事儿，你如今身体又不好，赶紧歇歇吧。"白海红说："惹人？这事咱就要惹人。"同时主动提出，"为了让咱村的人走上致富路，我那3亩耕地，白送，一分钱补偿都不要"。在白海红的带动下，大多数村民在征地协议上痛痛快快签了字。

修路期间，白海红因劳累过度，加上病情复发，先后4次住院治疗。

白月娥临危受命，当起社长助理，成了白海红与村委会、工程队之间的联络员。病床上的白海红让女儿随时了解工程进度、村民思想动态。每次出院，他就匆匆返村。热火朝天的工地上，又出现了父女二人的身影。在修路大决战的火线，白月娥向党组织提交了入党申请书。

不到3年，元古堆通村道路油化，社内巷道硬化，实现道路硬化全覆盖。行道树分立道路两旁，清风徐来，树叶婆娑，如吟如歌。一路兴百业。全村共完成危房改造335户，易地扶贫搬迁集中安置130户，村民全部住进了安全住房。新建医疗卫生室，贫困人口家庭"一人一策"签约率达100%。第二、第三产业从无到有：中药材加工厂、矿泉水厂、羊肚菌种植产业观光园、村史馆、农家乐……2017年，元古堆建成全县第一个村级300千瓦光伏电站。一位村民说："有了光伏发电，咱元古堆的前景更光明了。"

作为距离举世瞩目的引洮工程水源地较近的一个村，元古堆第一个受益，于2013年底通水试运行。2014年底引洮供水一期工程正式通水时，元古堆人已经提前饮用洮河水整一年。

一切都在变！日新月异，翻天覆地。"我回来转娘家，都认不得娘家门了。"一位妇女对我感慨。

梧桐引得凤凰来。元古堆的小伙子终于不用当光棍了。青年农民陈广明的媳妇杜文文就来自被誉为陇上江南的天水。听说我也是天水籍，杜文文说："当初我要嫁到元古堆，把咱天水的亲友吓坏了。他们来元古堆看过后，才晓得元古堆并不差。"

2018年，全村人均可支配收入达到10085元，6年增加近6倍，元古堆整村脱贫提前两年完成。

村主任郭连兵对我感慨："一元复始，从古到今。"他巧妙地借用"元""古"二字，在诠释一个"变"字。

元古堆之香

"香,是咱元古堆现在的味道。"一位村民说。

这绝对不是浪漫的文学语言,而是元古堆真正的味道。春夏季节,满山遍野的当归花、黄芪花、党参花、百合花竞相开放,香气袭人;秋冬季节,无论田间地头还是家家户户的院子里,或堆积如垛、或切片晾晒的中药材、百合根如雪似银,空气中弥漫着浓郁、绵密而奇异的芳香,沁人心脾,令人陶醉。元古堆上四季香,一点不假。

2012年之前,元古堆还是无滋无味的元古堆。广种薄收的梁峁上,麦子稀疏、羸弱,胡麻有气无力,只有零散的洋芋秧子散发着一丝一缕的暗香,山风吹过,如有似无。

忽如一夜春风来。元古堆人没想到,独特的地理环境反而使元古堆成为中药材生长的温床。2014年,元古堆村委会将中药材、百合、马铃薯种薯"三大项"确定为助推扶贫的主导产业。在小额信贷、农业保险等政策支持下,中药材种植面积迅速拓展到1000亩。种植大户雨后春笋般冒了出来:金小宏、王喜俊、唐尤、王振伟……村委会组织农户成立5家专业合作社,同时引进甘肃本地中药材公司投资建成加工小区,与农户签订用工协议。

上班,下班,车间,机器,工作服,上岗证……这是元古堆一些农民——不,是元古堆工人的另一种日子。

"出门香,进门香,元古堆遍地当归香。"这是元古堆新编社火中的新词。下滩社的妇女漆雪琴说:"在家门口当工人,还能回家做饭,照顾孩子。"

几年间,元古堆成了渭源县名副其实的"百合村"。20世纪末,元古堆就有村民种植百合,但限于条件,始终"小打小闹",甚至差点偃旗息鼓。借得东风好扬帆。2010年,在村里流转土地种植百合的几位外地客商为了节省成本,只运走个头大的百合,把个头小的倒进山沟里。村民任连军等人觉得可惜,就把个头小的捡来重种。2013年,任连军赶上脱贫政策的契机,5亩百合一出手就净赚5万元。他趁热打铁,不仅把原有的承包地全种了百合,而且走出元古堆,从新集村流转了3亩耕地用来扩大种植面积,4年过后,又增收21万元。

一人香十人,十人香百户。截至2018年,百合种植户从最初的9户增加到390多户,种植面积从最初的几十亩增加到1500亩。"三大项"为村民人均增收5300多元。一位村民说:"这样的日子才有味道,一个字:香!"

我在兰州走访一位渭源籍老人时,他正在书斋执毫泼墨。墙上挂满的画作多以元古堆的田园风光、农家小院为主题,画面里的"主角儿"基本是百合、当归、党参、黄芪、洋芋……扑鼻而来的,与其说是墨香,毋宁说是元古堆之香。

老人有一幅书法作品,内容是陆游巧借百合抒怀的名篇《北窗偶题》:"尔丛香百合,一架粉长春。堪笑龟堂老,欢然不记贫。"

我不禁击节叫好:"好一个'欢然不记贫'啊!"

"如今无贫可记,但过去的贫,不记不行。"老人说。

老人赠我两幅墨宝,一幅曰:梅花香自苦寒来,另一幅曰:把香留住。

元古堆之美

2016年,元古堆荣膺"绚丽甘肃·十大美丽乡村"称号。

元古堆东侧高高的山梁上,有一个精致的观景台。观景台距离光伏电站不远,飞檐展翼,四角翘翅,如天地之间的一处琼台玉阁,朝迎日出,暮送晚霞。每次登上观景台,我都要放眼远眺元古堆。

视野里,一排排白墙红顶的崭新民居美观大方,一道道升起的炊烟与如丝似缕的山岚翩翩起舞,一处处现代化厂房高楼林立,一片片新型农业科技大棚鳞次栉比,一条条公路蜿蜒如龙,一辆辆小车穿沟绕梁,一群群欢快、机灵的鸽子、燕子飞出大山,栖息在农家的院子里、屋脊上、树梢头……

元古堆的美,是一种吸引,更是一种唤醒。

2019年7月,一场马拉松赛事在元古堆拉开序幕。赛事吸引了省内外、国内外千名长跑健儿,他们和几万观众不仅被甘肃花儿陶醉,而且感受到了元古堆的美丽。

"人世上,从来没有天上掉下来的美,美需要创造和建设。"村党支部副书记董建新这样认识元古堆的美。曾几何时,元古堆生活环境差,这一切在《田家河乡元古堆村美丽乡村规划》实施之后,全被送进了历史的"垃圾箱"。有送就有迎,迎来的除了美丽,还有保护美丽的1台垃圾清运车、20辆手推垃圾车、447个户用垃圾桶、85个公共垃圾箱。另外,还有5900亩生态林……

最是一年春好处。大石头河畔的农家客栈、圣源鱼庄、农家仙居等3家农家乐和7家由"企业+农户"模式打造的民宿馆里,来自渭源、定西、临夏、兰州、西安的游客品完元古堆系列酒、圣源五泡台茶之后,或垂钓,或歌舞,或领着孩子们走进梅花鹿园,怡然自得,其乐融融。

夏秋的夜晚,天上,银河飞渡,月儿皎皎,星星在眨着眼睛;地上,华灯处处,村口的文化广场上,鼓乐阵阵,广场舞正跳得欢。

那天,我正在大石头河畔散步,农家乐那边传来一曲新编的甘肃花儿《高高的元古堆》:

"尕妹子在（那个）元古堆（呀）望山川，
"前坡里（哎嗨）当归花儿（咿呀）连片片。
"下去了（那个）元古堆进（呀）车间，
"招惹了（哎嗨）开车的（咿呀）少年……"

小山村的艺术活力

苏沧桑

一

葛家村的活力，自每一条村巷、每一个拐角、每一户农家小院的艺术气息里涌现，在每一张风吹日晒的脸上弥漫、每一双眼睛里发光。

丛志强走进葛家村口，一如去年春天第一次站在葛家村口一样——一顶宽檐草帽，一双运动鞋，一个双肩背包，蓄着一撮小胡子。那时，他说自己是"教授"，张口都是"艺术"，还拉着村民说要一起搞艺术，因此被葛德土等村民斩钉截铁地判定为"骗子"。村民们认为，搞艺术干吗要拉着我们一起？肯定是打着"艺术"旗号搞传销的。

不同的是，这位中国人民大学副教授，从一年多前被村民误称为"骗子"，变成了如今的"丛老师"——"丛老师你又来啦""丛老师要是没有你，哪有现在的葛家村啊"。这源于因丛志强而起的葛家村一年来的巨变。

从村口往里走，依次能看到这样一幅幅别样的景象：

取自溪里的鹅卵石，垒成一垛波浪形的墙，墙上漆上了反差强烈的颜色，像谁家客厅里的印象派背景画；石块垒成的"沙发"上，铺着刷了清漆的木板，上面晒着谁家的两双布鞋；"茶几"也是用石块垒成，粗细不一的圆竹筒将它隔成三层，上面摆着太阳花和多肉植物。这是葛家村的露天"乡村客厅"。

一口古井旁，卧着一个鹅卵石砌的躺椅，上面也铺着刷了清漆的木板；躺椅旁垒了两块大石头，石头上立着一个天蓝色酒缸，里面钻出一丛水灵灵的蕨类。这是葛家村的"时光场域"。

石头屋的木窗外，或挑出一株吊兰、一盏旧马灯，或挂着几个竹筒风铃。拐角处的石墙上，像是随意散落着一些树根的横断面，一圈圈年轮仿佛一道道来自岁月深处的目光。

还有看得见炊烟的仙人掌酒吧，摆满了旧物事、布娃娃的仙绒美术馆和粉小仙手艺馆，由相邻宅基地改造成的四君子院，争相绽放的农家乐和民宿……

所有这些"艺术品"，是一年多来丛志强带着村民们用木头、竹子、鹅卵石、废布料、废酒缸、贝壳、麻绳，再加上心血做成的。

有着1200百年历史的葛家村，是宁波市宁海县一个普通的小山村，也是沿海经济发达地区一个相对落后的角落。大山、毛竹、溪流、卵石、桂花林、石头屋，是丛志强对葛家村最初的印象。当丛志强第一次走进村里时，围坐在树下闲聊的老人说："我们村的形状就像一条船，那里原来有一棵老银杏树，是桅杆，后来银杏树死了，没有桅杆了，船走不动啦。"

村干部的说法是："每次请人过来投资，人家一看没投资基础，转一圈就走了。"

丛志强想帮他们把桅杆重新竖起来，让船走起来，他尝试的办法是——用艺术为村庄赋能。

身为中国人民大学艺术学院副教授、国家一级美术师的丛志强，一直希望通过自己的专业为国家的脱贫攻坚、乡村振兴做点事情，将理论付诸实践，通过艺术设计的方式让老百姓成为脱贫致富与乡村振兴的积极主体。

求贤若渴、慕名而来的时任宁海县委副书记李贵军与丛志强一拍即合。做公益、出科研成果，是丛志强的初衷。能成吗？不知道。李贵军宽慰他说，试试吧，万一成了呢！

于是，丛志强带着他的团队来到了葛家村。

第一步最难。内生动力的有效激发，需要在设计者和村民共事的过程中完成。设计者必须快速取得村民信任，挖掘村民个人资源，再转化为公共资源。因此，设计的艺术作品要好看，要有用，还要能赚钱。

在孩子的哭闹声、村民的唠嗑声里，丛志强硬着头皮上了一堂理念课。第二天起，丛志强和学生们便带着村民做了两个"有用物"——"葛家椅"和"树虫乐园"。"葛家椅"可坐、可躺、可靠，令老人们惊喜；"树虫乐园"里可爬、可钻、可跳，孩子们乐疯了。村民们一下子感受到自己被"设计"这个东西关心照顾了，对丛志强的信任度大幅提升。

从此，葛家村每一天都在变化，都有惊喜。变化最大的，是村民自己。

曾叫丛志强"骗子"的葛德土迎了上来，拉他去看自己昨天做的贝壳盆景。院子里外都摆着葛德土的作品，全是用海螺壳和贝壳做的。用贝壳、竹筒、菖蒲、水流和旧斗笠、旧蓑衣、旧油灯构成的"姜太公钓鱼"最有艺术感，让丛志强赞叹不已。一个从没读过书的牵牛娃，居然有些艺术天分，还说要做就做和别人不一样的。夜晚一躺到床上，葛德土就使劲地想：竹子人家做过了，我不做，木头会生虫，石头拿回来呢，妻子要骂的。于是，他去酒席上讨来各种贝壳，去问修桥的人要边角料，把打年糕的废弃石臼搬回了家。家里后院的屋檐下，挂着一排每天都要操练的"武器"——锉刀、螺丝刀、扳手、榔头、皮尺、大小剪刀，还有一件已经磨得看不清原来颜色的工作服。

二

仙人掌酒吧的窗口正对着一座石头屋。正午时分，石头屋的烟囱里升起袅袅炊烟。

袁小仙家是丛志强在村里的落脚处，也是他的第一件"作品"。

"设计？设计有什么用啊？"毫无悬念，50多岁的袁小仙同她丈夫葛国青还有其他村民一样，对"设计"这件事，一不懂，二不信，三不感兴趣。

"我不参加。我什么都做不好，会丢人的。"她羞涩地笑，两只手绞在一起。

"我很土""我很笨""我没文化"，这些话是丛志强与村民初期接触时听到最多的。而消除已渗透到每一个细胞里的不自信，便是赞美、再赞美。

夜幕降临，村子出奇安静。丛志强和葛国青袁小仙夫妇坐在院子里聊家常。当袁小仙无意中说起村里人都夸她厨艺好，逢年过节亲戚朋友都请她帮忙做面点时，兴奋地抬高了音调，眼眸里放出光来，与白天羞涩的她判若两人。

丛志强的目光紧紧锁住了那束光。他往前探了探身子，说："我们想用面来做一个作品，你能帮我们吗？"

"用面还能做作品？"袁小仙吃惊地问，回头看了一眼坐在身后的丈夫，呵呵笑道："那我试试吧。"

丛志强迅速列了个材料清单和面点创意，请她丈夫用蔬菜和水果榨汁，鼓动她爱画画的儿子画面点造型和图案，袁小仙按图样和面做面点。"作品"出炉的一刹那，袁小仙一手拿着锅盖，一手捂着嘴，像个收到礼物的孩子一样又惊又喜。

"原来面还可以做成这样啊!"大家闻声围了过来,小小的厨房瞬间沸腾了。

得知袁小仙做过裁缝,丛志强又鼓动她用旧衣服给村里的孩子们做玩具。第一个作品是用布做了个一米高的巨型"竹笋"。他们打算包上真的笋壳以让"竹笋"更逼真。天还没亮,葛国青就自告奋勇去山上挖竹笋。为了让笋壳保鲜,袁小仙居然将"竹笋"冰在冰柜里。

"做得真棒!"

袁小仙得意地笑了。从此一发不可收拾,儿子画画,她做玩具,常常不觉做到深夜两点多钟。小小的家庭手工艺馆成了知名景点,来参观的游客近万人。她还学会了做披萨,农家乐生意越来越红火。

喜欢种盆栽的葛国青则做起了毛竹花插。在丛志强回北京的日子里,袁小仙几乎每天都会把丈夫的新作品发给他看。这些新作品,造型一次比一次有创意,制作难度一次比一次高。葛国青悄悄跟丛志强说,村里有的老人没有收入,等他练好了,教他们一起做,能卖点钱。

一年后的一个深夜,不善言辞的袁小仙在微信上跟丛志强说:你改变了我们家的命运。

想起袁小仙一家,坐在酒吧里的丛志强不由自主地微笑。一旁,暑假帮姐姐看酒吧、16岁的小娜,抬起眼看了看他。丛志强问小娜,你将来是打算留在这儿还是出去?小娜说,我想出去看看。

丛志强又问,以后村里的年轻人会不会越来越少?

小娜说,不会,我姐姐他们会回来,我也会回来的,桂花林里有我画的小鹿。

三

他们40年前的雕花婚床,床栏和内壁的十几幅彩画是孩子舅舅亲手画的。衣柜、米桶、针线盒、梳妆台,都是她的陪嫁,针线盒还是她娘当年的嫁妆。老油灯是她婆婆留下来的。

走进仙绒美术馆,一件件老物事里的旧时光涌上来,耳边恍惚响起鞭炮声。

每天起早贪黑种田打工的叶仙绒,最大的梦想是把新房子盖起来、装修好。丛志强发现了她家的三样宝贝,一是她丈夫的根雕和她的布艺,二是一件件老物事,三是她儿子、孙子和外甥的书法,便鼓励她开个家庭美术馆。

"这些东西可以吗?"

"太可以了。"

于是,叶仙绒和丈夫成了仙绒美术馆的正副馆长,与因土地纷争了几十年的邻里也尽释前嫌,一起建成了和美院。

在与村民的闲聊中,丛志强时刻搜嗅着深埋在泥土里的艺术气息。一个个家庭故事里,蕴藏着大量的资源——有形的物和空间,无形的技能和经验。做饭好吃、会缝衣服、喜欢挖笋等,都是一粒粒埋在泥土里的"珍珠""种子"。丛志强把"珍珠"串成项链,把"种子"变成大树,意义并不在于物,而是人的改变。

一个个普通农民,被人们由衷地称为"布玩具大师""毛竹设计师""石艺高人"……他们给基层干部上课,还登上了大学讲台,上了电视节目。脸上的羞涩尚未褪尽,却已写满自信自豪。一个个全新的他或她,由内而外发着光,引领着古老村庄从观念到行动上的正向改变。

人们问叶仙绒,这么多人来你家参观,你要陪着,还要贴茶水钱,图啥?

她说,不图啥。从来没有这么多人来过我们村我们家,我高兴,特别高兴。

四

第一次遇见葛念七，是在一个清晨。天刚蒙蒙亮，一位老人背着竹簸箕在河滩上走走停停。他捡起一块块石头，先放到竹簸箕里，再背上岸，倒进三轮车，拉回村里。

丛志强问他怎么这么早，他说自己每天4点多钟就睡不着了，干脆起床去河滩捡石头。

后来，丛志强几乎每天都会遇见他。老人看见他，便会停下车，问候丛老师。

河滩的每一块石头，老人似乎都熟悉。丛志强团队和村民们实践用的所有石块，不管碗口大小的还是鸡蛋大小的，圆一点的还是长一点的，他都能从河滩捡回来。丛志强没来村里前，他捡石头，却不知道拿来做什么；丛志强来了村里，他的石头们全都派上了用场。

村里人发现，他的腰板直了，脸上的笑容多了。

村里人悄悄跟丛志强说，那条河，他每天都会去走，已经走过千千万万遍。40多年前，他的妻子就是在这条河里被洪水冲走的。之后很长一段时间，他天天沿河喊、沿河找。

还有一对夫妻，70岁的葛太益和66岁的陈春梅，也让丛志强动容。

那天下暴雨，陈春梅一手撑着伞，一手拿着一把伞，急匆匆奔向桂花王院子的工地。葛太益正弯着腰在桂花树下垒花坛。他的衣服被雨水淋湿，紧贴在后背上。雨水顺着衣角、裤脚往下流。

"这么大的雨，你来干什么？"

"我就知道下雨你还不肯休息。"

"有树挡着不会淋到的。"

男人继续垒花坛。女人不再说话。雨一直下，他一直弯着腰垒着花坛，她一直给他撑着伞，整整一个半小时。

　　艺术的力量，来自古老村庄里的男女老少。这是丛志强之前没有想到的。

五

　　盛夏午后的葛家村礼堂，此刻，热闹了起来。13位村民排成了一支队伍。袁小仙把自己最得意的8个布艺娃娃装进了行李箱，葛三军带了3棵小桂花树，葛德士带了3大袋贝壳……他们要去遥远的贵州定汪村布依寨里呆半个月，把葛家村的经验带进大山，再把刺绣、木工、酿酒等手艺带回来……

　　出征的人们都走了，午后的葛家村瞬间安静了下来。丛志强觉得又热又累。每天早晨六点起床，夜里十二点后睡觉，是他在葛家村的常态。

　　路过礼堂旁的大树，丛志强想起第一次站在这里时，村里老人说的话——村子像船，银杏树是桅杆，桅杆断了，船走不动了。然而，短短一年零四个月，古老村庄的精气神已被艺术重新唤醒。这只船，又重新开动了。

　　而重竖桅杆的人，不是他，是村民自己。

　　走到"时光场域"时，丛志强不由自主地在那幅巨大的布艺画前停住了脚步。这是前不久来此取经结对的贵州定汪村村民和葛家村村民一起完成的作品。画的左下部分，是用花布拼贴的桂花树；右上部分，是刺绣的经典图案树鸟鱼；正中，一条粉红色的盘扣衣襟将它们紧紧扣在了一起。他仿佛听到了遥远的崇山峻岭间，响起了迎客的动人歌谣……

游客来到了木屋村

孙翠翠

一

晌午,阳光照在雪地上,晃得人睁不开眼。邹吉友的老伴于艳霞半蹲在地上,按着压刀。邹吉友抡起木槌,干脆利落地砸向压刀。一会儿工夫,一块粗大的圆木墩就变成了厚度均匀的木瓦。还不到串瓦修屋的季节,可是这样漫长的冬天,靠山吃山的农户又能干些什么呢?不如趁着好日光,劈劈瓦,锯几段木烟囱。

木屋是既原始又精密的建筑,无须借助一个铁钉,就能让一根根原木,紧密地垒成四面木墙。一块自然风干的空心椴木,截成40厘米的小段,不需要任何油漆或防腐措施,便能作为通气走烟的烟囱,在房顶上风吹雨淋十几年。

新雪融化得很快,屋顶的旧木瓦渐渐显露出来,斑驳而密实。它们虽来自不同山坡、不同树段,却因为木屋的需要,被劈磨成统一的形状和厚度。木瓦下,粗重的原木带着树皮层层垒叠,坚挺地围起了四面屋墙,构成木屋的主体。原木之外,夹杂着干草的黄泥,在岁月的淘洗中,已铸炼成甲,恪守着挡风抗寒的使命。木瓦之上,粗陋的木烟囱里,吐出一个又一个烟圈,袅袅向上。

一排排木屋,隐匿于林中,散落于山脚。暗灰的屋顶,土黄的木墙,高低参差的木篱笆。它们瓦并着瓦，木搭着木，随性中透着某种规矩与逻辑。

"老李昨儿个来说，一开春，他就要搬到新村了，还问咱什么时候搬。"于艳霞对邹吉友说。

"咱搬啥？不搬！"邹吉友答道。

"新村安了自来水，还建了学校，又挨着大路……"于艳霞边干活边嘟囔。

"老村靠山近，抬脚就上山，更方便！"邹吉友接话。

"现在不能伐木，不能打猎，靠山近还有啥用呢！"关于迁到新村的事儿，于艳霞和邹吉友商量过多次，可不管怎么劝说，邹吉友就是不同意搬。

邹吉友听了，瞪了于艳霞一眼："搬家不需要钱啊？盖新房得1万多块，你能整来呀？"

是啊，1万元对于这个家来说，不是个小数目。想到这些，于艳霞也不免长长叹了口气。

老村穷，不仅邹吉友一户穷，没有搬走的17户都穷。

这里原名孤顶子村，位于吉林省白山市抚松县漫江镇，因当地一座孤立突出的山峰而得名，又因锦江从此流过，所以于1966年改名锦江村。村子离长白山西坡仅25公里，物产丰富。一直以来，祖祖辈辈以开荒、狩猎、人参采挖和捕鱼为生计来源，日子也能自给自足。

午后的阳光斜射在木墙上，空气中散发着淡淡的木浆味，这味道让邹吉友有一种莫名的安全感。他背靠着木墙，反着手，在一根一根原木上来回摸。

老辈人吃饭的手艺，早已派不上用场了。村里的狩猎队十几年前就解散了。伐木的号子，也已经消失了。

改革开放以后，附近的村子快速发展，锦江村因为地处深山交通不便等诸多原因，被其他村子远远甩在了身后。20世纪80年代末90年代初，政府为了改善锦江村村民的生活状况，在交通便利的位置安装了自来水、修建了学校，号召村民迁往新址，并拨给每户300多平方米宅基地，以便盖几间亮堂堂的砖瓦房。多数村民陆续搬进了新村，一些条件差或舍不得离开的村民则留了下来。于是，锦江村有了新村与老村之分。因老村都是旧木屋，所以人们又称老村为木屋村。

第一次大规模搬迁时，邹吉友刚出了车祸，搬迁的事儿想都不敢想。等身体痊愈后，他也动过几次搬家的念头，最后，都因为舍不得这座大山、离不开老木屋而放弃了。

屋，对于中国人来说，从来都有着不一样的意义。对于木屋村村民来说，屋的意义更为重大。生存在大山深处，屋不仅是栖居之所，也是藏身之处。屋是跑山人的希望。于是，人们在深山里就地取材，建起了一座座木屋。跑山人甚至不必认识屋主，便可以在木屋留宿。木屋更代表着祖辈与自然相处的智慧和无言的祖训。

二

早年间，村里的男子年满12岁，便跟着狩猎队上山打猎。年满15岁，便要劈木瓦、伐木烟囱、垒原木盖木屋。邹吉友是老辈们都看好的孩子，秉性憨直、能吃苦，是天生跑山的料。他建的木屋，不仅结实，样子也好。

邹吉友时常在他的木屋前打量。旧木瓦已有15年了，木烟囱是六七年前换的。院子里的木爬犁，门后的木锹，哪一样都是上了年岁的。如果从它们长在深山里那天算起，比邹吉友的年岁都大，甚至比他父亲、爷爷还大。

这些木屋，还能挺多久呢？即使他们不搬走，现在的年轻人也不会再学这门手艺了。木屋村也终将随着这17户人家的搬离或老去而消失。贫穷、空心、老龄化，让木屋村静静地躺在山脚，等待着最后的命运。

沉闷的冬天结束了，邹吉友又开始了跑山的生活。此刻，村子外面的世界，正日新月异地变化着。作为资源型城市的白山，正在紧锣密鼓，不断谋划、更新着发展定位和思路。

锦江村党支部书记迟玉习带着村干部，三天两头来老村了解木屋建造的技艺，说是准备申报省级非物质文化遗产。

山里的夜，总是寒津津的。那天，邹吉友家的灯亮了半宿。灯下，迟玉习在向邹吉友请教烧木烟囱时的注意事项。

"晚上赶路不安全，怎么不等明早走呢？"送迟玉习出门时，邹吉友问。

"咱这山沟沟偏远，明早出发，怕是到了长春，人家就要散会了。"迟玉习说。

一辆轿车在高速路上飞驰。车上，时任漫江镇党委书记白金华和迟玉习聊着木屋村未来的发展……

三

2012年，长白山满族木屋建造技艺被列为省级非物质文化遗产。得知这个消息后，迟玉习的眼睛都湿了，马上把消息告诉了邹吉友。

转眼的工夫，国际木文化研讨会在抚松县举行。会后，来自世界各地的40多位专家学者走进了木屋村。一时间，小村热闹极了。

很快，藏匿于深山的木屋村被越来越多的人知晓。2013年，木屋村被国家住建部列入中国传统村落名录；2014年，被国家民委命名为中国少数民族特色村寨。

木屋村的保护和修缮工作也在如火如荼地进行着。道路拓宽了，村容村貌改变了，但在发展和变化中，木屋村尽力保持着原汁原味。

随着长白山旅游一年火过一年，周边特色游的人气也跟着旺起来。一些在长白山停留的游客，接着又来到木屋村。

变化之快、之大，让邹吉友始料未及。他没时间跑山了，每天，他要给成百上千的游客讲解木屋村的历史和故事。

"老邹，咱这木屋村不能光赚个热闹，得产生经济效益。你头脑灵活，能不能牵头搞个旅游合作社？"成立合作社的事，迟玉习酝酿已久，而由邹吉友牵头，最合适不过。

"我能行吗？一没本钱，二没经验，能干成吗？"邹吉友想干，但又觉得心里没底。

"你牵头干，村里支持你。办合作社的手续，村干部帮你跑。你有啥难处，村里帮着解决。村里解决不了的，咱们一起找镇里。咱们村总得有人迈出这一步……"迟玉习给邹吉友吃了一颗定心丸。

在镇、村的帮助下，2015年，邹吉友注册了抚松县第一个旅游合作社。

合作社成立初期，邹吉友夫妇有些手忙脚乱，仅能为游客提供简单的餐饮及住宿。

"大哥，院子里的大公鸡真精神，晚上给我们来半只吧！"一次，一位游客提出了这样的要求。

邹吉友热情答应着，心里却犯嘀咕。只要半只，剩下的半只该怎么办呢？这不是赔钱吗？但他还是按照客人的要求，给炖了多半只。

"大嫂，明天我们起早出发，早餐简单准备点粥和包子就行！"还有一次，一位游客这样说。

然而，这样的早餐对于邹吉友夫妇来说，并不简单。他们离镇子太远，做一顿包子相当麻烦。而这一家子游客，最多吃三五个包子。怎么算都不划算，但于艳霞还是凌晨3点便起来准备。这么做，不仅是为了留住客人，也是出于纯朴的天性。

邹吉友在村里带头尝试。漫江镇政府则一面加强对木屋村的生态保护，一面动员更多的村民"动"起来。并且，在村里引进多媒体技术，全面呈现村子的历史文化和长白山特有的传统文化。

村里根据村民的特长，以家庭为单位，鼓励他们开设酿酒坊、豆腐坊等特色店铺，让游客参与其中形成互动。

邹吉友的合作社经营，也随着村里游客的增多，不断成熟，并形成自己的特色。原本那些看起来有些笨拙的待客之道，竟赢得了游客的高度评价。

"这村子真美！我都舍不得拍照，因为根本拍不出她万分之一的感觉。只有身临其境才能感受她的美！"一位摄影爱好者在村里住了两晚，然后在微信朋友圈发了这样一段话。

"劳动人民的智慧真让人惊叹！大哥，您是最棒的建筑设计师！"一位建筑设计师拍打着木屋的墙壁，对邹吉友说。

"跑山的农民嘛，这靠山吃山的本事，都是祖先和这大山给的！"邹吉友心里涌动着自豪。

从只提供餐饮和住宿，到建豆腐坊、煎饼坊搞体验，邹吉友不断开拓思路，越干越有劲头。合作社的接待能力也由一天只做一桌餐，变成了一个中午就能接待三五十桌。年收入则由几万块变成30多万元。村民们尝到了搞旅游的甜头，要么加入邹吉友的合作社，要么自己成立合作社。原本在城里打工的几个年轻人，也回到村里创业，和村民们一起建设木屋村。

2019年，邹吉友在不断提高合作社管理水平的基础上，扩大了林下参和木段木耳的种植面积。村民们紧随其后,也在房前屋后搞起了五味子等中草药的种植。这些农特产品,不仅成为游客临行时的伴手礼,还通过微信、快手、抖音等平台向全国销售。

一座座古朴的小木屋不再是简陋的代名词,它们成为游客们感受自然的浪漫驿站,被争先恐后地租住。

2020年11月,邹吉友带着刚刚印刷出版的《世界最美的木屋》画册,从长春坐上回家的火车。车窗外,大片的雪花从天上落下来,又随风飞起、盘旋、打转。转过头来,邹吉友翻看着画册:一道穿过层层峰峦的斜阳,正打在古老而又年轻的木屋上,那么真实,又那么梦幻;那条通往木屋的道路,在阳光的映照下发散着柔和的光芒。邹吉友仿佛听见了行走在这道路上的吱嘎吱嘎声……

这方水土的甘甜

唐小米

一

绕宝塔,过延川,车子走在去延长县的路上。

山路已不是单纯的山路。高速路、快速路、村村通的水泥路,过桥穿山,从两侧杂林茂盛的深绿中钻进隧道,再钻出来时,眼前就换了天地。沿途的山上盘着一层层绿色梯田,眼见着初秋的风穿过豁亮的坡地,绿色波浪一层层拥挤着旅人的眼睛,想象中的黄土高原顿时温柔起来。

据说这些梯田的所属地史家沟村,家家开山辟田种红薯。单是被称作红薯菜的红薯秧子,趁鲜嫩送进超市,一小把就卖到4块钱左右。现在红薯菜正在开花,淡紫色的小花在绿色的波涛中起伏,是平凡的波澜中一些亮眼的小浪花。而秧苗扎根的地方,一座座微微隆起的黄土堆,那是红薯正在成长,果实埋在黄土里。

这样的路途令人踏实。大地上散落的人群,无不走在开花结果的路上,在平凡的日子里翻腾出点难忘的浪花。

下了横跨山谷的高速桥,蓦然看到一条黄龙般的大水从峡谷冲出,逼得两侧的高山向后退让。临河的山石呈现出窗帘般竖曲的皱褶,一座大山像拉窗帘一样把自己拉开了。黄河就在眼前。

高山不得不为大河让路,仿佛这条气势恢宏的河就为劈山而来。奔驰的黄河水穿过一座不知名的峡谷,路也突然沿河水分叉,四通八达的道路就像黄河流向陆地的一条条支流。人在路上,拐着拐着,看到了村庄;看到了半山腰废弃的窑洞,路旁崭新的农舍,青砖围成的庭院;看到了菜园子里操劳的农民,石磨,静卧的驴子。猛然惊醒,一条新的大河已经把你带上了一条新的道路,一路跟随你的急促流水在此地变得沉缓安静,更加凝重起来。流到这,执意带着我们继续前进的这条强壮的河流已经不是黄河了,它被叫作——延河。

延河,从靖边县周山起源,穿山过峁,在来到延安后,在宝塔山下拐了个直角弯,穿过延安,穿过延长,一路东去,义无反顾扑进黄河。

就是这么山高水长的一条路,就是这么曲径流深的一条河,前方却突然平静开阔起来。高山敞开了怀抱,沿途的扫帚梅和大丽花开成了亲人的模样,熟悉的阳光中散发着熟悉的面团发酵的味道,让人真想俯下身去拥抱每一个人,每一缕风。这时才明白,流水指引的道路,是情深义重的一条路。

二

这是我第一次来延安。

说来惭愧,我对延安的印象还只限于20多年前的一枚苹果。一枚曾在陕北与关中交界处的某根枝条上摇摆过,又在绿皮火车千里迢迢的摇摆中落到我手上的苹果。

苹果是一枚纯正的山果,个小紧实,皮子半扇青红,上面生一层麻麻的"小雀斑"。我见过山里的野果,都长成这样。山风刮得凶,能把果子的皮皴出一道道小口子。在长久与山风的对峙中,大概山果们都练就了一身好本事,把皴裂的口子,结痂成一道道、一条条褐色的山水。高山落日,秋风入怀,那些执意要长大的果实,就这样在大风中跑着跑着,成熟了。

给我苹果的小华,那时刚从延安回来。一个月前,我们在火车站为她和她的陕北男青年送行。他们相恋多年,正要回到他的家乡——延安北部大山里的某个村庄,完成婚礼。

回乡的路程遥远而漫长。绿皮火车把他们载到一个站,毛驴车又把他们送到另一个站。有时,只有靠双脚走才能到达下一个站台。但迎面而来的,依然是黄土堆垒,枯黄的高山连绵无尽,秋风掀起的尘沙从天而降。在这望不到头的行进中,陌生路途带来的风景一点点蜕去,周围山石坚硬,寸草难生,难得的平缓处开出几处窑洞,望过去黑乎乎的。她梦中飘着红绸的迎亲队伍呢?她的向日葵和羊群呢?生活在渤海岸边富庶小城的小华,再也忍不住,放声大哭。

归来的小华坐在我对面,讲述着这一切。

她讲起她的公公,一个苍老瘦弱的汉子,为了迎接她的到来,接连几天爬过两道沟,去背水。

她讲起寡言的婆婆,从一口罐子舀出一点点水,让其他人使用。

她讲起带着全乡人的捐款走出大山的丈夫,婚后到每家窑洞还礼。

难忘的还有牵动人心的告别。当小华和丈夫准备踏上归程,几乎全村人都聚在土窑门口。他们手上拿着生活中最珍贵的东西——红薯、野枣、苹果、小米、绣花鞋垫、粗布枕套……在"春播一袋谷,秋收一瓢粮"的贫困山村,他们捧来了他们的珍宝。

这样一种送行,不只包含着单纯的告别味道,反倒更像一种传承,像父母对两个准备离乡远走的孩子的托付、交接。好像捧出来交给两个年轻人的不是地里长出的作物,而是他们自己身上结出的果。

小华都收下了。想必最初,他们敲锣打鼓送出全村唯一的大学生时,也像送出他们一生的果实。这样隆重的仪式感,暖着人的心。我的朋友,在那一刻再也按捺不住心中的潮水，她向着他们深深鞠躬。从此，他们就是她的亲人，山背后的村庄就是她的家乡。

三

我终于来到小华的"这个"家乡。

听同行者的议论才知道，原来他们都和我一样，把延安想成了黄土色的——黄土的坡、梁、窑洞；浑身裹满了黄土的羊群；被高原的黄土和日头染成黑黑的村民。但他们也和我一样，看到的不是荒凉，是繁茂的绿意。更巧的是，刚下了车，一只只延安的苹果就递到了我们手上。

卖苹果的妇女姓雷，是延长县阿青村人。她脸庞黑红，笑起来，也像一颗熟透的果子，在树枝上灿烂。

阿青村村支部紧邻一条敞阔的柏油路，那是连接各市县的交通主路。因此，村支部在门前盖了两排结实的木亭，既可供村民候车、闲坐，又做了集贸地。平时，村民把自家生产的瓜果蔬菜拿来，卖给路过的旅行者，赚一笔小钱。像雷大姐，遇到好时机，一天能卖四五十斤苹果，赚200块钱左右。

这就是如今小华代理销售的延安苹果啊。这红润饱满的苹果，水分十足，咬一口，酸甜适宜，甘美酥脆。

同行人中有一位林果专家，他细数苹果艰难的成长过程：挖坑，栽苗，施肥，浇水，置防鼠网，埋堆，蒙膜，等到果树发芽，又要开始烦琐的刻芽、疏花、疏果、防霜冻、套袋、拉枝、环割、防雹，然后果实成熟，还要除袋、增色等几十道工序。国家的科技培训送到了贫困老区人们的身边，现在延安的果农人人都是科技能手了。我们听得目瞪口呆。

其实在来的路上，我们已经知道，延安高海拔，高光照，高温差，无污染，极适合苹果生长。阿青村建在塬上，群山环抱，曾是延安的穷村之一。前几年来了一支科考队，他们测量后告诉村民，阿青村正处在冰雹带上。至此，村民们终于知道，为啥每年这么多雷雨冰雹，把他们辛苦一季种出的粮食和果树全毁了。但只要治住了冰雹，阿青村也能和其他村庄一样，结出同样好吃的苹果。现在的阿青村，就是在国家扶贫政策的支持下，修路、办电、蓄水、架防雹网，成为延安380万亩苹果种植版图上的一部分。

而今，延安的苹果让全国各地的人们品尝到了这方水土的甘甜。

"你们没想过搬去别的村生活？"

"咋能说走就走呢？祖祖辈辈都在这活着，啥样的地都得有人守，有人种。"

回答我的是阿青村的村主任。

旁边的雷大姐爽朗地笑起来："我还上赶着往这村奔呢。这村精神足，好多烈士的后代嘞。"

日子好过了，他们马上就在村支部选了一面窑洞，建起了村史馆，把烈士的遗照连同英雄事迹做成展板挂起来，供后人瞻仰怀念。我进去看了，窑洞是新式样的窑洞，是当年在此插队的北京知青们投资给村里盖的学校。整合教育资源后，村里的学生都去了新建的寄宿学校学习，这里便给了村支部。窑洞里除了悬挂烈士们的遗照，还挂着一面鲜红的党旗。紧挨着党旗的照片上，是阿青村村史上最年轻的党支部书记谭生煋。

如果重回20世纪30年代，这个叫谭生煋的年轻人还活着。他1927年入党，是早期中共党员。当年，他一边从事革命工作，一边带领群众开山辟田，垦荒种地。直到1936年夏天，敌军进攻延长，他在侦察敌情的过程中腿部中枪，被捕了。敌人酷刑折磨，他依然只字不供，慷慨就义，年仅30岁。

阿青村有16位革命烈士。如今他们的子孙，在他们点起熊熊火把的这片土地上，享受着国家反哺老区的产业政策、扶贫政策，在曾经受炮火和冰雹击打过的荒山上覆盖起电网、防雹网。果树终于能够长大、开花、结果，黄土坡变成了绿坡。如果烈士们还活着，他们所希望的，应该就是现在老百姓正在过着的生活吧。

雷大姐还在笑着，催促我品尝手里的苹果。

对于我们认为很辛苦的果园作业，雷大姐不以为意。在果农的生活里，这些繁复的工序已经成为日常生活的一部分。如今，她家拥有20亩果园，也算得上村里种苹果的大户。住的房子也从以前半山坡上几辈人传下来的旧式土窑，搬到了紧邻公路的新房子。房子安着玻璃窗，用新瓦搭成粮仓状的屋顶，这样到了雨季，屋子再也不用浸泡在雨水里。落在屋顶上的不管是暴雨还是冰雹，都能沿着屋顶滑向大地。

雷大姐说，这还不算是最好的房子。国家出钱让退耕还林了，山上都种了树，到处绿汪汪的。环境变好了，村村都在搞新民居建设，附近村子有的新民宿都建成了二层楼。她说着几个村庄的名字。"不过，我还是要留在这，守着我的苹果树。它们可是我的摇钱树。"她爽朗地笑了起来。

还记得20年前送小华去延安的那天，我们拿着最大最红的苹果塞给她，希望婚礼时她能牢牢拿在手里，从此平安幸福。而此刻，在延安，我正沉浸在小华曾经期望过的画面里：长风十里，无边无际的苹果花漫过我们的身体，接着，果实在树枝上奔跑。

村路畅，日子旺

谭 谈

一抬头，陡峭的山峰横在面前；一转眼，山脚处一条湍急的河水奔涌而下。若不是这条宽达四五米的水泥路供我立身，望着面前这山，看着脚下这水，我一定会双腿发软！

这是横卧在粤北山脉深处的小村落——广东省阳山县青莲镇南塘村下辖的孙屋村。长期以来，这个村落被大山锁着，被河水围着。村里的人，要想走出村来，要么摆渡过江，要么攀岩翻山。一逢河里涨水，小船无法过江，只能望水兴叹。而要翻山，就要上那条挂在悬崖峭壁上的一尺多宽的山道。

这条山道，人走人惧，羊走羊怕。村民们要把自家的农产带出山去换回生活所需的物品，只好背着竹篓，攀走这条挂壁险道。落雨路滑，若不注意，所背的物品跌落悬崖，被湍急的河水冲走。弄不好，连人带物都会跌下崖去。祖祖辈辈的孙屋村人，多么想有一条能让他们昂首挺胸走出大山的好路啊！

对许多贫困地区来说，穷就穷在没有出山的路！难怪有人说，要想富，先修路。近年来，国家大力发展交通建设，全国铁路通车里程、全国公路总里程极大提升。近20年间，中央财政投入大笔资金，建设和改造乡村公路。打开电视机，总会听到哪条高速铁路营运了，哪条高速公路通车了，哪个隧道贯通了……高速公路、高速铁路，在广阔的中华大地铺展开来。

此行,我来探访孙屋村的村民,去寻访修建这条挂山公路的筑路人。

2016年,广州市黄埔区、广州开发区,与粤北山区的贫困县——阳山县,结成了帮扶对子,一批年轻干部来到阳山县。其中,青莲镇南塘村就是黄埔区对口帮扶阳山县的35个村之一。

南塘村下辖的孙屋村,贫困程度更深。村子里的姑娘一个个嫁到山外,外面的姑娘却没人愿意嫁进来。驻村干部说,进驻这个村,一个难题就是路,进山的路!要从这绝壁上凿出一条路来,谈何容易?国家的规划资金有限,孙屋、何屋、马屋三个自然村落,修路资金需要靠他们几家对口扶贫的单位想办法筹措。听了驻村干部的汇报后,几家单位的领导一致决定:勒紧自己的裤腰带,从各自有限的经费中挤出这笔钱来。无论多难,也要尽快把这条给村民带来希望的道路修通!

很快,筑路资金落实了。2017年11月,这座陡峭的山崖上,响起了"轰轰"的炸崖开山的放炮声。住在南塘村村部的驻村第一书记兼工作队队长梁小瑾,把铺盖搬到了孙屋村。村里的村民们,也纷纷扛起工具上了工地。

开山的炮声,在峭壁上此起彼伏。炮声里,挂山的路面在一寸寸拓展,一点点延伸。200多个日日夜夜,在拓路者紧张的奋战中过去了。他们硬是在这陡峭的岩壁上,开出了一条宽达四五米、长达4公里的挂山公路来!

通车的那一天,村子里的老老少少,男男女女,全都涌出来。许多上了年纪的老人,面对这条宽广的水泥公路,止不住落下泪来……

路修通后,这个贫困村的情况,在悄然地发生变化。种桑养蚕,是这个村子的传统产业。过去,由于交通不便,运输费用高,收蚕茧的商人不愿进村,总是卖不出好价钱。如今,汽车开进村来了,蚕茧价钱自然上去了,许多村民扩大了种桑养蚕规模。

一走进村子,只见河边一块块田垄里,成片成片的桑树。正是盛夏,叶片绿得滴翠,放眼望去,一片翠绿,实在可爱!我跟着一位养蚕的村民,走进他养蚕的屋子。只见占据整个地面的养蚕架上,铺着绿油油的一层桑叶。桑叶上,爬满正在食叶片的蚕虫。主人指着屋顶的一根根木梁,告诉我:蚕虫到了要吐丝结茧的时候,就都爬上木梁了。到时,木梁上就会吊满白白的蚕茧。

传统产业发展了。在扶贫工作队的帮助下,村民们又开拓出多种致富的门路。他们利用河湾、山坡等有利资源,成规模地喂养鸡、鸭、鹅、猪、羊。在村口,我们碰到村里的脱贫户孙水海,他信心满满地对我们说:"我要把家里的养殖业做大,赚更多的钱。把房子建好,让老人过上好日子,让小孩接受好教育,提高生活水平。"

离开孙屋这个小村落,我沿着这条新修的乡村大道走出。面对耸立的高山,放眼远去的河水,我的心里无限感慨:国道兴,村路畅。孙屋村的发展之路,定会越走越宽,越走越好!

大峡谷的"背篓医生"

吴 冰 姜晓丹

丙中洛在哪里?

航班从广州起飞,三个半小时后,落地云南大理机场,转乘车4小时,抵达怒江傈僳族自治州府所在地六库,第二天继续开车7个多小时,抵达怒江州贡山独龙族怒族自治县。丙中洛镇就坐落在贡山县。

由于刚修通硬化路,路上塌方少,堵车时间短,据说,这是用时最短的。

一路急行,只为见到管延萍。

一见面,让人诧异。黝黑肤色透着高原红,梳条长辫,和当地妇女几乎没有两样。不穿白大褂,真不相信眼前人就是来自广东省珠海市金湾区三灶医院的扶贫医生。

多年来,珠海市先后选派300多名干部赴怒江对口帮扶,其中医疗人员就有168名。他们接续奋斗,决战脱贫攻坚。管延萍是其中一员。

三年前,管延萍来到丙中洛镇卫生院。一个背篓,一身白大褂,成了管延萍的标志。每次下乡,她的背篓里装满器械、药品、干粮等,走到哪,东西就背到哪。村民远远地就能分辨出她的身影,亲切地称她"背篓医生"。

一

怒江州，是我国深度贫困的"三区三州"之一，是脱贫攻坚的难中之难。

丙中洛，地处怒江峡谷深处，咆哮的怒江，由北向南，横穿其间，两边是碧罗雪山和高黎贡山。千百年来，当地群众与世隔绝，过着庄稼靠点种、穿衣靠纺麻、过江靠溜索的艰难生活。而扶贫攻坚改变了这一切。

"管医生来了！"侄女肖兰英快一步进屋，向学罗军报信。听到话音，学罗军从床上慢慢坐起，转头望向门口，嘴角弯出笑意。

"看我们带来了啥！"管延萍一进屋，直接朝学罗军的床边走去。显然，她很熟悉这里。她举了举从背篓里拿出的冬衣，"马上要过年了，换上新衣服，会更帅气！"不只冬衣，管延萍还带来了新的床垫、棉被、被套、床单、枕头。

换上崭新的冬衣被毯，管延萍又帮学罗军体检、剪指甲。一番交流后，引导做肢体训练……两个多小时的医访不知不觉就过去了。告别时，学罗军和打基妈妈向管延萍用力挥手，眼神里流露着感激与不舍。

学罗军是一名重症精神分裂患者，与年迈的母亲一起，住在海拔3000多米的小茶腊独龙族村组。他自我封闭在黑屋子里，不肯出门，也不肯与人交流。老母亲打基在屋内火塘旁陪伴他，束手无策。

管延萍第一次到学罗军家，是2017年12月的一天。她清楚地记得那个场景：学罗军眼神灰暗，流露着戒备，人走近了，他会躲闪，急了，还要打人。

从那以后，一有时间，管延萍就来看望学罗军，想尽办法与他交流，帮助他恢复生活的信心。

持久努力终于有了效果。突然有一天，学罗军在管延萍的反复鼓励下，走出了家门。沐浴在阳光、蓝天、白云下，他长期木然的脸上逐渐有了表情。

见学罗军蓬头垢面，头发都粘在一起，管延萍就帮他洗头，抹上香皂，洗了五六盆水，半个多小时后，学罗军的头发重新有了光泽。

头发太长，后颈部皮肤糜烂，为了让疮口更好愈合，管延萍当起了"理发师"，一手梳子，一手剪刀，帮学罗军修剪头发……

看到儿子一天天好起来，变得清爽干净，精神也振作了，打基妈妈激动地流下了泪水。从那以后，打基妈妈和学罗军最期盼见到的人，就是管延萍。她仿佛带着温暖与光亮，驱散了这个家庭多年来的阴霾。

在丙中洛，类似学罗军这样的精神病患者有41人，都装在了管延萍的牵挂里。"脱贫攻坚，不仅仅是填饱肚子就算胜利。要想深山里的人们过上好日子，卫生医疗服务很关键。缺医少药是山区的一大难题。医疗帮扶，就是我们医护人员的职责。"管延萍说。

三年来，一肩背篓，她走遍丙中洛镇46个村组，送药进山300余次。

珠海驻怒江州扶贫工作组的卢仰之，初见管延萍就印象深刻。后来有次下乡，他再三要求帮管医生背背篓。背篓不大，却足有20多斤。背篓下方，边沿直顶着腰，重心后坠，身体得前倾而行。背带勒得双肩生疼。下山后，卢仰之的肩膀，被勒得抬不起来，腰部被不停顶撞，磨破了皮，变得红肿。这次体验，使他体会到了管医生的辛苦："令人心疼，令人敬佩。"

一次次进山，一次次入户。

管延萍努力将健康理念带给纯朴而友善的村民，帮他们改变卫生习惯，不再讳疾忌医。

每次送别时，村民们都紧抓管延萍的手不舍得放开，末了，再塞一些家里种植的辣椒、玉米、番茄,表达他们纯朴的情意。

在村民们眼中,管延萍,是他们最想见的亲人!

二

我们跟随管延萍去秋那桶村碧汪小组巡诊。同行的珠海驻怒江州扶贫工作组组长张松先打招呼,说:"去碧汪,要通过一条茶马古道,路可不好走。"碧汪村位于碧罗雪山腹地,海拔2000多米,沿途要翻越两座大山。

往深山峡谷走,只能靠双脚。上山的古道,崎岖狭窄,仅容一人侧行。

一边是陡峭山壁,青藤古树,一边是咆哮的怒江水。山脉绵绵连苍翠,江水奔涌浪卷沙。行走在古道上,心都为之颤动。

悬崖山涧,几株三角梅跳了出来,翠绿的枝叶,鲜艳的花色,在阳光下,散发生命的活力。这美丽的花,只要有一撮泥土,一缕阳光,就能顽强生长,勇敢地在最艰苦的环境里绽放生命之美。

进山的路比想象的漫长,刚开始,大家还能聊天、学唱山歌。后来连挪步的力气都快没了,更别提说话了,只能低头看路。

管医生及医护人员更辛苦,穿着白大褂、背着大背篓,人人满头大汗,皮肤晒得黑红发亮,衣服湿了干,干了湿。

4个多小时山路后,终于到达目的地——碧汪村。

村在陡坡,没有网络,也没有信号,信息是在山下提前发的,听村民小组长说,他要专门跑到离家几百米的山顶,才能接收到手机短信。

小组长带路,挨户医访。72岁的村民张正国,知道管医生来了,老人在家人搀扶下,走出门口迎接。一见到管医生,脸上就绽开了笑容。管延萍背篓都没来得及放,就牵着老人的手,引导他慢慢转个圈,看到老人的情况好转，忙竖起大拇指夸赞。

"有没有哪里不舒服？"管延萍扶着老人进门，在屋角坐下。

"头疼，膝盖也疼。"管延萍从背篓里拿出健康体检表，查看过往身体情况，之后为老人做了血压、血糖等检查项目，让老人脱了鞋子躺下，用手握住脚踝，检查关节的情况。

"关节有好转，但平时还要多活动，还有高血压药，记得准时吃。"管延萍怕老人记不住，在药瓶子上写了用法，又跟家属反复交代，并且当场示范，送水喂药。

管延萍与病患接触，从来是不戴手套的。我们问她，为什么不做好自己的防护呢？她悄悄地说："我知道他们得的不是传染病，考虑到村民比较敏感，自尊心强，若按医院标准程序，他们会感觉被嫌弃，这样就很难真正配合治疗。要想提升村民们的健康理念，必须让他们消除抵触，先接纳你才行……"

入户医访结束了，下山的路比上山更难走。

下山半道，风雨交加，同行者中有人膝盖受伤，疼得不能打弯，只能一点一点往前挪。管医生见状，忙去折了根木棍，递给她支撑用。走一段，停下来，帮助她按摩膝腿，一路不断鼓励打气。管延萍说，自己也多次经历膝伤病痛，每次下山的时候都是咬牙坚持，回到镇上住所，就双膝跪在床上，给自己做康复按摩，用热毛巾敷膝，才能慢慢缓解疼痛。

缓慢移动中，天已漆黑。看不见道路，大家打亮手电筒，摸索前行。好几次，大家感觉双腿都不是自己的。实在走不动了，管延萍就用充满希望的口吻鼓励说："快了，真的快了，还有5分钟！"在这样不断的"5分钟"中，半夜11点，大家终于挪到了山下。回头一算，吃了一惊，这一天，前后走了13个小时的山路。

而这样的山路医访，管延萍走了300多次。

管延萍回忆刚来时，给村民做体检，只有身高、体重、血糖等检查内容，而B超、心电图检查等，卫生站里没有人懂怎么做，医疗器材大部分闲置，一台心电图机甚至还没开封。

同样来自珠海的蔡晓明对缺医少药感触很深，他说："独龙江乡蛇伤多，但整个贡山县却无一支抗毒血清。只能用土办法，勒住、挤血、清创包扎处理。如果从独龙江乡开车到县医院，要2个半小时，拐1800多个弯道，根本来不及。"

村民健康意识也不高。刚开始，村里许多老人不愿抽血，经过医疗队及工作人员反复解释、示范，老人们对抽血检验才没有了抵触。现在大家一听要体检了，会主动前来询问，健康卫生意识提高了许多。这样的变化使管延萍感到欣慰。

三

镇中心山坡上，是镇卫生院，管延萍的工作地。

2019年，卫生院前，盖起新楼。还从珠海运送来新的医疗器材设备。

这些，让管延萍十分开心。她说："医疗条件多改善一些，也就更放心一些，哪怕我们离开了，这里的卫生医疗也依然有保证。不过，要达到满意效果，需要做的事情，还有很多。"

"回去后，先服药降温，用湿毛巾多擦洗，有不对劲，不管多晚都来找我……"接诊完当日最后一位患者，管延萍开始日常例行工作，整理健康档案。

档案室内，6000多份档案，整齐地摆放在档案柜里。上面，记录着每一位患者的健康情况。

管延萍对重点人群做了标识。红色签代表高血压,蓝色签代表65岁以上老人,紫色签代表重症精神病患者,黄色签代表孕产妇……

这项工作,是管延萍来之后做的。刚开始,烦琐的健康档案采集、书写、整理工作,受到了质疑,"写10份档案,不如治疗1个病人、做一台手术来得实在,这是在浪费时间。"

一样新事物的出现、新办法的推行,总是会遭遇不理解。管延萍也曾想过放弃。但是,她最终选择了坚持,千难万阻,不改其志。

她记得自己为什么来到这里,她知道"上医治未病",公共卫生工作重在预防,要为村民们做好健康服务,就必须要建立科学的预防机制。

健康档案,前期烦琐,但做好后,能方便接手医生更快了解患者的身体和治疗情况。几页档案,可以减少村民求医之路的艰辛,减少医疗及陪护费用。

生死所寄,性命攸关。这是一份沉甸甸的责任,她没有理由放弃。

记录、整理档案时,她发现,"当地人高血压和精神类疾病发病率高,与他们饮食油盐多、过度饮酒、卫生意识低等因素有关,但具体的研究还需要更多的数据与资料"。

建立档案体系是个长期的过程。考虑再三,管延萍向上级递交了延长帮扶期限的申请书,原本半年的帮扶期,延长到了3年。这就意味着,管延萍与家人,要有更久的分离。

三年间,丙中洛全镇6222人,建立规范健康档案的达到6096人。"65岁以上516人,儿童750人,孕产妇350人,高血压589人,糖尿病39人,结核病37人……"这一串串写在记录本里的数字,管延萍早已烂熟于心,她满脑子想的,都是怎样让当地群众过上更加健康的生活。

这里虽有最美的风景,但也有最深的寂寞。这几年,管延萍像一个陀螺，不停地转，不停地忙，顾不上家，顾不上她自己。有时候，面对空荡荡的宿舍，她也会发怔：自己50岁出头了，远离年迈的母亲和刚走上社会的儿子，一个人来到这里，这是何苦呢？她想起上次回家时，母亲笑得合不拢嘴的样子，心中常常涌起一阵愧疚。可是，她也无法放下自己身为医者的那份使命感。

当初，看到珠海市和怒江州、金湾区和贡山县结对帮扶的通知时，虽然对怒江、贡山很是陌生，她还是毅然报了名。她说："就是想对得起自己这一身白大褂，用近30年的工作经验，到更有需要的地方工作，为乡村卫生事业贡献一份力量。"

只要国家需要，那就去做。其实，像管延萍这样的扶贫人还有很多。他们跨山越水，历尽艰辛，只为实现脱贫奔小康路上"一个也不能少"的承诺。

"管延萍们"，就是脱贫路上一道美丽的风景线……

猕猴桃挂果了

王宏甲

一

张凌回来了!

眼前是一片片高矮不齐的苞谷,枯黄的。他知道今年遇旱,靠天吃饭的苞谷没收成,苞谷秆无精打采地立在地里。

这是2014年底。这是张凌的家乡。

家乡名叫箐口村,属贵州省毕节市大方县猫场镇。张凌生于1985年,童年时跟一群留守的孩子玩。长到8岁,娘送他去村小。村小一共两间,大约40平方米。一块木板,两边架着砖头,算是课桌,凳子也是砖头垒的。在这环境里他读完了六年级,接着到猫场中学读初中,再到乡政府所在地读高中。那年月,猫场镇能考上大学的极少,但张凌奇迹般地考上了。

大学录取通知单,是去猫场赶集的亲戚带回箐口村的。这在箐口村,是从来没有过的事。

乡亲纷纷来道贺。人们散去后,张凌的爸妈却发愁了:上大学要钱啊,缺钱咋办……上学还要吃呀,上哪去找这么多钱?

想了一夜,张凌的爸妈决定让张凌不去上学了。

消息再次传遍全村。村里人再次来到他家。最先来的是一位老太太,她拿出一个折叠得很小的东西，慢慢打开，是一张10元的人民币。她拉过张凌的手，放到他手里："么，带上。"

张凌永远都记得她那天的眼神。她只说了3个字，是那种不容你不去念书的语气。后来张凌要在本子上记上她姓名的时候，才知道她叫谢发秀。

接着来的乡邻把3元、5元、10元、30元……放到他家的桌子上。两天时间，乡亲们捐了2600多元。

仿佛这不是你自己的事，这是村里人要你去上大学！家乡，家乡，从那时起，张凌再忘不掉这是他的家乡！

爸妈要重新考虑儿子的上学问题了："猫场还有亲戚，再去借点。还不行，就卖牛！"

事情就这么定了。

离村那天，许多人都来送行。张凌告别爸妈、弟弟和乡亲，踏上去读大学的路，把家乡的漫山苞谷留在身后。

他走后，爸就把耕牛卖了。弟弟张梁也离家跟人去浙江打工，却因一场事故，断了3根手指。后来弟弟获赔了8万元，这笔钱除了继续给弟弟治手，就用于支持张凌读完大学。张凌大学4年寒暑假都在打工，只回家一次。看到弟弟那只残废的手，他落泪了，下决心今生一定要与弟弟同甘苦。

2010年大学毕业，"漂"了一年。不是没想过回家，可想到爸妈乡亲期望他有出息的目光，两手空空怎么回家？张凌几番创业，成立公司，尝试过营销、广告、传媒，两年都没有挣到钱，"只是挣了曲折，挣了经历。"但这一切都是有价值的。2014年，张凌的团队营销家电大获成功。他赚到了钱，在贵阳市南明区买了房，买了车，还结了婚，妻子也是位大学毕业生。

这年12月26日,张凌开着小车回家乡。从猫场镇到箐口村还是泥巴路,雪后路上都是泥泞。车开到离村子还有7公里的地方,实在进不去了,只好打电话让村里人来帮忙。村民来了,14个小伙子,用绳子把小车拉进了村。

漫山还是苞谷。张凌去看小学,还是原来那么小。有210名学生,大部分是跟爷爷奶奶生活的。没有操场、没有图书室……学生们看着他,没有一个人说话。

他捐了3万元给学校,让每名学生有了一套校服,每人一个新书包,还在学校一个小小的场地上捐建了篮球架。全村70岁以上的老人,他给每人1000元。这是他从离家去读大学那天起就想实现的一个心愿。

张凌渐渐感到自己的内心在倒海翻江。他记不清自己是不是想过大学毕业要返回家乡,乡亲们也没说过要他回乡,但箐口小学那些看着他没说一句话的孩子浮现在他的脑海。除了捐校服还能帮他们什么?村里还是非常穷,水泥路还没有通村……

这个村庄直到2017年,全村513户2019人,建档立卡贫困户还有238户853人,贫困发生率41.16%,远高于毕节全市农村的平均贫困发生率。

因为家乡非常贫困,就可以不回来吗?

"想了3天,想透了。"张凌说。

二

张凌决定回家乡。

回来干什么?张凌想,先要选择一个有经济效益的产业。经历告诉他,要善于利用优势发展产业。家乡有什么优势吗?箐口村附近以前有个硫黄厂,因而常下酸雨,日久山上不长树,只长茅草。家乡既没绿水,也没青山。

但微酸性土壤适合猕猴桃生长！他还发现，箐口村山地的海拔在1500米左右，山地日照时间短，也都适合猕猴桃生长。他还知道了，市场上猕猴桃消费前景看好。这些因素集合起来，他选择了猕猴桃。

张凌家只有十来亩地。他去动员伯伯、叔叔种："所有的资金我来投，你们管种管收就行了。"可是他们都不干。

"那东西能吃饱？"

"那就我种给大家看！"他去挨家挨户宣传，终于组织起32户，种了270亩。

猕猴桃要3年才挂果。第二年还看不到收益，但木质的藤长起来了，漫山绿色。村民都惊诧：这东西在这里长这么好！还没挂果的绿色藤叶开始摇动村民的心。

"人家做公司都赚钱的，还能亏了？"有人动心了。2016年1月，村里扩种了300多亩。

2017年3月村委换届，张凌当选为村主任。4月初，毕节市布置学习先进村经验。张凌去了好几次，边看边想，自己的村子为什么穷？有3点，一是人没有组织起来，二是产业没有选准，三是精神没有焕发。这3点没改变，这个村很难脱贫。

张凌有办公司的经历。他与村支书李兴国商量：我们办个村集体公司，把全村人组织在公司里，办成"村企一体"。也在这时，张凌听到市里要求办"脱贫攻坚讲习所"，他立刻就办了。村民太需要补充各种知识，眼下发展产业也迫切需要培训农民。

4月28日，张凌去注册了一个公司，取名叫"新梦想种植专业合作社"，开始运营。箐口9个村民组，每个组建1个合作社，村里再另建1个养殖合作社、1个工程队和1个运输队。一个公司把这10个合作社、2

个队,统一管理起来。村里成立了老年协会,还有残疾人创业协会——张凌的弟弟张梁也加入其中。

接着是人员分工:65岁以上的老年人,不分男女不再务农,能做事的负责带入学前的小孩(包括别人的孩子),搞清洁卫生,村集体统一付给报酬。箐口村破天荒地相当于有了"托儿所"。

产业方面,扩大优选的种植品种——樱桃和李子,增加了土鸡养殖和养蜂,还在猕猴桃山地套种黄豆。猕猴桃需要氮磷钾,套种黄豆相当于给猕猴桃施氮肥。在张凌身上,人们看到上学和毕业后自学都是有用的。不能让知识荒废,要让知识"落地"。

张凌在村里订立了"七改":改思路、改厨房、改厕所、改沟渠、改道路、改圈舍、改炉灶,由新成立的工程队实施。这一切都需要先搞好环境卫生,张凌本以为这不算多大的事,没想到这头一件事就让他遇到了困难。面对村里房屋四周的垃圾堆、瓦砾堆和路堵沟塞、污水横流,村民们却说:"咱们农村人没那么多讲究!""一直就这么过,也不碍什么事。""吃都顾不上,哪顾得上这个?"一阵子讨论,没几个人真正响应。

"看来光动员不行,得动手先干起来。"张凌带着几个村干部,先搞起自家房前屋后的卫生做示范,又帮左邻右舍打扫卫生。这么一来,就有村民跟着干。到最后,全村都发动起来了。这年夏天,箐口村在猫场镇开展的卫生治理大评比中获得全镇第一名。这不光是清扫了房前屋后的垃圾,更是把村民们的精气神给鼓起来了。

村子还成立了"村社一体"合作社。张凌告诉大家一个原则:充分尊重大家选择,入社自愿,退社自由。结果,村民入社踊跃。

三

2017年4月的一个周末,正值樱桃成熟时候,张凌去贵阳看妻子和女儿。他驱车经过抵纳村，在村口看到一位卖樱桃的老奶奶在跟一个收樱桃的商贩讲价格。由于当时正在下雨，收购商只给1块钱1斤。老奶奶恳求说："我家樱桃好吃，再加1块钱吧，我早上5点半起来摘的……"收购商说："1块钱1斤我全要了，不卖就算了。"老奶奶头发花白，背篓里背着樱桃，手里还提着一篮樱桃。天上飘着细雨，老奶奶站在那里不知道咋办了。

张凌上去对老奶奶说："卖给我吧，6块钱1斤，我都要了。"

"啥？"老奶奶抬头问。

"6块1斤，我全要了。"

老人的背篓里有一杆秤，分了几次才秤出背篓里有40多斤，提篮里有17斤。

抵纳村口的路上，还有卖樱桃的村民和收樱桃的商贩在谈交易。凭过去搞销售的经验，张凌已经想好怎么处理了。他又买了10筐搬上车，开着车返回箐口村，拉上几位村民，带上电子秤，就往贵阳去。

"干啥去？"

"卖樱桃。"

进贵阳，张凌驱车去自己家所在的小区，搬下几筐樱桃摆起地摊儿。他拿起手机发了一通信息，10多分钟后，就见邻居们下楼来买樱桃了，10块1斤，不到40分钟全卖完了。再来的，没了。

"这样吧，"张凌说，"预订，明天给你们送来，还这个价。"

张凌之所以敢6元1斤把那位老奶奶的樱桃全买下来，是因为他知道城里的樱桃什么价。

樱桃成熟后能待在树上的时间很短，所谓的"樱桃季"只有一周时间。张凌抓住这个时间搞突击，带着村里几个人去收购，然后去城里若干个联系好的小区直销，这个"樱桃季"竟卖出3万多斤樱桃。

张凌说："我们也通过顾客建立各种微信群，在微信上开展预订并交预付款。如果某地点预订数有100斤，带去200斤，肯定能卖完，因为销售氛围可以拉动销售量。"

这个经历让他更深地体会到，农民不管种什么、养什么，最怕的就是卖不出去。就算卖出去，还怕卖不出好价钱。"我们不仅要搞好猕猴桃生产，更要有一支精干的供销队伍。"由于农产品销售讲究及时、快速，他们便把这支队伍取名为"追梦突击队"。

这是一支精干的供销队伍，不仅管"销"，也管"供"：村集体统一采购生产资料，可以节省成本；所有村民生产的农产品统购包销，有利于保障村民利益。即使有些村民还没有加入村集体合作社，也能通过这种机制受益。

猕猴桃挂果了。

张凌开始筹措销售，并以"箐口"谐音去注册了一个"沁口"商标，用于箐口村出产的一切绿色产品。

第一批32户的猕猴桃收获了，产量4.2万斤，销往北京、上海、浙江、山东还有本地，4天就卖完了。"不够卖。"张凌说。不够卖，为啥还卖到那么远？他说："一个地方不多给，培育市场呀。"

初次挂果产量是最少的，但也卖出32万元，除去成本，每户分到5600元。不用动员，猕猴桃很快扩种到1200亩，产品还是供不应求。张凌在讲习所里算给大家听：猕猴桃第四年一棵树最低可以收成10斤，每斤卖8块钱，一棵树就是80块钱。一亩地可以种70棵，就是5600块钱。过几年就到了丰产期，我们一棵树摘100斤没问题，那一亩地就可以卖出5.6万元。

张凌还说："猕猴桃的生命周期长，我们就好比把土地变成了'绿色银行'，本钱存在地里，每年得的利息比银行还高。"村民们听了，脸上笑开了花。

四

张凌对新时代农民讲习所特别青睐，这是他可以把自己的知识传授给乡亲们的地方。村里有老太太把剪纸贴到讲习所来，说讲习所就像合作社社员的家。

张凌对村民说，猕猴桃也有公有母，1棵公树配12棵母树。最好的授粉期只有4天，要是自己种自己的，人工授粉忙不过来。所以我们还是要组织起来，集体干这件事。

一步步开拓前进的箐口村，成规模地扩展猕猴桃、樱桃、李树、养蜂、养鸡等产业，并同步推进村庄建设，其变化之大之快，让参观者惊异。

其实，这个深度贫困村发生的一步步变化，离不开这个村寨的孩子读书后返回家乡，用知识反哺家乡。归乡的孩子真正认识到，组织起来发展农村产业才是走出贫困的大道。

2019年5月28日，毕节市委组织各区县主要领导和乡镇党委书记来到箐口村，用整整一个上午参观了这个不大的山村相当丰富的产业发展、人居环境整治、医疗卫生建设等，特别是参观了箐口村新建的小学。

从前的村小培养了一个张凌，今天村民比从前更加重视培养孩子们读书。箐口新小学面积1290平方米，与此同时，箐口村还建了一个崭新的幼儿园。新的村部大楼也已经建好，楼内最宽敞的就是"箐口村新时代农民讲习所"，它是永久的乡村农民学校，夜晚上课的利用率很高。

箐口村的变化还有，外出打工的村民回来了300多人。

"成了家的基本都回来了。"张凌说。

2018年6月24日,张凌光荣加入中国共产党。2019年11月,张凌获共青团中央、农业农村部授予的第十一届"全国农村青年致富带头人"荣誉称号。2019年底,箐口村在鞭炮声中整村脱贫。

张凌的故事并未结束。2020年夏,受箐口村启发,大方县迅速扩种的猕猴桃已成为10个乡镇数十个村集体合作社的主导产业。在此基础上,大方县在乡镇一级组建成合作联社,还组建了大方县猕猴桃产业联合总社,同时成立总公司。已担任箐口村党支部书记的张凌,被任命为大方县猕猴桃产业总公司总经理。

这里写的只是一个张凌回乡的故事。如果有更多有志青年返回家乡建设家乡,那么,乡村的面貌一定会有大变化。

绽放心中的爱

熊红久

叶尔羌河行至塔克拉玛干沙漠西南边缘的麦盖提县，弯了一道弧，折向东北。

在这片土地上，生活着这样一群人：只要音乐响起，农民就会放下手里的工具，路上的行人也随着韵律，快乐地舞蹈起来。热烈的情感，豪迈的性格，培养了他们乐观的天性。此地是恰木古鲁克村，三面环沙，一面临河。20世纪90年代，这里的村民出行还得靠小船摆渡。一大半的人，生于斯，长于斯，没有见过外面的世界。

直到横跨两岸的叶尔羌河大桥将高速公路引到村口，直到新疆维吾尔自治区文联驻村工作队入驻到了村子，这里的人才切实地感受到，他们的日子发生了变化。

先是机器的轰鸣掩盖了闲聊的话语，两家工厂落户村里，一些村民走进工厂，月底那一沓厚厚的工资，让整天晒太阳的人满眼惊诧。然后是破旧的老屋被拆除，一幢幢新房矗立起来。地板、沙发、冰箱、电视……崭新舒适的生活呈现在面前。再后来大路小巷都铺上了柏油，村口还修了几座古色古香的木亭。庭院门口鲜花绽放，蜂蝶栖息；葡萄架上，藤蔓缠绕，雀鸟和鸣。越来越多的村民找到了合适的工作，用双手创造自己富足的生活。

红枣王

见到王成友的时候,他正抱着两箱红枣往车上放。

25年前,还是一个毛头小伙儿的他,从河南信阳来到恰木古鲁克村。饥肠辘辘的他,被素不相识的维吾尔族大哥带进自家的房子。大哥端上满满一盘拉条子,他吃得干干净净。看着大哥微笑的目光,他心生温暖,当即决定——就留在这个村。这一待,就再没离开。

起步是从几个人的作坊开始的。经过十几年的打拼,王成友的红枣厂发展到拥有50名工人、1000平方米厂房的规模。

"老王,如果再扩大规模,足额生产,你加工能力有多大?可安排多少人就业?工资能发多少?"我认真地问他。

"5000吨。招200人没问题。月工资不低于2000元。"

"好,一言为定!资金、设备和厂房,我们想办法协调解决,你负责生产和销售,要确保打工的村民,都能拿到钱。"

"我保证!谢谢工作队!"

随后的进展速度,是在王成友接连的惊叹声中进行的。2个月,项目落地,厂房开始建设。3个月,600万贷款批复到位。4个月,山东援疆指挥部捐赠的先进的全自动红枣清洗烘干设备发送到厂。5个月,两座1000平方米的保鲜库竣工。8个月,5000平方米的新厂房建设完成,设备安装调试。

通过红枣厂的扩建,我和王成友成了好朋友。一次,他请我到家里吃饭,吃到一半,他突然对我说:"我想成为一名党员。"说着,他从怀里掏出了入党申请书,里面写着:"我刚到南疆,身无分文,是村里老党员苏莱曼·玉素普大哥给了我第一碗饭。如今,我的厂子扩大规模,是在工作队和村委会的党员干部们不辞劳苦的帮扶下完成的。我能有今天，要感谢党的富民政策，感谢许多党员干部的无私帮助。我富了，不能忘记党恩，更想成为党的一员，带领村民们一起奔小康。"

我由衷感到高兴，对他说："我作为村党支部第一书记，代表村党支部，接受你的申请，也请你在脱贫攻坚中，接受组织的考验，就像你在申请书中写到的那样，带领更多的村民奔小康。"

2019年7月1日，王成友光荣地成为一名共产党员。他把更多的精力投入产品研发和销售之中，继续扩大生产，带动更多村民增加收入，实现脱贫。他把在国外读研的儿子也召回村里，负责网上客户和电商平台，又将核桃、杏脯、桑葚、葡萄干等多种产品纳入经营范围。

今年复工复产以来，红枣厂已安排170多名村民就业。预计9月，新枣上市，用工可达260人以上。

如今在恰木古鲁克村，王成友成了名人，没有人不认识。

村里能人

驻村工作队进村才三天，就有人来告状，说努尔买买提·莫明借钱不还。这个50岁的男人，满脸涨得通红，眼里噙着泪花。为给妻子看病，他向邻居借了800元，两年多了都没能还上。工作队的王新刚看在眼里，主动提出担保，确定了还款日期，双方才达成和解。

王新刚详细了解努尔买买提·莫明的情况——三个上学的孩子，一个多病的妻子。努尔买买提·莫明没读过多少书，一直靠三亩地和打零工勉强度日。

根据村子手工艺人多的特点，村里计划成立"三新木材合作社"，引进先进的家具、沙发生产线。王新刚想到了努尔买买提·莫明，决定送他进厂子学技术。有一次跟努尔买买提·莫明聊天，王新刚说："咱们村有不少技术熟练的木匠，也有不少懂装修的工人，还有会接线的电工。但他们大多只会一项技术，你要是能学成一个多面手，挣钱肯定更容易。"

王新刚出面联系，找到村里不同工种的技术工人，带着努尔买买提·莫明一起干活儿，还为他争取到了一个去乌鲁木齐参加新农村建设培训的机会。看到新农村的面貌，未出过远门的努尔买买提·莫明受到巨大的震撼。回村后，他找到王新刚谈感想，说如果咱们的村子也那样建设的话，能做的事情就太多了。

"以后村子肯定也会那样建设，当务之急是抓紧时间学好技术，否则机会来了，你还是抓不住。"王新刚说。

从此，努尔买买提·莫明变得更用功，学得更卖力。半年后，他接到了第一单活儿。

那是一个既要装修，又要进行电路设计、墙体粉刷的活儿。努尔买买提·莫明开足马力，10天干完，挣了1万元。他喜不自胜，给王新刚还钱时，还打包了一条烤鱼，并高兴地说，借邻居的800块钱也还上了，还多给了利息。

这年秋天，村子开展大范围的新农村建设。努尔买买提·莫明看到了机会，在村里招收了3个徒弟，成立专门的施工队伍。旧房拆除、新房装修、家具制作、庭院改造、电路安装……几乎每家所需的建设，他都能一体完成，成了技术全面的能人。

活儿越来越多，业务在不断拓展，从本村延伸到了邻近的五六个村。年底一算账，全年收入超过了6万元。努尔买买提·莫明不但脱了贫，还被评为全村的致富模范。

儿子高中毕业后，也加入他的团队中。为了更好地做好各种业务，努尔买买提·莫明招收了更多的村民，依照油漆工、泥瓦工、木工不同种类，分成几个小组，齐头并进，协调配合，工人的收入也大幅提升。

这两年，在努尔买买提·莫明的帮助下，有12户村民摘掉了贫困户的帽子。他喜滋滋地告诉王新刚，刚给儿子买了一辆小汽车，以后到别的村联系业务就方便了。还说已有多家人家向儿子提亲呢。

绿色庭院

作为三个孩子的母亲，帕提古丽·苏莱曼每天一睁眼，就为全家的生计发愁。当驻村工作队副队长彩才拿着本子走进家门时，她并没有表现出多高的热情。彩才没有放弃，细声细语，问得仔细，也记得翔实。或许是真诚的态度打动了帕提古丽，她把家里的难处都说了出来。

在工作队的帮扶会议上，彩才说："帕提古丽是一个特别能吃苦的人，为了供三个孩子上学，她像男人一样到建筑工地打工，码砖头、上水泥，从没喊过苦。她有强烈的脱贫愿望，只要找对路子，一定能改变现在的境况。"彩才建议，帕提古丽的院子里种了很多花草，一看就是擅长种植的人，不妨找她谈谈，看能不能从庭院种植做起。

第二天，彩才再入户时，买了两个书包送给孩子。进一步细聊才知道，帕提古丽从小就喜欢种养各类植物。当谈到工作队想帮助她发展庭院经济、种植大棚蔬菜时，帕提古丽不住地点头，说自己很喜欢种植，一定会种好菜的。

"可是……"她低下头，小声咕哝，"我没有钱。"

"放心吧！只要你想干，我们就帮你。"

经过1个多月的忙碌，终于争取到3000元的庭院建设资金。工作队和村两委组织干部义务劳动，帮助帕提古丽清理杂乱的院落，整理出二分多地，建起一座拱棚，还帮忙种上豇豆、菠菜等蔬菜。帕提古丽感动不已。从此她每早贪黑地待在温室大棚里。

第一茬菜，苗子刚出来就开始枯黄。她急坏了，跑到工作队求助。

彩才找来邻村的大棚种植专家。这位大哥二话没说，赶到帕提古丽的拱棚，抓起土壤查看，询问了施肥和浇水的情况，确定了肥土比例不当和水期间隔太短的问题，并传授了解决办法。改进后，果然见效。当年就收了三茬蔬菜，纯利润1500多元。

邻居们看到帕提古丽大棚蔬菜种得很好，不但解决了自己吃菜的需求，还挣到了钱，都来观摩学习。她热心地讲解，菜苗的株距、打顶的时间……手把手教大家。

彩才又找到她商量，要想办法把产业做大。帕提古丽说，她想搞蔬菜批发，既可以多挣钱，还可以帮助村民把院子里的菜卖出去。彩才说："好啊！你懂蔬菜，肯定能行。"

说干就干。彩才带着帕提古丽找到县农村信用社，由自己做担保，贷款1万元。帕提古丽买了一辆电动三轮车，解决了运输问题，将余款作为采购蔬菜的流动资金。

之后，每天早晨5点，帕提古丽就开着电动车，等候在县城边上的农贸市场。送菜的大货车一到，她第一个冲上去，挑选满满一车新鲜蔬菜，再挨家挨户送到餐厅、早市和蔬菜商店。剩下的蔬菜，她就走街串巷，到居民区销售。经过两个月的历练，她慢慢掌握了门道，从最初的每天只挣四五十元，到后来的半天就能轻松入账200多元，半年就还清了贷款，年底还盖了70平方米的富民安居房。

"从房子到家具，没借一分钱，都是我这两年挣的。"帕提古丽开心地说着，语气铿锵，充满自豪。

农民诗人

到处是欢笑的脸庞
勤劳的人民沐浴着阳光

我们把时代的旋律

　　谱成一曲曲春天的歌唱

　　这是村民卡地尔·阿布都克里木创作的诗歌《春天的气息》里的诗句，如今正展示在村委会"农民诗歌专栏"的宣传栏里。诗歌专栏每月出版一期，每期选发4位村民的作品。这块充满诗意的"芳草地"，已成为全村人心目中的"光荣榜"。

　　而诗歌专栏这个主意，源于驻村工作队的一次入户走访。

　　那天，工作队走进一户院子，发现一群人围在一起，原来是卡地尔·阿布都克里木正将自己新编的顺口溜朗诵给村民听，内容都是村子里的人和事，通俗易懂，朗朗上口，村民都喜欢听。

　　走访回来，大家开始讨论。作为文联工作队，就要充分发挥出文化兴村的优势。如何利用好这个群众喜闻乐见的文化资源？队员们几番商量，你一言我一语，最终决定搭建一个诗歌平台，让村民们都试着写写，说不定能有很好的文化宣传效果。

　　半个月后，这块村级农民诗歌阵地就建立起来。

　　在村民大会上，工作队把"农民诗歌投稿箱"摆在大家面前，并宣布：所有人都可以投稿，若能发表，每首诗歌还有100元的稿费。村民们一听，先是惊讶，后来响起一阵掌声。没想到一辈子耕耘土地，居然还有机会和诗歌打上交道。

　　布哈丽切姆·阿布拉是第一批发表诗歌的村民。29岁的她一直喜欢读书，即使下地干活儿，也会带个小本子，把点滴感悟记下来。看到村委会开辟诗歌专栏，她十分兴奋，当天就投来3首作品。在她的带动下，又有三四位妇女送来诗作。

　　第一次发放稿费是在2000多人的村民大会上。4位妇女戴着大红花。

那份发自心底的自豪感洋溢在她们的脸上，喜悦溢于言表。

这一天，努尔古丽带着丈夫艾斯卡尔走进工作队的大门。见到我们，艾斯卡尔有些不好意思。在努尔古丽鼓励的目光下，艾斯卡尔从口袋里掏出几张稿纸，说是自己这几天创作的诗歌，想投给农民诗歌专栏。

努尔古丽已经在我们的诗歌专栏里发表了两次作品，她鼓励丈夫也试着写写。这几日，艾斯卡尔白天在地里干活儿，晚上就创作诗歌，经过几天的打磨，拿出了自己满意的作品。

这些农民诗歌，既写环境的变化、生活水平的提高，也写勤劳致富的人。村子向善向美的事情，都是他们表达的对象。语言纯朴，情感真切，很接地气。根据大家的要求，驻村工作队又组织开展了两次文学培训，请来著名诗人和编辑授课，提升大伙儿的创作水平。

村里新建了一家网袋厂，主要任务是用缝纫机轧口袋边，工作很适合女工。人缘很好的努尔古丽，因为懂汉语、有文化，被推选为车间主任。

厂领导担心招不满女工。努尔古丽却信心满满，"多一个人打工，就多一份收入，就能更快更好地脱贫。放心吧，女工的问题，我们想办法"。在努尔古丽的带领下，几个农民女诗人成为第一批入厂的员工。她们又挨家挨户做动员，劝说有劳动力的妇女到厂子就业。结果，不到一周，摆了60台缝纫机的车间，来了80多人。为了都能就业，厂家立即新购20台设备，全员安排。

这一天，努尔古丽带着艾斯卡尔又来到村委会，只不过这次不是来送诗稿，而是双双递交入党申请书。努尔古丽说："从你们身上，我感受到了党的温暖，我们也想成为党员，也想为村民们做更多的事情。"

自治区党委宣传部派出专家，到村里对农民诗人的情况进行调研。研究后决定，要给村民们出一本农民诗集。

这本诗集名叫《心中的爱》，汇集了36位村民的300多首诗歌，今年7月，就要出版发行。

诗一样的生活，正在这里铺展……

两个人的学校

肖 勤

一

雨雾迷蒙。尽管才十月，但在"落雨当过冬"的贵州山区，已经有了几分寒意。驱车30公里山路，再步行过曲折的山间小道，我们的头顶已被雨雾罩上一层薄薄的银白。在一片清冷之中，我却看到了一抹鲜艳明亮的红，高高飘扬在半空。

雾茫茫的秋色，顿时明媚了。

我在很多地方看到五星红旗，天安门广场、学校、边防哨所……但我却第一次在大山中一户农家的小院里看到五星红旗，还有扎实锃亮的旗杆。

远远地，一个小小的身影伫立在旗杆下，她的身旁是一间漂亮的校舍。

这是一所特殊的学校，修建在贵州务川仡佬族苗族自治县的一个小村落里，修建在一户农户家里。

学校特殊是因为它只有一名学生，叫小燕子。只有一名老师，叫阙南忠。

小燕子是真的小，小得出乎人的意料——10岁的小女孩，身高只有60厘米左右，细柔的小手指和漂亮的小脸蛋也只有两三岁孩子的大小。

小燕子的家是传统的黔北式老木屋，凹字形建筑。院子是水泥地面，应该新砌没几年，老木屋也明显维修过。最吸引人目光的是旗杆和旗杆旁的左厢房——新建的左厢房俨然是一间教室的模样。走进去，果然看到一块写满英语单词的黑板。

一面国旗、一块黑板、一课桌、一教室。

这便是阚南忠为小燕子一个人修建的学校。

二

50多岁的阚南忠是一名教龄30多年的老教师，也是务川县都濡完小的党支部书记。扶贫工作中，阚南忠驻村帮扶的点在沙坝村。

2018年，务川县对建档立卡贫困户进行走访。阚南忠走进贫困学生申小容家中，看到她的妹妹小燕子正抱着姐姐的腿，哽咽哭闹着说我也要上学。

7岁的小燕子，正是上学的年龄。可她身患先天性遗传病，不足1岁孩子的身高和孱弱的体质，令她的世界7年来一直局限在小小的院子里。看着可爱却伤心的小燕子，镇村干部和阚南忠一边哄她，一边为她联系特殊教育学校。然而特殊教育学校也无法接纳小燕子——她骨骼太脆弱，一不小心就容易骨折，学校里学生们跑来跑去，难免磕碰到她。除非有人在校全程照顾，然而小燕子的父母都是残疾人，能自己照顾自己就不错了。

这些年来，县里镇里全力脱贫攻坚，精准扶贫已经让小燕子一家的经济状况大为好转，可小燕子的"学"谁来扶呢？

在走访中，务川县针对像小燕子这样因特殊原因不能入学的适龄儿童进行了统计，都濡完小的负责区域内有7名。按照"脱贫攻坚，一个都不能少"的要求，县里提出"送教上门"。

说起送教，都濡完小的校长程小红犯难了。7个孩子，其他人还好，小燕子却难办——路太远、太险，不是绕水库就是翻山越岭；小燕子又不太和人说话，在家只和她养的猫玩。除了内向，孩子不能正常走路，要靠小板凳做支撑……

阙南忠说，我去吧。我去给她当老师，我去给她修学校。

修学校？

不然呢？阙南忠说，小燕子家太小了，根本没法上课。既然要给她上课，就得有个上课的地方！

阙南忠回到镇里把小燕子的情况讲了，镇里说，房子偏僻不通路，交给政府处理，你只管给小燕子上好课就行了。可阙南忠坐不住，回到家里，向掌管家里财务的妻子"申请"，要给小燕子修一个"一个人的学校"。

既然是学校，就得有教室、教材、教具、课桌椅、旗杆和五星红旗……阙南忠说干就干，路不通，材料运不进去，就和村干部们一起抬；旗杆从县里拉到村里，又请人抬进山……忙了整整一个夏天，阙南忠夫妇共投入了两万多元。

2018年9月1日，是县城学校开学的日子。县城学校的孩子们整整齐齐站在操场上举行升旗仪式时，务川县都濡镇沙坝村申家堡村民组一所不足10平方米的"学校"前，阙南忠和都濡完小校长程小红、副校长田维华，还有"一年级新生"小燕子，也举行了一场难忘的升旗仪式。

小燕子努力地昂头、再昂头，看着五星红旗正在自己家的小院子里高高升起，迎风飘扬。

三

一个老师、一个学生的学校开学了。

"开头"并不顺利。2018年,通组扶贫路还未建设完毕,阚南忠每次送教上门都要驱车往返五六十公里、步行1个多小时山路。可是无论他怎么开导,小燕子就是不吭声,小小的脑袋埋在胳膊里,不看黑板,也不回答。回忆起那段日子,有严重痛风的阚南忠感慨万千——真是腿也痛,头也痛。

可是,无论怎么痛,阚南忠依旧风雨无阻地一次次按时出现在小燕子面前。终于,小燕子渐渐开口说话了。

是个让人心疼的孩子。阚南忠对我们说,小燕子敏感又内向,这些年,姐姐上学后,家里那只猫就是她唯一的伙伴。一年前小燕子手臂骨折,到县城医院住院,猫咪看不到小燕子,不吃不喝。小燕子回到家里后,瘦得皮包骨头的猫咪歪歪倒倒地围着她叫,然后才开始吃东西。

阚南忠感叹:"我就想,花钱也好,跑也好累也好,我得帮帮这孩子。"

从2018年9月到现在,两年多过去,阚南忠每周坚持三天送教上门,聪明的小燕子已经同步学习到了三年级。阚南忠还给小燕子买了画笔、颜料、复读机和手机。"现在她的英语发音比我这个'客串'英语老师还要标准。"阚南忠说完,哈哈直笑。

除了教授学习,阚南忠更教给小燕子生活的勇气和信心。在"老师伯伯"的鼓励下,小燕子学会了踩在板凳上、拿起和自己身高差不多长的锅勺炒菜,还学会了撑着小板凳到树林里捡柴火。

"她还种了一窝茄子、三株玉米。"阚南忠拿出手机,给我们看小燕子坐在小板凳上给茄苗和玉米苗松土的视频。小燕子听"老师伯伯"表扬自己,躲在门槛后面偷偷笑。

在属于小燕子一个人的教室里,有一幅简笔画,上面是林立的楼房。小燕子把它贴在教室里最明显的位置。阚南忠说,这是小燕子第一次去县城,阚南忠带她路过易地扶贫搬迁点时看到的情景。那是小燕子第一次亲眼看到电梯楼是什么样子。这之前,小燕子对"车来车往""高楼""高速公路"的了解,都只停留在概念上。

今天的小燕子,尽管才10岁,却已经成了家里的当家人,成了身患残疾的父母的好帮手。姐姐在县城初中住校,平时不回家,每月家里需要用钱和买东西时,是小燕子通过微信约好村里的车,然后独自去县城银行取钱。银行的叔叔阿姨会抱着她坐上柜台,递卡、取钱、签名、对账。

"她会计算1万左右的加减,还有普通的乘除。"阚南忠说,"有一次她打电话问我,老师伯伯,我取了2000块,应该还剩多少?我回忆了一下她的存折余款说,好像应该是8000多。她就犹豫了,半天,肯定地说,不对,有11000多,还剩9000多才对。那一刻我心里那个高兴啊!知识和文化改变一个人,这话不假。以前小燕子的世界里只有她的小猫,现在不一样了。"

五星红旗下,山乡的秋天愈发明朗生动起来。

四

临别前,我想听听这所特殊学校升起的朗读声,我问小燕子,能不能读一篇课文来听听。

小燕子大大方方地点点头,拿起三年级课本,翻到一页:"一夜秋风、一夜秋雨,我背着书包去上学……我走在院墙外的水泥道上……每一片法国梧桐树的落叶,都像一个金色的小巴掌……我穿着一双棕红色的小雨靴……"

在小燕子银铃般动听的朗读声中,我们沉默了——小燕子依然渴望着能够"穿着一双棕红色的小雨靴"去上学。阚南忠伤感地抹了抹额头,坚毅地说:"我就是那双雨靴。"

回程路上,同事接了一个电话,放下后她欣喜地说,上海到务川帮扶的副县长和扶贫办主任对接了上海的医院,小燕子的片子和资料那边已经看了,初步估计是遗传性脆骨病,但具体情况要等人到了上海做详细检查才能确定。随行的县里同志点点头说,上海那边已经答应免费治疗,小燕子只需要等待明年春暖花开时启程就行了。

春暖花开。

是的,扶贫路上,我们正迎来春暖花开。而送教路上,一个学校、两个人,更让我们看到花朵盛开的背后,有着一位位扶贫队员所奉献的雨露和阳光。

霞浦的美丽事业

许 晨

夕阳西下,晚霞映在海面,远看浮光跃金,如梦似幻。几条升起风帆的小船,从一排排竹木搭建的渔屋旁飘然驶过。远方的几座小岛,正沐浴在落日的余晖里,在海天一色的背景下,勾勒出一道朦胧而美丽的剪影。

这里是霞浦,一个富有诗意的名字。霞,是朝阳或夕照的景观;浦,是江河入海的地方。霞浦县地处福建省东北部,隶属宁德市。这里依山靠海,风景好得让人称奇。自然资源也丰富,适合养殖紫菜、海带、大黄鱼等海产品。按常理说,这里的生活应该不会差。但是,由于种种原因,无论是山民还是渔民,霞浦人一度还在温饱线上徘徊。

直到有一天,一位名叫郑德雄的霞浦人,和他那些喜欢摄影的朋友们一起,给霞浦的旖旎风景拍了一组摄影作品,霞浦风光才逐渐走进人们的视野。那金色的滩涂,优美的海岸线,残阳铺水、渔棹归帆的景致,让全国各地的摄影爱好者与观光游客纷至沓来。

霞浦,由此闯出了一条脱贫致富的新路。

一

郑德雄的家乡长春镇大京村,是霞浦县东南沿海的一个小渔村,拥有一片迷人的海滩,那里的沙子雪白雪白的,吸收了一天的太阳热量,踩上去温暖而潮润。

小时候，郑德雄放学之后，时常在这里与小伙伴们戏水玩沙，赶小海，挖蛤蜊，听涛声拍岸，看潮涨潮落，对家乡这片海充满了感情。每当夕阳西下，晚霞会把海面染成金黄色，远方归航的渔船悠悠驶来，宛如飘摇在亮晶晶的镜子里，这景色让郑德雄迷恋不已。长大之后，他爱上了摄影，到霞浦县城里从事商业摄影，把爱好与谋生结合在一起。2002年，一次偶然的机会，他在一个摄影大赛上观摩获奖作品。其中一些作品拍摄的就是海滨风光，郑德雄左看右看，老觉得这还比不上家乡的景色呢。他突然有点心动：摄影我也会啊，我应该去拍一拍家乡的那片海，说不定也能获奖呢！

想到这儿，郑德雄兴奋起来。他约上几位志同道合的朋友，开始在霞浦海滩上四处踩点，寻找最佳的拍摄地点与拍摄时间。他们沿着海岸线徒步行走，越过一片片沙滩，翻过一块块礁崖，登高上坡，风来雨去。有时候为了捕捉一个最佳的光影效果，一等就是一整天。

有一次，郑德雄看到一块峭壁的位置不错，想跳上去拍照，不料脚下一滑，"啪"的一声摔了下去。

"德雄！德雄！"

同伴们一阵惊呼，胆小的还闭上了眼睛。可不一会儿，山崖下传来回音："我没事……"原来，下边是一片松软的沙滩，郑德雄并无大碍，只是在滚落过程中擦破一点皮。相机被他紧紧抱在怀里，他爬起身，顾不上拍掉身上的沙子，先打开相机看有没有受损。

功夫不负有心人。经过漫山遍野地毯式的寻觅，郑德雄一行把霞浦海滩的拍摄点摸了个遍，也拍出了一幅幅漂亮的好作品。那照片上的霞浦真是美啊：蓝色的海水，金色的沙滩，种海带的竹竿依序林立，满载的渔船停泊在静静的港湾，赶海人背着沉甸甸的鱼篓，正走在金色的沙滩上……

　　这批作品发表之后，果然引起人们的关注。随着郑德雄和他的朋友们在各种摄影大赛上摘得一项又一项荣誉，霞浦的美名也传开了。一拨拨的摄影爱好者、观光旅游者纷纷来到霞浦，想看一看落日熔金、海天一色的人间胜景。正在扶贫开发路上奋力前行的霞浦县委、县政府，敏锐地意识到霞浦具有打造成旅游品牌的底子，紧紧抓住这个发展契机，很快便以"滩涂摄影"为主题，开发了一系列文化扶贫、旅游兴业的发展项目。

　　于是，人们看到，霞浦县与《中国摄影》《大众摄影》杂志社联合举办的《霞浦：我心中的那片海》摄影艺术大赛启动了，国际摄影大赛与摄影文化旅游周活动也相继启动了……这些文化活动引起了国内外游客尤其是摄影爱好者的关注，霞浦的名气走出了国门。

二

　　霞浦火了，霞浦人的观念也在发生改变。祖祖辈辈辛勤劳作的滩涂，没想到有一天变成了聚宝盆，变成了广大摄影爱好者心心念念的取景地。在周末与节假日里，霞浦海滩的一些摄影点，挤得连三脚架都放不下。

　　于是，一个新兴行业——导摄，在霞浦悄悄兴起。所谓导摄，就是当地人尤其是霞浦渔民，因为熟悉环境，专门为远道而来的客人提供接送、餐饮、住宿，以及摄影帮助的"一条龙"服务。

　　王建设，就是这样一名导摄人。

　　2018年国庆节期间，天还没有亮出鱼肚白，王建设就在霞浦县一家酒店门口等待约好的客人了。不到10分钟，一些带着三脚架、端着"长枪短炮"照相机的人员聚到车前，集合完毕。

接上客人，王建设熟练地打着方向盘，朝郊区公路上奔驰。

他的车上坐了五位摄影"发烧友"，都是趁着国庆小长假，特地坐飞机再转动车，来到这里摄影的。

"现在去能有好位置吧？"有人问。

"应该没问题。咱们动身早呢！"

土生土长的王建设，出生在一户渔民家庭，祖祖辈辈风里浪里讨生活。王建设上完初中就辍学了，跟着长辈出海打鱼捞虾。后来他跑到县城里打工，又学会了开车，成为一名出租车司机。

渐渐的，王建设发现，霞浦变了，自己的出租车上，常常上来一些外地人，有的肩上扛着铁架子，有的胸前挂着照相机，有的戴着遮阳帽、抱着太阳伞，一上车就往霞浦滩涂去。再一打听，原来都是去摄影的，霞浦早就名声在外了，过去见惯的海滩渔船都成宝贝了。

王建设脑瓜灵活，马上就看到了商机。著名的风光摄影基地，该有多少人慕名而来啊，这些客人人生地不熟，既不熟悉霞浦的天气，也不了解霞浦的地形，得有人带着他们走，帮他们找摄影点。他细细一合计，就做了决定：家乡的情况我熟啊，导摄我也能干！

第二天，王建设跑到一家导摄培训班报了名，从摄影知识学起——因为你要带人家去拍照片，自己就不能是个外行，什么选景、构图，什么光线、角度，统统都得了解。好在有初中的底子，学东西不困难，又有开车的手艺，没多久，王建设就出了"徒"。

他先是开车"踩点"，摸清了特别火的几条拍摄线路，掌握了早晨傍晚的光线变幻。然后，他逐一熟悉那些最佳拍摄地点，以及与每个地点对应的最佳拍摄时间。王建设人细致，肯吃苦，很快成了有名的"王导摄"。

几年下来，王建设干得风风火火。他想到村里还有一帮乡亲朋友，于是组建了一个专门为摄影人服务的导摄公司，拉上乡亲们一起挣钱致富。如今，霞浦的不少渔民仅靠导摄一项，就扔掉了贫困的帽子。

为了助推霞浦旅游产业的发展，霞浦县委、县政府打造了一批观光拍摄点，尤其是修建了霞浦三沙光影栈道。这条长达2.3公里的光影栈道，沿着海岸线修建，设置了错层摄影平台、渔矶观景台等12个地势高、便于摄影观光的平台，成为霞浦滩涂摄影的一大特色。因为，只有站在这些角度合适的制高点上，滩涂的线条、色块、光影之美，才能呈现得淋漓尽致。

三

这边摄影正忙得热热闹闹，那边又出了新鲜事：在远离海边滩涂的偏远山村，走出来一支农民油画队。

2018年11月16日，第二届中国（福州）世界遗产主题文化博览会在福州海峡国际会展中心开幕。其中，一块印着"宁德霞浦农民油画作品展"的展位前围了一大堆人，几十幅洋溢着浓厚乡土气息的油画，还有十几位现场作画的农民，吸引了大家的目光。

这些油画作品全都出自霞浦县松港街道下村、长沙村的农民之手，内容多为山村常见的农具、村舍、山水、动物等，还有村民婚丧嫁娶、春种秋收的生活场景，画风朴实、景色优美，让人一见就生亲近之感。

看着大家围着农民画啧啧赞叹，悄悄站在一旁的黄小红欣慰地笑了。

2017年，黄小红被选派到霞浦县松港街道下村担任驻村第一书记。下村位置偏僻，山高地少，村民多以外出打工为生，村子空心化较严重。平时解决温饱还行，但村民精神生活匮乏，村子缺少活力。黄小红一到任，就发现了这个问题，她琢磨，得想个招，激发村子的内生动力，提高村民的文化热情。

她有一些好朋友喜欢书画艺术，受这些朋友的启发，黄小红想，绘画成本不高，见效较快，可以从这里入手。松港街道辖区内的长沙村获得过"全国文明村"的称号，村内有座藏书4000余册、兼有书法绘画展览室的"长沙书苑"，是村民阅读学习、开展文化活动的重要场所。经过黄小红协调，长沙村与下村结成"互帮互学对子"。因下村地处高山，长沙村在海滨滩涂，人们形象地把两个村叫作"山海联动"。

2018年夏天，在黄小红等人的努力下，福建省商盟公益基金会、省雕刻艺术家协会多名会员来到长沙村、下村调研，与两村签订"文化脱贫工程"合作协议，以乡村文化建设助推农民脱贫。其中一项内容，就是教村民学油画。培训的主要对象是留守村中的贫困户、低保户。项目纯公益性，所需的学画材料和师资费用，分别由省商盟公益基金会、省雕刻艺术家协会资助。

万事开头难。起初，听说要学画，村民都不相信自己的耳朵。

"我们这拿锄头的手，能画油画？"

"可以试试看，学好了还能卖钱呢！"黄小红挨家挨户做动员。

"真会有人来买画吗？"村民们半信半疑。

"当然了，我们会搭桥铺路的。"

不用去打工，还能学到画画的本领，在家就能赚钱，有些村民动心了。

仅仅几个月，这项活动就取得显著的效果。不少村民参加完培训班后，好像一下子把心中埋藏多年的梦想给唤醒了。每天做完农活，他们就坐在画架前，画山、画水、画村庄，调动起几十年的生活积累，沉浸在自己的艺术创作中。

身有残疾的村民詹庆生，变化最为明显。他干不了重活，平时无所事事，又爱喝酒，三天两头跑到小卖部赊酒喝，情绪消沉地过日子。一天，黄小红走进他的家，与半倚在竹椅上的詹庆生交谈："老詹哥，不能这样过了，你得专心做些事情。"

"唉，我能做什么呢？种田干不了，打工没人要！"

"你可以学画画，学好了在家安心画，卖出去也有收入，日子慢慢就会好起来的。"黄小红苦口婆心。

"是吗？"詹庆生坐直了身子，"我从来没画过，能学会？画好了真有人要？"

"真的！只要用心学、用心画，到时候我们会来收的，你不知道，有些城里人就喜欢农民画的朴拙哩。"

良言一句三冬暖。曾经心灰意冷的詹庆生眼里闪过一丝光。第二天，他走进农民画培训班，接过老师发下来的画笔、颜料，坐在了画板前。这不同于美术系的教学，老师简要讲了常识之后，就让大家自由发挥，放开想象力，而后再一一评点、修改。

学了一段时间，詹庆生竟深深爱上了画画。凭借多年的生活底子，"天马行空"地想象，把自己的内心通过画笔展现出来，多好玩啊！此后根本不用人催促，他按时上课，尽情涂抹，回到家也不歇着，继续学、继续画。为此，他竟然把陪伴多年的酒瓶子扔了。

黄小红也是说到做到，联系了一批热心公益的企业家，前来参观认购村民的画作，当场就卖出去不少。购买者纷纷表示：这些农民画，富有闽东特色，挂在民宿房间里，既是高雅的文化作品，又宣传了家乡的景观，还能帮助农民兄弟脱贫，真是一举数得啊！

两年时间，农民画培训班已开办了16期，培训农民200多人，创作农民油画2000多幅，为贫困群众增收不少。由此，村民的心热了起来、手动了起来，绘画成为创造美好生活的一大推手。一位下村村民高兴地总结道："拿起笔头、画出彩头、挣得票头、人有盼头！"

大山里动听的旋律

谢沁立

一

傍晚,建在山腰的归述小学安静下来。空中雾气弥漫,与远近寨子的袅袅炊烟连在一起。这样飘着香气的人间烟火,那样真实,温馨。

林金赵喜欢这种时刻。大山拥抱着的村寨,层层叠叠的茶园,还有一声声嘹亮的鸡鸣,像是给刚刚过去的一天做着总结。

这一刻,林金赵站在校园围栏边,双手捧着陶土色的埙,放到唇边。他手指灵巧地触碰着埙上的小孔,悠远、绵长的声音便从埙里传了出来。那声音穿过山林,穿过炊烟,仿佛还能够穿过岁月。

警察,支教老师,埙,这几个毫无关联的词语,在2020年的秋天,被林金赵连在了一起。

归述小学,位于广西壮族自治区柳州市三江侗族自治县富禄苗族乡归述村。归述村曾是个贫困村。

林金赵,是国家移民管理局广州边检总站南沙站政治处副主任,眼下的身份是一名支教老师。

2018年4月2日,国家移民管理局挂牌成立。2019年2月,尚处转改整合期的国家移民管理局,承担起定点帮扶三江县脱贫攻坚的重任,局机关和广西、江苏、山东、浙江、上海、广州、珠海、深圳、厦门9

个边检总站，对口帮扶全县63个贫困村。

贫困村的闭塞和艰苦，让不少当地老师都望而却步。三江县农村小学师资缺口近200人。

扶贫先扶智。2020年2月，国家移民管理局在帮助当地乡亲们发展产业的同时，又选拔民警到三江县的小学担任支教老师。

报名，挑选，考核，确定人员。127名民警先后赴三江县贫困村的48所小学驻村支教，受聘三江县教育局，担起英语、体育、数学等多门课程的教学工作。

山区孩子多是留守儿童，没机会见识大山外面的世界。他们第一次听到的山外之美，全部来自支教老师的讲述。一幅幅想象中的美好画卷，勾起了孩子们走出大山的渴望。

47岁的林金赵，能够层层过关入选支教队伍，源于他的才艺。不但书画皆精，而且好几种乐器他都弹奏自如，埙尤其吹得出色。但让他没想到的是，上山之前，这些才艺只是爱好，现在，变成了让他感到温暖的事业，10个班300多名学生的音乐、美术、书法课，由他来负责。

林金赵根据教学大纲精心备课。开讲第一天，一共三节课，一年级的科学课、心理健康课和三年级的劳动课。

课堂上，3分钟安静过后，孩子们便活跃起来，在座位上自由地活动，无拘无束地说话。

第一天的三节课结束后，林金赵回到办公室一一复盘。最后他决定，明天三年级的美术课，换一种教学方式。

第二天的美术课，林金赵在黑板上画了一只怀抱竹子、憨态可掬的大熊猫。课堂作业就是让学生临摹这只大熊猫。

林金赵走下讲台，观察学生们画画。当他经过一张张课桌时，不禁又惊又喜，没有一个学生模仿他的原图，而是展开各种想象。有的画了一只熊猫和一间小房子，说要让熊猫有个家；有的画了两只熊猫，说要有个小伙伴；有的画了三只熊猫，说一家三口才欢乐。虽然画笔稚嫩，但是美好的意愿表达得直观明了。

多么可爱的孩子们啊，他们的想象力就如同这绿水青山，干净纯洁、丰盈美丽。

林金赵一下子喜欢上了这些孩子。孩子们也喜欢他，并叫他"音乐老师"，因为林金赵的音乐课最受欢迎。这里的孩子天生擅长歌舞，可以张嘴就唱，站起就跳。在"音乐老师"的引导下，他们很快学会了《中国少年先锋队队歌》和《我的祖国》。

孩子们对林金赵手中的埙充满了好奇。林金赵向孩子们讲述有关埙的遥远的故事，同时，一遍遍吹奏着空灵婉转的乐曲。孩子们闪着明亮的眼睛，纹丝不动，静静地聆听着。

孩子们说，埙真好听，就是学起来太难。

"什么乐器孩子最容易掌握？"林金赵求助微信"朋友圈"。

"可不可以让孩子们试试陶笛？"南京市秦淮区古埙制作非遗传承人郑安邦建议道。

"可以啊！陶笛小巧，简单易学。"郑安邦的主意，让林金赵很兴奋。

"这样吧，我捐赠陶笛，帮助山里的孩子学音乐。"郑安邦又说。

说到做到。不久，70只崭新的橘黄色陶笛从南京快递到柳州，又转送到学校，三四年级70名学生人手一只。

这是林金赵第一次吹奏陶笛，但他很快掌握了要领，然后就手把手指导学生，怎样把持陶笛，怎样进行腹式呼吸，陶笛上的12个孔各自发什么音……

孩子们像呵护宝贝一样，把陶笛挂在脖子上，胸前一片金光。不久，他们就能吹出简单的音符。他们加紧练习，期盼着将来有一天，也能像"音乐老师"那样，吹奏出动听的乐曲。

二

90公里外的独峒镇知了村知了小学，升国旗小组的7名同学很自豪。他们不仅有升国旗时专用的正规礼服，而且在徐老师的指导下，走出了威武的英姿。他们的升旗仪式，吸引了全村老少。

徐老师全名徐垲鑫，是广西边检总站友谊关检查站的一名民警。穿上警服的徐垲鑫站姿挺拔，坐姿端正，步姿生风。学生们很喜欢徐老师，课间休息时，他总是被孩子们围住，高年级学生拉着他跑，低年级的则吊着他的胳膊荡秋千。

孩子们的升旗仪式，让徐垲鑫回想起他与五星红旗的情缘。

那年，他的执勤点在西藏自治区日喀则市聂拉木县樟木镇，波曲河边谷深坡陡，气候湿冷。他执勤时，两侧高山裹挟，抬头只见"一线天"，天空中飘扬着五星红旗。

那年，他调往友谊关检查站。执勤时，脚下是祖国的热土，眼里是高高飘扬的五星红旗。那一刻，他的心中涌动着温暖和踏实。

2020年5月，到知了小学支教的第一天，徐垲鑫就和同事覃朗一起进行了标准的升旗仪式。学生们扬着小脸，目不转睛地看着五星红旗冉冉升起。山里的孩子，第一次感受到升旗仪式的神圣。放学时，几个孩子悄悄对校长说："我长大后也想当警察，像升旗的叔叔一样。"

徐垲鑫决定在知了小学组建升国旗小组，用鲜艳的五星红旗强化学生们的爱国意识。他在四五年级学生中选了三个学习认真的学生担当升旗手。四个护旗手，则锁定了几个顽皮活跃的孩子。六年级的张勇和五年级的杨吉振，聪明贪玩；还有两个孩子是留守儿童，父母不在身边，上学经常迟到。徐垲鑫希望通过升旗仪式的训练，教育和改变他们。

刚开始时，孩子们动作不规范，又因为徐垲鑫平日里随和，所以孩子们一点儿也不"怕"他。训练时，张勇练着练着就开起了小差。

训练结束后，徐垲鑫把张勇叫到一边："如果不想当护旗手，以后就不用再来训练。"

"我不！"张勇梗起脖子说。

"想当护旗手，就要把自己想象成一名战士。战士就得有战士的样子。五星红旗是祖国的象征，守护它的人一定要优秀才行。你能够做到吗？"徐垲鑫问张勇。

"我行！"张勇用力点点头。

为了增强大家的集体荣誉感和凝聚力，徐垲鑫趁着张勇家盖房的机会，带着孩子们去他家帮忙搬砖、清扫。几次集体活动下来，当上护旗手的张勇和以前的他判若两人。不上课的时候，徐垲鑫在校园里散步，张勇和其他几个护旗手都紧紧地跟着他，孩子们说："我们和徐老师是一支队伍里的。"

2020年9月30日清晨，知了小学举行升旗仪式。国歌声中，三名升旗手和四名护旗手，穿着整齐的礼服，正步走到旗杆下，一招一式训练有素。五星红旗冉冉升起。操场上，137名学生齐刷刷地将右手举起敬礼。40名学前班的孩子，小一点的不过四五岁，也懂事地站直身体，抬头看着国旗升起。孩子们的旁边，两名民警庄严地向国旗敬礼。

……

林金赵和徐垲鑫只是国家移民管理局127名支教民警的一道剪影。在扎根山村小学的日日夜夜里，他们与孩子们朝夕相处，播下的是美育的种子，点燃的是家国情怀。那半山腰的悠扬埙声，也许会渐渐远去，但飘在心中的五星红旗，却从此一生不离。

石碶白鹇图

余同友

一

傍晚,天边烧起火烧云。雨季以来,这是个少有的好晴天。吴树庆骑上摩托车,将一袋玉米搁在车踏板上,沿着村路往村口的一处竹林山驶去。

骑了10多分钟,吴树庆停下车,朝河对岸的竹林里望了望,便捏起吊在胸口的哨子吹了起来:"嘟——嘟——"声音短促而急切,像是吹集结令。他一边吹哨子,一边注意观察林子里的动静。不一会儿,窸窸窣窣,从草丛里,从山岭上,一群白色的、褐色的大鸟迈着急切的步伐,伸头探颈地冲了下来。

吴树庆笑了笑,随即停止吹哨,伸手抓起一把玉米往对岸开阔的河滩上撒去。玉米粒雨一样落下,撒到之处,那些大鸟便奋力赶去,低头啄食。几米外的山路上,不时有人走过,有车驶过,这些鸟儿也不惊。

吴树庆撒完了最后一把玉米粒,用手机拍下这些鸟儿吃食的情景,随后发给了吴叶生:"吴书记,今天一共有12只!全来了!"

鸟儿吃完了玉米粒,悠闲地迈着步子,奔山上而去。它们的动作优美而快捷,像一道道白色的闪电隐入了绿色的山林。不过,可以隐约听见它们发出的悠长的鸣叫声:咕——哦——咕——哦——

听着鸟鸣声，吴树庆骑上车，赶往几里外又一个溪水边的山林，给另一群鸟喂食。

这天晚上，收到吴树庆报告的吴叶生，在工作笔记上写下了这样一段话：今天吴树庆喂食两处，一处12只，一处9只，证明效果非常好！

这喂的什么鸟？为什么要这样喂？又为什么让一个人如此惦记？

二

吴叶生是黄山市卫生健康委的一名干部。石碛村是位于皖南黄山市祁门县历口镇东南部的一个贫困村。2019年3月12日，吴叶生到石碛村任驻村第一书记和扶贫工作队队长。

来石碛村之前，吴叶生查阅资料，得知这个村庄又名"石迹"，地处牯牛降国家级自然保护区，生态植被良好。上任第二天傍晚，他沿着村里的山路散步，满眼绿色，溪水潺潺，蝉鸣如雨，空气如洗，才知道资料所言不虚。爱好绘画和摄影的他不由得拿出手机，对着古树、小桥、老屋拍了又拍。

忽然，他看见眼前的竹林地里飞掠过几只硕大的白色鸟。它们羽毛修长，飞翔的姿势轻盈若雪。这可是吴叶生从来没有见过的鸟。愣了一会儿之后，他才想起要拍，结果只抓拍了几张不太清晰的背影。

吴叶生以为自己有了重大发现，兴奋地问村民这是什么鸟？没想到当地的村民淡淡地说，这个哦，是白山鸡，我们这里多的是。

吴叶生在网上查了一宿，也没找到白山鸡这一条，他决定第二天傍晚再去拍。

谁知，第二天早上他起床，到门前的晒场上刷牙时，又看到一群那种白鸟。这回吴叶生看清楚了，这可真是美丽的鸟啊，尾羽伸开像白丝带，头顶一撮蓝黑羽冠，翩翩若仙。吴叶生脸也顾不得洗，拿起相机拉开长焦,冲着对面山林一顿猛拍。当天,他就把这组鸟儿的照片发到微信朋友圈,很快便有鸟类专家告诉他,这是国家二级保护动物——中国白鹇。

这在石碛村常见的鸟竟然是"国宝"!这让吴叶生非常兴奋。

吴叶生是个爱琢磨的人。组织上让他到石碛村来,任务自然是脱贫攻坚。石碛村全村6个村民组632人,贫困户18户53人,山深林密,交通不便。其中一个倒坞里村民组,近70户分居在山坳两边,2018年才通车。没有优势资源,没有优势产业,扶贫工作从哪里切入?

吴叶生除了是位公共卫生领域的专家,也爱好诗画。而现在,他在笔记本上左画右画,画出一连串的问号:山村要活起来,要有吸引年轻人回村的理由,从哪找?山村要有人管理,要有强有力的两委班子,怎么干?最后,想要公共服务长久有效,还得要有集体经济收入。他挠了挠头,又在本子上写下:山村农产品的变现能力,闲置劳动力的变现能力,老弱病残劳动力的变现能力。

如何变现?突破口在哪?吴叶生从白鹇身上看到了希望。

那一夜,他通宵未眠,翻阅着有关白鹇的各种记载,很快又有了新发现:大诗人李白曾游览到黄山脚下,遇到了隐士胡公,得赠两只白鹇,有诗《赠黄山胡公求白鹇》存世为凭——黄山不就与祁门相邻吗?这鸟儿不仅珍贵,还有"文化底蕴"呢!

从那天起,吴叶生工作之余,走在山村,总是举着相机,到处拍白鹇,逢人说白鹇。在他工作和居住的村部旧楼围墙上,他也发挥他画家的特长,画满了白鹇,其中有一幅大画,画的就是李白求白鹇图。

村民们一脸失望,私下说,这是个什么书记,一天到晚就知道拍鸟!话传到吴叶生耳朵里,他笑笑说,说得对,这鸟儿能成大事哩!说得大伙儿一头雾水,也不知道他葫芦里卖的是什么药。

三

吴叶生不敢先声张自己的主意,他也不知道能不能成功。那些日子,他把石碛的山山岭岭都跑遍了,发现有白鹇活动的地方,他都在本子上做了记录。

他自己掏钱买回几袋玉米、稻谷。他从李白的诗中推断,白鹇是可以人工投喂的,于是每天早上去白鹇聚集的地方投食。果不其然,定时定点投了一个多月,开始有白鹇来"按时开饭"。

这一番实验后,吴叶生有了信心。这时才在村委会上对大家伙儿说,好东西还得有好吃喝,所以,我们还是要拿这白鹇做文章。

这文章,怎么做?

吴叶生说,第一条,以后你们不能再说这鸟是白山鸡了,要叫它"白鹇"!它是受国家保护的。以后哪个要是伤了白鹇,就要报案处理。

大家等着接下来的第二条、第三条,可吴叶生没说。

转眼又到了春天,吴叶生又上山给白鹇投喂玉米了。这回喂了一个多月,他发现比上一年喂食效果好多了。于是,他和村干部们商量,请护林员吴树庆每天傍晚进行投食,让老吴把每天的投食情况告诉自己。

到了5月,两个固定投喂点非常成功,基本每天白鹇凡吹哨必至。这样若是有外地客人来,基本能够保证见到白鹇"仙踪"了。吴叶生立即实施他的计划:创建"白鹇之乡"和"白鹇摄影基地"。

随后,一则"摄影大赛征稿启事"在各个社交媒体发出,文字是吴叶生亲自拟定的。启事一出,立竿见影,全国各地的摄影爱好者纷至沓来,石碛的白鹇以各种不同的姿势飞入摄影家的镜头中,占据媒体的醒目位置。石碛村成为安徽乃至华东地区的拍鸟网红村。

小村有了名气,参观游览的人多了。吴叶生带着村干部们谋划,怎样利用这人气,把山里的农产品推出去,把生态旅游搞起来,让村民都富起来。他总结了一下石磴村的特点,先是开发"石磴四宝":一是高山红茶,老槠叶种、小产地、高海拔、无污染;二是石磴村生姜,享誉百年,个小味浓,年产量最大有10吨左右;三是石磴米松,由玉米粉打成浆后,放水面上蒸成半透明的薄饼,切块、晒干后油炸而食,入口即碎,遇水即化,香酥可口;四是石磴村柿子,为原始树种,家家户户种植,加工而成的柿子饼甜而不腻。他尝试着让四种名品进行组合包装,推向市场,外地来的人十分喜欢,一时供不应求。

特别是红茶,吴叶生找到了村里的能人吴旺林,让他牵头办起了村集体茶厂,实现了村民采茶、制茶、卖茶"一条龙",还帮助他申请注册了商标。吴叶生又将村里的红茶送到有关部门检验,结果达到欧盟标准。吴叶生有了底气,通过牵线搭桥,石磴村与黄山市一家有名的星级饭店进行战略合作,将石磴红茶作为伴手礼,在酒店的各个地方进行展示和销售,而茶叶礼盒包装上就是由白鹇"代言",煞是抢眼。饭店定购的石磴红茶每售出一盒,茶厂即捐献一元钱给村集体作为扶贫专款,助力石磴村精准脱贫。几个月下来,仅在大饭店就卖出了2000多盒,而且通过销售窗口带动,村里的茶叶销量大增,价格也上去了。2019年全年光红茶一项,全村户均增收1000多元。

眼下,又是一年秋天到,"石磴四宝"越发受欢迎,生姜从原来的5元一斤卖到10元一斤,很多城里人来预订,已经不够卖了。柿子饼也从原来的15元一斤卖到了25元一斤,米松过去只是农家自己做的家常小吃,现在一下成了抢手货。

白鹇让村里的人受益。这一点,喂鸟的吴树庆感受最深。

吴树庆家以前是贫困户,上有80多岁老母亲,长期患病,家里离不开人照顾,吴树庆两口子无法外出打工,只能一年到头守着家里一点薄地，没什么收入。还有一个孩子在镇上读初中，也需要花钱，日子过得很紧巴。因为喂鸟，他被村里聘为护林员、护鸟员，一年这一项工资收入就有7800元。另外村茶厂还聘他做炒茶师傅，一个茶季下来工资有2万多元，一下子实现了脱贫。

随着名气的增大，游客的增多，小村的接待成了问题，吴叶生鼓励村里的吴新权和吴德盛两人开办民宿，他们一脸茫然，不知道民宿怎么个开法。吴叶生计划带他们和村干部去外地民宿村看看。另外，他还和扶贫工作队队员一起策划、整理了一套完整的石碛白鹇的故事，给村里开民宿的人家每家一套，告诉他们：想开好民宿，就一定要讲好"白鹇故事"。

四

吴叶生的扶贫挂职到2020年底就结束了。这个一度被村民们称为"只知道拍鸟"的书记，靠着村民们口中的"白山鸡"大大改变了石碛的面貌。村民们看到了希望，可是他们也担心，对他说：吴书记，你马上要结束挂职了，你走了，白鹇怕是也跟着你回市里去了。

吴叶生知道村民们的意思，他们是想说，怎么把石碛村的"白鹇产业"一直发展下去。为了后来人更快地了解情况，吴叶生每天挤时间，把他对未来的规划都写了出来。

在这个规划里，吴叶生画了一张全村的地形图，在图上标注了白鹇的聚集点，还有一些特色地点，如后山的"金凤谷"，至今保护完好的古道是历史上小村与历口的纽带，古道边山溪清澈、叮咚作响，白鹇瀑、栖鹇石隐藏其中。还有500年以上的桂花树，明代的小西峰古寺遗址，等等。

吴叶生笔不停，眼下想得到的，他都记录下来。如何建设村里的生态展示馆？"石碛四宝"如何进一步包装？村里的生态旅游环道怎么设计？最偏僻的倒坞里村民组，如何与村民们实现共赢？吴叶生想得很细，甚至连村口进村处亭子上面的字都想好了，就写"蓄荫养生地"。他前一阵子在村口河道散步，在河滩里发现了一块清朝年间的石碑，上面正写着"蓄荫养生"四个字，吴叶生觉得这正好可以作为石碛村的广告语。

入夜，吴叶生写规划写累了，走出屋子。山村寂静，看着村里人家远远近近的灯光，他忽然想起，还有电力改善的事情得写到规划里。适逢小水电供区电网改造，倒坞里村民组的电力状况较差，县供电公司已经来人联系过了，将于年底一并改造，这为倒坞里村民组的发展又增加了成功的元素。

要做的事还很多哩。吴叶生想。这时，对面山上又传来了白鹇"咕——哦——"的鸣叫。

吴叶生忽然觉得手痒，已经好长时间没有作画了，今晚，他想连夜画一幅《石碛白鹇图》。

定西脱贫三章

张文祥

乘火车,迎秋雨,从兰州出发一路东行。车窗外,层层叠叠的山峦在雨雾中时隐时现,一会儿工夫,一座高楼林立、街衢通达的新城扑面而来。定西到了!

1983年,定西就是全国实施区域规模扶贫的重点地区。30多年来,定西人民在党的领导下,百折不挠,艰辛探索,取得了令人瞩目的成就。这里的百姓是怎样从贫困中走出来的,如今的定西又是一番什么景象呢?我带着好奇,踏上定西之旅。

一

出城北行,汽车在蜿蜒的柏油路上行驶。道路两侧黄土壁立,沟渠被绿草杂树覆盖。虽不见流水,但也显出几分生机。抬头望去,层层梯田如无数条橙黄、墨绿的彩带,从条条山谷排列而上,直达天际。越往上走,雨雾越浓。道路两侧,碗口粗的侧柏形成绵延几公里的绿色长廊。

汽车最后停在一个宽敞的平台,这是我们采访的第一站——大坪村。

大坪村有七沟八梁九面坡,之前土地贫瘠,十年九旱,曾经是"种了一坡、收了一车,打了一斗、煮了一锅",一方水土难养活一方人。

50多年前的一个深秋,村党支部书记冉桂英把村里的年轻人召集到一起，传达县里的会议精神。"咱们要行动起来，向大山要粮！"几十个年轻人，背扛肩挑，试修了五亩梯田。第二年，种植的洋芋喜获丰收。喜出望外的大坪村人从中悟出一个道理：与其向老天求雨，还不如修梯田保水土，向荒山要效益。

如今70多岁的刘玉秀老人，在20世纪60年代就是远近闻名的"铁姑娘队"队长，是大坪村的一位创业者、建设者和见证者。当年，每到秋天收割完毕，大坪山、堡子梁等几座土山就呈现热火朝天的劳动场面。肚子饿了，人们把腰带勒紧继续干；手脚伤口流血，用布包好照样抡镐头；买不起劳动工具，刘玉秀就请来木匠做了三辆手推车，劳动进度因此提高很多。

为修建起点较高的水平梯田，市里的技术人员来了，农机站提供的10辆胶轮架子车进村了，政府下拨的救济粮让人吃喝不愁了……大坪村村民们劳动热情空前高涨。

70岁的董树元和我讲起"马灯照亮修梯田"的故事。

冬天是大坪村人抢修梯田的季节，大家在各自的作业区域，挖出两米高的梯田护堰后，立刻要把坡上的土翻下来铺平。寒冬腊月，北风呼啸，常常是一镐下去只刨出一道白痕，刚刚松动并艰难推进的土堰茬口，经过一个夜晚的寒冻，第二天就如铁板坚硬，严重影响工程进度。

冉桂英和刘玉秀、董树元等几位党员商量，"我们三班倒，人停工不停，这样土堰茬口就没有机会再封冻。"

大家提来家里的煤油马灯，分好三个班组，轮流上山。那些日子，大山上从来没断过修梯田的人。尤其到了夜晚，无论是漫天雪飘，还是朔风刺骨，一盏盏马灯如点点火焰，高低错落，闪烁在黑黢黢的大山之中，与繁星呼应，梯田在寒风中一点点延伸……

1978年底，全村修成高标准梯田2700多亩，可耕地增加了500多亩，把实现梯田化的计划目标提前了20年！

奇迹也随之出现：跑水、跑土、跑肥的"三跑田"，变成了保水、保土、保肥的"三保田"，粮食产量不断提高，百姓也不再饿肚子了。结束了"吃粮靠供应、喝水靠拉运、花钱靠救济"后，冉桂英、刘玉秀和党支部成员又组织学习农业种植技术，请来农技人员推广优良品种，让净粪上山，精耕细作，科学种田。

改革开放后，村民们植树造林，治山治沟，在村路两旁栽上了杨树、侧柏、云杉，近3000亩荒山种上了柠条，1600亩寒土坡种上了牧草，整理沟道100多处，修沟底塘坝5座，建配套渠系3000米，挖水窖300多眼，实现了"小水不出地、大水不出沟"，有效遏制了水土流失。

近几年，村里集体经济收入增加，省、市、区的帮扶力度不减，家家都住进小康住宅，配套建起沼气池、太阳灶、标准化养殖圈舍……柏油路通到每个自然村户，村民可以把汽车、农用车开到家门口，过上了小康生活。

如今在大坪山顶远眺，八梁九坡丰收在望。

改天换地，靠的是英雄气概；向山川要粮，需要勤劳的双手。"忠心、公心、爱心，能聚起民心，为乡亲们都过上好日子努力奋斗，就是我们的初心。"刘玉秀老人的话语，在我耳畔久久回响……

二

初升的太阳收起一夜秋雨。我们奔赴在去往安定区凤翔镇丰禾村的路上。

汽车在透着草香的黄土褶皱中穿行。爬过几座高岗，眼前顿时开阔。几块宽阔的台地上是长势喜人的玉米。成群的山鸡散落在路边的草地上。

不远处排列着10多个巨大的白色纱网，隐约可见劳作者的身影。这就是丰禾村的马铃薯原原种种植大棚。

说话间，我们来到了丰禾村。村口两侧的墙壁上印着鲜红的党旗和"脱贫攻坚，乡村振兴"几个大字。水泥路两侧是三四百米长的"丰禾记忆"文化墙，花砖镂空的墙壁上镶满生活用具和劳动工具，马灯、泥炉、木犁耙、牲口套……每一个老物件都记录着一段乡愁故事。村民告诉我，这里曾经是靠天吃饭的深度贫困村，如今却成了发展示范村。

在丰禾村，可谓目之所及皆新鲜：偌大的车库里，两台大马力红色拖拉机和10多挂农用车整装待发；8个100吨存量的马铃薯良种储蓄窖显示着吞吐实力；乡村服务部摆放着销往各地的十多种马铃薯深加工产品；11架各种型号的无人机将带着不同的任务飞上蓝天……

2018年底，丰禾村还有64户"少劳力、有病人，缺技术、有债务"的建档立卡贫困户。村两委成员都坐不住了——

"不壮大集体经济，啥时候能全部脱贫？"

"合作才能形成合力，有了合力才能共同富裕。"

"公司化经营，富民政策到位，让百姓得实惠，不信引不来金凤凰。"

那些天，村两委从早到晚开会，大家你一言我一语，集思广益找出路。

后来，安定区决定在丰禾村搞"双进双促"试点，让村两委成员进入新型经营主体，新型经营主体负责人进入村两委班子；以基层党组织的作用促进新型经营主体的发展，新型经营主体又促进群众实现精准脱贫。这样，村两委有了服务民众的平台，经营主体也有了前进的动力与方向。"土地流转+让利""劳动用工+多予""现金入股+分红""订单收购+溢价"的政策基调定了下来。

说干就干。村两委班子成员带头，动员5个农户筹集了10万元，成立"定西丰禾农业科技发展有限公司"。

公司要把农民组织起来，土地流转是关键。村干部们走家串户宣传土地流转集约化经营的好处；与村民们一道计算在村里的季节性务工，比外出找活儿干能增加多少收入；村内就业能解决老人孩子无人照顾的问题；等等。

政策交了底，道理讲明白，百姓通情达理。很快，1000余亩土地流转手续办了下来。村两委成员又争取来首笔20万元的帮扶资金和50万元的壮大村集体经济专项资金。农户参与入股分红政策完善了，科技发展产业园建起来了，甘肃农业大学和定西农科院的专家、技术人员也来了……丰禾村充满生机活力，要求土地流转的农户不断增加。

去年春节刚过，赵永平回来了。10多年前，他高中毕业后就外出打工，当过铸工，开过吊车，学习过农用无人机操作，还用四年时间学习了马铃薯原原种种植技术。

在科技园，我看到正在做无人机调试的赵永平。他放下手里的活儿，搓着手向我走来。过去为了脱贫，他一心想到外边挣钱、学本事。这几年扶持力度加大，村里发生了很大变化。他说："我是在工厂时无意间看到马铃薯原原种栽培技术的，这是遗传性状稳定的品种，也是繁育良种的基础种子。"他指着一个巨大的防虫纱网大棚说："这就是用脱毒的试管苗移栽成功的原原种种植地，成熟的薯种虽然只有鹌鹑蛋大小，但是1粒可以卖到5角钱左右，我们村这样的网棚就有20多座。"

"我们村还建了两座恒温库，1个570平方米的组培室，5个日光温室，今年还要增加50座原原种种植网棚呢。"赵永平边说边掀起一个网棚帘，顶着小白花的马铃薯苗撞入眼帘，一位穿着专业服装的妇女正在洒水。

公司刚刚起步的时候，急需务工人员，赵永平动员亲戚赵勇和王耀山参加，却被顶了回来。驻村干部就和他一起几次登门拜访，并为他们算了一笔账：每人承租一个种植网棚，爱人参加管理。这样下来，每户一年土地流转费1500元，夫妻俩工资46000元，种植网棚收入25000元，工资性补贴7000元。两个人一听，心悦诚服，欣然同意。

如今丰禾村的集体经济不断壮大，流转土地3000多亩，原种繁育基地1200亩，整理出撂荒地600亩，其中油菜、荞麦、胡麻、冬小麦实验基地100余亩。以马铃薯脱毒苗、原原种、原种、一级种、商品薯种植为主的深加工综合体产业链形成后，村民收入大幅增加。十几户村民联合购买了10多台农用车和农机具，参与入股分红。

在丰禾村最后一个脱贫户南虎生家，五间大瓦房三面围合，对面的大库房里放着百十个鼓鼓的粮袋。老南拍打着粮袋高兴地说："我家九口人两年都吃不完。我两个儿子和儿媳妇都进城打工，还住进了城里的新楼房。今年初，我家还完了贷款，老伴在薯种大棚打工，每个月挣2200元。我还养了7头牛、12只羊、50多只鸡，忙着呐！"

三

花坪村有一个远近闻名的扶贫车间。

过去花坪村也是个深度贫困村。200多户近千人生活在大山上，老人们守着自己一锹一镐开垦的梯田，不愿意易地搬迁。许多年轻人都外出打工。近些年，对土地进行了退耕还林，水土和自然环境得到了有力保护，村里空闲下来的人逐渐增加，2013年全村建档立卡贫困户91户。村两委成员和驻村帮扶工作队把全村党员召集到一起讨论。"不能全部靠输血，我们自己要想办法造血！"这句话，成为大家的共识。

帮扶工作队与一家公司联系，很快成立一个花坪村的扶贫车间。妇女们纷纷报名。按照建档立卡贫困户招录优先原则，18名妇女成为第一批工人。随即20台全自动缝纫机安装到位，生产原材料也进来了。

2018年5月19日挂牌那天,花坪村像过节。

46岁的王淑兰回忆说,以前生活还过得去,可是去年丈夫病逝,家里还有一位长年卧病的老人和两个刚上小学的孩子,承包的耕地年收入不足1万元,是扶贫车间让她看到了生活的希望。弹性工作和计件工资制度方便了家务较重的贫困群众。"我经常抽空到车间干活儿。这种扶贫方式,妇女同志特别欢迎。"就这样,王淑兰既照顾了家庭,一年还增加1万多元收入。

57岁的漆秀花有一个四世同堂9口人的大家庭,承包的耕地年收入不足4万元,丈夫和儿子农闲时只好外出打零工,儿媳妇还要照顾3个上小学的孙子,再加上经常要给两位老人看病,生活困难,村里想办法给予扶助,解决了一些困难,但钱还是不够用。漆秀花到扶贫车间工作后,很快就成了生产能手,还被选为车间组长,不仅把家打理得井井有条,每年还为家里增加近3万元收入。

目前,全村已经脱贫89户339人,对因为完全失去劳动能力的两户两人,村里已经按照国家兜底保障政策,使他们和全村人一样过上了幸福生活。

如今,定西人民正昂首挺胸,阔步前进在幸福生活的康庄大道上!

一坛美酒出深山

朱 磊

一

黄源之行，只为一坛水酒。

出了万载古城一路向西，穿山过水，便到了黄源村。此处依山傍水，生机勃勃，人未进村，风儿便捎来撩人的酒香，眼见一幅"水村山郭酒旗风"的诗景。

黄源村，倚着尖山，靠着绍江，好山好水，适合酿酒。明万历年间，万载知县陶大邦有诗云："瓦白家家似带霜，茅柴水酒遍村乡。"诗中所赞，便是黄源水酒。不过，醇香的美酒也怕山高水远，直到刘永的到来。

2019年3月，江西省宜春市万载县人社局劳动监察局局长刘永，主动要求下基层扶贫，受组织派遣，任双桥镇黄源村驻村第一书记。

刘永进村，第一件事是"家访"。村里人好奇，这位逢人就笑、还老是带点羞涩的年轻干部，走到哪里都带着一张大纸，写写画画。

这张纸，是刘永自制的扶贫地图——一张大开的纸因为经常翻阅，已经有些破烂不堪，弯弯曲曲的红线，仔细地标注着每一户贫困户的家庭情况。一个月的时间，刘永走遍村里角角落落，心中沉甸甸。

那时的黄源村，没有如今这样的有生气。村虽不是贫困村，但当时全村2500多人，建档立卡贫困户有59户。这些年因进行修路修渠等基础设施建设，村账上还有10万元外债，是个典型的经济薄弱村。

拔穷根，要选好产业。但是走遍村子，什么产业既符合村子的发展实际，又能够让干部群众接受，这是道难题。村委会开了几次会，始终没有一个统一意见，刘永的眉头皱得更紧了。

二

一次偶然的尝试，为黄源村打开了一扇惊喜的门。

2019年6月5日，万载县的万载古城，成为江西省2019年旅游产业发展大会重点观摩项目，万载县不少企业抓住这个机会，走进古城向游客展示自己的产品。

"书记，我们的水酒口感一直都很好，外面很多人开车来买，能不能帮我们卖一点，挣些钱？"一些村民找到刘永，试探着问。

"卖水酒？我怎么没想到？"刘永心头一动。

想到就干。刘永通过挂职单位的协调，在古城支开一个小摊。"正宗黄源水酒，欢迎免费品尝。"刘永大声吆喝着，在众多摊位中，格外引人注目。水酒的口感，让不少游客点赞，一位本地游客更是直言："找到了小时候妈妈酿酒的味道。"一个上午，村民委托销售的几百斤水酒，竟然卖个干净。

趁热打铁，刘永让村干部再在村里号召群众将自酿的水酒运到古城小摊上来销售，几天里，3600多斤酒销售一空，算算账，收入竟然达到了3万多元。无论是村干部，还是得了实惠的村民们，无不喜上眉梢。更高兴的是刘永，苦思冥想了几个月，似乎已经找到了黄源村致富的"金钥匙"。

然而，正当刘永撸起袖子准备大干一场时，一盆冷水浇了过来。\
一次村委会会议，刘永以此次卖酒为契机，提出在全村发展水酒产业，带动村民致富。建议一提出，竟然没有一个人投赞成票！

"钱从哪里来，赔了怎么办？""满大街卖酒的，你怎么跟人家抢？""靠散户做酒，能做多少斤？"大家议论纷纷。

最后大家竟然在发展迷迭香产业上意见更为统一："周边很多村都在种，我们也可以种！"

放着传统优势产业不做，却舍近求远找个大家都不懂的产业，刘永想不通。他坚信，水酒产业作为黄源村的特色产业，是带领乡亲们致富的"黄金酒"。

不过，几位村干部提出的问题却值得思考。"水酒不能长途运输，几天就会发酵出气泡，会爆瓶变味。上次给丰城亲戚家送酒，半路就爆了，一车酒味半个月都没散。"村干部唐小勇说。

的确，钱、场地、市场等都可以想办法，可是面对发酵变味这个关键技术问题，必须先想办法解决，刘永下定决心！

三

6月底，江西锦江酒业总经理刘兆材的办公室，迎来了一位客人。

"老同学，这个事情你得帮我解决！"黑黑的脸庞带着羞涩的笑容，正是刘永。

刘永的想法很简单，既然是酒方面的问题，找酒企应该有办法。他首先想到的，便是高中同学刘兆材。

"行！我请张琪勇帮你们看看。"刘兆材笑言。

张琪勇是国家级品酒师，刘永也没想到能请到他。没两天，张琪勇真的来到了黄源村，到了就往农户家里钻，先品一口村民自己喝的坛子酒："酒品好，口感不错，甜而不腻！"再和村民细细了解了制酒流程后，说了句准话："有解决办法！"

两句话，让刘永瞬间吃了定心丸，第二天，张琪勇解决问题的短信到了："巴氏杀菌。"

可问题又来了，巴氏杀菌的设备一台就得10来万元，钱哪来？

没几天，刘兆材办公室，那个熟悉的笑脸又出现了。这次，刘永带来了一个深思熟虑的策划："反正每年扶贫，你们都要投入十几二十万元，与其东帮一把西帮一把，不如在黄源村搞个产业，大家共同发展，这不更有意义？"

面对这位执拗的高中同学，刘兆材开始认真考虑起水酒产业，并且亲自考察了黄源村。那一天，刘永安排刘兆材在村民家吃了顿便饭，一位村民捧着酒坛子站在背后，甘甜的水酒让刘兆材惊喜，这次考察也让他觉得，可以投资！

2019年7月，由江西锦江酒业入股，黄源村村委会负责建设的黄源水酒生产基地在村里落成。刘永趁热打铁，为黄源水酒设计申请商标，并顺利拿到小微企业生产许可证和其他各项证明，还跑到市里专门做了绿色食品营养成分检验。

看到这般场景，曾经观望的村干部们，热情被调动了起来。"没想到，年轻人有办法！"老支书朱长叶感叹着。感叹后便是行动，朱长叶跟着刘永挨家挨户做动员，鼓励大家种植糯禾，号召村干部带头干："4亩地就该全种上，多酿酒，有钱干吗不挣？"

过去只在荒地上种点糯禾，酿出的酒最多就在乡镇里流通。如今，全村600多亩地种上了糯禾，家家户户飘出了酒香，几百年的水酒要走出大山，干部和村民们心中满怀期待。

刘永估计，到年底，黄源村水酒可以酿造近5万斤。一些万载工业园区的企业负责人们提前打招呼，要用水酒做年礼赠送客户。算一算，水酒全部卖完，每户能增收3000多元。

然而，一场突如其来的疫情，打得刘永措手不及。

四

新冠肺炎疫情的暴发，直接影响了水酒销路。"书记，我们的酒咋办？"一个接一个电话打进来，焦急的声音隔着话筒都能感受到。刘永辗转反侧。

"能不能借助短视频的方式，让更多人接触和认识水酒？"看到一些地方借助短视频平台销售滞销农产品，刘永和几位年轻村干部跃跃欲试。

说干就干。不几天，黄源村的第一个短视频上线，清冽的水酒从酒缸中舀出，配上"开坛千里醉、上桌十里香"的字幕，还真像那么回事。几天后，刘永上线直播。第一次直播，刘永心中忐忑，在屏幕前嗫嚅半天，半晌才来了一句："你们跟我说说话吧。"

"那你喝几口，我们才知道该不该买。"观众回应。

刘永端起酒碗喝了一碗，立马引来网友们点赞。那一晚，刘永卖出了4000元货品。

刘永不仅仅自己上镜，还拉来村干部、村民助阵。直播的粉丝先涨到2000多人，再到1万多人。

好消息接踵而至。刘兆材的销售团队针对水酒的营销工作取得了效果，各个渠道的水酒销售日益红火。

不到两个月，几万斤水酒又销售一空，再有顾客慕名上门，加价也买不着了。成绩单让人欣喜，全村农户家庭酿造水酒5万多斤，增收达60多万元，村集体靠水酒带来了近30万元的收益。

2020年，为激发贫困户的内生动力，这里出台奖励政策，在国家给种植糯禾的贫困户每亩补贴400元的基础上，每卖100斤，年底再给予

10元的奖励，对栽种面积在5亩以上的贫困户，评选"糯禾种植明星"，每户奖励400元。村民的热情被调动起来了，全村300多户种上了糯禾，过去一些撂荒的地，甚至边边角角的山地，全部种满了糯禾。

夕阳下，田垄上，收割完的糯禾田里，稻茬仍然泛着让人心醉的青黄色，散发出稻香，一派丰收景象。2020年，黄源村的糯禾种植规模翻了一番，达到1200余亩。

11月，还未到传统酿酒的季节，可黄源村家家户户已经传出酒香。

五

这几个月，刘兆材来黄源村的频率从过去的每月一次，到现在每周几次。黄源水酒，成了他心中一份难以割舍的事业。

在市场打拼多年的刘兆材比刘永更多一些未雨绸缪的顾虑："要进入市场、扩大规模，必须严格把控流程。小作坊也必须严格起来。"

刘兆材亲自上阵，统一水酒酿造流程和制作标准，对村里技艺比较精湛的酿酒技师、制曲师，在糯谷脱壳、灌坛、包装、装车等环节进行严格培训。

过去制酒，经验最重要。在黄源村54岁的老制酒师唐人起看来，一笼蒸多少米，下多少酒曲，兑多少水，全凭自己的眼睛和手感。可如今，一台台秤成为唐人起的标配，一斤糯米多少酒曲，如何配水稀释，都要仔细过，才能下手。别说，过去口感不一的问题，还真迎刃而解。

另一方面，酿酒坚持14道古法酿造，柴火、土灶、木桶蒸……一样都不能少。贫困户王根兴不无自豪地说道："我们这里的水酒，一直坚持大灶蒸，我每天上山捡几百斤柴火，能净挣200多元咧。"

灶台上，半人高的木桶里，稻谷发出浓郁的香味。这是没有精磨的糯稻米，营养丰富，鲜香糯实，入口颗粒分明。

唐人起熟练地开始配置酒曲，蒸好的米饭用过滤后的山泉水降温，浇上配置好的酒曲。老唐感慨不已："酒好，还因为酒曲妙，本村的酒曲要用辣蓼草等8种中药调配。过去很多村民就靠着这酒曲解决温饱，没想到这门手艺能让全村富起来。"如今，在这里打工，唐人起日薪便有140元，再加上自己种稻谷的收入，一年至少能有10万元入账。

黄源村将黄源水酒的标准化生产向全村延伸。开展实地培训，按照统一制定的标准，将有一定水酒制作基础的群众集中起来学习，经考核合格后，颁发"黄源水酒酿酒示范户"银牌。将信用好、卫生好、质量好的银牌户，升级为金牌户。去年以来，全村已培育示范银牌户117户，其中建档立卡贫困户39户，金牌户24户。金牌和银牌农户生产的水酒可以被保价收购，比农户自己的零售价格每斤高出2元，大大提升了农户的生产积极性。

刘永也在思考未来，当自己不再担任黄源村驻村第一书记后，黄源水酒该如何越来越好？

一方面，依托江西锦江酒业，加大对村干部品牌和市场思维的培训。如今，唐小勇等人已经能够在短视频制作等方面独当一面。另一方面，继续争取政府支持。最近，刘永带着黄源水酒参加第四届"中国创翼"创业创新大赛，一路过关斩将，最终获得全国总决赛三等奖，让黄源水酒在更大的舞台上，好好"闪亮"了一把。

一天忙碌，回到住处，夜已深沉。梦中，刘永似乎看到那个三面环山的小村庄，金黄的稻浪滚滚，闻到的，尽是酒香……

彩云那边人家

周舒艺

一

彩云起了,倪罗又上山了。他要去林子里找木头。

这座山叫景迈山,是大名鼎鼎的普洱茶六大茶山之一。倪罗的家在翁基古寨,一个被景迈山环抱的寨子,或称普洱市澜沧拉祜族自治县惠民镇芒景村翁基村民小组。寨子里的百姓多以茶为生。

又找到一段好看的松木!倪罗将木头拿在手里,一遍遍摸着,兴奋不已。那年,他在山里也找到了一些很特别的松木——木头上有凹凸不平的图案,像是人工专门精雕细琢出来的,实际上却是虫子咬出来的天然痕迹。后来,这些松木被截成一段段,成了倪罗开的民宿客房房门上亮眼的装饰。来到民宿的人见了这装饰,无不惊叹:"这是什么工艺品?真好看!"这时,倪罗就会有些得意又有些腼腆地笑道:"都是我从山里找来的。"

眼前的两层小楼内外,处处体现着古朴的艺术感。门口,石头垒成的苗圃里,有一座小型假山,山间流水淙淙。踩着木楼梯上二楼,偌大的厅堂里,天花板由麻绳和竹席搭配而成,高高的内壁上挂着书法作品。客房的布置也以原木为主,既原始又现代。吸引人目光的,还有阳台的栏杆。每一根木头的颜色都不同——有的深、有的浅;形状也不同——有的是直的,有的是弯的。但当它们搭配在一起后,仿佛产生了一种奇妙的效果,既有自然的朴拙,又有设计的美感。

小楼是倪罗自家的房子,2018年时倪罗给重新做了装修。现在,这里不仅能品茶、购买茶叶和土特产,还能吃饭、住宿。来这景迈山古寨的人,有买茶的,也有旅游的。最火的时候,倪罗家的民宿要提前5天预定才行。

但民宿其实不是倪罗家的主要收入来源。倪罗才34岁,茶叶生意却做得风生水起,现在有近200亩茶园,还注册了一家公司,自创了茶叶品牌,光是茶叶的年收入就有20万元左右。收购鲜叶、加工茶叶、联系客户……他的茶叶生意越做越大,从种植到加工到销售,都包了。

站在倪罗家的茶楼上望去,整齐排列着方块状瓦片的坡形屋顶,连成了一片。寨子里的石板路高高低低、起起伏伏。路边,石头垒成的坝子上,生长着郁郁葱葱的植物。绿色之间,坐落着一座座古色古香的木结构民居。有的正在修葺中,有的已是面貌一新。再向更远处眺望,山路的路面上铺着的都是小石块。为何还是较为原始的弹石路?原来,为了不影响路边茶树的生长,这景迈山的路特地没有浇上柏油。

这些年,寨子变化真的大。倪罗记得,从镇上到寨子20多公里的路,以前开拖拉机得走3个小时,现在半小时就到了。近年来,政府部门大力打造景迈山品牌,也让老百姓的茶叶收入不断提高。有89户334人的翁基村民小组,原先有19户建档立卡贫困户,2014年全部脱贫。如今寨子里收入最少的人家,年收入也有七八万元。

日子越过越好,不过,倪罗还有两个心愿——

一个,是想升级自家民宿。据说,以翁基等古寨为核心区域的普洱景迈山古茶林文化景观,正在申报世界文化遗产,所以古寨不再扩建。但寨子里茶叶生产规模不断扩大,人口不断增加,所以在古寨周边进行新村规划与建设，成为眼下包括倪罗在内的村民期盼的一件大事。

另一个，是希望孩子长大后能好好读书。倪罗的双胞胎儿子还不到1岁。一提到孩子，倪罗满脸都是笑容。"想让他们长大后做什么呢？""好好读书就行。"倪罗说出了一个父亲朴素的心愿。

目光再次掠过古寨，一块牌匾引人注目，上书"布朗古树越千年"。这个被景迈茶山环抱着的、世世代代以茶为生的千年古寨，如今生机盎然，更加茶香四溢。

二

彩云深处，坐落着普洱市西盟佤族自治县勐卡镇班哲村，村子里有娜布来的家。

"村村寨寨哎／打起鼓／敲起锣／阿佤唱新歌……"班哲村，正是那首经典歌曲《阿佤人民唱新歌》的诞生之地。1964年，还是解放军某部通信兵战士的杨正仁，随部队来到佤族寨子班哲寨架设电线。在这里，他听到一首优美动听的《白鹇鸟》，于是以这首民歌为蓝本创作了一首歌曲。这首歌曲后来被命名为《阿佤人民唱新歌》，很快就传遍了全国。

手拉着手的圈圈舞、佤族传统的甩发舞……在山间一幅巨大的彩色壁画前，班哲村的乡亲们热烈地唱起来、跳起来，迎接着来自远方的客人。嘹亮的歌声中、欢快的舞蹈里、自在的神情下，你分明听到、看到、读到了他们过上好日子后，那喜悦的心情，甚而是自豪的精神状态。身后的那幅壁画，展现着佤族人民从原始的刀耕火种，到迎接解放军的到来，再到社会主义建设时期的壮阔图景，无声地与眼前的现实构成一种呼应。

47岁的娜布来站在人群里看热闹。她刚从镇上的银行回来，那张存折正安静地躺在她的兜里。就在刚才，娜布来一如从前那样，小心翼翼而又有所期待地打开那张存折。当看到数字的那一刻,她的脸上露出了欣慰的笑容,眉头跟着舒展开来。

娜布来永远也忘不了第一次看到这存折上数字的一刻,她又惊讶、又高兴、又激动——"真有这么多钱!"娜布来偷偷地哭了。之前,县里糖厂来收了甘蔗,说是会把钱打在大家的银行账户上。原来,是真的呐!同样拿到钱的其他乡亲也都开心得很。大家买上了酒,一边喝酒,一边唱歌跳舞。

那一年,娜布来外出到浙江打工。一天,亲戚打电话给她,告诉她一个好消息——"家乡有糖厂了,咱们种的甘蔗有地方卖了!"娜布来想来想去,最后决定回家乡。

开始时,镇上的干部引导大家种甘蔗。但那时一亩甘蔗地收成才两三吨,所以一些人不愿意种。后来,上面派来技术员给指导、培训技术,结果,产量一下子上来了,一亩收成达到七八吨。这下子,可把大家高兴坏了——一年光靠甘蔗,收入就有一两万元!

2015年,娜布来家的甘蔗地还比较少,一年收入只有七八千元。现在,她家有10多亩甘蔗地,一年的甘蔗收入就有3万多元。

连绵的山间,是无边的云海和茂密的植被。朦朦胧胧中,依稀可见山坡上那一片片即将收获的青翠的甘蔗,一丛丛刚收获完已变黄的玉米,还有一棵连一棵高高的橡胶树。

乡亲们的歌声穿过云海、飘过甘蔗林、玉米地、橡胶树,回荡在山间。娜布来的思绪也跟着四处飘忽。她想到了她家的甘蔗,今年的收成应该不会差。又想到了这山里的路。以前都是泥巴路,到县城得两三个小时。遇上下雨天,走路裤脚都得卷起来。后来道路进行了改造,从此可以开车直达县城。她还想到了自家的房子。现在有近170平方米,一共7间,住得比以前不知道舒服多少倍。以前,这山中寨子里的人家都是茅草房,一下雨就漏雨,得用盆接水。

"社会主义好哎／架起幸福桥／哎……道路越走越宽阔／越宽阔哎／江三木罗……"村里的大喇叭响了起来,是那首熟悉的《阿佤人民唱新歌》。娜布来走在去往自家甘蔗地的路上,听着歌儿,又想,春节之前,要将房子再翻修一下。想到这里,娜布来亮堂的脸庞上,绽放出灿烂的笑容。脚下的步子,也不由得快了起来……

三

"我有蜜蜂,你有故事吗?"打开视频短片,岩枪在画面里开心地笑着。

晚上,拿上手机,岩枪去往山里的蜂场。摩托车在山路上飞驰。路两旁每隔几米放置的一个个蜂箱,不断地被甩在车后。

岩枪是过来拍视频的。广阔的蜂场就是他的舞台背景。没有光?没关系,路灯就是他的灯光。

"几千箱的养蜂场见过吗?明天9点佤族小伙带你进山参观""土蜂过箱,养蜂20年经验老师傅手把手教你怎么过""听说橄榄果可以泡蜂蜜水,今天试一下味道怎么样"……彩云间、山路上、蜂箱边,岩枪喜欢一边干活,一边拍视频、做直播。镜头里,他自信地表达着,自然地使用着肢体语言。屏幕那一边的网友们,则了解到了蜜蜂的生活习性、蜂蜜产生的过程、养蜂人的日常生活等诸多知识。

"你能相信吗?去年的时候,外面来的人将手机对着我,我都会害羞地往旁边躲。"巨大的改变,让岩枪自己都难以置信。这个帅气的26岁佤族小伙,现在成了一名"网红"主播。

之前,岩枪在广东的家具厂打工,2017年回到家乡普洱市西盟县勐卡镇莫美村。刚回来时,岩枪不知道自己能做些什么。因为家里一直养蜜蜂，所以他就开始投资做土蜂箱。一天，扶贫干部告诉他一个消息，县里引进了云南省一家蜂业公司，正在大力发展中蜂养殖项目，而且，还开办了中蜂养殖技术技能培训班，一共45天，培训的吃住费用由县里全包。

不容岩枪犹豫，扶贫干部又开着车将他直接带到蜂场参观。到了现场后，岩枪惊讶得张大了嘴巴——整个山头都是蜂箱，大概有几千个，太震撼了！自己手上的七八十箱土蜂，虽说在当地已经算是多的，但跟这儿一比，简直微不足道。岩枪在家里再也待不住了，迫不及待地跑过来参加培训。

脑子灵活的岩枪，经过培训，技术上飞速进步。两个月后，他便能自己管理180多个蜂箱了。通过培训，岩枪也深深认识到技术对于养蜂的重要性。以前自己养土蜂，基本没有技术可言，割蜜的时候，常常碰伤小蜜蜂。现在对小蜜蜂做了保护，这样蜂蜜的产量也变多了。

培训结束后，因为技术过硬，岩枪直接留在了企业上班，管理蜂仔、当技术员……不过，眼下他的另一个重要身份，是直播主播。

说起来，岩枪与直播结缘纯属偶然。喜欢蜜蜂的他，经常在微信朋友圈发自己养蜂的图片。公司领导看到后，便让他尝试做做视频、搞搞直播。刚开始，岩枪什么都不懂。最早的直播间里除了他之外，一个人都没有。但他心里一直憋着一股劲儿，还在网上找来别人做的直播仔细琢磨，很快便掌握了一些门道。

随着人气慢慢积攒，岩枪开始尝试利用直播卖阿佤山的好蜂蜜。最多的时候，一个月能卖3000多单。直播带货也让阿佤山的好蜂蜜越来越火。今年3月的一场直播，县里的副县长亲自帮忙带货，结果卖出3.9万件蜂蜜产品，销售总额达230多万元。

天亮了，又是新的一天。葱茏的山坡上，低矮的树丛中，掩映着一个个蜂箱。带着纱布帽檐草帽的人们,正弯腰在蜂箱旁忙碌着。他们来自西盟县的各个镇村。新一期中蜂养殖技术技能培训班又开始了。岩枪对此俨然已很熟悉,也在现场协助管理着。

"一个没有大海只有云海的佤山。"文字下面,配着一张云海风光的图片——绿意连绵的大山之上,是辽阔无边、与天空连成一片的云海。在微信朋友圈,除了分享自己养蜂的日常之外,岩枪还会分享彩云之南的家乡美丽的自然风光。

微信上,岩枪的名字后面,是一只可爱的小蜜蜂。也许,他就像一只蜜蜂,正吮吸着新时代的阳光和雨露,辛勤酿造着属于自己的幸福和甜蜜。

人与城市

老城新风记南皮

浦东在我心中

难以忘怀的土地

深圳情思

大地深处的温暖

在梧州看水

冰城的时光

阿 成

我先前并不知道城市是有味道、有旋律的。

一个老家上海的女同事说,当年她经过哈尔滨,一下火车就闻到了一股葱花味。这让我感到很震惊。外地人在嗅觉上对一个陌生城市的判断往往很准。的确,习惯使然,这座城市的人们几乎做任何菜都要用油先爆一下葱花。某年我到上海去,一下火车就闻到了一股浓重的菜籽油味……这真是非常有趣的事情。

说到城市的旋律,我想起女高音歌唱家张权。到哈尔滨之后,她经常驻足街头,听着从一幢幢楼房或小木屋里,传出来的用黑管、小提琴等演奏的乐曲声,也会欣赏太阳岛的游人们在手风琴和吉他的伴奏下引吭高歌的情景。这些让她感到温暖,在她心中,哈尔滨是一座有旋律的城市。这一点我也认同,哈尔滨的确是充满音乐气息的城市。这里很早就成立了交响乐队,并且演出了很多世界著名歌剧。这里也汇集了许多来自海内外的音乐家,他们不仅为哈尔滨培养了众多音乐人才,也提升了当地居民对音乐的欣赏水平。更值一提的是"哈尔滨之夏音乐会"——自20世纪60年代诞生以来,历经几十年的时光沉淀,给一代代人留下无数动人旋律,并已成为哈尔滨一张耀眼的名片,为这座"音乐之城"赋予了浓厚的艺术魅力。

来到哈尔滨,还要走走那条著名的中央大街。中央大街留下过很多历史人物的足迹，所以这条老街穿越过悠长的历史岁月，也承载着诸多的梦想与追求。

我是伴随哈尔滨这座城市长大的。哈尔滨开埠只有短短100多年。我到哈尔滨时大约四五岁，现在已经70岁开外。我家在一条被称为"商铺街"的短街上。大约是这条街紧邻松花江的缘故，而早在20世纪中期，松花江是盛产"三花五罗"的天然渔场，所以这条街最早被称为"鱼市街"，而后改称"商铺街"，之后又易名为"花圃街"。街名也可以看作是一段城市历史的小标题，背后包含着许多故事，是城市变化的小小缩影。

记得我刚到这座城市的时候，站在中央大街的街头，方石路面的两侧种满了绿树合荫的糖槭树，一眼望去极少见到几个人影。城市的幽静，犹如一支舒缓且抒情的小提琴曲。阳光从糖槭树的叶间洒落到地面上，斑斑点点，俨然闪烁的金色音符，充满文艺气息。难怪这座城市曾经出了那么多了不起的诗人、文学家、戏剧家、音乐家。

在这座城市里生活的每一天、每一个季节，都成为我的文学创作的巨大动力和坚实支撑。比如"冰城"之雪，即是我创作的源泉之一。雪，是大自然赐给哈尔滨人的别样"食粮"。有人说，哈尔滨的雪"是一封封天降的书信"。这诗一般的语言里渗透着人们对雪的亲近、对家乡的热爱。在下雪的日子里，几乎每家的栅栏院里、街道上，都有一个憨态可掬的雪人。只有伫立在雪中观赏，才能领会到这座城市的深沉，才能真正感受这白山黑水苍凉壮阔、豪迈放达的个性。赏雪、滑雪、滑冰之余，再尝一尝粗放且别致的烹大豆腐、渍菜粉儿、酱焖河鱼、野菜盒子和羊杂碎汤，真是欣然一饱，回味无穷。

我年轻的时候，几乎每个月开工资的日子里，都要去吃一次西餐。那时候，西餐馆里的人很少。我喜欢去对面的秋林商店，买一瓶价格不算贵的兰姆酒，然后拿到餐厅自斟自饮。这种酒我最早还是从一篇外国小说中看到的。不过，我第一次喝这种酒时，觉得有一股难以下咽的汽油味。我坐在餐厅里，喝着兰姆酒，在幻想和回忆中消遣时光。有时甚至在餐桌上记下心中流出来的诗句。

冬有冰雪，春有丁香。丁香是哈尔滨的市花，每年5月盛开。每到丁香花开时节，我都会欣喜万分，尽量推掉外出的事情，只为了留在哈尔滨欣赏丁香花盛开的美景，闻一闻那令人沉醉的清香。这样一种单纯的眷念，这样一种难舍的情怀，已然成为每一个哈尔滨人终生不舍的乡愁。

或是一种巧合，或是一种缘分，现在我又搬回到松花江边。站在凉台上，可将一泻千里的松花江水一览收尽。晚上，我总要去松花江边散步。避开游人多的地段，溯江而行。即便是豪雨滂沱的黄昏，我也会撑一把布伞，独自一人踽行江边。在沉浮的烟雨之中，江边美景化成一幅水墨丹青的长卷，让人感慨万端。

而今的哈尔滨已经是一座繁华的国际大都市。我作为这座城市的见证者，为她美丽的容颜、文艺的品质、质朴的情怀，以及奋斗前行的坚实步伐，感到自豪和欣慰。

难以忘怀的土地

陈世旭

1972年春天,一个偶然的机会,县里一位干部突然来到我务农的农场,说是县宣传组让我去参加一位模范人物故事的写作。那是我第一次走进九江县城。写作本来是个短期任务,当时我没有想到,这一来,会在九江县城待上将近10年时间。

一早在农场码头搭船,中午到九江市,转乘火车,第二个小站就是沙河站,彼时那里是九江县治所在地。候车室是很小很简陋的一间平房,站台逼仄,转角就是一条小街,两边是矮小的店铺,屋瓦上长了草,板壁皆灰白。小镇外面,是大片的田地。春耕尚未开始,田里满是去年的稻桩。

县政府刚从九江市区迁来时,所有的机关,以及干部职工和家属都借住当地的公屋和民房。几年时间,陆续盖起了二层三层的办公楼、饭店、商场、邮局、大礼堂之类公共设施,一条比乡村公路宽阔得多的大街,横亘其间。一个城市开始现出雏形。

大街与河十字交叉。河是季节河。从庐山脚下弯弯曲曲流来,不下雨的日子,清澈透明的河水在满河的卵石间流淌,迤迤逦逦绕过沙河街小镇。过河的桥是一长串露出水面、卧牛大小的卵石。我常常在夜深人静的时候坐在卵石上,仰看湛蓝的夜空,赤脚拨动水中的星星。

九江县就在庐山脚下。有正式编制后,我被安排在县文化馆做文物保护工作，去勘察过清代遗留的"陶靖节祠"，在"宋岳忠武王母姚太夫人墓"所在的那面山坡上，参与过植树造林。

县政府大院简洁素朴，除了办公楼、单身宿舍楼、家属区，剩下的一大半都种了菜。每周有半天，机关各部门干部轮流到菜地劳动。一年四季菜地都花花绿绿：

春天，油菜花黄，蚕豆花紫；夏天，围墙上爬满了冬瓜、南瓜、丝瓜，竹架上挂满了番茄、黄瓜、豆角；秋天，辣椒红、茄子亮；冬天，霜打的芽白、雪里的萝卜苗翠嫩细碎。

成家之前，作为宣传部培训的"农民通讯员"，我一直住在这里。没事就在宿舍楼上凭栏。每逢过节，当地干部大多回了老家，大院差不多空了，我就放声唱歌。心情像晴空上的燕子。

这是一块我永难忘怀的土地。跟我们一起熬通宵起草大会报告的宣传组组长，输了棋大发脾气事后又请我去家里吃红烧肉的计委主任，像对小弟弟一样呵护我的县政府干部，停了电不许我们点公家发的蜡烛打扑克的老会计，节假日食堂人少的时候特地给我加菜的师傅，帮我誊清稿子的邻桌大哥，热心为我"介绍对象"的妇女干部……在忽然有了招工机会的时候，他们纷纷为我说话，帮我解决正式工作编制。所有这些，我至今历历在目。

老街是我常常流连的地方。青石板的路面据传是明代官道的遗迹，从两边的门头上伸出来的、油漆斑驳的小吊楼，似乎在向人们炫耀自己的历史。这里是整个县城最热闹的去处：烟火腾腾的小饭馆，人头攒动的副食店，推车挑担的赶圩农民，沿街拉琴的盲艺人，饶舌的理发匠，寡言的老裁缝，补锅补碗的，修伞修鞋的……从上街头到下街头，熙熙攘攘，水泄不通。我在这里有许多年轻的朋友。我们常常一起争论文学，抬起脚就去庐山漫游。多年来，他们大多被我请进了我的小说之中。

分配到县文化馆的当年，我有了自己的小家。房后有小河流过，潺潺的流水声和河边草丛的虫鸣蛙叫是动听的夜曲。两年后，县城大道边按照规划预留的空地上，崭新的县文化馆竣工落成，办公楼、图书馆、多功能厅，一应俱全。后院家属区的围墙外面，是很大的一方荷塘，荷花开的时候，清香就弥漫过来。荷塘那边，是一个树林茂密的小村。树林上面，远远地浮着一抹淡青的山影，那便是庐山。

搬进新居的那年，我们没有回省城过春节。除夕一早，我在单位基建留下的废料堆里翻出大理石碎块，在屋后的空地铺出了小径；又找到几段满是裂痕的树干搭起了桌椅；又把空地翻了一遍，预备开春种瓜果花草；又去砍了柳枝，沿墙根插了一排。翌年春末夏至，柳树抽了条；花草侵上小径，是那种很普通却很热烈的太阳花、百日草；围墙上爬满了喇叭花、豆角秧、丝瓜藤。这样一处院落，清静幽然。春天的霏霏细雨中，我竟自徘徊；夏天的明月清风里，我尽兴吟哦；秋天收摘自己栽种出的果实，很自然地体味到"采菊东篱下，悠然见南山"的恬适；冬天暖洋洋的日头底下，一边推着儿子酣睡的摇篮，一边字斟句酌不成熟的文稿。那是怎样一种"闲静少言""忘怀得失"的日子。

一年多以后，我奉调省城从事专业写作。朋友租了单位的货车送我们搬迁。坐在驾驶副座，挥别多年的同事，车出城区，我不禁眼睛湿润。

十年，仿佛在转瞬之间。美好的日子总是显得短暂。

这十年，我一天天看着一个城市成长、壮大、成熟、丰满。最初的乡间小镇，有了多条纵横的大道，大道边已经有了密集的楼群，一个现代城市已经初具规模。

这十年，无数人的命运发生了改变，也是我人生中最为温暖的段落。在这里发生的一切，决定了我一生的方向。我由青年成为中年，由儿子成为父亲，一个懵懂、怯生的偏远沙洲上的小农工，对世界、对生活，有了更多的认知和历练。

2017年，九江县撤销，变成九江市柴桑区。柴桑区，有机场和铁路编组站，铁路京九线、武九线、大（庆）广（州）高速贴着城区过境。

如今又见，已是一个全新的柴桑。

心底是兰州

陈 炜

一

兰州，是一个长满兰草开满兰花的地方吗？

1985年秋天，怀揣兰州大学录取通知书，我从中原大地搭乘向西的列车，奔向那个陌生的城市。

哐当当、哐当当……铿锵之声周而复始，一天一夜，我就伏在小桌板上，望着窗外。风景从平原变成山峦，从绿色变成土黄。穿越了一个个隧道，经停了一个个车站之后，我拖着僵硬的双腿，踏上了兰州城的土地。

已是次日下午。斜背军挎包，我站在兰州火车站广场举目四望。斜阳正浓，阳光穿越干燥的空气打在脸上，有些疼。眼前，一条宽阔的马路笔直向北，路的尽头，隐约现着一脉远山。转过身，看见候车大厅上面遒劲的"兰州"二字，接着视线就被一座土黄大山阻隔。广场到处是拉脚的三轮车，蹬车人甚至能将一侧的车轮翘起来，穿越看似无法通过的窄道。

"师傅！三轮的一个坐上！"伴着方言，一个瘦小伙儿将三轮车停在我面前。他侧伏于车把，上下打量我。我也看着他：绿军帽，宽裤脚，鞋很惹眼——黑色布面、鞋跟高而白。我摇摇头走开了。之后才知道，这种装束是当年兰州小伙时髦的标配。

夕阳余晖里,我在兰州大学新闻系接待处报到。刚刚还饥肠辘辘,现在却突然不怎么饿了,尽管周边弥漫着蒜苗和牛肉的清香。来到宿舍,我爬到上铺,胡乱铺开被褥,倒头便睡。

梦里,我没有见到兰草。

二

日子一天天过去,陌生烟消云散,兰州一点点融入我的心中。我开始喜欢她了。

牛肉面的清香打动了我。一个周日上午,我走进街边一家小店。"宽的么细的?"店里的小伙子问。我如堕雾中,只好指指旁边一位的碗:"这样就行。"

几分钟后,一碗浮动着红色辣椒油、飘散着香气的牛肉面摆在我面前。我狼吞虎咽,风卷残云,抹抹额角的汗珠,咂咂唇齿间余留的香味,留下三毛钱,走出小店。

从此,我与牛肉面结下不解之缘。兰州人对牛肉面的爱深入骨髓,从黄发垂髫到青壮汉子,从都市白领到市井商贩,没有人不喜欢牛肉面。他们的一天从一碗热气腾腾的牛肉面开始,没有早晨这碗面垫底,一天就少了精气神;没有这碗面伴随日常,兰州人就觉得生活少了滋味。

1988年春天,我在兰州晚报实习。一次,我写一篇关于兰州牛肉面的稿子,采访了好几位拉面师傅,翻阅了不少资料。原来,兰州牛肉面有"一清二白三红四绿五黄"之说——汤清、萝卜白、辣油红、蒜苗绿、面条黄亮;还有大宽、薄宽、二柱子、三细、二细、韭叶、细面、毛细、荞麦棱等多种品相,宽若皮带,细如游丝,粗可直立,真正形色各异,款款有致。

那年暑假,一位美国眼科专家来兰州访问,我陪着她到位于盘旋路上的和平饭店,品尝大厨精心拉制的牛肉面。只见汤色清亮,面呈微黄,碧绿的蒜苗和朱红的辣油散发出诱人的香气。饭店用的不是市井大碗,而是口径若拳头般的小碗。那位专家吃完一碗又叫一碗,仍意犹未尽。我问她味道如何,她露出洁白的牙齿,高兴地说了一个词:delicious(美味)!

前年春节,我和弟弟带着家人自郑州一路南下自驾游。大年初一清晨,我们在古城扬州幽静的瘦西湖畔徜徉。忽然,一丝久远而熟悉的香味飘过眼前的拱桥,热情地拥抱了我。兰州牛肉面!

于是,在离家千里的扬州城,我和家人沐浴着新年的阳光,围坐在兰州牛肉面馆门前的小桌,吃了一顿难忘的早餐。

这么多年,走遍大江南北,眼见着兰州牛肉面"越拉越长",影响力越来越大,甚至远渡重洋,在许多国家地区扎根。但是不管走到哪儿,那独特的香气总带我瞬间回到兰州,回到那青春飞扬的年代。

三

黄河,是融化在我血脉里的母亲河。少年时,我喜欢在晴朗的午后坐在姥姥家的堂屋门口,目光越过邻居家屋顶,看远处悬在"天上"的黄河。粼粼波光中,白帆片片日边来。多少次,我幻想自己跟随一片白帆,从西往东,顺流而下到大海。

到兰州读书后,我终于踏上了著名的兰州黄河铁桥——中山桥。站在这座建造于1907年的桥上,脚下是滔滔东逝水,我的目光随一片落叶顺流而下,乡思缕缕。我在想,这片叶子会穿越激流险滩一路东去吗?它什么时候到达我的家乡呢?

摆弄着借来的照相机，我和另两个同学依次坐在铁桥南岸的桥墩上，抬头望远，意气风发，留下难忘的瞬间。那胶卷送到了兰大对面的照相馆。那之后每天傍晚，我都会站在照相馆的阔大橱窗前，想象着柜台后面那一排小纸袋里，有一个坐在铁桥桥墩上的我。

　　几天后，我拿到了那张不足巴掌大的照片。第一眼，我看到了高大的铁桥，黑色铁栏纵横交错，仰拍的视角让它十分巍峨，滔滔河水从桥下通过，在远处呈现一带亮光。我看到了桥头的自己，尽管豆人寸马，依然须眉毕现。过马路走进邮电所，把这个小小的自己装进信封，投进邮筒。我知道，接下来的日子里，"我"会翻山越岭，顺着黄河回到故乡，回到日夜牵挂我的父母的怀抱。

　　四年似在转瞬间。毕业前夕，我又一次踏上兰州铁桥。前途漫漫，此次一别，不知何时归。伤感袭来时，看见远处河滩上，有汉子扛着羊皮筏子走向流水。那筏面方方正正，与十几个黑乎乎圆滚滚的吹胀羊皮捆扎在一起，朴拙而简约，别具一格。走过去招呼，递根烟，说要离开兰州了，想坐一下羊皮筏子。那红脸膛的筏子客爽快，冲我一歪头：师傅上来！

　　但见他推着筏子推着我，在看得见卵石的浅水里一阵跑，然后轻轻跳上了羊皮筏子。顺流而下，筏子越行越快，铁桥越来越远，岸边树木行人纷纷后退。我索性躺下来，面朝天空，闭上双眼，听着耳边哗啦啦的水声，恍惚间变成了少年时的那片白帆……

　　一别三十年，再回兰州时，已是"华发春催两鬓生"。去年秋天，我和妻子送儿子赴兰州大学读研。

　　走出站台，伫立兰州火车站广场举目环顾。眼前一切熟悉又陌生，阳光明媚，空气清润，绿树葳蕤，鲜花明丽。顺着宽阔的天水路放眼北望，车流滚滚如水，远山隐隐如黛；转过身，目光越过候车厅高大屋宇，竟与绿色的皋兰山撞了个满怀。它是当年那个光秃秃的大山吗？一瞬三十年，古城换新颜。

  接下来的两天，我领着妻儿，循着记忆的小径走回过去，又沿着崭新的路标来到现实。那个傍晚，我们怀着感佩的心，沿着杨柳依依的滨河路，听着黄河绵绵不绝的滚滚涛声，走过美丽的白塔，走过阔大的水车，走过雄健的中山桥，来到青春依旧的"黄河母亲"雕塑身旁。我紧紧地偎依着她，让相机镜头定格这难忘的瞬间。

  多想，再回到当年，还是那个坐在桥头意气风发的少年！

  转身的当儿，我看见了一大片美丽的兰花。

心在鄱阳

范晓波

我在高速公路上开车,有时看见某个熟悉的路牌,就打转向灯顺势拐过去,因为它指向鄱阳。

离开鄱阳县城20多年,我无数次重演以上"即兴之举"。

爸爸和妹妹住在城里,几个亲友住在县城四周。于我而言,他们是情感吸铁石,但他们又不是我去鄱阳的全部理由。

每次妹妹问:晚饭想吃点什么?我都回答:炒粉皮子。然后车刚进城,粉皮子就等在路上,妹妹端着它,从车窗递进来,然后一车人都兴奋起来。

藜蒿炒腊肉、鲇鱼糊、春不老煮黄芽头、柘港豆腐、水菜煲……鄱阳的吃食,细数起来真是让人口舌生津。还有独特的糕点葱酥饼,一咬就掉碎屑,面粉、猪油、葱、糖、盐杂糅在一起的口感,很独特,尤其是刚出炉时,软软热热的,我一口气能吃4块。早晨吃稀饭时,我偶尔还会怀念油条包麻糍。这种把油条的酥脆和麻糍的软糯融为一体的早点,体现了鄱阳人对美食文化的独特领悟。

舌头上的记忆就是这样顽固。不管离开鄱阳多久,我最喜欢的食物还是这些。

作为鄱阳湖边的古城,鄱阳的气味也是特殊的。

首先是水的气味。宽广的昌江流经鄱阳城奔向鄱阳湖,在城里留下韭菜湖、青山湖、土湖、东湖、球场湖五片湖。可以说，鄱阳是一座浮在水上的城。湖水在晴天蒸发出的腥甜味、雨天浮泛的铁锈味，弥漫在当地人的每一寸生活空间。每次去鄱阳，傍晚时分，我总要到城西的圩堤和高门码头散步。一边走着，一边寻找小干鱼被阳光暴晒又被雨水浸泡后的独特气味。有时一个人在河边站着，当河水既腥又甜的气味湿漉漉地涌来时，全身都感觉到了畅快。

这时，如果沿河路夜宵摊上，传来几声用方言喊的招揽顾客的吆喝声，我便会跟着那声音走回从前。

县城讲方言，因为多是本地人。我虽然也留恋县城的美景，却不想被方言所代表的小城生活所固定，20多岁时总是向往着远方。

我先后在县城的中学和报社工作，业余写散文、小说和诗歌。我总爱骑着山地车在一些人少的场所游逛。芝山、西门圩堤、高门码头……我的足迹在这些地点之间来回穿梭，不断在心里构思一条远行的路。

20世纪90年代后期的一个冬天，某个大雪飞扬的日子，我终于登上一艘只有两三位客人的客轮，离开了鄱阳县城。

只是没有想到，回归会发生得那么迅速。2000年夏天女儿出生，在我的父母家住了约一年。那段时间，我几乎每个周五都要坐五六个小时的大巴或夜班船回鄱阳，周日晚上又原路返回。那些奔波却又温馨的日子，迄今回忆起来都很幸福。

大概就是从那时开始，我深刻地体会到自己和鄱阳这座城之间复杂的情感交织。以至于后来每次在南昌街头听到有人说鄱阳方言时，我都会眼中一热，忍不住多看人家几眼。在外地旅行，遇到讲鄱阳方言的一家人，总会不知不觉跟着他们多走一段路，虽然从不上前搭腔，心里却有种小小的满足感。

妈妈去世后，我有次去鄱阳，在东门口大街见到一位头发花白的大妈弯腰买菜。她身材微胖，和妈妈差不多，穿的羽绒服也是妈妈喜欢的款式。我凑过去听她和小贩砍价，当熟悉的方言传到耳朵里时，眼泪顿时热辣辣地涌起。

现在，随着高速公路的修建和高铁的开通，鄱阳城里说普通话的人越来越多。县城居民增至近30万，其中10万是流动人口，城区面积、店铺数量也比20年前翻了几倍，就连被水葫芦和绿藻掩盖多年的内湖也开始苏醒。挖掘机们正日夜加班，准备把五个内湖串联打通，让它们变成活水流向鄱阳湖。

只是，不管鄱阳这座城的外表怎么演变，我总能以味觉、嗅觉、听觉为触手抓住它的本质。而对于我来说，不管离开鄱阳多久，不管走到哪里，吃得最爽口的还是那些食物，闻得最亲切的还是那些气味，听得最温暖的还是那些声音。

最近一次去鄱阳，住在父亲独居的中学老宿舍楼里。屋子里充塞着老家具、旧衣物、书籍等。妹妹尝试着偷偷把那些旧物清理掉，让房间更洁净舒爽些。父亲发现后连忙制止："我就是想看着它们过日子，不行吗？"在父亲心中，那些物件虽然老旧，却有着特别的情感价值。

有天深夜，我在一只旧皮箱里翻到在鄱阳工作时发表作品的样报样刊，接着睡觉时居然梦见了那时县城街头的梧桐树，以及父母在厨房一边听收音机一边交谈的情景……

第二天一早，我被斑鸠叫醒。在晨光里，我忽然有种幻觉，似乎自己从未离开过鄱阳。

温馨美丽的城市

高洪波

我和上海这座著名的城市有着特殊的关系。20世纪80年代中期,我以《文艺报》记者身份参加了上海市作家协会的一系列活动,逐一拜访上海的作家。那时候,中国作家协会主席巴金老人就住在上海,有了巴金,走访上海更有了一个正当的理由。

那之后我多次去上海。我曾陪同当时中国作家协会书记处书记葛洛先生,去上海看望巴金老人和吴强先生。途中葛洛先生告诉我,他和巴老一同在抗美援朝战场上生活过半年之久,是同一个采访团的战友。回来后,巴老写下了他那篇著名的小说《团圆》,后来被改编成电影《英雄儿女》。我记得我和葛洛先生去巴老家中拜访他时,聊得特别好。告别的时候,巴老坚持把我们送到院子门口。巴老挥着手,用目光注视着我们远去——那一幕深深地印在我的脑海中。

对于上海这座城市,我曾有过一次特别深入的访问,但那其实只是一次客串和偶然的造访。那次,中国摄影家协会主办了"上海一日"大型摄影活动,当时的《摄影报》主编陈淑芬大姐拉我去充当一名特约记者。那是1991年7月1日,从零时到24时,在这一天的时间里,一批知名摄影家拍摄下上海这座城市的各种珍贵镜头。摄影家们提前几天就进入各自的阵地,有的奔向宝钢工地,有的奔赴金山郊区,有的去往吴淞口炮台,有的在南京路的天桥上静静地等候,还有的准备乘上直升机在天上航拍……

记得6月30日那天晚上,我先赶到上海有名的"红房子医院",那里有台剖宫产手术准备在24时也就是7月1日的零时进行。我到那里时,香港的老摄影家简庆福先生已经到达。巧的是,简先生在这家医院碰到了自己40多年前的中学同学张惜阴教授,而这台手术的操刀者刘惜时医生,正是张教授带出来的博士研究生。在他们的帮助下,一名胖胖的女婴诞生了!产房外,我见到了正焦灼徘徊的孩子父亲,他说早给孩子起定了名字,叫"陈颖洁",聪颖的"颖",洁白的"洁"。在我看来,"颖洁",不正是"迎接"的谐音吗?

小姑娘陈颖洁于是成为"上海一日"里的第一个有名人物,但她浑然不觉,只顾响亮地啼哭着。现在想来,她应该快三十而立了吧。

第二天早上,我们又来到新锦江饭店,观看飞机的航拍。当时,新锦江饭店是上海的制高点。站在43层的楼顶上,我抬眼望向天空,发现有雨丝飘落,不一会儿机声大作,直升机来到大楼的上空盘旋着。正凝望间,一位持话筒的小伙子过来采访我,原来是上海广播电台的实播记者。从采访者瞬间变为被采访者,角色的转换让我感到十分有趣。

离开新锦江饭店后,我们驱车直奔杨浦大桥。途中,车穿过一条隧道,这是江底的通道,头顶上就是滔滔黄浦江。当时的杨浦大桥正在建设之中,桥桩在工地上壮伟地屹立着。在上海的城市建设、经济发展中,这座桥举足轻重。

后来,我们又去了吴淞口,看到了古炮台。夜晚来临,南京路上灯火璀璨,刚下过一场小雨,明亮的霓虹灯光里多了一层绚烂的色彩。这个时候,摄影师们又兴奋地跑出去,拍下天地间这极其美丽的夜景。

那一天,我对上海这座城市有了一个深刻的认知,尤其是杨浦大桥的建设工地,以及大上海未来的轮廓,不仅在摄影家的镜头里,也在我的想象中矗立起来。

前不久,我又去了一趟上海。这次去是为了参加第八届中国上海国际童书展。这是国际性的大规模图书展览,在位于浦东新区的上海世博展览馆举办。眼下,虽然进入展区要经过四五道的证件检查、健康码验证,但是这丝毫没有影响到展区内熙熙攘攘的人流,以及读者们兴奋的阅读热情。

就在展览开幕的前一日,11月12日,浦东开发开放30周年庆祝大会在上海市举行。三十年弹指一挥间,浦东的变化如此巨大,这片土地上的发展,体现了中国改革开放坚定的前进步伐。

我这么说是有根据的。在浦东期间,我知道了这里有全中国最高楼层的书店——上海中心朵云书店旗舰店。它是上海世纪出版集团在上海中心52层打造的一处空中文化综合体,涵盖了书店、演讲、展览、咖啡厅及简餐的功能。这座位于239米高处的书店,已经成为浦东的文化地标。

我还抽空参观了浦东图书馆,这里正在举办"百年上海儿童文学展"。这是一座极其现代化的图书馆,10年前落成开馆,如今仍领时代之先。不说藏书之丰富和阅览之便利,仅馆中那巨大阶梯造型的"书山",就让人惊叹不已。

在上海国际童书展上,浙江少年儿童出版社为我的一本儿童诗集举办了一场讨论会。令人难忘的是,上海当地一所小学的孩子们两个人一组,进行了三组诗歌朗诵。尤其是一个可爱的小女孩,穿着粉红色的鞋子,步伐庄重地走到舞台中间,声音洪亮地朗诵起我的诗。那一刻,我被深深地感动了。

更重要的是,会议结束的时候,浙江少儿社社长邵若愚先生送给我一份珍贵的礼物。那是一幅彩色的小动物图像,作者是一名14岁、患有自闭症的孩子。他以他的理解,对我笔下的小动物形象进行了色彩描绘。当我拿到这份礼物的时候,突然感觉到了沉甸甸的责任,还有无尽的温暖和感动。

  这是我在上海所收获的一份珍贵的礼物。因为这份礼物,我更加感谢上海,感谢这座气魄宏大、色彩斑斓、无比温馨的美丽城市!

在这滨江滨湖的城市里……

葛昌永

武汉城又恢复了勃勃的生机和活力,走在车流如潮的长江大桥上,放眼武汉三镇,我心中对这座城市油然生起一种不可名状的依恋。

我与武汉有着太多的情缘。

50多年前,我在鄂西北一个小山村上小学,暑假里忽然心血来潮,借说走亲戚,怀里揣着5块钱赶到县城,坐上绿皮火车哐当哐当一整天来到武昌火车站。在车站的台阶上躺到天亮,然后沿着铁路走上长虹般的长江大桥,迎着朝阳,看那烟水齐天的长江,胜景曚眬的武汉三镇。这是我人生的第一次远行,只因看了一眼长江、大桥和武汉,我便无限满足地匆匆返程。那时候,我的个头长得慢,比同龄孩子矮一截,乘车都是免票的。饿了,在车站前的烤红薯或包子铺面前一站,大娘大伯见是乡里孩,不等我开口,更不用我掏钱,就把热烘烘的食物递过来。连去带回3天时间,我怀里的5块钱还是那5块钱。武汉真好!我小小的心灵里,对武汉就留下了美好的印象。

那时,在武汉看不到黄鹤楼。历史上的黄鹤楼屡毁屡建,新中国成立后,于1981年开始重修黄鹤楼,直到1985年才落成,从此金碧辉煌地雄立在蛇山之巅。对于我来说,关于仙人、崔颢、孟浩然和李白的故事,这才有了真实的载体。黄鹤楼落成时,我已经参加工作,常常因出差或开会来到武汉。记得黄鹤楼开放后不久,我带上1岁多的女儿到武汉，在黄鹤楼前照了她与武汉的第一张合影。没想到，后来我的女儿和儿子都在这座城市里读完了大学，这些是后话，却暗示着我与武汉的不解之缘。

20世纪八九十年代，我在枣阳和武汉间穿梭了不知多少趟。通向武汉的316国道，弯弯曲曲，窄仄得一旦对面来车，双方都需要减速让行。不到300公里的路程，太阳露脸出发，太阳落山能赶到，就算顺利。由于物资紧缺，汽油凭票定点供应，出发前要到石油公司装上一桶，备足返程的用量。路上要是遇见修路或交通状况，竟磨蹭得要在途中住一宿。

修大东门立交桥那阵子，武汉城常常堵车。有时候，我们干脆从桥头堡下车，自江边码头步行到司门口的金蕙饭店。夏天傍晚，一路走，还可以欣赏到别的景致：太阳西下，人们在街道上浇水降温，然后在街道两边排满床铺，高高低低，花花绿绿，或者就地摊张凉席，人们坐在凉席上，摇着蒲扇，拉着家常，其情融融。后来，随着空调的普及，这种情景就再也看不到了。

长江大桥下有一家黄鹤楼书画店，老板姓黄，卖文房四宝，我来武汉总要到这里坐坐，买些书画用品。黄老板与我很投缘，三五次交道后竟成了朋友。这人豪爽，常常留我到江边酒肆，对着长江喝酒。三五杯下肚，便打开话匣子，我也乐意听他讲关于武汉的故事。一边聊，一边从旁边小店里要两碗热干面，那满口香让人爱不释"口"。也不知道，他卖给我纸笔所获得的利润，够不够一顿酒钱。突然有一天我又去，门店却关张了。那时没有手机，没能留电话号码，从此再没有联系上。

21世纪初，山不转水转，我调入省城工作，住进了武汉市。我幸福着自己的幸福，庆幸与喜爱的城市、与万里长江、与江畔的黄鹤楼，终于可以亲密厮守了。早晨，来一碗芝麻酱热干面，喝一碗蛋酒；中午，就着武昌鱼来一盘老通城豆皮；晚上，到吉庆街吃炒豆食，喝三鲜鱼丸汤。这就是武汉味道,这就是武汉滋润且鲜活的生活场景。

后来,我的工作单位又移到东湖边上,这就更加让人欣喜了。工作之余,时常去听涛亭品茶。听涛亭坐落在东湖正中,伸手便可以抓到湖水。对面则是先月亭。在这里,春天听鸟鸣,夏天赏荷花,秋天观碧水,冬天看雪景。尤其是夜晚,一轮明月从湖里跃然升起,照得满湖银波涟漪,构成诗梦一般的图画。

一转眼,我来武汉将近20年,目睹了武汉城日新月异的变化。楼林高耸,街道明亮,大江之上架起10来座大桥,江底穿行好几条地铁通道,天河机场恢宏雄阔,高速公路四通八达。武汉境内江河纵横,湖港交织,100多个湖泊错落其间,水域面积占到城市总面积的四分之一,如今建设成了环境优美的滨江滨湖城市。我常想,按这种发展速度,再过20年,不知道武汉又将是一番怎样的繁华景象。

退休后,我不时还会来到武汉长江大桥上遥望。第一次站在这里遥望时,我还是个少年,今天在这里凭栏远望,我已成了老翁。岁月留痕,眼前有景。而心中的风景,更是一幕幕在脑海里显现。我想,这就是我与这座城市一辈子的情缘吧。

一座古城的新气象

洪忠佩

蚺城山与儒学山牵手,向着锦屏山蜿蜒,环抱着的星江生发出无尽的气象。粼粼波光之中,古老的渡口埠头还在,朱熹命名的廉泉清澈如初,然而星江河畔却早已是景观桥拱立飞架。古朴的婺源延展开来,呈现出一江两岸的城区格局。

婺源县城又称蚺城。蚺城,得名于五阜起伏的蚺城山。那"瑞虹、环带、嘉鱼、宝婺、弦歌、壁月、保安、锦屏"八大城门,俨如历史的时间戳。城内,粉墙黛瓦的民居,氤氲着水墨的气息。鳞瓦间,屋檐下,飘逸的是居民日常生活的市井味道。

山环水绕,婺源显得质朴而灵秀。顺着保安门的石阶而下,是小北门埠头。洗衣妇女在水面撩起的涟漪,水边玩耍孩童的嬉闹声,像是按下了时光机的回放键,让我与婺源的过往在水面上一圈圈地浮出。

那是20世纪80年代初的一个秋日,我背着帆布书包从大鄣山沿轮溪而下,转校到了县城读中学。彼时,婺源只有星江大街两侧的一所小学和一所中学。进出县城,只有西门是钢筋水泥大桥,其他的都是木桥与浮桥。

毕业后,几经辗转,我留在了县城工作。当时,我的工作单位就在星江河畔,与廉泉只隔一条马路。和廉泉做邻居多年,有时远方的朋友来了,我便提壶去廉泉取水泡茶,与来客共同分享一份古城的甘甜、惬意。

真正让我沉下心来解读婺源，是十几年前调到县文化馆工作之后。十字街19号的二层砖木小楼，是与县图书馆合用的办公楼。在那里，我逐渐读到了李白、苏轼、黄庭坚、宗泽、岳飞等历史人物与婺源的交集，读到了朱熹等先贤在婺源留下的文脉，以及这片土地上千年传承的耕读之风。

我试着从婺源出发，沿着时间的河流去追寻他们。可有时候，他们留给我的，却只有一个个远去的背影。

未曾改变容颜的是蚺城山，至于山上的"溪山第一楼"、山下的"紫阳书院"，我只有去西湖荡的担水巷中听老人讲古了。"咕咚"一声，水桶落在古井里，倾斜、汲水、提起，老人一气呵成，而他讲述起"溪山第一楼"的来龙去脉，却是模糊的。

婺源的肌理实在是神秘，我想要亲近她，常常需要通过一条河流、一棵古树、一块城砖、一条深巷，抑或是一口古井。婺源的街巷之中，遗存有许多古井，唯独虹井是在朱熹故居的小院里。"道寓斯人，如水在地；汲之益深，有味外味。"想来，朱熹父亲朱松在为虹井题写井铭时，已经有了超出井水之味的体味。

夜里，南门街一片静寂，我与妻子住的阁楼与虹井近在咫尺。

对一座古城作深度的注视，是需要耐性与时间的。走进婺源青石板的街巷，那鳞次栉比的古旧与深幽里，处处彰显着张力——先儒街、儒学前、大庙街、武营巷、衙前巷、龙船巷、四柱牌楼下、八角亭下……婺源有60多条叶脉状的街巷，那是一个怎样的历史纵深呢？

时常，我独坐街巷中，望着屋檐之间挤出的一线天光，听到的是弹棉花的声音、踩缝纫机的声音、敲铁皮的声音、剖竹起篾的声音，倏忽由远及近，又渐渐远去。

每一次，我都恍若有穿越时空的感觉。

从清代旧志的手绘图上看，婺源的城郭受三面环水的影响，历史上没有多大的变化。我常以为，婺源县城小有小的好处，比如上下班可以选择步行。甚至，早晚可以从新城区走到老城巷口，站着等一笃气糕或一笼韭菜豆腐包子蒸熟出锅，或者直接坐下，等摊主炒一盘螺蛳嗍嗍。如果愿意，还可以走去廊桥上听徽剧票友吹拉弹唱，抑或去星江河畔看老者垂钓。

一晃，又是几年了。代替十字街19号的，是钟鼓楼，是武营广场，往前是"文公阙里"牌楼下的街市。新城区呢，变化可谓日新月异，文公路、书乡路、天佑路、文博路、才仕路纵横交错，新建的幼儿园、小学、中学、茶叶职业学院、文化馆、图书馆、博物馆、非遗中心、徽剧传习所，还有体育中心与高铁站，无不显示着一座县城的发展与更新。

所有这些，一条河流都在见证着。

事实上，星江是江西五大河流饶河的源头之一。每天我在星江河畔徜徉，就是漫步在饶河源国家湿地公园保护区范围之内。生活在婺源的居民是幸福的，在城区的星江河面上，就可以看到白鹭飞舞、鸳鸯嬉戏，不用走出5公里，还能捕捉到靛冠噪鹛、中华秋沙鸭的身影。

婺源，是我栖息的地方，也常常走进我的创作之中。这座位于赣浙皖边界的古城的气质，星江河流的浸润，以及生活在古城里的人，不断地影响着滋养着我。贴近婺源，贴近星江，就贴近了我的精神原乡。

一年四季，循环往复，有了天光云影，有了波光潋滟，有了鸟语花香，一座古城的气象，在星江河畔荡漾开来。

深圳情思

侯 军

本以为，退休后到北京定居，我与岭南的那座城市已渐行渐远。谁知，连日来，深圳经济特区建立40周年的各种信息如潮水般涌来，令人目不暇接，怦然心动，甚至还会由目之所见引发回忆和遐想，情不自禁地泪眼迷离——顿时醒悟到，原来我与深圳早已血脉相连，空间上的距离并不能阻断情感的纽带。毕竟，我把自己27年的宝贵年华留在了深圳，把自己的激情与梦想留在了深圳，也把自己最珍爱的文字留在了深圳……我的生命已经和深圳这座城市密不可分了。

一

1993年初，我从天津南下深圳。当时，这片土地上到处都是建筑工地，新项目一个接一个破土动工。

我身为报社文艺部主任，却经常主动请缨，四处奔波去采访新闻，我渴望亲身感受深圳的脉动。在盐田港的建筑工地，我目睹了这座日后成为举世闻名的集装箱大港热火朝天的建设场景；在大亚湾核电站，我见证了核电站一号机组并网发电成功；在大鹏所城，我在尚未修缮的旧街老屋里，采访赖氏家族在世的最后一位老奶奶，虽然她说的话我听不懂，但却实地探明了"鹏城"之所以成为深圳"别名"的渊源……作为一个异乡人，我每天都被这些亲眼所见、亲耳所听的人和事感染着，并把这些新鲜的感受融入文字，披露于报端。那是我置身于深圳改革开放大潮中，所写下的激情燃烧的文字。

然而，每到夜晚，却难挨身心的孤寂。背井离乡，孤身闯荡，以往自许的"辉煌"瞬间归零，甚至连语言都要从头学起。这种失落感时常令我对自己的选择产生怀疑。除了孤寂，还有对家乡亲人的思念。不过，我从不讳言自己的孤寂和苦闷，也从不对故乡的亲朋"报喜不报忧"，我甚至在原先工作的报纸上开设了一个名为"感受深圳"的专栏，把自己初来深圳的点点滴滴写给家乡的朋友们。在我看来，人生的逆旅同样是宝贵的精神财富。现在回想起来，我为当年自己没有遗漏这些真实的感受而感到庆幸。

记得初来深圳时，我应邀为荔枝公园撰写过一副对联："无意秋风迷望眼，多情细雨洗乡思。"那是为公园里的一座"风雨桥"度身定制的，对联就悬挂在桥两旁的抱柱上。望乡之眼，思乡之愁，无意秋风，多情细雨，全都凝聚在这小小风雨桥上。其实，对于当时我这个初来乍到的"异乡人"来说，这副对联几乎就是我的自况和内心写照。

而今，这副对联在风雨桥上已悬挂了20多年。近几年还不时会有朋友打来电话，告诉我在荔枝公园里看到了它。想来，对联所写内容应该牵动过许多"新深圳人"的情思。20多年来，一批又一批新移民蜂拥而至深圳，他们也如我当年一样，在秋风细雨中感悟着各自的乡愁——"乡愁"在深圳，应是一个永恒的主题了。

二

在深圳的这些年里，我切身感受到一座城市是如何一步步迈向现代文明的。

你能想象吗，在我初来深圳时，深南大道的红绿灯路口，除了斑马线，还要有人拉起一条粗麻绳。每当红灯亮起时，绳子就会迅即拉起，用以阻挡行人，同时大喇叭中会高声呼喊，提醒人们过马路要注意安全……如今，深圳拥有先进的道路交通指挥系统，无论车辆还是行人，很少有人违规而行。

当年我要买本书，得冒着烈日，蹬自行车近1个小时，赶到东门的新华书店或国贸对面的古籍书店，苦不堪言。然而，几年之后，深圳书城就拔地而起，随后，中心书城、南山书城以及遍布全城的大小图书馆相继建成。我将自己的喜悦之情诉诸笔墨，写下一篇篇文章，为深圳日渐浓郁的书香而欢呼；作为深圳读书月组委会成员，我还四处拜访名家，写下一系列纪实访谈……这些，都是我作为一个爱书人、一个"新深圳人"，为深圳营造书香社会所写下的真情告白。

三

我总想，我是幸运的。作为深圳这座城市建设和发展的一个亲历者、一个记录者，在那些值得铭记的时间节点上，都曾或多或少地留下我的"雪泥鸿爪"——

1997年，香港回归祖国之际，深圳在沙头角中英街上，用青铜浇铸了一座高大的"警世钟"，以纪念百年前的屈辱和如今"珠还合浦"的荣耀。我受命撰写《警世钟铭》，并被镌刻在钟上，用以昭示后人，永志不忘。

1999年，为纪念新中国成立50周年，深圳与央视合作拍摄了一部四集纪录片《共和国的窗口》。我被委派担任纪录片的总撰稿。上百个日日夜夜，摄制组奔波于深圳的大街小巷，挖掘着这座城市的"春天的故事"。当时正值深圳筹办首届"高交会"（中国国际高新技术成果交易会），于是那些场景被浓墨重彩地摄入了纪录片中。如今，深圳的高新科技产业已举世瞩目，而我则有幸见证了这巨变的"发端时刻"。

2000年,深圳经济特区建立20周年,一台名为《我们的春天》的大型文艺晚会在深圳大剧院隆重上演。当表演艺术家瞿弦和以激情洋溢的声调,朗诵出我所撰写的主持词时,我在台下禁不住热泪盈眶。如今,又是20年过去了,还是在深圳大剧院,深圳经济特区建立40周年大型文艺晚会隆重上演。那天晚上,我盯着电视荧屏,全神贯注地观看着这台晚会,同时也在脑海中对比着、回忆着。如今的晚会已不设主持人,但是字幕里打出的每一个字,仍牵动着我的思绪。

2003年,非典疫情突袭而来。深圳医护工作者和广大市民齐心抗疫,战胜病魔。深圳当地政府决定在深南大道北侧立一座以医护人员为主体的汉白玉雕像,作为抗击非典纪念碑。在群雕的背面,镌刻着我所撰写的《真情英雄》纪念碑文。能够为这些可敬的"逆行者"铺展笔墨,无疑是我的无上荣光。

2006年,沈阳举办世界园艺博览会,当中有一座"深圳馆"。我应邀为其撰写了一篇礼赞改革开放、讴歌深圳奇迹的短文《鹏城赋》。当我来到沈阳,流连于那面文字墙前时,作为一名深圳人的自豪感油然而生。后来,深圳建起了漂亮的园博园。主事者又将这篇文章"移回"鹏城,镌刻在一面高大的玻璃幕墙上。一篇短文,两处留痕,作为文章作者,何其幸哉!

哦,还有位于盐田的《双拥公园碑记》,福田南路浮雕墙上的《福田铭》……这些文字,也许并不完美,但都是我的珍爱,都是我饱蘸浓情殚精竭虑的心血之作。我庆幸,自己能有机会把它们献给深圳,也感激深圳能够接纳它们,并让它们与这座城市一起,相伴久远。

四

文字无声,笔墨含情。这些多情的文字,伴随我走过了生命力最为旺盛的青年和壮年。如今，退休北归，仿佛是为我观察深圳拉开了一段距离，变换了一个视角。深圳人爱说一句话："来了就是深圳人"，而我却想换个说法："走了还是深圳人。"——毕竟，深圳的新老移民一直来来往往，像我这样退休返乡者并不在少数。然而，一个人一旦把自己的某一段人生岁月交付给深圳，就如同打上了一个相伴终身的"深圳印记"。每个人的"深圳印记"有不同的呈现方式，而我的"深圳印记"，最主要的呈现方式就是这些文字。我相信，不论我走到哪里，这些文字都会与我如影随形。我珍视它们，并为有机缘写下它们而深感荣幸。

在梧州看水

黄咏梅

地处桂江和浔江交汇处的梧州城，傍山依水。两江交汇，相互依偎，难分难舍，直到逐渐融为一体，汇成一条颜色介于黄绿之间的西江。

水是梧州人的另一种血脉。水路，从梧州的历史上看来，等同于财路、生活之路。水路的发达，成就了梧州自古以来的"百年商埠"。梧州人还喜欢到江中游泳，到江边看看水、吹吹风，跟遇见的熟人聊聊天，就像走亲访友一样平常。喜欢看水的梧州人顺势在这两江交汇处，建起了长廊和孖亭。岸边榕树婆娑、柳树依依，岸下两江鸳鸯戏水，此处便被称为"鸳江春泛"。不要说外地人，就连土生土长的我们，也把这里视为节假日看水的好去处。

小时候最开心的事情，就是被父母牵着，跨过大桥，穿过热闹的珠山隧洞，到鸳江春泛看水。沿着长廊走下孖亭，再步下几级台阶，直接走到河滩上。离水越近，越能感受到两江交汇所形成的湍急。激流扇动起来的风带着湿润的水汽，钻进衣裙里，黏在皮肤上，清凉清凉的。当然，对于我来说，去鸳江春泛看水的吸引力最终还是为了吃。岸边的大榕树下摆着一溜小吃摊，小木桌、矮竹凳，男女老少围坐一起，嘬田螺、嚼酸嘢、串牛杂……炒一碟牛肉河粉，蒸一条刚钓起的河鱼，盛一碗明火白粥，灼一盆盐水菜心。江风徐徐，两江拍岸的声音会从脚底升上来。这些时候，父亲会给我开小灶。他从矮板凳上起身，漫不经心地走开,几分钟后从对面凉伞下的冰柜里,给我买回一根红豆冰棒,或一支冰镇维他奶。如此甜蜜的美好光阴,成为我人生中第一次"愿时光停留在此刻"的记忆。

父母牵着我一起去看水的时光伴随我整个成长过程。记忆中,父亲和母亲,一个朝着桂江的上游眺望,一个朝着浔江的下游眺望。他们向身边的那个孩子指认着远方,向她描绘那里有两个看不见的故乡。父母是这个城市的异乡人,如脚下的这两条江水,他们被命运推到了这个城市,相识相爱,共饮一江水,于是有了我这个土生土长的梧州人。很多年以后,当我站在珠江边,朝着上游眺望,目光穿过广厦,穿过遥远的水平线,以期能望得更远一些,望见我的故乡,望见那条街上那间熟悉的房子,望见房子里我亲爱的父母,这时候我才理解,父母看水,也是在望乡。在那些通信尚不发达的岁月里,这江水便是他们思念的邮路,顺流、逆流,如光纤一样传递着他们的乡愁。

由于与江水为邻,所以梧州人祖祖辈辈都在生活中预留了水的位置。"骑楼"是梧州城常见的老建筑。为了不让水轻易进屋,三五层的房子却有着三四米高的廊柱,看起来就像房子长了两条"大长腿"。每条"大长腿"上,都会钉着一只牢固的铁环。涨水的时候,人们取出备用小船,从二楼的小水门出来,摇着船前行;到了,就把船系在铁环上。

进入21世纪之前,江水上涨,洪水浸街,在梧州时有发生。这固然给生活带来影响,但在梧州人看来并不罕见,应对起来也经验丰富。从小到大,我家搬过4次,每次地势都比较高,所以水并没有"光临"过我家,但我见过洪水浸街时的光景:船只安然来往,人们摆渡到地势高的茶楼去饮早茶、吃冰泉豆浆和龟苓膏。咿咿呀呀的粤剧唱腔从茶楼里传出来,广播里12点依旧准时开讲《杨家将》……大约过了个把星期,水慢慢退回河滩的时候，人们穿着高筒雨靴，拿着长长的竹扫帚，大街小巷去扫水。那些被水淹到的家庭，一趟趟跑到某个"西水借用"的聚集地，领回寄存的家居物什。"西水借用"那张纸片，时常贴在我家附近的中学、文化馆等门口，那里是免费提供给人们的安置场所。

那年，我从学校毕业后去广州工作，父亲送我。一个夕照满天的傍晚，我和父亲拎着重重的行李，站在港运码头向岸上目送的母亲挥手，然后登上了正在鸣笛的"红星号"客船。父亲坐在窗边，对着岸边后退而去的街道指指点点，话很多，我却嫌船开得慢。出于对新生活的期盼和志忑，我坐在船舱的大通铺里，混在嘈杂的旅客和拥挤的行李中，毫无看水的心情。我甚至暗暗埋怨父亲为什么不选择陆路，321国道上飞驰的大客车五六个小时就能到广州，而这艘"红星号"顺着西江，需要多出1倍多的时间。船开过那座江心小岛系龙洲之后，熟悉的街道便看不见了，再开一阵，广播里报出了封开的站名。父亲告诉我，我们已经离开梧州，进入广东，西江就要流入珠江了。父亲拉我到船尾看水。太阳已经落入江面，剩下几朵染着余晖的云朵卧在我们来时的方向。父亲指着那个方向说，在那里，梧州现在叫作你的故乡了。父亲说出这句话时，眼眶湿润，如同过去许多次跟我们提起他的故乡时那样动情。这时候我才意识到，这艘"红星号"将我送达异乡，这个小城将成为我频频回首望见的那个地方。一片沉默中，我和父亲在船尾站了很久，直望到云彩彻底消失，逐渐看不到远处的水平线，感觉不到船的速度。

进入21世纪后不久，绵延梧州城区近20公里的防洪堤建成，江水被牢牢框定在堤坝下。洪水浸街的景象已经成为记忆。那些为了"招待"洪水而建的骑楼，现在变成"骑楼城"观光景点。楼墙上的一道道水痕也已经被粉刷干净，挂在"大长腿"上的铁环被装饰上一层彩色的荧光圈，仿佛向行人炫耀着它的光辉岁月。在这个提速的时代，那艘曾经载我离开故乡的"红星号"已经停运，321国道上的车流逐渐稀少，高速、高铁穿过这座小城，将人们带到更远的远方。但梧州城商埠的本色没有改变，江水担负着不因速度而被取代的使命，一条3000吨级内河航道的"水上高速公路"去年开建，直通粤港澳，水路依旧是这座城市的发展之路。梧州人也依旧喜欢看水，站在防洪堤漂亮的绿化带上，远看、俯瞰，江水涛声依旧，而小城已经扩大了版图，改变了模样。

一座城和一个人的关系，刚开始是命运，接着更多的是情感。那个黄昏，那艘缓缓的"红星号"上，面对江水，父亲对我说出"梧州叫作你的故乡"这句话时，这座城市就开始在我的记忆里与现实中交替出现。在"籍贯"这一栏我很多次写下这个城市的名字，在文学作品里我用书写的方式反复回到这个城市，甚至在一阵潮热的空气里我都能闻见这个城市的气息。人到中年，逐渐体会"故乡"深藏的意味和愁绪。无论身在何处，在曾经驻足的珠江边，还是我现在生活的钱塘江边，我总是要找到一个水流的方向，眺望，并在心里写下一封封家书。

家在黄河边

李 勇

10年前,毕业找工作,心里有个声音:回北方。

于是,一列绿皮火车,哐哐当当七八个小时,到了郑州。面试、试讲,都在一间简陋的教室里。几番下来,教室门打开,那位认真而和蔼的老教授说:欢迎加入我们。记得很清楚,那是个下午,走出教学楼,眼前是金水河,四月的河岸青青。先是坐下来,后来干脆躺下来,让所有的阳光都洒在脸上和身上,心里兴奋得差点喊出来:我要领工资了!

领工资了。第一件事是租房,一定要带暖气的那种。办妥租房手续那天,我在附近饭馆要了一大碗羊肉烩面。吃完摸着肚皮往外走,一下跌进一片浓荫里。蝉声此起彼伏,路旁是两排高大挺拔的白杨。那种高大挺拔、风一吹便哗啦啦鼓起掌来的白杨树,似乎只在北方生长。站在树下,盛夏的阳光不沾身,仿佛又回到了童年的村口。

后来才知道,那条街叫枫杨街。枫杨、丁香、石楠、国槐、翠竹、丹杏、梧桐、牡丹……这些都是郑州高新区街道的名字。走进高新区,仿佛走进一个大花园。高新区位于郑州西郊,彼时人烟稀少、草木众多,而我入职的郑州大学,更是花草葳蕤,缤纷四野。

郑州有两个新区,一个是郑东新区,一个是高新区。初来乍到的人经常搞混淆。前者在东,时尚现代;后者在西,绿色生态。中间,是老城区。老城区其实也不老,新中国成立前夕,郑州由县改市,逐步发展成河南省经济中心，不过也才短短几十年时间。如今，多条铁路干线穿城而过，人们常说，郑州是地地道道由火车拉来的城市。

铁路是现代化事物，但郑州很长时间里给人的感觉却是不够那么现代。刚到郑州时，在媒体上看到一个调查报道：郑州为什么没有某品牌咖啡店？报道说：该品牌咖啡店对于城市环境有一定的要求……老实说，作为一个刚刚落户郑州的"郑州人"，我对这则报道的感受是复杂的。它似乎在讲彼时的郑州，城市环境还不够高标准。但在我看来，好像郑州也并不一定非得有那家品牌咖啡店。每天早上，我与很多郑州人一样，喝一碗胡辣汤或豆腐脑，再加两根油条；中午口寡，就来一份烩面，羊肉放得足足的，即便在最有名的店铺，也不过20来块钱。那种朴素、实在的快乐，我以为，最契合郑州的气质。

当然，如今的郑州早有了那家品牌咖啡店，到处都是高楼大厦、流光溢彩。但我总感觉，郑州骨子里是质朴的，是跟大地田野密不可分的。郑州有条大路，叫农业路，农业路分支开去，有农科路、丰产路、丰庆路……这些路的名字，不正彰显着这座城市和农业文明的血肉联系吗？农业路继续往东，有条郑汴路，现在叫郑开大道，平坦宽阔，直通开封。多年前，坐一辆城际公交，满怀激动地走那条大道去开封，脑子里全是儿时从评书里听来的东京汴梁、包青天、杨家将的故事……

有车之后，常开车上连霍高速，上京港澳高速。前者接东西，后者贯南北。无论东西南北，大道两旁，尽是一望无际的平原。那辽阔的平原大地，被长长的田垄切成巨型的方阵，方阵上生长着蔓延至天边的庄稼。每到3月和6月，麦苗返青和成熟的季节，平原便成了绿油油或金灿灿的一张巨毯。待落日洒下余晖，那真是一种让人心醉神迷的壮丽。而那壮丽的麦浪与麦浪下的土地，不正是它们孕育、催发了千百年来这块土地上绵亘不绝的历史吗？中原自古丰饶，郑州，正是这块丰饶土地上的一座城。

　　转眼在郑州已生活10年。由无业到有业，由而立而不惑，苦辣酸甜，人生如歌。心情不畅快时，就往城外走。一路往北，过四环，过古荥，车行不到半小时，就到了黄河边——浩浩汤汤的一条黄水，横卧在平原上。观黄河，人们常去"黄河风景名胜区"，著名的炎黄二帝像就在那里，登上雕像所在的向阳山，于百米高台上，看黄河远上白云间，蜿蜒壮丽尽收眼底。不过，我个人更喜欢去"黄河国家湿地公园"。两处相距不远，后者更原始天然。那里有大片的杨树、柳树林，有大片的蒲苇和旷野地。黄河水漫过脚面，静静流淌，黄沙淤积的河滩平坦柔软。把手伸进水里，水似乎就有了记忆——它流啊流，一直流到几百公里外下游岸边一个村子，那是我出生长大的地方。

　　我在靠近渤海湾的黄河边长大，武汉读书在长江边生活9年，然后又回到了黄河边，有生以来一直与两条大江大河相连。如今人到中年，是生命的中段，而身在的这座城，亦居于大河的中段。中原人喜欢说"中"，有承诺、应许的意味，而对于这块土地上的所有生命——那过去的、现在的和将来的生命而言，这平原、这河流，这平原与河流所正涌动着的，不也是一种应许吗？

韵味长沙

马笑泉

韵味，是长沙人的一种生活追求。表达某一时刻的轻松惬意，长沙人会蹦出三个字——好韵味。前两个音声调高而悠长，最后一个音则发第三声。韵味本是个书面语，却活跃在长沙人市井气极浓的日常口语中，有时是形容词，有时又变成了动词，频繁而自然，耐人回味。

20世纪90年代，16岁的我怀着满心欢喜，背着几乎有自己身躯一半高的牛仔包，兴冲冲地踏上从邵阳开往长沙的绿皮火车。7个多小时的车程后，我终于抵达了长沙。在长沙老火车站，我坐上中巴车去往湖南银行学校所在地雨花亭。途中，经过林荫密集的袁家岭、窑岭和长岭，然后是彼时长沙最繁华的商圈——东塘。我侧身站在拥挤的车厢内，当看到那栋在电视天气预报中常出现的百货大楼时，内心充满了激动——我真的到省城来读中专了！

刚到学校读书时，我不太爱说话。有个同寝室的长沙本地同学见我总是沉默寡言，便找话头和我聊天。渐渐地我们开始熟络起来，我的话也多了起来，还和同学们一起去逛服装批发市场。其实，我当初的沉默中，包含着一个来自小城的学子初来乍到省会的谨慎。但是，通过与这些长沙本地同学聊天，我感受到了长沙人的热情，特别是一种生活的态度——要有味。将生活的趣味充分挖掘，体验有味的人生。

在同学们的影响下，我也很快爱上了长沙小吃。学校对面有一条坑坑洼洼的黄土路，通往黄土岭，而黄土岭则接通老长沙的中心区域南门口。每逢周末，我便会怀着轻松愉快的心情，踏上那条土路。从清早出发，到夜晚归校，我能在长沙城里逛上一整天。

那些清早就坐在家门口或街边茶馆的长沙人，用一根筷子串起两个包子，再配上一杯热气腾腾的茶，就是一顿美美的早餐。茶泡得极酽，大搪瓷杯中一派深沉的黑黄之色。这一杯浓茶、两个包子，便能让他们稳稳地坐一个上午。甚至到了中午时分，有的人还意犹未尽，不肯归屋。我就曾见到一名中年汉子，在自家门口铺张草席，盘膝而坐，抿两口小酒，夹一筷子菜，并跟每一个路过的熟人大声打招呼。如果有人称赞他生活得真幸福，他便连浓眉和胡子里都溢出得意之色。长沙人愿意展示自己的幸福，也愿意和他人分享自己的幸福。这种带着几分孩子气的坦荡，令我对他们倍增好感。

多年以后，我还会常常想起南门口散发着醇香的糖油粑粑，碧湘街辣得让人连连嘘气却还要继续咀嚼的捆鸡，以及"杨裕兴"的面和兰花干子。我还屡屡回忆起这样一幕场景——为了吃上一家远近闻名的臭豆腐，人们在路边摊前排队，耐心等上10多分钟甚至更长时间。

在学校读书时，我发现，长沙本地同学尽管有时说话声调很高，也会因为一件事而争得面红耳赤，但是在他们心里，做事情都有一条底线，而且，当他们在内心认同对方之后，会爽快地承认甚至表达佩服之意。后来我意识到，这也许正是长沙这座城市活力不断、人才涌现的一个重要原因。这里地形狭仄、不甚平整，比之省内一些其他城市，地理环境优势并不明显。然而，这座城市很包容，在认同你之后会竭尽全力帮你创造机会，因此能将周边很多地区的人才吸引过来，使他们愿意扎根在此，发挥自身的优长，建设这座城市。

毕业后，我离开了长沙。但是，我仍然喜欢着这座城市，和它的联系也从未间断,并且还在慢慢地深化。作为一名文学爱好者,我不时会来这里参加文学活动。我还通过自考,先后拿到了这座城市一所大学的专科和本科文凭。2014年,我调进湖南省作协,实现了当专业作家的梦想,同时也成了一名新长沙人。到单位报到后的第二天,我便去南门口大吃了一顿口味虾,风味不减当年。

如今的长沙城,已经呈现出大都市的气象。河西新区的拓展,破解了河东老城区的地形制约,高新产业在此蓬勃发展。而老城的文化积淀,日益受到重视与保护,彰显着这座城市的悠久气韵。东塘依然繁荣,然而更多的商圈早已崛起。南门口、沙子坡、碧湘街、白沙路等地,依然是老长沙的精髓所在,不远处的黄兴路和解放西路,则充满着日新月异的活力。曾经一度沉寂的太平老街,在改造后汇集新旧滋味于一身,成了新的网红打卡地。过有韵味的生活,在韵味中不断创造新的韵味,这是一种理念,更是长沙这座城一种看得见摸得着的生活态度。

走进成都

彭家河

1997年春,我第一次到成都,是参加四川师范大学自考毕业论文答辩。在同乡带领下我去了杜甫草堂。其时,杜甫草堂远在荒郊,游客稀少。游玩的细节早已模糊,却记得我们在一本游客留言簿上写下"茅屋人去诗作主,草堂我来风开门"的字句。几日里,我们还去了槐花初放的狮子山、人头攒动的地下商场和芳草萋萋的天府广场。离开成都前,我在川师大校园里买了本论文集,在扉页写了句"锦城虽云乐,还须早还乡"。然后,便在客车颠簸中回到偏远的乡村小学继续教书。

后来,我考调到县城,结束了7年教师生涯。30岁出头时,我跟两位同事到成都参加公招考试。其中一位同事考进了成都,我们很是羡慕。从此,我开始利用工作之余的时间静心写作。一个偶然的机会,有省级机关需要能写公文又热爱文学的人,就这样我幸运地调到了成都——我与成都终究有缘。

刚到成都生活时,天天都在街上走,对这座城市充满新奇。想到可能要在这里生活几十年,那真得好好地融入这个陌生的城市才行。我像记忆乡下老家那些田地、河沟、山垭的名字一样,开始细心观察并牢记成都的建筑、街巷以及历史掌故。

那时,每天一早,我就换上运动鞋,从成华区人民北路步行到万福桥,接着左转沿府河前行,经过星辉桥、北门大桥、活水公园、太升桥、武成门桥,然后右拐穿过几个小巷抵达单位。单位的小院曾是熊克武的公馆。小院南面的学校原叫志诚法政学堂。街对面是清代名将岳钟琪的故居,街名也因此叫岳府街。有时,我也跟那些老市民们一起晨跑、吊单杠,体验成都的日常生活。我还下载了叫车软件,一到周末便抱着体验生活的想法客串司机,不花油费就摸清了成都的东南西北。

后来,女儿转到成都上学,学校在锦江区。每天早上,从出租屋把女儿送到学校后,离上班时间还有一个小时,我便从女儿学校步行到单位,每天穿行不同的巷子,寻找每一条街巷的名胜旧事,比如玄奘年满20岁受具足戒的大慈寺,石达开就义的科甲巷,名声在外的春熙路,后来红遍网络的太古里……冬去春来,终于把锦江区的街巷走了个遍,也留下了很多关于它们的生动记忆。

再后来,我在驷马桥边羊子山路买了房。羊子山土台,据说是古蜀国所建的祭坛。那时地铁3号线刚刚开通,每天早上7点,我便带着女儿赶乘地铁。一上地铁,我就背诵那些陌生的站名,对应地面上的街道、楼宇和曾经的故事,同时细心观察地铁上人们的穿着打扮、言行举止以及表情神态,枯燥的行程因此变得充实。

地铁7号线开通后,出门换乘方便了不少。然而女儿已经小学毕业,初中学校在武侯区,著名的武侯祠就离学校不远。学校离家有10多公里,我们只得在学校附近租了间小房,每天早晚接送。早上7点女儿进入校门后,离我上班时间还有2个小时。咋办?走!成华区走了,锦江区走了,武侯区接着走!

从广福桥向北,穿过榕树遮蔽而成的绿色隧道武侯祠横街,正对着的就是古柏森森的武侯祠。旁边是古巷锦里。巷子里,早起的摊主正在准备糖油果子和伤心凉粉,三五个工人在清洗青石街道,等待南来北往的游客……古旧的街道,熟悉的烟火,让人猜想古时的早市或许就是如此。

我每天换一条路线行走,一次次在陌生的街头偶遇早年看到过的词语和故事,自己仿佛也是历史的剧中人。簧门里、洗面桥、衣冠庙、万里桥、玉林路……远去的、当下的,悠久而鲜活的成都故事扑面而来。簧门即为校门,身入簧门,便是天子门生。簧门街因在清代陕甘总督杨遇春旧居兴办存古学堂而得名,存古学堂后改为四川国学馆,并入国立四川大学,后几次易名,至今仍是莘莘学子求学之地。洗面桥边的雕塑,再现着刘备到衣冠庙祭拜战死沙场的关羽时在此洗面沐浴的传说。北行不远,街口有巨船形建筑,碑刻说当年费祎出使东吴,诸葛亮在南河桥头饯行,费祎叹曰"万里之路,始于此桥",从此老南门桥便称万里桥。江边,粗大的黄葛树结出一串串红红的果实,草木葳蕤的锦江绿道上,有晨跑者不时经过。

走!人生旅途一直走下去,就是胜利。现在,我每天要给女儿煮早饭,下班还要到学校接她。躺在出租房客厅的行军床上,想着两年后女儿就要上高中了,那时,名校云集的青羊区是否也有机会让我每天走一走呢?

每到周末,我还会带着尚未上学的儿子,也在成都这座城市里走一走,他由此知道了春熙路、天府广场、宽窄巷子。我的出生地他一次也没有去过,他自己出生的县城,估计也没有多少记忆。想起同村的那些伙伴,中学毕业后外出广东、福建和江浙等地打工,几十年难回老家,他们的孩子也在城市上学、成家,日渐老去的叔伯们有的也随子女在城市里长住。人生短短数十年,村民们大部分时间已经生活在城市,他们是农村人还是城市人?那些孩子,如何确定他们的家乡?

在我看来,生我之地是家乡,养我之地亦是家乡。那些承载着我们喜怒哀乐的起居之地，保留着个人丰富记忆的生活之地，就是人生无法抛却的家乡。时代发展，四海为家已成常事。每居一地，我们都要改变寄居心态，积极融入参与，不做旁观者，而是做尽心尽力的建设者。

吾居之地亦家乡，吾念之地皆故乡。

大地深处的温暖

任林举

长春的雪,从来都不是寻常的飘落,而是弥漫——无边无际的弥漫。

洁白的雪花飞满苍穹,天地之间就没有了界限。苍茫里,是谁在飞针走线?一针紧似一针,反复牵引着人的目光,一时竟分不清雪花是从天上落下,还是从地上飞起。街道、河流、田野、房屋等,地上一应事物之间的边界和轮廓,都在雪中变得模糊。

40多年前,1978年10月,我还未满16岁,拿着一张大学录取通知书,第一次走在长春的大街上。那时候,年少懵懂,刚从一个偏远的小村庄出来,不知道要怎样应对这样一个高楼林立的城市和城市里熙熙攘攘的人群。好在,这座城市已经给我预备好了可以埋头阅读的书桌,还有可以倒上去酣睡的床铺。

仿佛一夜之间,一睁眼,我就遇到了那场雪。寒风退避,雪落无声,有几分暖意,有几分温柔,温柔得让人心软。过去,我是经常站在乡村的雪中向往城市的;如今,我开始站在城市的雪中幻想未来。

天已经断续下了两日的雪,仍无意停止。我和相识不久的同学们,手拉手走在雪中。积雪在我们的脚下吱吱呀呀,传达出时缓时急快乐的声音。

我们从长春电力学校的东门出发,穿过平阳街,穿过解放大路,一直向春城电影院进发。那天晚上要上演的电影我至今记得清清楚楚,名字叫《吉鸿昌》，当时各大中专院校和企事业单位竞相包场，一票难求，长春市仅有的几家电影院需要不间断播映。因为我所在的学校在院校里排位并不靠前，所以场次就排到了半夜。

时值午夜，市内的公交车已经全部停运。而那个年代，出租车等交通工具还没有出现，几公里的路程，只能靠双脚一步步丈量。从开放的儿童公园东门进入，西门穿出，进入最负盛名的人民大街，右行八百米就到了大名鼎鼎的人民广场。广场上的纪念碑巍峨、高大，我们从纪念碑前走过，夜晚宁静异常，只有我们一行人脚下发出的沙沙踏雪声。

那天，回来的路上，大家毫无睡意，每个人都很兴奋，情不自禁地唱起了另一部电影的主题曲："红岩上红梅开，千里冰霜脚下踩，三九严寒何所惧，一片丹心向阳开……"

转眼几十年过去了，中间相隔多少坎坷与周折，又相隔多少场风霜与雨雪，已经无法准确统计。当我再一次走在一场纷飞的雪中，长春这个让我一度成为过客的城市，慷慨地许给我一个可以躲避风雨的居所，我在长春住了下来，而且一住就是经年。我不再青春年少，但却如一棵把根扎得很深的树，感受到了这片土地深处的温暖。

也是午夜，也是在人民大街，大街两侧高楼林立，夜晚的街道灯火通明，五光十色，大街上的车流拖着一条光的尾巴往来穿梭，将整条街道描述成一条色彩的河流。

那个晚上，我和曲有源老师在他的家中秉烛长谈。也许是因为我的新书《玉米大地》终于出版；也许是因为曲老师的新诗集即将付梓；也许是因为多年来的彼此相互关注、关心，以及那份与文学并无关联的情同父子的情谊……我静静地聆听着他对我的叮嘱，从生活到修身，从工作到文学，从现在到未来，从理想到信念……他让我清楚地看到了自己的局限和优长；懂得了放弃与坚守；学会了敬畏和勇敢。

我深深地知道，此夜不同寻常，但却不知道窗外正无声地下着一场大雪。当我深夜离去时，曲老师执意要出门送我，并执意要站在大雪中陪我候车。雪花大朵大朵地落在他已经不再浓密的头发上，落在他已经微驼的背上和他表情凝重的脸上。那情景，让我感觉我可能正面对一次隆重的远行。但我心里想得更多的，是多年之后，当我回想起那晚雪中的情景，我的心会涌起怎样的波澜。

转眼又是十年，城市仍然像一张没有画完的图画，在扩展，在丰富，虽然还没有最后完成，但却比以往更加丰满、绚丽。而我却单单因为它的雪，因为它纯净的白色，就心怀依恋。从最初的雪，到后来许多场雪，种种的情景、种种的经历、种种的故事，已经让我深深认定，长春的雪就是一种无法回避的美好机缘。

冬天再来的时候，我突然发现，一棵树如果在一座城市把根系扎得太深，就已经不再是一棵树，而是城市固有的一个部分。它在岁月中汲取的一切，如今都要反哺给岁月；它在城市中所得的一切馈赠，如今也将回馈给城市。

那天，突然接到老友的电话，不为别事，就是一份来自好友的关切。我们畅叙交流，一抬眼，又是一场纷飞的大雪，从天空飘向大地，又从窗外飘到窗里，在我的身前、身后、头顶以及生命深处——弥漫。

老城新风记南皮

王　蒙

　　1934年我出生在北京沙滩，一岁多回到河北省沧州市南皮县潞灌乡龙堂村老家，直到5岁返回北京上幼稚园。1984年，长大后我第一次回南皮，家乡的贫穷、落后给我留下深刻的印象。我回到幼年生活过的乡村，看到了泛着盐碱白霜的田地，喝下了用含有硝碱的苦水泡的茶，读到了县志上的民谣："羊粑粑蛋，上脚搓……"我感觉有点透不过气来。

　　是时，我正开始写《活动变人形》，书里人物的家乡，会让我时时想起故乡南皮。"故乡"，是鲁迅小说的题目，它总使人泛起乡愁。南皮的名称起源于古代皮城，位于现南皮县城北张三拨村西约300米处。春秋时期（公元前664年），齐桓公北伐，在这里给军马修制皮革盔甲。南皮自秦朝（公元前221年）置县，历史悠久，涌现了许多俊杰。

　　新中国成立后，历史展开了新的篇章。1970年修起了京沪线上泊头/南皮火车站到南皮县城的沥青马路。只是那时候农民们常常徜徉在马路的中间，因为反正也没有几辆汽车在这里跑动。首次回乡，县城里出现了推着车卖肠子的小贩。县招待所重新修建，红砖平房渐渐有了新模样，县里出现了一些进口中巴车。几年以后，次生盐碱化的问题解决了，家乡土地的模样改变了，乡亲们的饮用水不再咸苦，温室大棚也出现了。南皮的医院办得越来越好，吸引了河北甚至是山东的患者来到南皮就诊。"连胜酱菜"做得愈发多样可口，汽车配件工业蓬勃发展，电灯泡成了出口产品。县财政力量开始增强，20年里增长了40倍。

2017年，全县脱贫摘帽。2018年，我又到南皮，家乡已经到处是高楼大厦，商店林立，车如流水马如龙。民营企业的商贸与文化服务中心，繁荣多样，硬件与服务方式向京津这样的大都市靠拢。2020年再回南皮，更是恍如隔世。亲爱的南皮已经焕然一新，换了人间。小小的龙堂村，500多户人家，有60多辆汽车。每天上下班时间，县城红绿灯路口，已经有点堵车了。

尤其使我感动的是南皮县城里建成三处大公园。各处新建筑、新公共活动场所与县里数万名居民的衣衫一样，整洁崭新。生活富裕，奔向小康，人人脸上映着阳光和笑容，再没有了曾经的那股子作难相。

2018年的一天，我清晨去了凤凰公园，今年又去了香涛（张之洞号）公园，沿着甬路，沿着栈道，沿着林带，沿着城南水系清澈的水波，经过亭榭桥梁，迎着朝阳，与县里早起晨练的乡亲们一道畅快地呼吸着、行走着、观看着、欣赏着。我感觉家乡在升腾，面貌焕然一新，变得幸福、富饶、美丽、生机勃勃！此外，还有姜太公钓鱼台公园、正大公园、老干部活动中心、青少年活动中心、体育场、图书馆、博物馆、张之洞纪念馆、民俗馆……这里有这么多的崭新的变化，这就是我的家乡。我为南皮肃立，我为南皮鼓掌。

南皮有了像样的工业：五金机电、纺织服装、玻璃制品三大产业群体初具规模。还有省级经济开发区、工业园，入驻200多家企业。这虽然还比不上东南沿海一些先进市县、比不上那些富裕地区的著名城乡，然而南皮还是创造了从前无法梦见过的美景、没有见识过的绿地与建筑、没有享受过的高品质生活、没有想到过的发展图景。而这就是南皮，就是那个曾经到处是盐碱，人们食不果腹、衣不蔽体的古老南皮啊！

祖国处处是阳春。南皮是中国社会进步的一个缩影，这里有殷实的小康，有冒着热气的幸福新生活。我近期在南皮县城看了一家集生产利用太阳能、地源热能于一体的绿色节能环保企业，产品高端。先进的科技让我开了眼，我至今仍然需要费点劲去理解、去懂得、去学习提高。同时，传统文化的富矿在南皮被充分挖掘。这里有狮子舞、秧歌、剪纸、錾铜；有八极拳、太极拳、八卦掌等历史悠久的武术门类；还有民办红升文武学校：小学中学12年一贯制，德育先导，文化基础，武术特色，年年在欧美巡回表演，20年培养了一级二级运动员500人，近千名学生取得武士段位。我观看了少年儿童学员们的武术表演，顶天立地、虎虎生风、风驰电掣、鹰飞鹞翻，令我叹为观止。

虽然我的幼年只在这里待了有限的时间，我仍然牢记着家乡的梨树园，家乡的口音，家乡人对于河北梆子的迷恋，还有家乡人的执拗与豪迈，那种如火如荼的激烈，甚至，还有家乡曾经有过的贫穷与困窘。但是，我可爱可亲的家乡啊，你竟有了这样辉煌的今天，你也一定会拥抱无限灿烂的明天！

浦东在我心中

叶 辛

我曾在书中写下这样一句话：上海和我相伴了70年。在那本书中，我把心目中的上海，方方面面都写到了。唯独写得少一些的，是浦东。一来因为零零星星应报刊之约，已写过一些和浦东有关的文字了；二来也因为上海浦东开发开放30年来，我一直密切关注着浦东，对浦东的一切，都太熟悉了。浦东新区的36个街镇，可以说我都走遍了。所谓熟视无睹，天天接触到的人和事，感受到的变化，反而显得平常了，没想到去书写。

但也正因如此，浦东始终在我心中。尤其是改革开放40多年来，浦东大地上的变化，我是看在眼里，乐在心中。

记得半个多世纪前，作为生活在浦西弄堂里的孩子，我们是把"到浦东去"视作一次小小的、饶有趣味的踏青和游玩的。坐着电车、公交车到了外滩，只要坐摆渡船，就能到浦东去。来回的摆渡费，一共才6分钱，就能坐上轮船，在船上看黄浦江景，还能感受江风拂面时那种清爽的滋味。这不能不说是我们这代人少年时的乐事。回头想想，这可能是花费最便宜的"旅游"了。

不过到了浦东，除了岸边有一些造船厂、钢铁厂，只要坐公交车走出两三站路，眼睛里看到的就全是稻田、蔬菜地、棉花田了，当然还有一个一个绿树掩映下的村庄。

30年前,我从贵州调回上海作协工作,就居住在浦东的潍坊新村。记得那时候带孩子走出新村散步,走不多远就能见到"小桥、流水、人家"的水乡景色。我们还走进农家小院,细看院子中清澈的水井。

今天呢,大概就是在农家小院的这个位置,耸立起了举世瞩目的高楼,浦东人引以为豪的金茂大厦、环球中心、上海中心,一座比一座高大,一座比一座壮观。最高的上海中心,超过了110层,其中第52层开办了全国有名的"高楼"书店:朵云书院。我常常走进去参观,哈!书店里总是生意红火,很多读者在那里看书、选书。附近的建筑更是鳞次栉比,街道之上车水马龙。如果没有导航,连我这个老住户来到这里,都会迷路呢。

中学生时代,我和几位同学曾骑上自行车,一次一次去往浦东的高桥海滨游览,既饱览大海的景色,又逛了江南风情浓郁的高桥古镇,有时还能在古色古香的老街上吃一顿农味十足的年饭。那些年所见这里的人们,不是在大田里摘棉花,采乳黄瓜,就是在古镇的老街上吆喝叫卖蔬菜瓜果和鱼虾。

而今天的新浦东人,很多在陆家嘴、张江、外高桥、临港新城的公司里上班,创造出一个又一个令人振奋的当代传奇。双休日的闲暇时光里,偌大的世纪公园、陆家嘴的融书房、滴水湖畔的书屋,则成了他们时常光顾的场所。

就拿陆家嘴金融贸易区里的融书房来说吧,它的位置就在著名的金茂大厦周边的马路上,又在浦东老百姓聚居的社区里。"融"书房,是融进居民们中间,融进普通读者中间,融进开发区的现代时尚和文化氛围中间。其实这融书房原本是一幢老式三层楼石库门房子,在听取了附近居民和文化界人士的意见之后,它的外墙全部被刷成了白色;而小楼里面呢,在不破坏主体结构的前提之下,全部改成了大大小小、风格不

一、颇为优雅别致的阅读空间。如此一来,每个读者走进来,都能感受到书香的氛围,既舒适又惬意。在融书房里,目力所及之处,看到的全是书。不仅在书架上,在楼梯两旁,也满满地堆着书。如果其中有一本正好吸引了你,你想翻一翻,看一看,只要就地在楼梯旁边坐下,就可以阅读了。

不要以为融书房的功能仅仅只是读书。书房的角落里、靠墙处,都安装着电脑,方便读者随时查阅档案与资料。三楼还有一个专供小型会议与研讨使用的会场。更让人想不到的是,会场里的设备与上海、浦东新区的媒体及互联网连接相通,只要与会者同意,研讨的话题,会议的内容,可以同时让所有感兴趣的朋友听到、看到。我在这里参加过几次和读书、写作有关的活动,活动现场不过二三十人,但网络上的点击率少则二三十万,多则六七十万。

来到浦东的每一个人,浦东人和浦西人,上海人和外地人,中国人和外国人,几乎都会萌生登上金茂大厦、环球中心、上海中心顶层的想法,或是登上东方明珠,放眼眺望一下今日浦东的壮美景观,那种感觉,该是何其畅快啊。

我陪外地朋友和外国作家,无数次地在那上面俯瞰过今天的浦东大地。不止一位客人对我说:"太壮观了!简直是楼房的森林啊!"无数高楼耸立在我们的眼前,而我小时候熟悉的水稻田、乳黄瓜地、棉田已经看不见了。

每次我都会提醒客人,别只顾看楼房的森林,还得转过身来,看一看浦东两岸尽朝晖的美景。瞧,黄浦江流到人们所熟知的外滩这边,在凸出去的陆家嘴优雅地拐了一个弯。浦西那边,是上海人的大客厅——外滩;而浦东这边,就是开发开放以来迅速崛起的陆家嘴。仔细观察,会发现黄浦江两岸的沿江步道已经贯通了,这可是上海近年来的一个大手笔。这得搬迁多少江岸两边的工厂与楼房啊!但是上海人做到了,浦东人做到了。沿江步道不但有人行道、车行道、绿地、小花园,还有特别的东西——

在庆贺沿江步道贯通的欢呼声中,有人提出问题了:什么人会沿着这么长的步道走个遍呢?这意见提得有点尖锐,但也有几分道理。于是乎,望江驿诞生了。每隔几公里,在步道旁,建一座望得见黄浦江景的玻璃房,玻璃房内有电视可供观看,有电脑可供上网,有便宜的茶水,还有咖啡和一些小点心。当然,更多的还是书与杂志。走累了的行人走进来,可以坐下歇息,也可以阅读。

绕来绕去,我又讲到读书上来了。一点没错,在浦东大地上创造出惊人业绩的当代浦东人,始终把学习和"充电"当作生活的必需。城区里的创业者们自觉地"充电",乡村里也不例外。即便在相对偏僻的海滨地方,也有一个小小的书院镇。当地人家如今过上了富足安闲的日子,他们想要建美丽庭院,想要把农家乐文化办出书院特色来,于是举办了几次提升农家乐文化品位的研讨会,并且建起了书画展览馆以及文学馆。因为这浓郁的文化特色,我往书院镇跑得也更勤了。

这些年来,我一次又一次走进浦东的开发区,走进高科技园区,走进当代浦东人日日夜夜生活和工作着的街道和乡村,感受着他们的风姿、风采和风貌,触摸他们追随着时代不断拼搏的脉搏。就在我书写这篇文章的时候,一条既贯通高桥、又经过书院,并且连接上海中心城区的快捷大道,正在紧锣密鼓地拓宽和修建中,那是临港新片区的大手笔。我们很快又将迎来浦东大地的新风景。到那时,人们又会在诗意和春风中驰骋在浦东,感受浦东大地新的建设成果,寻找浦东大地更多的诗意。

哦,浦东在我心中,也在所有上海人的心中!

小巷深处

朱谷忠

　　凡在城市里生活过的人,都会对一些经常出入的街巷留下深刻的记忆。这街巷,不管是大是小,是直是弯,或热闹,或冷清,也不管离开多少日子,只要一提到它的名字,许多影像就会立刻在脑海里浮现出来。

　　在我生活的城市福州,我最难忘的街巷,是如今游人如织的三坊七巷之一的黄巷。我曾在那里住过好些年,黄巷给我留下了很多珍贵的回忆。

　　30多年前,我从乡下调进福州,由单位分配居住在黄巷。当我初次走进巷子时,赫然发现,灰白的马鞍墙仿佛年久失修,陈旧的民居门窗高低歪斜。往里看,一些妇女在天井里淘米洗菜;坐在藤椅上的老人正守着收音机打发时间……那时我年轻,也有些好高骛远,看到这样的情景,不禁吃惊地直犯嘀咕:省会城市,怎么也有这样老旧的地方?

　　随后的日子是每天白天上班,晚间看书睡觉。有时入夜后躺在床上,看着窗外幽静的景色,听着巷子里细碎的雨声、脚步声,感觉自己被一种异乡的孤独包围着,心里有说不出的烦闷。

　　大约过了几个月,我实在有些忍耐不住,便向早就住在这里的单位负责人、著名作家郭风提出:想搬出黄巷,到附近其他地段租一间小房居住。郭风先生一听,睁大眼睛看着我有几秒钟,然后哈哈笑了起来:"你是想说,黄巷不适合你居住吗?"我不敢回答。这时候,郭风先生说道:"你刚来,可能还不熟悉情况,不是所有的人,都有机会在黄巷居住呢。"随之他想了想,又对我说:"这样吧,明天你到单位开个介绍信,再跟这边居委会联系一下,专门采访一下黄巷,顺便了解三坊七巷是怎么回事,你肯定会有收获的。"

两天后,我拿着介绍信去了居委会。居委会特意请了一位70多岁的退休教师老周前来讲解。老周身体健康硬朗,说话爽快热情。当我们沿着巷子一家家探访过去,我发现他对这一带十分熟悉,一件一物,都能说出由来,让我备感亲切和敬佩。听了他的讲解,我恍如醍醐灌顶,思绪也随老人的话声,在古巷的历史记忆中不断绵延着……

老周说,要了解黄巷,得从这里的建筑物及名人故居入手。别小看那些古旧的门窗,细看皆采用镂空精雕;许多并不起眼的大门内,却都有精巧的台阶、门框、花座、柱杆。原来,黄巷历史悠久,两晋时中原衣冠士族南迁入闽,其中部分黄姓的后裔聚居于此,定心耕读,于是就有硕儒黄璞等辈。巷内有一座小楼,相传就是黄璞故居旧址。后来,江苏巡抚梁章钜于清道光年间对黄璞故居进行全面修葺,建有藏书房、假山、水池、拱桥等,古意盎然,文气扑面。老周还告诉我,再往前走,斜对面是郎官巷,思想家严复的故居坐落其间;出巷口向右,数百步外是杨桥路,那里有林觉民和冰心的故居……饱含历史沧桑的三坊七巷,可谓文儒鼎盛、衣锦风流。

回去的当晚,我就上郭风先生家,把采访经过和感受向他做了汇报。我愧疚地向他说道:"原来黄巷乃福州重要文脉之一,我竟然想搬出去,真是贻笑大方了。"郭风先生笑笑说:"这就好了,有时看东西,不能光看外表,只有深入进去,才能接触到它的精髓。"

黄巷"一日游",给了我莫大的震撼。此后,我利用身在其中的优势,多次深入探访三坊七巷这一带的古建筑群。同时也激发起自己创作的欲望,我陆续写下一些相关的文字,并在报纸上发表。一天傍晚,郭风先生从外面散步回来遇到我。他忽然拉我到一旁说:"你最近给报纸写的一些文字,我看到了,你能不能挑几篇给我,我向一些刊物推荐一下。"我连忙点头称谢。果然,几个月后,郭风先生的评论和我的散文,在一家刊物上同期发表了。其实,郭风先生这种关心、奖掖后辈的热情,绝非只发生在我一人身上。但他的这一举动,却让我在后来的日子里常常念及,感激在心。

那些年,每当"有朋自远方来",我都会向他们极力推荐:去三坊七巷走走吧!随之又自豪地补充道:我家就在黄巷住!三坊七巷也以古朴而富有特色的风貌,引起了国内外许多文物专家的兴趣,并成为外地游客来福州的必到之处。

后来,因为三坊七巷的保护与修复工作,位居黄巷的单位按规定全部迁出。在这里生活了10多年的我,也不得不离开。那天傍晚,我随小型搬运车从巷子里慢慢出来,记得到了巷口时,回头一望,只见闪亮的路灯照着空旷的巷道,我的眼眶突然一热,泪水模糊了双眼……

此后,虽已迁入新居,但对于黄巷的不舍依然没有褪尽。好几次,我会情不自禁地在夜间坐车过来,去黄巷走走看看。这些年,已经退休的我,有时白天也会带亲戚朋友前去黄巷闲逛。我看到,现在的三坊七巷,除了有福州历史名人博物馆、福州民俗展示与演艺中心等文化场馆,还有很多在其他城市体验不到的福州当地特色美食,如百年老店里地道的福州汤圆、手工制作的姜糖和花生酥等。种种氤氲的氛围,使人不知不觉放慢了脚步,静心感受福州这座城丰富的历史文化,细细品味她别样的魅力……

如今，我对三坊七巷特别是黄巷的前世今生，可以说是熟稔于心。有时我甚至想到，旅行旺季来时，若当地接应人手不够，我会像当年的退休教师老周一样，去当一名义务讲说员。

遇见美好

一位无愧于时代和人民的作家

"北斗"璀璨

童油匠改门记

一条鱼的故事

鹿西岛上,有位陈老师……

"北斗"璀璨

黄传会

他站在那里,仰望着天空——蔚蓝色的苍穹明净如水,广阔无垠。一轮弯月银光淡柔,几颗星星若隐若现。

60多年来,他主持以我国第一颗人造地球卫星东方红一号为代表的45颗卫星的研制和发射,主持我国月球探测、北斗导航重大航天工程的研制工作,为我国突破人造卫星技术、卫星遥感技术、地球静止轨道卫星发射和定点技术、导航卫星组网技术和深空探测技术做出了重大贡献。他是我国人造卫星技术、深空探测技术和卫星导航技术的开创者之一。

仰望着星空,他在描绘"中国星座"的辉煌蓝图……

他就是共和国勋章获得者孙家栋。

天上有颗北斗"星"

2004年3月,中国绕月工程正式启动,孙家栋被任命为绕月探测工程总设计师。同年12月,继20世纪90年代担任北斗一号系统工程总设计师后,他再次被任命为北斗二号系统工程总设计师。75岁的孙家栋进入他一生中最忙碌的时期。

一肩挑着"北斗",一肩压着"探月"。"星星"与"月亮"紧密相伴。常常上午开"北斗"会,下午又要研究"探月"。孙家栋恨不得长出三头六臂。

一场春雨刚刚停歇。

清晨,秘书李钢接上孙家栋往机场赶,准备去西昌卫星发射中心。车刚出机关大门,李钢的手机响了,电话是孙家栋夫人魏素萍打来的:"快掉头回来,忘了带东西了。"

车子重新开回家,魏素萍站在家门口,将手里的塑料袋交给李钢:"昨晚装箱子时,忘了把这双布鞋放里面了。"

70多岁的人了,长年累月在外面跑,一进家门,孙家栋常常累得连话都不愿多说。魏素萍心细,发现每次出差回来,老伴的双脚都有些浮肿,肯定是走路走多了累的。此后,每次出差前她帮装箱子时,都要带一双布鞋。

回到车上,李钢将布鞋交给孙家栋,说:"孙老,赶紧换上布鞋吧,否则,阿姨会'问罪'下来的。"

孙家栋说:"换没换,她怎能知道?"

李钢开起了玩笑:"天上不是有北斗吗?"

孙老笑着说:"北斗会这么灵吗?下了车换也不晚,她不知道。"

说话间,李钢手机铃声又响了。魏素萍问:"李秘书,他换上布鞋了吗?要是没换就在车上换了,这样下车时,会舒服些。"

李钢连忙朝孙家栋使了个眼色:"阿姨,已经换了。"

孙家栋不紧不慢地说着:"天上还真有北斗盯着呢……"

老伴的温馨,让孙家栋心头一热。然而,此时孙家栋心中想的却是北斗、北斗。

1989年2月,美国全球定位系统(简称GPS)成功发射第一颗组网工作卫星。1994年美国将24颗卫星部署在6个地球轨道上,GPS系统覆盖率达到全球98%。俄罗斯1995年完成了格洛纳斯系统卫星星座的组网布局。

孙家栋坐不住了,他知道卫星导航系统对于国家建设和国防建设的重大意义。他更清楚,一个国家假如使用别人的卫星导航系统,无异于将命运的绳索交给别人。

1983年陈芳允院士提出了双星定位的设想。1994年,国家批准北斗一号立项。自此直至2014年,孙家栋一直担任北斗工程总设计师,带领北斗人逐步探索出具有中国特色的"三步走"发展战略:第一步,2000年建成北斗一号系统(北斗卫星导航试验系统),为中国用户提供服务;第二步,2012年,建成北斗二号系统,为亚太地区用户提供服务;第三步,2020年建成北斗全球系统,为全球用户提供服务。

1994年12月,孙家栋被任命为北斗一号系统工程总设计师。重任在肩的孙家栋满腔热血、满怀激情。

北斗一号卫星系统总设计师范本尧曾说:"北斗一号卫星最初的研制规划中,计划在东方红二号甲卫星双自旋卫星平台基础上研制一种导航卫星专用平台。但这类卫星平台没有太阳翼,功率比较小。为这个平台我们做了很多次试验,但都没有成功,耗费了大量精力。"

后来有一天,范本尧碰到了孙家栋。见他皱着眉头,孙家栋问,找到好平台了吗?范本尧说,做了很多试验还是不行。孙家栋说,看来不能一条路走到底,得换思路、换平台啦。

换平台,关系到改变研制规划。范本尧问:"换哪种平台?"孙家栋说:"东方红三号平台怎么样?""东三"平台比"东二"平台强多了,但因为前不久第一颗东方红三号卫星发射失败,所以那时候人们不敢提用"东三"平台取代"东二"平台。孙家栋像是看出了其中缘由:"老范,你是'东三'的总设计师,你说说这次失败的主要原因是什么?""我认为'东三'失败是卫星的质量问题,一些关键部件达不到设计要求，而不是设计问题。"孙家栋说："既然不是设计问题，把质量问题解决了，完全可以用'东三'平台取代'东二'平台。我们再仔细论证一下，此事不能再拖了。"

孙家栋果断拍板，北斗一号卫星平台转而采用东方红三号卫星的三轴稳定平台。路子顺了，大大加快了卫星的研制进度。

北斗初建，遇到一个瓶颈问题——信号快速捕获。能否实现对信号的"快速精跟"，成为决定北斗一号系统整体性能，甚至左右整个工程进展的关键。

1995年，国防科技大学在读博士王飞雪和同学雍少为、欧钢，获知这一信息，摩拳擦掌，跃跃欲试。他们用4万元从北京买回一台当时算是比较先进的台式计算机。把一个不到10平方米的仓库，简单地收拾一下当作试验室。没有仪器，就东凑西借。那些日子，他们每天工作十七八个小时，饿了就泡袋方便面，累得眼皮都撑不开时，就冲杯浓咖啡提神，直到实在困得不行，才打开行军床小憩。

一次次论证，一次次推翻重来。孙家栋对这个年轻的团队给予全力支持，他说："攻关，最重要的是要创新。"

王飞雪另辟蹊径，提出了一种新的算法："全数字化快速捕获信号与接收技术方案。"他们通过测试得到的第一批"快捕精跟"数据，效果远远超过了大家的期望值。3年后，星地对接现场，显示器上脉冲"闪耀"，信号捕捉成功。

2000年10月31日、12月21日，长征三号甲运载火箭分别将第一、第二颗北斗导航试验卫星送入地球同步轨道，建成了北斗一号系统。

双星组成的北斗一号系统能全天候、全天时地提供卫星导航信息，还具备短报文通信服务能力。我国成为继美国、俄罗斯之后，第三个拥有自主卫星导航系统的国家。

"让我们自己也成为巨人"

仰望星空，孙家栋的眉心微微蹙在一起，无形的压力和紧迫感爬上心头。

星载原子钟像一只"拦路虎"，横在北斗二号系统面前。

时间和空间位置信息，都是一个国家重要的战略资源。卫星的位置信息和星上精准的时间信息，是导航卫星最核心的两大参数。

星载原子钟被称为导航卫星的"心脏"。如果原子钟误差1纳秒（10亿分之一秒），就意味定位会有0.3米误差。

当时世界上只有少数几个国家具备星载原子钟的研制能力，由于中国当时的技术基础还比较薄弱，只好去国外买。北斗一号卫星用的两只原子钟是进口的，指标很低，算是勉强能用。

北斗二号卫星研制初期本想走老路，还去国外买。但国外好几家都以保密为由，一口回绝了。后来，好不容易找到欧洲一家厂商，答应卖给我们一款产品，技术参数基本够用，正准备签合同。没想到除了价格一涨再涨，对方还附加了一系列霸王条约：比如卖给我们的产品，档次要比他们用于伽利略导航系统的低一个级别；发货时必须等待他们国家有关部门批复等。

孙家栋对现北斗三号系统工程副总设计师、时任北斗二号卫星系统总设计师谢军说："我们再也不能对进口产品存在依赖性了。星载原子钟必须下决心自己搞，就是砸锅卖铁也要做出自己的品牌。"

在工程办公室组织下，孙家栋带领有关机关、谢军等专家去几家科研单位调研。当时参与原子钟研发的有北京大学、中国科学院武汉物理与数学研究所、中国空间技术研究院西安分院、航天科工集团203所等。孙家栋的态度非常明确："原子钟技术不过关，卫星绝对不能上天。"

中国空间技术研究院西安分院星载铷钟首席专家贺玉玲，回顾近10年艰难曲折的研发之路，感慨地说："家人经常会抱怨我，你们是做'钟'的，怎么这样不守时？有时候为了获得一个更稳定的数据，可能需要反复测试。连白天黑夜都忘了，更顾不上节假日。"

在中国科学院武汉物理与数学研究所研究员梅刚华的办公室，至今还珍藏着几抽屉的试验品，这些试验品见证了课题组20年来的艰难求索。梅刚华说："刚开始的时候，我们做出的原子钟的精度与西方发达国家的差距是两个数量级。原子钟的核心部件微波腔只有一个胶卷大小，要在里面特定位置打几个槽，测量宽度和深度，当时没有计算机模拟仿真，只能靠人工一点点摸索、一点点打磨。"仅这一项技术，他们就进行了上百次试验。最终，具有全新结构和工作原理的开槽管式微波腔研制成功。

终于，有3家科研单位分别研制成功各有特色、具有完全自主知识产权、满足北斗系统工程要求的星载原子钟——中国终于有了自主研发的原子钟。

那天，孙家栋亲自见证了4台完全符合技术要求的国产原子钟，装载在北斗二号系统首颗卫星上。

2007年大年初三，北斗系统高级顾问、时任北斗二号系统工程副总设计师李祖洪和时任北斗二号卫星系统总设计师谢军，带着试验队将北斗二号第一颗卫星运到西昌卫星发射中心。检测设备安装就位，便开始了200个小时的不间断加电测试，模拟卫星和有效载荷在太空连续工作的状态。从工程总指挥到技术人员，大家一起排班，分分秒秒，紧盯着数据，不敢有丝毫大意。

两个多月，马不停蹄，每天都是超负荷工作。

那天快中午时，李祖洪接到谢军从厂房打来的电话："李总，卫星发动机出问题了！"

从北京来的孙家栋马上就要下飞机，李祖洪本来要去接机的，这时也顾不上了，赶紧往厂房赶。

进了厂房，到了工装架子旁，谢军告诉李祖洪，试验队员在发动机底部发现了一个疑点。李祖洪趴下身子，探头看了看，证实了发动机的疑点情况。

大家正着急着，孙家栋闻讯直接赶来了。

听了汇报，孙家栋先蹲下身子，想看看到底是什么情况，但发动机底部离地面只有五六十厘米，看不太清楚。谁也没有想到，孙家栋索性躺在地面，脸朝上，身子往发动机底部慢慢蹭，终于看清楚了疑点情况。

孙家栋从发动机底部钻出来，喘了几口气，说："应该只是擦了一下，问题不是很大，但必须立即请厂家的专家来鉴定。"

他擦了擦头上的汗水，此时秘书想搬一张椅子让他坐下休息，被他用眼神制止了。旁人不知道孙家栋犯有陈旧性腰肌劳损，剧烈的疼痛常常会让他步履艰难。

事后，李祖洪感动地说："当时，看到78岁的孙老躺在地上，钻进发动机的底部，我们真的很感动！"

发动机厂家的专家赶来了，经探伤仪探测机体没有裂痕，高温涂料也没擦坏。几方评估后，可以按原计划发射。

卫星转场到发射区，与火箭对接，进入卫星状态检查，整流罩合上。

然而，在最后的总检查中，应答机里面一个振荡器工作临界，时而停振，时而正常。卫星上天后，有可能影响信号的正常传输。

发射场区指挥部经慎重研究决定，问题必须彻底归零才能发射。

在六七十米高的发射塔架上,重新打开整流罩,科研人员几经周折,将几十个螺栓拧下来。整流罩打开后,又小心翼翼地把卫星的舱板打开,才从卫星里面取出应答机。

发射场无法修复应答机,试验队员抱着应答机,火速送往成都。

此事过后没多久,4月11日,孙家栋又赶到西昌发射场。

刚下飞机,他便问李祖洪:"应答机的问题解决了吗?"

李祖洪摇了摇头:"还在成都修理,急人,都快火烧眉毛了。"

孙家栋对李祖洪说:"不可松懈,一切按预定部署进行。"

应答机终于修复,从成都火速送回发射场,已是4月13日中午。

4月14日凌晨,北斗二号系统第一颗卫星,终于顺利升空。

5时16分,太阳翼帆板成功展开。

在指控中心,孙家栋注视着面前的大屏幕,神色淡定,心中却是波涛翻涌。他知道一场真正的考验才刚刚开始——再过不到72个小时,我国向国际电信联盟申请的导航信号频点就将过期作废。卫星仅仅发射成功还不算,必须在72小时内顺利开机、正常运转,而这一切,谁也不敢打保票。

太空中的频率资源十分有限。2000年4月17日,我国向国际电信联盟申请导航卫星的轨道位置和频率资源,国际电信联盟辟出两小段资源作为卫星导航合法使用频段。根据国际电信联盟"谁先占有谁先用"的原则,必须在7年有效期内发射导航卫星,并成功接收传回信号,逾期则自动失效。

因此,一个新的问题摆在了面前:卫星入轨后,按规范操作,卫星要在真空环境下暴露5天后再开启设备。提前开启,很有可能引发微波信号大功率微放电,导致卫星报废。可是再等5天,势必错失国际电信联盟规定的最后期限。

16日20时14分，我国申请的空间频率有效期只剩下不到4小时。

孙家栋从座席上站了起来，拧眉沉思了片刻，与在座的有关同志会商后果断决策："加电开机！"

当晚，十几家终端设备厂家，在北斗系统主控站的一个大操场上，把接收机摆成一大排，技术人员在焦急中不时仰望漆黑的夜空，等待着一个"精灵"——那个来自远方的信号。

"有了！"不知谁最先喊了起来。

21时46分，地面系统正确接收到了卫星播发的B1导航信号。

21时54分，接收到了卫星播发的B2导航信号。

22时03分，接收到了卫星播发的B3导航信号。

整个大操场上欢声雷动。

此时，离国际电信联盟限定的时间仅剩2小时。

犹如世界杯比赛的"压哨破门"，北斗系统申请的卫星导航信号频率与轨位资源保住了，中国北斗在最后时刻，拿到了进军全球卫星导航系统俱乐部的"入场券"。

第二天，在宾馆吃早餐时，孙家栋把李祖洪、谢军还有一些骨干招呼到一起，交代了下一步工作后，缓缓地说："最近我听说了一段话，不知道是哪位哲人说的，说得特别好。"

大家都放下了筷子。

孙家栋认真了起来："这段话是这么说的：在北斗工程起步之时，我们也希望站在'巨人的肩膀上'，但'巨人'可不这么想，他对我们技术封锁，不让我们站在他的肩膀上。所以唯一的办法，就是我们自己成为巨人。"

李祖洪一听愣了一下。这时有人突然想起来了："孙老，这话是祖洪总指挥说的。"

大家都笑了。孙家栋却变得更严肃了,他说:"前几天,有人告诉我祖洪总指挥讲的这段话,我觉得讲得特别棒,说出了我们的心里话。这些年来,我们曾想站在'巨人的肩膀上',可'巨人'不仅不让我们站,而且还卡我们、压我们。在事实面前,我们终于醒悟过来了。靠别人靠不住,只有靠自己,拼搏努力,让我们自己也成为'巨人',让中国的航天也成为'巨人'!"

大家心里铆足了劲:让中国航天也成为"巨人"!

星耀全球

2009年,北斗三号系统正式启动建设。

北斗三号系统将建成拥有24颗中圆地球轨道卫星、3颗地球静止卫星和3颗倾斜地球同步轨道卫星,共30颗卫星组成的全球卫星导航系统。

在第一次大系统协调会上,孙家栋明确提出:"我支持工程大总体提出的所有星载产品必须百分之百国产化的意见建议",真正做到"北斗星、中国芯"。他的态度充满坚决。

这是一位老科学家集大半生科研经历的亲身感受,包括曾经有过的深刻教训。核心技术引进不来,买不到,唯有自主创新,大胆突破。作为北斗系统工程的总设计师,孙家栋除了要为这项巨大的工程进行科学设计,还必须为整个工程划定一条底线——"核心技术自主可控"便是这条底线,同时也是北斗系统的"生命线"。

孙家栋带领中国北斗人,坚守着这条"生命线"。

2014年12月,时任北斗系统工程副总设计师杨长风接任北斗系统工程总设计师,孙家栋被聘任为高级顾问。

北斗三号系统最大的亮点是星间链路。这是我国北斗由区域迈向全球的关键,也是一个少有经验可借鉴的新难题。

杨长风有些犹豫，星间链路万一失败，将严重影响北斗系统全球组网建设进度。

杨长风与孙家栋谈了自己的担忧。孙家栋没有正面回答，而是问："长风啊，你认识咱们酒泉卫星发射中心首任司令员孙继先中将吧？听说过他在长征中的故事吗？"

"听说过呀！"

"长征中，孙司令员是红一军一营营长。那年5月，部队到达大渡河，前有堵截，后有追兵，情况十分危急。刘伯承、聂荣臻首长亲临前线指挥，孙继先从二连亲自挑选并带领十七勇士组成突击队，硬是在被敌人视为插翅难飞的天险防线上，打开一个缺口，为中央红军北上开辟了一条通道……"

听到这里，杨长风心领神会。

孙家栋接着说："我们经历过多少次被'逼'的境况啊？但我们不都靠着自己的智慧，每次都绝路逢生了吗？"

浩瀚银河遥相望，星间链路搭桥梁。国防科大、中科院、中国空间技术研究院分别组织队伍攻关。

2015年3月，由中科院微小卫星创新研究院研制搭载星间链路的卫星发射成功，正式开启星间链路验证工作。

同年8月，由中国空间技术研究院研制的两颗北斗三号试验卫星成功在轨建立星间链路，标志着我国成功验证了全球导航卫星星座自主运行核心技术，为建立全球卫星导航系统迈进一大步。北斗团队再一次交出了令世界震惊、令国人满意的答卷！

那天，孙家栋到一线了解星间链路的验证情况。

听了杨长风和谢军的介绍，孙家栋非常高兴。他说："此前，我们面前也遇到了'大渡河'，别无选择，我们只能选择强渡。今天，我高兴地看到,我们已经渡过了'大渡河'。我又一次感受到了自主创新的蓬勃生命力。"

忽然,孙家栋发现站在眼前的都是面生的年轻人,两眼一亮,问其中一名技术骨干:"小伙子,今年多大了?"

"孙老,我29岁。"

"29岁,多年轻啊!我29岁那年,刚刚留学回国。你参加工作几年了?"

"两年。"

孙家栋说:"参加工作两年,便参与这么重大的工程,真是后生可畏。你们赶上了一个好时代,我们的国力强大了,我们的航天发展了!"

将要离去时,孙家栋又收住脚步,对身旁的年轻人说:"我今天很高兴,星间链路验证取得关键性突破。但让我更欣慰的是,有你们这支年轻的队伍,这说明我们的北斗事业永远年轻,中国的航天事业永远朝气蓬勃!"

2020年6月23日9时43分,西昌卫星发射中心,长征三号乙运载火箭成功将北斗三号系统最后一颗全球组网卫星发射上天。

从1994年北斗一号系统立项伊始,30万人接力奋斗了26年,梦想终于实现,北斗星耀全球。

从"区域服务"到"全球组网",从追赶到并跑,从受制于人到自主可控,中国北斗一步步走向卓越。北斗三号系统具有导航定位和通信数传两大功能,可提供定位导航授时、全球短报文通信、区域短报文通信、国际搜救、星基增强、地基增强、精密单点定位共7类服务,是功能强大的全球卫星导航系统。全球范围定位精度优于10米、测速精度优于0.2米/秒、授时精度优于亿分之一秒、服务可用性优于99%。

交通运输、公共安全、农林渔业、水文监测、天气预报、通信报时、救灾减灾……北斗系统正深深融入国家核心基础设施，并产生显著的经济效益和社会效益。随着北斗高精度和人工智能、大数据、云计算、5G通信等新技术的结合，北斗应用从卫星导航定位延伸到了工业互联网、物联网、车联网等新兴应用领域……

一个民族的智慧，一个国家的创造力，往往需要一些标志性的成果来证明。北斗系统体现出中国速度，凝结着中国智慧，展现了中国志气，而这些，是任何东西都不能替代的！

黄河岸边小泥罐

李登建

那时候，她还是个小丫头，胖乎乎的脸蛋儿，水灵灵的大眼睛，可爱极了。初中毕业该升高中，可父亲干活不小心摔断了胳膊，不能挣钱给她交学费。扛起一个家的母亲愁眉苦脸，哪里顾得上她？于是，待在家里的她，天天看表姑父谷德恩做蟋蟀罐。

表姑父谷德恩是蟋蟀罐制作行家。他的故乡山东宁津盛产蟋蟀，民间斗蟋蟀的游戏源远流长。玩蟋蟀得有好器具，若随便用一个家什，比如铁筒、塑料筒装蟋蟀，趣味就寡淡了。宁津属黄河冲积平原腹地，地下的古黄河澄泥，细腻、纯净，是制作蟋蟀罐的好材料。于是，表姑父一退休就来了，住到表哥家。

表哥家房子不富余，但还是腾出一间给他做工作室。不大的屋子放上案台，再装上摆放坯胎的架子，更加窄巴。高大魁梧的表姑父展不开手脚，不得不缩着身子，屏住气，但他工作起来什么都忘了，坐在那儿半天不动一下，直到吃饭才出来，伸伸腰，做扩胸运动。

小丫头围着表姑父转来转去，眨巴着大眼睛，她要把表姑父的每一个动作看清楚、想明白。表姑父很喜欢她，常常逗她玩儿。可是他做得不顺手的时候，脸色却阴得吓人，她便猫在一边，一声不吭。

有一天，小丫头突然说："表姑父，您让我做一个吧。"语气里含着祈求。

谷德恩抬起头，怔怔地看她："你不上学，做这个干吗？"没得到许可，她仍站着不走。

第三天，天气很好，谷德恩心情也晴朗，招呼道："小丫头，来，你做一个，我瞧瞧。"

小丫头喜出望外，快步走近晾坯架，一把抓起一个坯子。那古黄河澄泥的坯子搁在手里，沉沉的，柔柔的，散发着淡淡的清香。她抑制住内心的激动，端正坐好，开始操作，定型、压光……

谷德恩非常惊讶：这孩子太灵慧了，有着极好的天赋。这不仅是她手很巧，干净利索；也不仅是她制作的蟋蟀罐特别精致，莹润光洁；最要紧的是，她一刮一斗都出韵味、见性情，那罐上透着一股掩不住的稚气、清气、雅气、秀气，叫你怎么看，都觉得妙不可言、美不可言。

"就叫丫头罐吧。"她的一款响器蟋蟀罐制作出来，谷德恩左瞅右瞅，摸了又摸，乐得合不拢嘴，欣然为其命名。

从此，谷德恩手把手教小丫头做罐，把他几十年积累的经验、总结的技术要点、对蟋蟀罐的独到理解，毫不保留地传授给她，包括为她配备各类工具。她跟着谷德恩学了11年，人们都说，她得了真传。

11年后的小丫头，出落成一个美丽的大姑娘——刘秀芬。她嫁给黄河岸边勤劳厚道的青年小伙张建强。真是天作之合，这张家是制陶世家，代代都是制陶高手。小两口一结婚，又赶上宁津县举办蟋蟀节，带动得蟋蟀罐这一产业红红火火，他们就商量，恢复自家的制陶作坊，在继承传统制作技术的基础上，结合制陶工艺，生产蟋蟀罐。

真可谓是黄金搭档。张建强挖土、滤泥、揉泥、烧窑；刘秀芬拉坯、修整、绘画、雕刻，精心编织她的"丫头罐"梦。

刘秀芬做罐时，喜欢独处。把门关严，噪音挡在门外，屋子里静静的，她的心一点点地安稳下来。一团金色的澄泥放在转盘上，两手轻扶，手感那么好。这是在地窖放置一年以上的澄泥，历经春夏秋冬，除去了燥气，正对她的性儿，人与泥好像合而为一。隐隐地，耳畔仿佛响起黄河隆隆的波涛声，响起辽阔大平原上蟋蟀交响曲般的欢唱声。这个清秀温柔的女子不由得血脉偾张，手指不知不觉用上了力。

张建强从滤泥池里上来，两脚沾着泥巴就往家跑，慌慌张张来到柴窑旁，贴近火眼往里看，窑里混混沌沌，说红非红，说白非白，在红白之间。"火候到了，封窑！"他一边兴奋地叫喊，一边迅速把添柴口、烟囱封住。这样闷一天，再晾一天，泥罐就可以出窑了。

案台上落满一层厚厚的泥屑，轮子、钢丝、杠、刀、铲扔得到处是，一片狼藉。刘秀芬无心收拾，这两天，她心情很糟。她正在创作马蹄型蟋蟀罐，"图纸"在头脑里十分清晰，然而做了好多遍，就是做不出理想的效果。为此她吃不下饭，睡不好觉，懒得说话，像害了一场大病。平时说说笑笑挺随和呀，可较起真儿来，拗得九头牛也拉不回，差一丝一毫，都不肯放过自己。她又天生不安分，总想多出些花样，做好一款，下一款的构思就等在那里了！当然，新罐一旦试验成功，她的快乐，那种幸福感，也是别人难以体会的。

张建强则"窑"迷心窍，干着活、开着车，都在琢磨怎么改进他的窑，从土窑到柴窑到电窑，又发明了"匣钵高温窑变"烧制法。妻子不断有新作品，名气越来越大，他高兴，可也不服气。你的罐再好，也得我的窑烧得好才行啊。

这一对小夫妻，是你离不开我，还是我离不开你？是夫唱妇随，还是妇唱夫随？谁也说不清楚。

客厅长长的博古架上，陈列着刘秀芬设计制作、张建强烧制的蟋蟀罐系列作品：直筒型、马蹄型、竹节型、腰鼓型、螺丝型、树墩型、朱砂红、鳝鱼黄、蟹壳青、豆沙绿、檀香紫、墨玉黑、鸡骨白……琳琅满目，异彩纷呈。

我把其中一只托在掌上，它真像人们称赞的那样，观之若玉，抚之若肌，叩之若磬，呵气生津。正凝视间，一抬头，它的主人正朝我笑呢，那笑容，那么灿烂，那么有光彩……

小巷养花人

梁真鹏

一条弯曲逼仄的小巷，从两边高高低低、错错落落的楼房和平房中硬"挤"出来。晾衣服的竹竿一端架在门前的酸橙树枝上，一端搭在窗棂上。电线穿梭在楼房与电线杆之间，春回的小燕子如五线谱上的音符，奏着和谐的乐曲。

安康城区兴家仓红苕巷，一条不足百米的背街小巷，小巷两旁摆满一溜溜整齐的花盆，每月变换着花的品种。此开彼谢，为这条小巷增添了丰富的姿彩。行人路过，皆放缓脚步，凝视品味，啧啧赞赏。

时值暮春，迎春谢了，海棠、三月梅、杜鹃、木绣和石榴又次第绽放，把个小巷打扮得花团锦簇，光彩夺目。一株蔷薇枝蔓上，嫁接出漂亮的"粉和平"与"墨绒"，枝叶葳蕤，最是养眼。初来乍到者，不禁在心里嘀咕：这些花的主人是谁？

若是晴朗日子，晨曦初露时，便可见到花的主人——管坤友。他开着一辆三轮摩托，车厢里放着十四五盆娇艳欲滴的芍药、月季和铁线莲，早早地来到花卉市场，在显眼的位置，迎接每一位爱花的顾客。平日里，他少言寡语，培育花木就是最大的爱好。他常常为慕名而来的求助者提供花木种源，传授花木的培植技术：赤芍与白芍经蜂授粉，可孕育出噘着嘴的粉芍；春天分枝芍药，老死不再开花……

若问老人结谊花草的渊源，还得从20世纪80年代说起。彼时他在染织厂工作,有侍弄花草的爱好。他身为单位销售人员,天南海北跑营销,每到一地,见到当地花木的妙处,便留心购买和讨要种子苗木,回家后潜心养育,繁殖嫁接。劳动最有滋味,管坤友用双手和智慧创造的美丽,带给他长久的享受。花儿怒放,香气馥郁,亭亭玉立,招来了嗡嗡嘤嘤的蜂儿蝶儿,也常引来路人和邻居的询问与讨要。赠人花草,手留余香,他毫不吝啬地把花木分发给街坊邻居,余下的才拿到花卉市场兜售。

90年代中期,老管供职的染织厂倒闭。有人外出打工谋生,或就地创业另谋生计。彼时,老管不老不少,正是知天命之年。面对变故,他心中的花儿依旧顽强盛开,火焰般跳跃灿烂。他寄情花木,将之当成新的事业,不仅摆弄土生土长的花草,还播种、压条、分株或扦插,对稀有品种进行引进扩员。秦巴山区素有"天然植物基因库"之誉,这为他培植稀有品种提供了优越的条件。仅海棠一属,即有木瓜海棠、苹果海棠、贴梗海棠、垂丝海棠、西府海棠多个品种,而桂花则有金桂、银桂、丹桂、四季桂和寒桂之分,竹有天竹、文竹、紫竹、佛肚竹之别。老管心中,自有一番分门别类的学问。

有"藤本花卉皇后"之称的铁线莲,品种繁多,丰富的花色和迷人的形态,令人青睐有加。老管有幸得到一株铁线莲花株,乃是远近闻名的铁线莲"花冠"。他钟爱不已,拿出浑身本领用心呵护,一生二,二生四,四生百株。本地学院一位教师撰写有关铁线莲的论文,就是靠仔细观察老管的铁线莲完成的。事后,那位老师一口气买了老管16盆铁线莲,供学生们培育与嫁接。

老管不无骄傲地说,大凡名贵珍稀品种花木,只要栽种成活,他总能想方设法以压条、分蔸等方式嫁接繁殖。一把锋利的刀片,在他的手里俨然是一把魔力十足的手术刀,劈接、切接、插皮接、嵌芽接、舌接、靠接，一蹲就是老半天。阳光透过房顶的细网斑驳地洒在他稀疏的银发上，密如细雨的汗珠从额头渗出。老管用一双巧手，将穗削面和砧木口对接平滑，砧穗二者包扎严丝合缝，再加上套袋、遮阴、涂蜡、塑料条缠缚等措施，终于将种种花木嫁接成活，让它们各展其妙，香溢庭院。

你若爱花，老管必盛情相约：走，上楼顶瞧瞧。置身屋顶，禁不住为他的巧思而称奇。一块不足90平方米的地方，四周用两排钢管固定好，空隙处密密麻麻地放置着花盆，各色奇异花木让人眼花缭乱。屋顶中间隔成八块金鱼池，大小鱼池均可实施废水沉淀再利用。鱼池方格上放着木板，有的木板供人行走，有的则错落摆放着花木。顶层的小阁楼上，也是枝叶摇曳，香气涌动，牡丹芍药争奇斗艳。为搬移方便，老管又从屋顶垂下一柄滑轮，自如地操纵花盆升降，省力又灵巧。

养花要浇水，老管在房顶修水池存水，夏可隔热，冬可保温。但雨水浇花，"肥力"不足。他琢磨许久，悟出门道：何不用存水的池子养金鱼，用养金鱼换下来的废水浇花？养鱼的水，氮磷钾样样不缺，花儿肥美鲜嫩，成了鲜花市场的俏货。于是，水中之鱼与盆中之花，在他家楼顶相映成趣。

痴情花草金鱼，让老管找到乐趣和幸福。清晨起床要看花，午饭过后要看花，睡前还要再看一遍花，老伴喊他做事，只需上楼找，准在。偶尔外出散步，心中突然想起还有未完成的事，随即返身回去，继续劳作。

小巷里春有粉若笑靥的海棠，夏开淡雅秀丽的栀子花，秋日菊花灿灿黄，冬看梅花傲寒霜，四季都是免费的花展。熟悉的人会说，看到花儿，就像看到老管。他与花儿一起，为山水小城的绿化增添了一道别样的风景。

爱花的人，身边总有花儿开放，开在心里，也开在人生里。

一位无愧于时代和人民的作家

铁 凝

李迪去世,我感到震惊、痛惜。前一段时间,我得知他住院了,病得很重,即使在那时,我也不曾想过会有最严重的结果。李迪71岁了,但在我的印象里,他与迟暮衰老无关,他永远活力充沛,永远谈笑风生,永远激情澎湃,他好像永远穿着一件大红上衣,他真是一团火,跃动着、燃烧着,给这个世界送来热量和温暖。这样一个人,我想,他是累了,他需要休息、需要调整。我没有想到,最终传来的竟是这样的消息,他竟走了,那团火,熄灭了。

但是,他的作品在,他书中的火是不灭的。从《丹东看守所的故事》,到《警官王快乐》,到《加油站的故事》《听李迪讲中国警察故事》,到刚刚印出的《永和人家的故事》、刚刚写成的《十八洞村的十八个故事》,他是多么喜欢"故事"这个词,而他正是一个讲中国故事、传中国精神的作家。从这些作品中,我们感受到的是广袤的大地与奋进的人民,感受到在一个一个人物身上、一个一个平凡而伟大的战斗者、劳动者身上那推动历史发展的伟力。这样一个作家,是时代的记录者,是人民的歌者。

习近平总书记在文艺工作座谈会上的重要讲话中深刻论述了文艺与人民的关系,人民需要文艺,文艺需要人民,文艺要热爱人民。新时代广大文艺工作者的根本道路,就是深入生活、扎根人民。在这条道路上,李迪为我们做出了榜样。这些年来，从西部山区到东部沿海，从公安一线到边地加油站，从塔克拉玛干沙漠到湘西苗寨，烈日骄阳、风霜雨雪，李迪走过了很多地方，不是走马观花，不是蜻蜓点水，而是心入情入，是全身心地扑进了人民生活的海洋。时至今日，那些公安干警、那些工人农民，提起李迪，都是那么亲切，干警们叫他"老李"，村民们叫他"李老师"，我也有过农村经历，我知道，当村里人叫你一声"老师"时，这包含着沉甸甸的信任和敬重。对李迪来说，人民不是抽象的符号，是一个一个有血有肉的具体的人，李迪和他们成了贴心人。他的作品是质朴的，没有华丽的修辞，他努力写出人民心里的话，他的风格温暖明亮，他的态度情深意长，这在根本上源于他对人民群众深切的情感认同。

心在人民中间，李迪把书写中国人民创造新生活、创造历史的伟大实践作为自己的职责和使命。他生前的最后一次远行是去湖南的十八洞村，那是习近平总书记去过的地方，是决战脱贫攻坚的前沿。在那里，这个年过七旬的老人，这个北方汉子，在南方湿冷的天气中开始了他一生最后一次战斗。"战斗"这个词，在这里一点也不夸张，李迪曾经是中国人民解放军第十四军宣传队的战士，他的一生是作家，更是把祖国和人民放在心中最高位置的战士。在身体已经严重衰弱的情况下，李迪在病榻上奋力写完了他的最后一本书《十八洞村的十八个故事》。支持着他的，是一个战士对新时代伟大斗争的澎湃激情，对中华民族伟大复兴光辉前景的信念和承担。

李迪远去，李迪的精神长存。这是一个作家、一个文艺工作者把自己的命运与祖国的命运紧密相连的精神，这种精神，体现在李迪身上、体现在广大中国作家艺术家身上。2020年，是决胜全面建成小康社会、决战脱贫攻坚之年，中国人民经受了新冠肺炎疫情的严峻考验。在这样的时刻，广大作家艺术家始终和人民在一起，奔赴脱贫攻坚的第一线、奔赴抗击疫情的第一线，记录和讴歌中国人民在以习近平同志为核心的党中央坚强领导下艰苦卓绝的奋斗和感天动地的业绩。李迪就是其中的一位杰出代表，他是习近平总书记关于文艺工作的重要论述所指明的道路的自觉、热情的践行者，他的生命和创作有力地感召和启迪着我们：无愧于时代、无愧于人民，就要把全部生命投入到与时代同行的路上，把滚烫的心放进与人民同心的作品中，让这波澜壮阔的历史、这昂扬奋进的精神成为永世流传的中国故事。

雪域高原上的甜蜜事业

谭仲池

浏阳河两岸的晚稻田,翻卷着层层绿浪。波浪般起伏的青山环绕着古老的山城,一丛丛花,一片片绿,簇拥着街道两边的高楼和商铺,呈现出一片鲜活的图景和蓬勃生机。

在浏阳市畜禽防疫局,我见到了伍国强。两个月前,他从西藏回到家乡浏阳,因刚做完手术。看上去人显得消瘦憔悴。

伍国强几次援藏,通过推广养蜂技术,为雪域高原播下脱贫致富的种子,如今种子已开花结果。我为他带领百姓养蜂致富的故事而感动。如今得知他因病住院,我立刻决定,要来这里看望他。

伍国强显得有点虚弱,但目光依旧有神。他说:"我做手术时,正是西藏各类植物的开花期,是蜜蜂采蜜的最好季节。我虽然躺在病床上,但心还在高原,好像自己仍奔跑在那片土地上。"

这句话让我震撼。究竟是怎样的感情,让他即使患病手术也依旧割舍不下那片高原热土?我决定去一趟西藏,去看看他曾经奋斗与奉献过的地方。

车子沿着宽广的柏油公路飞速行驶,路两边整齐排列的杨树撑开葱郁的树盖,构成了一条绿色的走廊,空气也格外湿润清爽。透过杨树的间隙,我看见一栋栋新修的民居,在连绵伸展的山脚下,别致而醒目。

很快,我们的车子进入了杰德秀村。这是西藏高原上一个古老的村子,现在变得面貌一新。村口建立了公共汽车站,新盖的商铺和新修的石垒楼房,整齐地排列在街道的两边,人来人往,十分热闹。39岁的扎西达吉从汽车站前朝我们跑来。身材坚实、皮肤黝黑的他是贡嘎县杰德秀村的养蜂大户,也是县里的养蜂名人,养蜂已达到60箱。

扎西达吉憨笑着,一双眼睛闪着兴奋的光芒:"我先带你们去看我的养蜂场吧!"说完,便大步走在前面。我跟随扎西达吉,穿过了一片长长的柳树林,又踏上了一片铺满离离青草、摇曳着淡白色花朵的湿地。这时,扎西达吉停下脚步,指着前面空旷地带上排列得整整齐齐、呈方格状的一叠叠蜂箱,对我说:"这就是我的养蜂场。"

在高原上行走,呼吸也变得更急促。我缓缓地、有些艰难地走进这个海拔3800多米的天然养蜂场。一堵褐色土墙悄然耸立在堆垒着的蜂箱背后。养蜂场四周一排排茁壮的柳树,意气风发地站立在生长着青草的潮湿泥土上,像是这片希望的土地上赤诚的守护者。

扎西达吉揭开蜂箱盖,一群群蜜蜂立刻从蜂箱里飞出。金子般的阳光在头顶跳跃,在光芒的温暖里,蜜蜂活跃起来,直朝我们飞来。我们下意识地忙着躲闪。扎西达吉却冷静沉着,笑着对我们说:"不用慌,只要不伤害它们,这些蜜蜂一般不叮人。"

扎西达吉给我们讲述他学养蜂的经历:"刚开始接触蜜蜂,我也很害怕蜂叮。是援藏干部、养蜂技师伍国强告诉我,怎样防止叮咬。现在我一点也不害怕了,蜜蜂好像也都认识我。"

扎西达吉捂上蜂箱盖子,对我说:"我的养蜂技术就是伍老师教的,我这些蜂箱也是他从老家浏阳买来、专门送到我家的。他到我家,指导我学养蜂,不下几十次。不管是天晴、落雨,还是刮风沙、下大雪,他总会来我这里。我们一家人都尊敬他、爱他，我真的好想他。"

听着扎西达吉朴实而深情的话语，我格外感动，在心中为伍国强默默祝福。

从养蜂场归来，扎西达吉又带我去参观他在镇上的蜂具仓库。仓库里堆放着上百个写有"养蜂人家"字样的蜂箱。扎西达吉告诉我，高原到了冬天积雪很厚，蜂箱容易冻坏，隔一两年就要换一次，这批蜂箱还是长沙援藏队送给他的。他又指着墙角装有蜂蜜的塑料大桶说："我的父亲除了养牛，还在镇上租了门面，帮我销售蜂蜜。"

穿过一条狭窄巷子，在一片民居群中，我走进了扎西达吉的家。屋子里到处堆满了养蜂的各种工具。看得出来，这个家庭充满着劳动的热烈气氛。扎西达吉把我扶上楼梯，和我一起爬到屋顶上，带我去看他立在屋顶的蜂箱。站在屋顶上凝望，身边蜜蜂飞舞，四周楼房林立，天空澄澈如洗，我看到了养蜂人家的甜蜜生活图景。

扎西达吉的妻子扎西拉姆，微笑着给我送上酥油茶。我喝在口里，甜在心里。扎西拉姆自豪地对我说，自从政府部门支持她家养蜂，加上父亲养牛，家里每年收入达到20多万元。她们的两个女儿正在上初中，家里也准备盖新房。

在高原养蜂，不是件容易事。需要有经验，更需要找到适合养蜂的环境条件。援藏的日子里，伍国强常常不到凌晨5点就起床，简单洗漱后，就开始阅读自己订阅的养蜂杂志和书籍。他根据自己在贡嘎县的实地考察，与积累收集的家乡浏阳市养蜂致富的典型案例，决心在贡嘎县推广养蜂技术，帮助这里的群众开辟养蜂致富之路。他带领同事跋山涉水、登高峰、进险谷、涉沙滩、入草地，走访当地百姓，细致入微地观察贡嘎这片山水坡地各种植物开花的季节和特点，并作下详细的记录。他发现西藏的植物十分丰富，而且不少植物具有药用价值，这都是当地发展养蜂的有利因素。熬了不知多少个不眠之夜后，他写出了《关于贡嘎县推广蜜蜂养殖的建议书》，详尽分析了在贡嘎县发展养蜂业的地理、自然、区位优势，国家生态保护和科学开发的战略导向、政策优势，以及乡村振兴、农业产业转型升级的光明前景。根据贡嘎的县情，他在贡嘎县主推中华蜜蜂规模化养殖技术，实现"一村一品"，潜力大、市场广。

伍国强的想法很快得到了贡嘎县委、县政府和援藏工作队的高度重视，县里很快推出了发展养蜂产业的"三年行动计划"。这极大地坚定了伍国强的信心。他振奋精神，将精力都倾注到传授养蜂技术上。县里举办了有100多人参加的首届养蜂技术培训班，伍国强亲自登台讲课，将引蜂、立箱、防蜂叮、防疫、割糖等程序进行现场操作示范，使大家个个眼界大开、跃跃欲试。

功夫不负有心人。贡嘎县很快在吉雄镇建立起"红星养蜂示范基地"。伍国强到浏阳买回200个蜂箱，并将20个蜂箱送到扎西达吉家，帮助他成为贡嘎养蜂带头人。伍国强带领养蜂的群众到扎西达吉养蜂场，观看摇蜜时，大家都兴趣满满。这情景让伍国强兴奋不已。他的梦想终于在雪域高原绽放出鲜艳而甜蜜的花。

不到一年的时间，贡嘎县的蜂农由零增加到50户，养蜂由200箱增长到1500箱。随着养蜂户的不断增加，蜂蜜收购的问题摆在贡嘎县委、县政府和援藏工作队的面前。销售渠道不够畅通，蜂蜜卖不出去，怎么办？伍国强通过自己微信朋友圈反复向朋友介绍贡嘎出产蜂蜜的优质特点，并展示质量检测报告。就这样日积月累，终于吸引了不少蜂蜜收购客户。一家制药公司派人到贡嘎考察后，果断拍板投资。贡嘎县委、县政府以廉租方式提供了已建好的厂房，该公司投资1000余万元，不到3个月的时间，就建立起一条现代化的蜂蜜自动生产线。

秋风渐凉,月上树梢,夜色更浓,星光闪烁。这样的夜晚,这样的时刻,我站在贡嘎3700米的高原,仿佛望见伍国强正在浏阳河畔校阅他历时3年撰写的西藏蜜蜂养殖技术书籍。此刻我的心,和着感动的泪涌而跳动!

氾光湖上那盏灯

王向明

一

太阳还没有完全睡醒,氾光湖居民家里的灯就陆陆续续亮了起来。要不了多久,集市口就会变得热闹嘈杂,拉桌子,摆凳子,蔬菜、肉、鱼、蟹,一个个摊位摆好,氾光湖百姓一天的日常生活就开始了。

氾光湖不是湖,原本是江苏省宝应县的一个乡,东临京杭大运河,西靠宝应湖,南接高邮湖,方圆63平方公里。1999年,县里乡镇区划调整,氾光湖乡撤销,并入氾水镇。派出所也一同合并,只保留一个警务室。工作踏实、口碑好的李树干,不出意外本来是要去镇上的。谁知,氾光湖的百姓得知他要走,联名写信请求让李树干留下来。

所长征求李树干的意见,他没说什么,只说回去想想。看着信上一个个熟悉的名字,李树干的心里突然就像生出了根,那根,牢牢地扎进脚下这片土地。

从此,李树干守着一个人的警务室,日复一日做着平凡的基层警务工作。

多年来,有事找老李,成了氾光湖百姓习以为常的一件事。早些年,从这里去镇上只能靠摆渡。年轻人出去打工,老人和孩子留守在家。于是,哪家有办户口、交电费、买药的事儿,都会找到李树干。他趁着去所里开会的空当，每一件都办得妥妥当当。

这些年，每天清晨6点，不用闹钟，李树干就会醒来。先到集市口转转，哪个摊位占道了，哪家车辆停放影响交通了，他都要顺一顺，既要让摊主做得了生意，也不影响百姓正常通行。

管理好集市口，天已经放亮，家家户户的烟囱陆续冒起了烟。如今氾光湖的居民已经用上了煤气，但同时还保留着乡村原有的做饭方式。干净整洁的厨房里，除了抽油烟机、煤气灶，还会盘上一个地灶，上面放着一大一小两口锅，大锅炒菜，小锅蒸米。做饭时，屋顶的烟囱一冒烟，厨房里的香味紧跟着就飘了出来。

早上7点，李树干就开始了入户走访。他要赶在村民家里烟囱冒烟的时候去。过了这个点，村民有的下地，有的去打工，家里常常是铁将军把门，想见到人不容易。

村民们看见李树干过来，从来不跟他见外，自己一家人吃饭，顺手给老李也盛一碗。李树干摆摆手，说吃过了，顺势在饭桌前的长条凳上坐下，掏出本子。有新情况他就记下来，没有就速战速决，临走的时候不忘叮嘱一句："马上年底了，自己养的鸡鸭鹅，该卖的卖，该腌的腌，别让'三只手'的偷了去。"村民笑着回他："偷了的话，你给我们把人抓回来。"李树干也半开玩笑："要是吃进肚子里的，可给你吐不出来。"一家子人都笑了。李树干也笑，边笑边拿起登记的本子，转身去走访下一家。

二

李树干是"全国公安系统二级英模"、全国"公安楷模"。今年5月，在省公安厅、市公安局，还有县里的领导和同事共同见证下，李树干荣誉退休。

虽然脱下了警服,但李树干并不觉得是真正退休了。警察生涯虽结束,但自己还是一名党员,只要氾光湖百姓需要,随时能发挥余热。这不,组织上又任命他为村里的党支部副书记,尽管一分钱工资没有,但他的干劲却一点儿没减。

妻子笑他,这辈子就是当牛拉车的命。李树干也不反驳,反而挺喜欢这个比喻。牛最为勤恳踏实,退休后能像老黄牛一样继续耕耘,也算是增加了生命的厚度。

从家出来,李树干下意识地往集市口走去。那条他穿着警服走了30年的路,从土路、煤渣路到现在平整的水泥路,他见证了路的变化,也见证了百姓从贫穷走向小康的过程。

还没走到集市口,大老远就听见有人在吵。卖菜的老张和卖鱼的老华,正在为摊位界限的问题争得面红耳赤,眼看着就要动手。老张看见李树干走过来,大老远就喊:"老李,你过来评评理!"

李树干看了看,一句话也没说,转身就要走。老张纳闷,问李树干:"你咋走了?"李树干说:"我已经退休了,你们的事也管不着了。"老华一听也蒙了:"老李你不管了,以后我们找谁?"李树干回得很干脆:"你们爱找谁找谁!"老张说:"那可不行,我们不管你退休不退休。你断事一碗水端得平,向来不洒不漏,该找你还找你!"

其实,李树干不是真不管,只是想来个冷处理。氾光湖这块土地上,有多少条路、多少条河、多少亩地,有多少户人家,每家有几口人,哪些出去打工了,哪些留守在家,李树干的心里都有一本清晰的账。遇到矛盾纠纷,哪些人吃硬,哪些人吃软,哪些人要抬着哄,哪些人要晾一晾,李树干的心里跟明镜一样。

这俩人没什么深仇大恨,无非是因为鸡毛蒜皮的事而产生的面子问题,晾一晾就行了。李树干问老张:"吵了半天你得到了啥?"老张摇摇头。又问老华:"你得到了啥?"老华不吱声。李树干语气严肃地说:"折腾半天,肚子气鼓了,啥也没落到,你们图的啥?"两人相视无语。李树干一手搂着一人的肩膀,语气缓和起来:"远亲不如近邻,你俩摊位挨着摊位,长年累月搭帮子做邻居,和和睦睦多好。来握个手,这事就算过去了,下次再闹这一出,我可就真不管了。"

两人的手握在了一起。此时,太阳已经爬过了头顶。

刚回到警务室,板凳还没坐热,李树干接到了顾欢的求助电话。顾欢是李树干的徒弟,刚从警校毕业没多久,局里安排他负责氾光湖警务区,算是接李树干的班。

警情并不复杂。村民老王把收割稻子的活儿承包给小张,小张将收割机开到地头后,老王觉得要价太高,反悔不干了,打电话又联系了外村一个收割机手。小张一听火了,我大老远把车子开过来,你说反悔就反悔,我的损失找谁要去?就这样,两人争吵起来,愈吵愈烈。

顾欢没种过地,不清楚割稻子的费用,也不知道这种纠纷该怎么调解,只得求助师傅。李树干车子还没停稳,小张就三步并两步走过来:"老李,你断事公道,你说这事咋办?"了解事情的来龙去脉后,李树干把老王拉到一边:"你找人家事先不问价格,人家来了嫌贵,又找别人,确实有点说不过去。我给你算算,后找的这个,1亩地便宜10块钱,十几亩算下来,省了100多块,这样的话,你给人家小张贴补50块钱的油钱,还省了大几十块。"老王想了想,这账算得不错。见老王点了头,李树干又把小张拉到一边:"都是乡里乡亲的,低头不见抬头见,别伤了感情。你这路程也不远,烧不了多少油,我做主了,给你贴补五十块钱的油费,你看行不?"小张听了,说:"钱倒是次要的,没他这么做事的,态度也不好。今天看在你老李的面子上,这事算了。"

刚才还剑拔弩张,师傅三下五除二给解决了,顾欢打心眼里佩服。

回去的路上,李树干告诉顾欢,做社区警务工作,群众基础很重要,平时你心里装着大伙,乡亲们才不拿你当外人。

三

顾欢永远记得第一次走访时候的尴尬。

那天,李树干带着顾欢入户调查。到了一户居民家门口,李树干对顾欢说:"你敲门,我站你后面,就全当我不在。"门开了,探出一个脑袋,对方还没说话,顾欢一本正经地说:"我是派出所的,到你家做个入户调查,请你配合。"里面的人打量了顾欢一番,没说话,转身就要关门。这时,李树干突然从后面冒了出来:"老赵啊,路过你家,看看你这儿有没有需要帮忙的?"老赵一看是李树干,立马露出了笑脸:"老李啊,快进来喝口水。"

从老赵家出来,顾欢一脸郁闷。李树干安慰他:"别泄气,这次吃闭门羹,是你说话的方式不对。跟老百姓打交道,就得学会用老百姓的语言。你上来一脸严肃,说是派出所的,要调查人家,还让人家配合,人家以为自己犯了多大事呢,哪个愿意配合?"

为了早点让徒弟了解辖区情况,李树干带着顾欢上渔船、进农家、下农田。遇到渔民收网,他袖子一挽,撑船的水平不亚于一个老渔民;遇见马路上晒粮的,眼看着要被雨淋着了,他把摩托车往边上一停,拿起簸箕就帮忙;眼看误了种地的农时,留守老人家的秧苗还没插,他卷起裤腿一干就是一晌。

走的村组越多,见到的村民也就越多,顾欢发现,师傅无论走到哪儿,大家看见他都是满脸热情,像是看见了自己家里人。李树干也会趁机把顾欢往前推,逢人就说:"这是我徒弟小顾,我退休了,以后他给你们跑腿。谁要敢欺负他,我可不愿意。"李树干说这话的时候,满脸带着笑。村民知道那是在开玩笑,都拍着胸脯保证:"老李你放心,谁要不配合小顾警官,我都不能答应。"

李树干退休后,那辆跟随自己多年的警用摩托车,传给了顾欢。一天跑下来,前后挡泥板上沾满了泥渍。李树干拿着毛巾擦了一遍又一遍,一边擦还一边吹,轻轻地摸着这个曾陪着他风里来雨里去的老伙计。仿佛他擦的、摸的不是摩托车,而是一枚闪着金光的勋章。

走访结束,已是暮色四合。李树干和顾欢开始整理一天的走访记录。袅袅炊烟又在屋顶升腾起来,氾光湖百姓的一天开始打烊。警务室里却依然灯火通明。从高处俯瞰,京杭大运河与湖水环抱间,警务室就像是一盏点亮氾光湖的灯。看见它,就看见了光明,便感受到温暖和踏实。

在氾光湖百姓眼中,正是有了李树干年复一年的守护,他们的生活才得以平安祥和。在李树干看来,他终将会慢慢老去,但不管是他,还是徒弟顾欢,抑或是其他同事,总会有一个人头顶警徽,驻守在氾光湖,点亮警务室的那盏灯……

青春的姿态

王子潇

"妈,第一批,总得有人上吧。"这是2020年1月7日,朱庭萱接到支援金银潭医院任务后,在电话里劝母亲时说的一句话。彼时正是新冠肺炎疫情初期,人们对新冠病毒所知甚少。作为首批支援的年轻护士,家人的担心可想而知。但身为武汉大学人民医院一名九〇后护士,朱庭萱没有退缩,没有逃避,坚定奔赴一线。用她的话说,我不能退缩,更不能当逃兵。护士这份职业告诉我,患者在哪里,我就在哪里。

这样的故事,在这次防控疫情大考中,并不鲜见。北京大学人民医院医生刘中砥,得知医院派队驰援武汉时,毫不犹豫报了名,在前方重症病区,他最常说的话是"我年轻,让我冲在前面";民警燕占飞,雨中值守武汉火神山医院,即使吃饭,也注意观察卡点周围的情况,确保秩序井然;志愿者郑能量,大年初一驱车数百公里,从长沙赶往武汉,接送医护人员上下班、帮助运送医疗物资……他们用自己辛劳无私的付出,为武汉抗疫贡献一份力。而他们,有着两个鲜明的共性——都是正值青春的九〇后;都在祖国最需要处激扬青春力量,在危难关键时刻彰显青年担当。

在一些人的印象里,九〇后与"担当"二字还难以画等号。"他们还是孩子""他们还太年轻"……这样的话在日常生活中我们不时听到。在现实生活里,八〇后渐渐在各行各业崭露头角甚至取得了骄人的成绩。与八〇后相比，九〇后似乎还略显稚嫩。最年长的刚及而立，最幼的方才二十出头，在前辈人眼中，仍是需要被照顾的年纪。

然而，对于听着流行音乐、伴随互联网长大的九〇后而言，人们眼中的"自我"和"个性"，只是这代人表面的标签，那发自心底的浓浓爱国之情，那敢闯敢拼、不畏艰险的担当精神，并不逊色于任何一代人。在关键时刻，他们一样会迸发出耀眼的光芒。凉山森林火灾中，面对蔓延的烈火，24位九〇后消防战士迎难而上、坚定逆行，用生命诠释不辱使命、勇毅担当的火热青春；在荒凉山区、贫困村镇，九〇后驻村干部奔忙于脱贫一线，为乡亲们脱贫出谋划策；在这场抗击新冠肺炎的战疫中，4万多名驰援湖北的医护人员里，12000多名是九〇后，甚至很多是九五后，他们披坚执锐，逆行出征，只为救助更多患者，不负医者使命……这些九〇后们用行动证明，自己是靠得住、顶得上、不惧风雨、勇挑重担的青年一代，恰如习近平总书记给北京大学援鄂医疗队全体九〇后党员的回信中所说，"新时代的中国青年是好样的，是堪当大任的！"

刀在石上磨，人在事上练。不经现实砥砺，未受风雨洗礼，便难以收获淬火成钢、破茧成蝶的坚实成长。主动到艰苦的地方去，积极寻找磨砺自己的机会，在祖国需要的地方书写壮丽青春，正成为当代青年的普遍共识。北大学生宋玺，剪掉长发穿戎装，每天坚持高负荷训练，作为唯一的女陆战队员加入中国海军第二十五批护航编队，赴亚丁湾、索马里执行护航任务，展现当代巾帼的飒爽英姿；年轻小伙秦世冬，大学毕业后回到家乡广西，主动申请到基层担任驻村第一书记，入户走访调研、强化基层党建，与村民打成一片、融在一起，带领乡亲成功走上致富路，摘掉贫困帽。在边疆哨所、贫困山村、抗疫一线……八〇后、九〇后，甚至〇〇后，正以昂扬的姿态奔向火热一线，如烈火试真金，努力锻造自己。"其实，最重要的不是几〇后，而是'努力后''奋斗后'，能够到祖国最需要的地方去，能够为国家做贡献、为人民服务，才是实现人生价值的最好途径。"这是一位年轻党员的铮铮话语，也是广大中国青年的真实心声。

与其说青春是一种年龄阶段，不如说青春是一种拼搏奋进、勇于担当的精神状态。对于奋斗不息、心怀使命的人来说，青春从未流逝。前不久一条钟南山院士为袁隆平院士颁奖的视频，引得无数人为之动容。人们称他们为别样八〇后和九〇后，称他们为"医食无忧"组合。这是因为，他们虽年事已高，但是为了群众的生命健康、粮食安全，仍然辛劳奔波、奋斗不止。为抗击新冠肺炎疫情，钟南山院士连夜奔赴武汉。84岁的他，依旧征战一线，只因有着心系百姓、救死扶伤的使命担当，奔波的脚步留下执着向前的足迹，那是别样八〇后的奋斗印记。袁隆平院士，鲐背之年自我调侃是九〇后，不仅依旧坚守在科研一线，更始终怀着"禾下乘凉、让杂交水稻覆盖全球"的梦想，"为了实现这个梦，我们一直在努力"。逐梦路上，永远是青春的身影，这份一心为民、坚定拼搏的担当精神，任时光流转，也终不褪色。

如果青春有模样，那最美的模样，当是勇于担当、奋力向前的姿态。愿这份青春的姿态，能伴你我到永远。

童油匠改门记

文 猛

重庆万梁古道边,孙家镇兰草村,早些年种着遍山的油菜花。村里建了榨油坊,童油匠凭着一把好力气在榨油坊挣工分、炒菜籽、磨菜籽面、蒸菜籽面、抡撞杆,样样在行,成为榨油坊掌门打油匠。童油匠真名童大福,知道他的人不多,但一说到童油匠,方圆几十里都知道。

可是,童油匠的日子一直过得艰难。儿子患白血病不治,儿媳妇远走,孙子和老伴身体也都不好……

有一天,古道石板路上来了一位"高人"。童油匠将他请到家中,"高人"围着家屋转了一圈,对童油匠说,穷改门,你家大门朝向有问题,须改一下朝向,把正面向南改成朝向西南……

童油匠全听进心里,"高人"一走,马上拆墙砌砖。然而,生活并未见起色,孙子和老伴的病情依旧。

2014年,巴渝大地打响脱贫攻坚战,童油匠家因为缺少劳动力、家人多病、危房等因素,被列为建档立卡贫困户。2014年农历腊月二十三,我们驻兰草村扶贫工作队开始进村入户,童油匠成为我结对帮扶的"亲戚"。

跟着童油匠一起看他家的田地,仔细算他家一年的收入,我的心情异常沉重。我和村支书坐在童油匠家门前商量脱贫的门道:广阔的山林养羊,遍地的兰草种花卖到城里,申请低保和大病救助。我们把商量出的法子都告诉童油匠，童油匠却坐在门槛上，叹气说，我改了门的朝向都没有转运，怕是命中注定要穷一辈子！

我和村支书一同帮助他向镇上申请低保、大病救助和政府贴息贷款，联系城里的医院，把他的老伴和孙子送到医院医治。

除夕前一天，我带上年货到童油匠家，说是陪他过年，其实是看他家把我们安排的购买种羊的事情落实没有。

迎接我们的是一阵羊铃声，童油匠用政府贴息贷款买了2只种羊和6只小羊，正忙着在屋后搭羊圈。看到我们，笑呵呵地说，我正准备给文老师打电话，想请您写一副春联。我们家已经很多年没有挂过春联啦。

村支书悄悄对我说，他可是好多年没有看到童油匠脸上的笑容了。

2015年，我外派到福建挂职，所有关于童油匠家的信息都来自和村支书、童油匠的电话，扶贫让我对这方土地的这个家庭充满牵挂。童油匠老伴和孙子的病，根源都在心里，医院在心理疏导和药物治疗后，建议还是回家疗养效果好。老伴回到家中已能下床做些简单的家务，孙子能够喊出爷爷奶奶。家里的羊群渐渐扩大，种植的兰草被扶贫的同事们推荐到城里，养羊和种花让童油匠一家有了上万元收入。

挂职结束回到家中，已是春节前夕。我牵挂童油匠家，马上赶到兰草村去看望。院中摆满一盆盆兰草，童油匠的老伴正细心地浇水剪叶。童油匠带着孙子赶着羊群回来，羊脖上的铃铛声，羊群的咩咩声，给安静的乡村平添不少生气。

我发现大门的朝向改了回来，村支书笑了，是童油匠自己的主意。原来腐朽的榆树木门换成金黄的松木门，大门与外墙齐平，正对着村口的古道。童油匠说，村口的古道要修柏油公路，村广场和村便民服务中心也将修在村口。

我们笑问童油匠，那位"高人"的话你不信啦？

童油匠脸一下子红了，他那门道是空门道，国家的扶贫政策和你们的真心帮扶才是真门道！

2016年，曾有过很长种茶史的兰草村，被一家茶业公司看中，全村3000多亩土地种上了茶叶。曾经的荒坡、油菜田、水田种上一梯梯茶树。新种的茶树，破土长苗，满山青葱碧绿，山野之中飘荡一片清香。

没有了更多的荒坡草场，童油匠的羊群不敢再扩大，他卖掉一些羊，还了镇上的政府贴息贷款，只留下10来只羊，让老伴一边在山林放羊，一边照看孙子。童油匠脱贫的决心和信心让这位茶业公司的老总看到了，他专门请出童油匠，送到外地学习炒茶技术。当年在榨油坊的那些炒菜籽、蒸菜籽、抡撞杆的手上功夫，如今糅合在炒茶的手艺上，让童油匠顺利当上村里茶厂的炒茶师，每天穿着特制的工服，在厂里炒茶，还领着兰草村的游客采茶炒茶，一下成为村里的红人。

2018年，年收入突破5万元的童油匠还清家里多年的债务，老伴养羊挣钱，自己炒茶挣工资，孙子的病情一天天好转。童油匠向村里申请摘掉贫困帽。拿到脱贫光荣证，童油匠把它装裱好，挂在大门口。

2019年，随着兰草村知名度的扩大，到兰草村的游客越来越多，村里的茶园全部投产，成为远近闻名的茶乡，童油匠一家的收入也第一次突破7万元。童油匠的老屋被村里列入危房改造项目，按照兰草村统一的美丽乡村规划房屋样式建造新房。

2020年春节前，童油匠家的新房在原址上建起来，新房落成后童油匠第一时间打电话给我，要我一定去他家看看。

童油匠家的新房，青瓦白墙，以漫山茶园为背景，以蓝天白云为衬托，宁静如诗。我突然发现新房大门的朝向又有变化。我问他，新朝向不会又是有"高人"指点吧？

童油匠笑得非常开心，说，大门的朝向是我自己决定的。

我们站在大门口，发现镇里通向兰草村的柏油公路已经修好，公路伸向村口，然后是一条条人行便道通向各家和茶山。村口修建了一个很大的广场，广场上矗立着一把巨大的茶壶，茶壶口叮叮咚咚地流淌着山里的泉水。广场正中是兰草村便民服务中心，童油匠家的大门正对着的，就是服务中心楼前飘扬的那面五星红旗。

一条鱼的故事

杨晓升

母亲喜鱼,尤其是爱吃鱼。

我小的时候,当乡村教师的父母用他们每月总数共97元钱的工资养活我们全家六口:姐、我、两个弟弟和父亲母亲自己。让人揪心的是,母亲长期患有胃病。母亲胃疼的时候,愁眉苦脸,双手捂腹在床上"唉唉"一躺半天,令全家人坐立不安。父亲心疼,用小铝锅为母亲熬稀粥,还挤出钱每周去墟上为母亲买回三五两猪肉,加水及佐料炖烂,供母亲一人慢慢享用。如此奢侈的菜肴,令我们姐弟几个直淌口水。母亲吃着,却微皱着眉,还时常趁父亲不在时把肉分给我们,令我们姐弟四人既兴奋又纳闷。后来我们才发现,母亲最想吃、最喜吃的东西,其实是鱼!

在南方乡村,鱼比猪肉便宜。父亲于是每周抠出钱来为母亲买鱼。只要有鱼,母亲便总是吃得津津有味,全家人于是乐,禁不住逗她:"妈,您怎么天生就那么爱吃鱼呀?"此时,母亲就讪讪地笑:"我是属猫的,哪能不喜鱼?"

那年盛夏,有一天我和二弟跟乡村小伙伴在池塘里游泳戏水。忽然一条大鱼受惊,在我跟前"呼"地高高跃出水面,蹦到岸上。我一喜,不由分说上岸奋力将鱼捉住。这是条鳙鱼(北方人称胖头鱼),足有两斤重。二弟和别的小伙伴纷纷围过来,个个眉飞色舞,羡慕至极。我好不得意!拎奖品般连蹦带跳直奔家里,冲母亲报功。母亲见状,脸煞白煞白，冲我和二弟嚷："……你俩不懂事哇，怎能去偷公家的鱼？"我和二弟使劲争辩："这鱼不是偷的，是它自个儿跳上岸的呀！"母亲大怒："那也是公家的！"并强令我们将鱼送回池塘放生。我不敢继续争辩，不情愿地拎着鱼往池塘走，二弟也怏怏地在我身后跟着。

刚出家门，一位同龄的伙伴就堵住我，压低声音道："喂，干吗把鱼放生，多傻呀！拿到我家去，今夜玩耍完了，在我家煮鱼粥，如何？"他眼神热切，我和二弟怦然心动。我眉一扬，大声嚷："就这么办！"说着，慷慨地将硕大的鳙鱼递给他。我的心也过节般充满兴奋。我想，自己和二弟一个月都难得打次牙祭，把送到嘴边的鱼放回池塘，未免太亏了！

这天晚上，我和二弟晚饭后便溜出家门，在月色溶溶的乡村之夜嬉戏玩耍。虽是耍着，内心却总记着那条鱼。于是，玩了个把小时，便直奔那位小伙伴家。他的父亲和大哥已经煮好了鱼粥，于是，我、二弟和另几个小伙伴美滋滋地饱餐了一顿鱼粥。吃罢，却不由得提心吊胆。幸好事后一切都相安无事，母亲也一直蒙在鼓里。

直至我读完大学分配到北京工作，有次回家探亲，全家人在一块说笑时我又想起当年那条鱼，我和二弟都公开了那条鱼的真正去向。母亲听罢，皱着眉瞪着我和二弟，嗔怪道："好哇——你们兄弟俩原来合伙糊弄我呐？！"

我和二弟直乐。一会儿，二弟嘻嘻地问母亲："妈，要是再有鱼跳上岸，又让我们逮着拎回家来，您还让不让我们送回去放生？"不料母亲瞪一眼二弟："那还用说？不是你劳动或花钱换回来的东西，啥时候都不能要！"

这次，我和二弟没再笑，望着生养我们的老母亲，久久说不出话来……

鹿西岛上，有位陈老师……

周华诚

目送最后一个孩子走出校园，陈老师收拾收拾书包，锁上铁门，自己也踏上回家的路。陈老师家在鹿西岛的口筐村。从口筐到学校，从学校到口筐，一天两趟，早出晚归。

去学校的路不好走，翻山越岭的。凉凉的海风吹来，风里捎来岛上野果成熟的香气，也捎来不远处码头上的鱼腥气。新学期开始，孩子们长高不少，也晒得更黑了。鹿西岛上的孩子都是如此，海风咸咸的，加上日头一晒，孩子们肤色普遍黝黑，但一个个好像又都壮实了些。

陈老师走着走着就出了汗。这条山岭，陡峭的地方有40度角，几乎要手脚并用才爬得上去。翻山过来，一身汗。翻山过去，一身汗。走一趟，35分钟。碰上下雨天，那就遭罪了，路滑，伞撑不住，稍不注意就滑一跤。有时候走到学校，已经是一身泥了。

那时候陈老师常想，什么时候调出去就好了。

这里是温州东面的一个海岛，有个好听的名字，鹿西，属温州洞头区（2015年7月以前叫洞头县）。陈老师大名陈庆杰，师范学院毕业那一年，就被分到了鹿西中学教书。陈老师是土生土长的海岛人，从小就在岛上摸爬滚打。和岛上人一样，父亲打鱼为生。但奇怪的是，陈老师却晕船。父亲说，我们是靠大海生活的人家，看来你是没机会吃这碗渔饭了，那就好好念书吧。念好了书，出去工作，就能改变命运，离开鹿西。

那时候出去一趟，真不容易。出岛的唯一方式是坐船。一天只有一班船，到温州，天没亮就得起床去赶船，发船的时间也不固定，跟潮水有关。坐船需四个小时。每一次坐船对陈老师来说都是一种折磨。每一次坐船回来，陈老师就想，以后有机会，一定要离开鹿西。

这条山岭走了几年，陈老师还是没有调出去。按照县里的政策，大学毕业回原籍地工作，教满五年，就可以调出去了。可陈老师刚参加工作时，学校里的老师清一色都是本地岛民，清一色年龄都偏大。那时候陈老师年轻，心想为家乡做点贡献吧，先教几年，等新的大学生进来，再想办法调出去。

陈老师喜欢读书，也喜欢教书。他教物理，后来这门课叫"科学"，岛上孩子们都喜欢上他的课，一上课都瞪大了眼睛，好像这门课里装了一个新世界。从教室往窗外望一望，能望见大海上的渔船，能嗅到海风里的味道，也能想象到海岛之外的世界。

岛上生活艰苦。台风，暴雨，几乎年年有。损失严重的时候，连学校屋顶都掀了，一片瓦也没留下。平常日子，岛上缺水，没有自来水，老师们都要去一口井边挑水。近的几百米，远的几公里。到了枯水期，井也干了，只能开船去对面岛上运水。后来有了运水船，一次运几十吨水，供岛上人生活饮用。

这都算好，最难的是啥？找不到对象。年轻老师不愿来，来了也留不住。

岛上的人，陈老师全都认识。这岛上本来人也不多，低头不见抬头见，见了陈老师，不管老的小的，都会跟他打招呼："陈老师，放学了？""陈老师，吃了吗？""陈老师，我家那个小的，你管得严一点！"孩子们在路上见了陈老师，先是恭恭敬敬地叫一声"老师好"，然后就把陈老师拉到家里去喝茶吃饭。陈老师如不去，他们还不开心。

有一年，一位亲戚提供信息说可以帮他调往城里工作，问陈老师去不去。陈老师动心了，外面开出的待遇很高，生活条件好很多，机会自然也更多。而且在岛上，要找个条件相当的对象太难了。他几个晚上睡不着。思前想后，翻来覆去，最后却做了决定：留下来。为什么呢？因为那时候他教初三，孩子们能不能考个好成绩，能不能上个好学校，初三的作用太关键了。他教的初三，"科学"这一门课的成绩多次名列全县前茅。想到孩子们的目光，想到家长们的信任，他怎么忍心半途把孩子们丢下，自己走了呢？

这一留，又是好多年。陈老师成了岛上的风景。每天他都早早来到学校，迎接孩子们到来。傍晚又目送孩子们离开校园。每一天，他都陪伴孩子们在琅琅书声里度过。岛上台风多。刮台风的日子，他和别的老师一起，分头把孩子们一个一个送回家。陈老师越来越喜欢这份工作，他教过的孩子们，每年都有人考上外面的学校，过了几年又去更远的地方上大学了。看着孩子们奔向更大的世界，陈老师感到很欣慰。

陈老师快30岁的时候，岛上的小学终于来了一位虞老师，一来二去，两人相互看上了。陈老师被任命为学校副校长，还兼任岛上成人文化技术学校的校长，工作事务多起来。他成了家，上班下班有了伴儿。

虽说口筐村离学校还是一样远，岛上却新修了路，打通了一条隧道，再也不用翻山越岭了。陈老师买了一辆摩托车，突突突的声音里，岛上的渔民经常看见陈老师骑着车，后面坐着虞老师，风里来，雨里去。岛上的人见了，还是会向他们招招手，远远地，大声问，"陈老师，放学了？"

陈老师越来越喜欢岛上的生活。2006年，外调城里的机会再次出现，但陈老师悄悄婉谢了。这年陈老师转换频道，开始专心做他的成人教育。成人教育，从当初的"扫盲"，到后来的文化素质提升，再到技术培训、社区教育，一年一年办下来，岛上很多成年人都成了陈老师的学生。陈老师在课堂上讲什么？国内国际时事，中国优秀传统文化，生活美学教育，健康养生知识，先进科学技术……真的是包罗万象。陈老师在村民活动中心开设了一个"鹿岛讲堂"，每周一次，一次半天，讲堂一开，居然开了20年。有位刘奶奶，今年94岁，讲堂次次不落。陈老师担心她的身体，劝她天气不好就别来。刘奶奶嘴上应允，到了时间还是风雨无阻。

2011年，岛上的中学撤并后，岛上的小学教育质量也有所下滑。2012年的秋天，新学期开学前，一些家长找到陈老师，觉得他能力强、经验多，希望他把小学管起来。区里领导也找到陈老师，让他把教学质量抓起来，把师生们的积极性调动起来。

陈老师挑起了重担。在师生们的共同努力下，学校面貌一新，学校管理变得精细了，教师队伍变得精干了，校园文化变得丰富了，学生的学习热情提高了，教育教学质量也整体提升。到了2013年7月，小学毕业班共60个孩子，有12人被温州一所民办学校录取，取得了很好的成绩。这座海岛学校，先后荣获洞头区"华中"教学质量提高奖和"华中"教学质量贡献奖，陈老师也连续两年在区里做了典型发言。

又过了几年，陈老师的校长任期满了，原本是可以调离海岛的，领导也答应给安排条件好一点的岗位。但是陈老师再次婉拒了。他说，还是让我留在鹿西岛，继续做成人教育吧。

陈老师说，他已经习惯小岛的生活了。你别看鹿西岛小，但是在这里生活得越久，你就越喜欢它。

岛上生活简单，日子宁静。算下来，陈老师已经在岛上教书二十多年了。现在他最喜欢做的事，还是下班后跟虞老师一起，在岛上散个步。路上碰到的每一张面孔都熟悉。要么是他教过的学生，要么是他教过的学生的孩子,要么是他后来成人学校的学生——不管怎么样,他一路散步,人家就一路跟他打招呼:"吃了吗,陈老师?""陈老师,到家里喝一碗酒啊!"

陈老师说,我这辈子,在岛上也没干出什么大事,一年一年,都是平淡的生活。但是,让陈老师感到自豪的是,他教过的孩子们,很多都离开了海岛,远走高飞,飞到了全省乃至全国各地,有的还成了不同行业的优秀人才。"我现在年纪也大了,我觉得很幸福,也不想离开海岛啦!"陈老师笑着说。

风平浪静也好,大风大浪也好,陈老师就在那里,坚守在岛上,把一艘艘梦想的小船送了出去,乘风破浪,驶向无比壮阔的远方。

生态与旅游

霍山红岩松记

老人与树

嘉峪关前的白杨树

筲箕湖上护鱼人

行走苍南

鲍尔吉·原野

行走苍南几天，时间不长，印象却不错。回到家里整理照片资料，像重走了一遍，感叹这地方真好。

如果再去，我会先上蒲城的城墙上阔步一番。史料记载，这城墙顶宽一丈二尺，周长五里三十步。在一丈二尺宽的城墙上徐徐而行，举目便是苍翠的顶魁山与对面山。对面山名字起得好，每次抬头看这座山，它都和你面对面。

蒲城全名蒲壮所城，1996年被列为全国重点文物保护单位。城墙高一丈五尺，斑驳的石块自明代堆积至今，经历箭镞硝烟，此刻布满苔藓藤萝，绽放着比指甲还小的黄花。抚墙既久，觉得历史就藏在坚固的城墙后面，比如石头的后面；而它还会长出鲜嫩的标志物，比如野花。我喜欢在这座城墙上走，除了远望苍茫的大山，往下看，见得瓮城有亭，有阁，有牌坊，还有古井与戏台。蒲城位于苍南的乡下，但住在蒲城里面的人自称城里人，称住城外的人为城外人，可见这座城在当地人心中，多么重要。

德福湾村所在的鸡笼山有一座大型明矾矿，经过几百年的开采冶炼，形成古民居特色的工业村落。明矾矿如今不再开采，留下巨大的地下矿洞。

我下去探访一番，步履所及不足矿洞百分之一。矿洞太神秘，里面究竟分成多少层，有哪些岔路，很难说得清。导游说矿洞里没有手机信号，如果迷路，可能会永久留在这里。进矿洞，看到里面竟然还有礼堂。

矾矿的村落集古今风格于一体，也很好看。古村落的旧日繁华已不可见，却仍然吸引很多游客前来，买一些木制品、棉制品、铜制品等带回家。福德湾村被评为"中国传统村落"，矾矿遗址也被评为"国家矿山公园"和"国家工业遗产"。

蒲城古属金乡卫，与威海卫、天津卫形成序列，是明朝抵御倭寇的军事重镇。在镇上的文化客厅，我听到一班儿童用乡音诵读儿歌，虽听不懂，但觉得天真亲昵。找人翻译一下，原来是这么唱的：

"文昌阁，好种麦。麦开花，好种茶。茶叶果，送给外婆……"

还有一首描摹新娘出嫁："一下哭，一下笑。前头抬花轿，后头黄狗叫。"

想想这位穿红戴翠、又哭又笑的新娘子，她出嫁的情态多么鲜活。短短四句歌，连黄狗花轿都点到了，好一番喧腾的景象。

苍南县近福建，大部分人说闽南话，而金乡话独具一格。我问童谣班的老师，金乡话属于什么方言？老师告诉我，金乡话跟周围乡镇讲的闽南语、瓯语等不一样，属吴语太湖片。

我知道太湖离金乡镇有几百公里，怎么会在这个地方遗留方言呢？这就引出了金乡卫的话题。这里是军事重镇，古代朝廷派一千多名湖州兵丁来此戍卫，此地方言就是他们来过的证据。

我听到小孩子用古吴语诵读儿歌，感触颇深。我觉得所谓文化，要有一些独特的精神景观，包括语言和语音。我听说当地的学校老师还有学生家长都鼓励孩子们说金乡话，事实上，他们正在捍卫文化的传统，一如怀璧。听说有些方言区的孩子听不懂也不会说方言了，我感觉有点遗憾。金乡的小孩子说金乡话，心里涌动着金乡的山水人物，他们一定会更爱自己的家乡。在"爱"这个字里,最美的含义包括爱家乡。

苍南有一处文化景观叫"半书房"。半书房本部设在灵溪镇中心湖畔风景优美的公园边上,面积700平方米,是由21位爱书人众筹建立的文化综合体。近年他们邀请国内学者做过几百场演讲。我几次去半书房造访。这里格局舒适,书香氛围浓。书桌旁甚至楼梯上都坐满读者。当你看到一群人目不转睛地盯着书本阅读时,你的心也会跟着安静。

在霞关镇的山村,我又见到一座半书房,面积300多平方米,里面布置得很精致,书品丰富,是书店加民宿的综合体。乡村有如此精致的书店,我还是有些意外。这样的店开在北京南锣鼓巷或杭州武林路也很合适。书店门前即是青石板的巷子,老人在各家门前闲坐。

这家书店的主人叫陈闻,本是一位语文老师。2017年她辞职开办这家书店。

我问她为什么在村里建一个半书房?陈闻半认真、半开玩笑地说,为了让她父亲当上图书馆馆长。陈闻的祖父和父亲都是中医,行医一生,受到邻里尊重。父亲陈建义年轻时流连图书馆,倾心古音韵学,喜用闽南语吟诵苏东坡诗文。他觉得最美满的人生莫过于出任一家图书馆的馆长。

如今,陈老先生已正式履职,每天早上从二楼起居室踱步至一楼的书店,背手转上一圈,拿一本书翻翻,放回去;再拿本书扫一眼放回去,最后拿小凳子坐在半书房里看远处的山峰和白云。此处是陈建义祖辈居住的家,在这里当上图书馆馆长,算是满足一个心愿。我问陈闻,书卖得好吗?她笑答书店更多接待的是来读书的人。书店的房子,家族集资70多万元装修,在杭州工作的妹妹出资最多。书店已成为村里的公共文化空间,她自感收获不比当教员少。

苍南县的渔寮沙滩是有名的旅游景点。对海岸线漫长的国家来说,大海不稀奇，有好沙滩的海岸才珍贵。

来到渔寮沙滩，天黑了。我换上游泳衣到海里游泳。此时正涨潮，我在海里享受海浪发动的巨大荡漾，感觉自己如一叶扁舟，任尔西东。我在海里游了约两千米返回岸上，却并未很累。我心想，当年我也是内蒙古自治区昭乌达盟游泳队少年乙队的队员啊。

苍南不光风光好，也是经济发达地区。这里有国内较大的塑编产业集群和箱包产业集群，是国内台挂历的生产基地，这些代表着民间资本和老百姓创造力的蓬勃旺盛。

行走苍南，不要心急，慢慢走，慢慢看，这是一个值得回味的地方。

湖光迪荡

贾飞黄

一

迪荡是座湖。

迪荡，这个名字就沾着水气。舌尖跃动，两个字轻盈弹出，仿佛湖面闪动的粼光。

名字是轻灵的，水面却是开阔的。这是一片2400亩的水域。展开地图，在绍兴城二环的东北角，可见一大片晶莹的蓝色镶嵌在绿色之中，汇聚了交错的水网，也汇聚了观者的目光。这，便是名为迪荡的湖。

我来到迪荡湖公园时，已是深秋。江南的深秋并不似北方浓烈，但湖畔的水汽已渗着丝丝凉意。身后，是树木和草坪；远处，是树木和草坪。秋意还未及染透江南的层林，只留下淡淡的黄色晕染。居于这远近浓浓淡淡间的，便是宽阔的湖面。

那是一方沉静的湖面，沉静而开阔。但与那些气象万千的大湖相比，它又是宁静而亲切的，连那鱼儿不时从湖底翻起的气泡，似乎也更加细腻了；连那野鸭游动划破湖面的涟漪，似乎也更加温柔了。四周不时响起一阵阵清脆的水鸟鸣叫声，当你不注意时，它们就卖力地烘托湖面的静谧。可当你的目光去探索它们时，它们又突然消散在氤氲中。

绍兴的朋友说，你若晚来些日子，便能看到秋树斑斓的色彩映在湖里了；若是明年春天来，便能看到那远处的树木，开出大片粉色的樱花了。

湖心，是一个小岛。树木掩映下，隐隐可见几处院落。再往远眺，还有几段简洁的拱桥和回廊。脚下的步行道、身后的路灯是簇新的。但除此之外，这个迪荡湖公园里便没有更多显眼的人工设施了。在这里，只需如品茶般，静品这片湖光便好。

心无旁骛，也是一种放松。这是我在迪荡湖边呆坐半晌之后的感受。

二

迪荡湖，迪荡湖公园，所在的区域有一个行政上的名称：迪荡街道。

2007年，迪荡街道正式挂牌成立。而今的迪荡街道，由绍兴市越城区所辖。但还有很多人习惯叫它的"老名字"：迪荡新城。

环绕着迪荡湖的，是一片始建于21世纪之初的新城区，亦是绍兴的重要商圈之一。站在迪荡湖边极目远眺，视线越过层层树林，可望见一片高大的楼影。沿水路向南，在和迪荡湖连通的梅龙湖岸边，能看见一片高楼从岸边拔地而起——高级酒店、写字楼、商贸中心……青色的玻璃幕墙连接起来，将圆形的梅龙湖半拢入怀。而那些高大的建筑，因水面的波光和湖岸的曲线，也多了几分温情。在它们的背后，繁华的主干公路、林立的居民楼……万家灯火，由此升腾。

在迪荡，湖所承载的并不仅仅是一湾碧水，更有着绍兴这座古城对未来的向往。

我曾到过绍兴的老城。踏上石板路，访过兰亭的修竹、沈园的雅趣，穿过鲁迅的百草园和三味书屋，然后卧在一叶乌篷船中，沿着青草味的水道穿城而过，鼻腔里萦绕着茴香豆和黄酒的香气——我以为，这便是绍兴的醍醐味了。

但事实上，我只看到了故事的一面。

绍兴老城，发展2000多年，但若以环城河以内面积计，古城的面积也不足10平方公里。如今要承载数百万绍兴人的柴米油盐、起居出行、健康休闲，这老城便显得有些局促了。

古城要维持风貌，市民要现代生活。绍兴的朋友给我讲了一个故事：多年前，他去杭州，商场的停车场里，随处可见绍兴的"浙D"车牌连成一片——古城之内难以容纳更多的商贸服务业，市民只能跨城消费。一个商贸兴旺的现代化新城区，不仅仅关乎民生便利，更关乎一座城市的明天。

绍兴人开始将眼光投向城市周边更远的地方，包括城市的东北方。彼时，那里没有迪荡，也没有迪荡湖。

三

迪荡的湖光并非天然。21世纪之初，那里只有浅而小的水面。绍兴钢铁厂的旧址也在这片区域之中。

不了解绍兴的人可能会诧异——这座历史名城、旅游名城、文化名城，居然还有个钢铁厂。绍兴钢铁厂里，烟囱、高炉，还有成片的工人宿舍，是这片土地昔日的底色。

在那些年里，大概没人想过，这里有一天会绿树成荫、湖水荡漾。不得不说，把昔日的钢铁厂变成湖，是一个非常浪漫的想法。铁水变为碧水，烟囱化为树林。为了建商贸新城而挖一个湖，则是水乡人独特的情结。上善若水，傍水兴商，这不仅仅是城市环境与产业发展的科学关联，也未尝不是一种人文的智慧。到这里，似乎已很难分清，迪荡是"为城而湖"，还是"因湖而城"。

到今天，我只能从照片上回顾"绍钢"时此处的风物：水路岸边，挤挤挨挨的职工宿舍，黢黑的屋顶密密麻麻连成片；厂区里，煤堆连绵，直到把画面染黑；远眺，地平线上只有低矮厂房和高大烟囱轮流隆起，裸露的地面无不混着煤渣的灰色……而后，建筑被推平，土地被挖开，水路河网引来白亮亮的水。挖起的泥土垒成岸边的土丘，再按照悉心设计的图纸，种上精挑细选的草木。正遐想间，忽地，一只鹭鸟飞起，向着湖的深处飞去。

同在迪荡街道内的西施山遗址公园，也是这种变化的绝妙缩影。此处毗邻迪荡湖公园，虽然园内不见迪荡湖面，却和迪荡湖一样，有着闹中取静的气质。这里原本也属绍兴钢铁厂，但地底却暗藏玄机——那里挖出了古物，也因此成为浙江的省级文物保护单位。

伴随着"迪荡新城"的建设，这些一度被煤尘掩盖的故事又被重新提起，建成了"西施山遗址公园"。面积不大，重修的仿古建筑不多，却有绿树成荫、流水潺潺。公园大门外，便是高级酒店和商业街；公园背后，是一片可望见迪荡湖的高层住宅。公园在一片热闹中守着幽静，守着自然，与迪荡湖意气相投、相得益彰。

迪荡湖还是一处水利工程，担负防洪排涝、水环境改善、恢复水域的职能。于是迪荡湖之于"自然"、之于"生态"，便不仅仅是景观性的，更是功能性的。日光之下，湖水晶莹，湖光烂漫，是风景，也维护着更广阔的风景。

在迪荡湖边翻看这些老照片，如同聆听穿越时光的回响，悠远而意味深长。

四

风渐凉。夜色沉了下来。

迪荡湖公园的环湖路上，路灯次第亮起。很快，往梅龙湖的方向，商圈的一座座高楼亮起了灯光,在湖面上投下斑斓的碎影,令湖光中多了几分夜都市的繁华。

深秋的夜,来得有些早。华灯初上时,还未到下班时间。但很快,游人的身影便一个接一个浮现,环迪荡湖的步道渐渐热闹起来。清爽的风,开阔的绿地,散步的老人,追逐的儿童,推着婴儿车的年轻夫妻,还有夜跑的年轻人……这是与绍兴老城完全不同的夜晚。想起绍兴的朋友说,早些年年轻人来绍兴玩的多,留下来工作的却不多,因为城市不够现代、行业不够丰富。而今,迪荡湖畔这些年轻的身影,彰显着古城愈发蓬勃的朝气。

此刻的迪荡湖,热闹却不喧嚣。为了保护老城的雅韵,绍兴人在此建了热闹的"新城";但又要在"新城"的热闹中,用这一方湖面守着悠然静谧。既要动静皆宜,又要动中有静,传统现代、繁华天然均不想偏废。这样"贪心"的要求,却偏偏在这片湖光中实现了。

我想起,在西施山遗址公园看到一面石壁上刻满历代文人描写绍兴的诗词佳篇,这是绍兴悠长文脉和悠久历史的见证。时光流转,如今绍兴人在昔日的钢厂上建起的这片湖,不也是一首意韵丰富的好诗吗?诗情里,有水乡人对水的依恋,有保护老城的情怀,有实现人民美好生活愿景的决心,也有以一湾碧水向生态求发展的智慧。

在湖边,我发现一面高大的"相框"。"相框"中空的部分,恰好对着迪荡湖对岸最鲜明繁华之处,"取景构图"皆已完成,只待游人快门一按。这样的小心思让我不禁莞尔,忍不住也拿出相机留影一张。取景器里,湖水深邃,却映着现代的流光溢彩。快门响起时,我仿佛听到一座古老城市的拔节声。

霍山红岩松记

梁 衡

青松向为生命力旺盛之标志；岩石则象征意志坚定。所以中国传统文化，无论诗文、书画，多以松石为题表现坚贞高洁。20世纪60年代出版的名著《红岩》，以其塑造的英雄形象及传达的浩然正气影响了几代人。特别是它的封面，红色背景，一崖突起，青松挺立，永远定格在读者的心中。许多年来我一直感叹这艺术的创造力。但是，当六年前我在山西霍山脚下见到这块红色的岩石和石上的青松时，竟惊得合不上嘴。同行的人也都禁不住大喊：原来红岩松在这里！

这棵树与小说《红岩》的封面如出一模，几无两异。在当地也一直被称为红岩松。松下无一把黄土，树根就直接扎在悬崖的石缝里。崖高百丈，通体透红，如铁锈，如古铜。这是一处进山的路口，群峰让路为壑，水流奔腾成谷，经年的冲刷洗磨竟在谷口切割出这样一座孤峰绝壁，壁上长松。我们在崖下仰望，白云来去，一柱接天，劲松凌空。待爬到半山，才发现这座红色岩崖三面皆空，只留了一条窄窄的石壁与身后的群峰相连，孤岩青松，如天王托塔镇守着霍山之门。四面杂树环合，山风呼啸。我们小心地沿着壁上的小路，摆渡到红岩之顶，顶不平，错石斜出，如船头昂起，仅可容数人。身后万山如海，绿波滚滚，云雾蒸腾。松立船头，枝穗招展，如巨帆，如大纛，破浪前行。是时夕阳晚照，清风入袖，以手抚松顿生独立天地、视接千载之豪情。

霍山，古人封之为镇山。当年大禹治水之后莽荒初定，洪流甫退，遍野狼藉，逐封山为镇，以定天下。据《禹贡》注，霍山时为冀州之镇。历代沿革，皇帝祭东、西、南、北、中五镇之山，霍山为中镇。朱元璋称帝后，又统一钦定五岳、五镇之神共享祭祀。现在这块圣旨碑还立于霍山之门。想来无论是从政治还是地理角度，茫茫大地，江河横溢，烽烟滚滚，唯有以名山为镇，方显出治者的权威。

霍山又名太岳山。山西多山，为一南北狭长地形。东有太行，西有吕梁，如两道闪电倏然南下，相遇为峰，是为太岳。这三道屏障围成表里河山，自古为兵家必争之地，不知演出了多少威武雄壮的活剧。往远处说，最著名的当数李世民从太原起兵问鼎长安。行至霍州，久雨粮尽，李渊决定退军。李世民大呼："今兵以义动，进战则必克，退还则必散。众散于前，敌乘于后，死亡须臾而至。"李渊父子整军再战，大破隋军，西渡黄河，奠定大唐，史称霍邑之战。至今晋祠还存有他手书的《记功铭》碑。

从近处看，抗日战争中太岳山左挽吕梁、右挽太行，巍然抗敌，也是立了大功。1936年，红军东渡黄河过太岳，1937年八路军又在山西建立指挥部，创建抗日根据地。毛泽东运筹帷幄于延安，朱德、彭德怀立马太行，陈赓将军则带领子弟兵与敌鏖战于太岳。山西是全国八年敌后抗战的战略支点与敌后抗日的主战场。八年间，我军民的热血洒遍河川，浸透了黄土，染红了山崖。就是这次来探访红岩松，我们也是先去拜谒了山上的烈士墓。这红岩处众山脚下，正当大谷之口，为万川汇注之地，其鲜红的颜色正是烈士的鲜血经千渗百滤后凝染在石上；而守霍山之门的岩上青松，被历史的穿堂风塑造出遒劲的腰身，风雨写就了它满脸的沧桑，洗净了每一根松针。

好一个霍山，好一方红岩，好一株红岩上的青松，自大禹治水，到抗日大功告成，穿越历史的烟雨，矗立于苍茫大地之上。

自从第一次见到红岩松，我就想探究它与小说《红岩》的关系。当地人坚信那书的封面就是参照了这株红岩古松。我回京后即到出版社去打听，但时日太久，已找不到原书的设计档案。之后又辗转托问多人，还是杳无音讯。但这毫不影响红岩松在我心中的魅力，又两次专门带京城的朋友去登山拜松，又托林业医生为它体检治病。我明白，凡天地间的感人之物，总是有一定的道理，何必去追问是人力所为还是浑然天成？

6年后终于写下了这一段文字。

嘉峪关前的白杨树

马步升

在312国道嘉峪关段的路边,并排站立着8棵树,紧挨着一座砂质小高地。穿过马路不远处,就是高大的嘉峪关古城楼。在当今绿树成荫的嘉峪关市,这8棵树毫不起眼,要不是树旁纪念碑的提示,在旁人看来就只是广袤的西北大地常见的白杨而已。可是,这却是一种精神的象征物。

时间还要上溯到1952年。那时候的嘉峪关市还不存在,只有一座荒废已久的孤零零的古城楼,矗立在祁连山一处巨大的豁口中,周围全是寸草不生的戈壁滩。一条砂土筑起的大路,从河西走廊的东边,一路向新疆方向延伸,从东边的天地无尽处,隐没在西边的天地无尽处。

初春时分,大风卷起砂石,天地一派混沌。这时,新中国第一代筑路工人郑占乾,萌生了一个虽宏大却似乎不怎么现实的愿望:给路边栽树。

眼下没有劳动力,只有几名家属妇女,包括自己有身孕的妻子。也没有劳动工具,只有捅炉钎和铁铲。凿开坚硬的砂石,将十几棵瘦弱的杨树苗栽植进去,过了几天,居然有8棵树苗活了,还现出生机勃勃的气势。对这些身在荒漠的劳动者来说,最大的鼓舞莫过于生命的诞生和成长。从此,他们像维护公路、养育儿女一样精心照顾这8棵树,每日每时,心心念念。

时间过去了一个甲子。前年夏天，嘉峪关公路局杨局长带我去拜访郑占乾老人，并给老人颁发56年党龄的纪念章。老人居住在单位的家属院里，屋内陈设简朴，但干净整洁。老人身穿中山装，茶几上端放着一份几十年来每日必读的《人民日报》，一旁的果盘里搁着刚从树上摘下的杏子，金黄金黄的。在家人的帮助下，他将纪念章端端正正戴在胸前。年过九旬的老人了，在戈壁滩做了几十年的野外养路工，在他的身上丝毫看不出沧桑倦怠，眉宇间闪射着的是坚毅和自豪。子从父业的大儿子垂手站立一旁，我请他坐下，他笑笑，依然站立着。他也是八棵树的见证者，母亲怀着他，跟着父亲，一同栽下了这八棵树。如今他也是"奔七"的人了。

说起当年栽植8棵树的故事，郑占乾老人的话不多，目光清澈，语气平淡。他反复强调说，这都是工友们的功劳，都是来自组织上的支持和关爱，他只是做了一个工人该做的事情。

8棵树的意义体现在此后的漫长岁月中。祁连山深处的镜铁山发现了铁矿，这是我国钢铁工业的一件大事。厂址和职工生活区选在嘉峪关的戈壁滩上，距离矿山80公里路程，修建一条铁矿石运输专线公路迫在眉睫。这段公路所经之地，少部分是戈壁滩，大部分在山区。在吊达坂一带，海拔都在4000米以上，或终年积雪，或永久冻土。过了吊达坂，到二指哈拉的几十公里，全是高山峡谷，飞石悬空，湍流喧闹。别说那时候，当下这段路已经变成等级公路，车技差一些的司机仍然不敢在这种路段驾车行驶。筑路工具呢？没有大型机械，只有铁镐、铁锹、抬筐，还有少量畜力车。就靠这样简陋的工具，筑路大军凭借着对国家的一腔忠勇，炸石开山，人力搬运土石方，昼夜奋战，在高山缺氧环境中克服物资供应之不足，只用了两个月时间，就打通了一条运输铁矿石的专用公路。

8棵普通的白杨树，不仅为一条生命线一样重要的公路敲响了开场锣鼓，事实上也是一座现代化城市建设的开始。大西北许多新兴城市的建设堪称"无中生有"，嘉峪关就是这样一座城市。嘉峪关的名字在明朝已经声名远播，但其功能主要在军事方面。失去军事功能之后，就只是酒泉管辖下的一处古迹了。铁矿的发现，激活了这座"天下第一雄关"。一时间，筑路者，开矿者，各行各业的建设者，随行的家属，从祖国各地乘坐各种交通工具乃至步行，涌向这片荒无人烟的戈壁滩，成为嘉峪关的第一批建设者和居民。城市因矿山而诞生，那么，连接城市与矿区的道路便成为重中之重了。

一条道路固然短时间可以打通，但维护道路的正常运行，却是经年累月的功课。郑占乾与他所在的公路段的工友们，在此后的数十年中，日复日，夜复夜，把青春年华，把人生理想，全部交给了这条道路。又是沙漠戈壁，又是高寒山区，又是简易公路，修筑的难度大，维护的难度更大。路上行走的都是载重卡车，路面质地粗糙，极易损毁。冬天大雪封路，开春路面翻浆，夏秋季洪水冲毁公路，困难和危险是道班工人的家常便饭。

国家财力有限，道班工人不多，道路必须保持畅通。大家一年四季大多时间都坚守在岗位上，常常一两个月回一趟家。而回家之路更为艰难，或者搭乘拉运矿石的卡车，或者徒步，仅在路上就要耗去一两天时间。所谓道班，也只是在路边挖一个地窝子，能够防御野兽和风雪罢了。日常所需食品，依靠往来卡车捎带，饮用水则要到深沟去取，取一趟水需要耗费半天时间。更困难的是护路工具过于简陋，最初只是一些简单劳动工具，劳动效率很低，去一趟工地，晚上回不了道班，就只能在野外露宿。但工人们没有"等靠要"，而是自力更生，向发明创新要劳动效率。郑占乾和工友们发明了一种畜力刮路机，用一些废旧钢材木料，做成耙耧式样，套上毛驴，刮平路面。这种机械，后来推广到西北的许多公路段，使用了许多年。嘉峪关的公路博物馆里还陈列着这样的机械，让人既为前辈道班工人的聪明才智由衷敬佩，也为他们所经过的艰难岁月而心潮起伏。

郑占乾他们自己动手发明创新的护路工具还有很多。在今天先进的护路机械面前，这些工具显得简陋，可是没有前辈所经历的昨天，也不会有我们看到的今天。参观过几处当年用于道班的地窝子，难以想象在这样的艰难困苦中，道班工人们如何保障这条专用公路始终畅通无阻。现在，这条公路的道班，虽有温暖整洁的职工宿舍，有电，有电视网络，但与都市相比，生活条件依然很艰苦。他们却始终不与都市比享受，而是时时刻刻与他们的前辈比，比物质条件，比精神面貌，比爱岗奉献。

在一个方圆几十里没有人烟的道班里，几位工人师傅正利用工余时间，在空地上种植蔬菜。我问种的什么菜，一位工人师傅笑说：种的是希望。虽是玩笑话，却也是真实情况。没有希望，不会有人来这里，来了也坚持不下去。近几年，嘉峪关公路局招了许多大学生，他们大多来自内地自然条件较好的地区，他们手中的劳动工具先进了，但仍然和前辈做着同样的事——日常时期护路补路，非常时期抗洪抗灾。那天，寒风凛冽，我见他们一个个在路边低着头，寻寻觅觅，原来他们是在捡拾路边垃圾。公路不仅是车辆通道，也是文明的载体，比起前辈来，新时代的道班工人为公路赋予了新的意义。

"扎根戈壁，艰苦奋斗，无私奉献，甘当路石"。是的，这是嘉峪关公路人走过的历程，也是全体嘉峪关人走过的历程。从无到有，从有到多，从多到强，我们就是这样从昨天走到今天。

北麂人家

沈小玲

一

"阿莉,又回来啦?"

"是啊,老家好呢,今天生意好否?"

在丁香坦街口,几位大姐热情地与阿莉打招呼。大姐们就在自家门口卖岩头货、藤壶、香螺、辣螺、珍珠眼、蛎钩,什么都有。才到上午九点,他们摊位前的小箩筐就已经空了,海味一大早被游客买得精光,每天都如此。

阿莉是位老师,北麂岛的女儿。她趁暑假回岛上疗休养,有时也带好友来玩,她的老家在岛上的立公村。

北麂岛是北麂列岛中最大的岛,面积1.9平方公里,山巅海拔123米,离浙江瑞安市区约38海里。岛上有4个大渔村,3个靠海而居,立公村独自在半山腰的山坳里。

阿莉抄近路,选择爬山。山路的靠海一侧种满了甜美的百日菊、万寿菊、矢车菊。山上的芦苇一丛丛、一片片,海风吹过,轻轻地弯腰。

这几年,游客越来越多地在芦苇丛中拍照留念,北麂的芦苇成了"热门景点"。岛上的渔民这才注意到,自家房前屋后的芦苇原来这么美。

阿莉往上走,一直走到芦苇的尽头,立公村就到了。

村里的房子与岛上其他村子一样，清一色的石头房。石头房并不大，往往两三间连在一起。建得也不高，只有两层楼，窗户小小的，屋檐并不花哨。石头房多是矮矮壮壮很结实的模样，像在海边野大的孩子，赤着脚坐在山冈上吹海风。

石头房依山而建，房屋之间层次分明，错落有致。山上细窄的石头路将石头房尽数串起，小道在海风经年累月的吹拂下，岩缝里生出了带着淡淡海味的青苔和嫩嫩的蕨。

岛上渔民大多在瑞安市区买了房子，闲置下来的石头房被改成民宿。立公村的石头房整村开发建设，现在，部分民宿已对外营业。

不过，阿莉从来没有想到，有一天，会有那么多人坐船两个半小时，来岛上疗休养，住进他们村的房子，过一把渔夫生活的瘾。

在村子里，正好遇上一位来疗休养的中学老师，手里拿着刚买到的海货。他把阿莉当成了和他一样的游客，兴致勃勃地向阿莉介绍他住的石头房的一景一物。

"看见了吗？房前的小院里有浮筒、铁锚、丝网，都是用过的，上面还带着湿气。"他说，顺手指了指堆在空地上的虾笼，"好像渔民们劳作完刚刚离开，一顿饭的时间他们就会再回来。"

地上的虾笼六边形，蓝绿色的尼龙绳网在每一边都剪开了口子，如果虾和蟹冒冒失失地钻进去，想出来就难咯。海风习习，天空染上了藏青色，远处有人在大声说话，窗户里飘来饭菜香。

"这里的石头房子一点儿都没变，"那位老师跟阿莉说，"很真实，就像家里一样。"

阿莉笑了。她在自家门口站了站，屋里有工人在干活，民宿改造要到明年才完工。每次回岛上，阿莉都要去看看自家的石头房，也数数村子里的变化。

二

阿莉告诉来疗休养的老师，她就是本村人。她还特意告诉他们，落潮时一定要去立公村不远处的过水屿看石头房，与石头房来几张美丽的合影。

在北麂列岛中，过水屿是一座毫不起眼的小岛。

过水屿地名很形象，过水——屿。它与本岛似连非连。涨潮时，可以开过一艘捕鱼船，但落潮后，会现出一条路。走在礁石、石砾和沙土组成的小路上，常是忽高忽低，一脚深一脚浅。礁石表面有被海水腐蚀过的痕迹，像是大海把浪花拓印下来了。

20世纪70年代，北麂渔业发展起来了，陆续有人从高山、平原、另外的海岛来过水屿讨生活。最繁华的时候，过水屿有20多条船，300多口人。

渔民们在陡峭的岛上盖了一排排茅草房，每天出海，捕鱼，晒鱼，腌鱼，卖鱼。岛上条件艰苦，没水，没电。一旦涨潮，通往本岛仅几百米的路，就被大海淹没，但讨海的渔民一年又一年坚持了下来。

上初中时，阿莉和同学常结伴去过水屿玩。那时候岛上的渔民盖起了两层的石头房，结结实实，不怕台风，也不惧大火。码头、晒鱼坪、加工场一应俱全，还接通了自来水。岛上的生活每天都热气腾腾的。

到了20世纪末，北麂岛附近的渔业资源开始减少，岛上的渔民在政府的帮助下，纷纷改行做其他工作。石头房因此人去楼空。

阿莉说，望着无边无际的大海，看海风梳理着大片的芦苇，看安静而又美丽的过水屿，你不会觉得伤感，反而感到高兴。

因为，原先住在过水屿的人们有了更好的去处，到本岛，到市区，他们有了更好的生活。担心涨潮时被困锁，在黑漆漆的大风夜用昏暗的煤油灯,都成了遥远又模糊的记忆。

而今,北麂岛成了温州市摄影小镇。其中,过水屿尤其是绝佳的拍摄点。若是有人与阿莉聊天,阿莉便会劝他们趁着落潮,赶紧先去过水屿拍几张照片,那里最漂亮。

三

阿莉的堂弟阿西开着车从村间路上过来,看到堂姐,就把车靠边停下。健壮的阿西被晒得黑红黑红。

靠山吃山,靠海吃海。渔民阿西深谙北麂作为浙江省大渔场所有的故事,海洋生态、渔家文化、海岛旅游,他都一清二楚。

"八字门还记得不?"阿西说,"那里的水够深,够咸,还很干净,那里头养的黄鱼和野生的一样鲜美。什么多余的东西都不用放,一点盐,一点酒,一点姜,再放一小把葱,那味道,美呀!"

岛上渔民在八字门海域的海洋牧场里工作,每天都要捞起活蹦乱跳又肥美的黄鱼发往各地。

"我估摸你们城里人家办喜酒,用的黄鱼都是从我们北麂岛上运去的。"阿西很自信地说。

阿西在村里承包了一个小岛,3年到期后还可以续租。岛上有牡蛎、辣螺、红蛋蚰。如果风浪不至于太大,阿西基本每天都会上岛去采海味。潮起潮落,海水日夜滋养,礁石上的贝壳生生不息,一个人,只要肯去捉,岩头货总是有的。

北麂列岛有38个岛屿和51个海礁,有些岛礁租出去了,租给各自村里的渔民,渔民随时可以到自家岛上收割岩头货。美味的海鲜是不愁买家的,有直接被游客提走的,有让高速客船带到瑞安市民家的,也有腌制了流水供货的,怎么好卖就怎么来。

来疗休养的老师们听得兴起，也顺便问阿西：年收成如何？是租金的3倍？4倍？

　　阿西笑而不答。

　　到冬天，天气变冷，岛上的游客稀少，阿西他们便全家到城里住高楼去。第二年春天，又回到岛上，住进自家的石头房，继续红红火火的日子。

　　作为从海岛走出去的青年才俊，阿莉的小弟响应省政府"乡贤回乡"的号召，反哺家乡，投身家乡的建设，为北麂打造休闲海钓基地添砖加瓦。在禁渔期外，他常要回岛上来，组织海钓活动。

　　阿莉回北麂岛，就住在小弟在海边的石头房里。二楼的窗户是小弟特地设计过的大飘窗，帘子一掀，就可以看到一汪碧水，一片蓝天。门口的避风港零星地停着一些捕鱼船，小船上的渔民在养殖的网箱旁作业。

　　傍晚，阿莉开火烧水，把岩头货洗干净下了水。海味鲜活无比，香螺浓郁醇厚，龟脚软嫩鲜香，牡蛎软滑爽口。刚从锅里捞出来的藤壶，用镊子夹出藤壶肉，再将"壶"里的鲜汤一饮而尽——如同将半个大海的鲜美含在舌间。

　　更多的时候，阿莉就与好友坐在院子里看蓝天，碧海，渔船，芦苇，就这样看着家乡的岛一天天变成了海上花园、美丽渔村。

　　对于阿莉而言，北麂岛是永远的家园，它率真、舒适，让所有来过岛上的人们都流连忘返。

希望之树

王必胜

清雅醇和的诗意,穿越旷世时空,在偌大呼伦贝尔草原得到共鸣。

此时,内蒙古阿尔山林场,清澈蜿蜒的哈拉哈河畔,微风吹过夏末的晌午,笔直的省道犹如一条分割线,将两旁林带间肥绿的草地,划成畦畦田园。晨雨过后,草木葳蕤,东北黑土地越发油亮如洗,踩上去,脚头黏实黝黑。

田畴阡陌,植被丰茂,万物葱茏。

眼前,偌大草坪上各类植物随风起伏,有野生藤状花茎、有自然疯长的燕麦,最惹眼的是新栽的树苗。从机耕道下到一畦较大胡苗圃,花草沾衣,枝叶拂人。林业技术员小孟抚摸一株齐肩高的小树,仔细查看,如同对待久违的孩子,他喃喃道,长得好快呀!同行的林业局领导说,是啊,比想象的好。原来,这块种玉米、小麦的农田,去年春天退耕还林,栽上引进的小树,一年内长势喜人。

这些不太起眼的小树,经冬历夏,扎下根,长势良好,叶片绿中染上霜白,枝条略有尖刺,在阳光下,摇曳摆动,似乎在向人们致意。初识者好奇:这就是传说中的"大果沙棘"吗,就是林区着力推广的沙棘吗?

是的,田圃中的沙棘小树,亭亭玉立,昭示着林区人退耕还林的成果。一眼望去,沙棘排成一线,前后约一米五,左右三五米的间距,伸向远方，脚下是套种的蒲公英、甜菜、赤芍的簇拥，其势如仪，妆成林带草地一道独特风景。

种植沙棘是阿尔山林业局退耕还林的一项重要举措。大果沙棘适宜在高寒山地林中生存，既可造林绿化，防止水土流失，其果又富含维生素C，色泽鲜亮，经济价值和观赏性都高，近年来，成为林区退耕还林绿化的首选树种。小小沙棘在高纬度的阿尔山林区落户，一年多来已种植五万多亩。起初，人们担心这"沙漠的精灵"在林区草地上水土不服，经过一年多的培植养护，如今，成活率已近九成。眼下当年生的大片沙棘小苗，出落得像模像样，令同行的几位林业人无不喜形于色。

你可不知道，起初工作多难啊！真正的"水土不服"是人们的意识跟不上……林区领导介绍说。

退耕还林的国家战略，在阿尔山林区进入攻坚战。2019年春，林业局为了推广沙棘，干部下沉到农户家，到田间办公，反复做工作。也难怪，多年来都是承包林地的栽种习惯，让农户们接受变化，要有一个过程。

去年早春，林业局书记办公室，不请自来十多人，是来向领导提意见的：退耕还林不是说要"退耕得生态，百姓得实惠"吗，还林可以，可是老百姓的收入咋办？群众有疑问，领导不能回避，局里广开思路，多想办法，引进易存活、高效益树种。但是，改掉多年种地的老习惯，改种没有听说过的树种，这个预支的远景，想让百姓心里接受，很不容易。干部们苦口婆心，大道理与现实可能，调查数据与愿景目标，"他山之石"的图片视频……来回地谈心交流，"虽然心有所动，但还是有大大的问号"。那好吧，让他们走出去，到现场参观学习。于是，局里先后组织到一些省市的沙棘种植地观摩。在辽宁义县、内蒙古通辽、赤峰、黑龙江林口等地，沙棘产业规模化的发展前景，让一些观望的人触动很大。局里随后又拿出可行措施,比如,让种植户参与培训,参与种苗的挑选,技术人员指导套种,在资金上优惠倾斜,管理上跟班督促,最后签订收购计划和承诺书等"全方位跟进"。2019年,终于完成了一万多亩退还的指标,今年上半年,又完成了47000多亩。这5万多亩退还林地上,都是大果沙棘树苗当主角。

春天,万物勃发,林区开始栽种沙棘的"春季行动"。伊尔施镇一林场的韩振春,是最早的行动者。他家有两台拖拉机,招来25名工人,加班赶时间,3天就完成了700多亩的栽种任务。天一亮,机声在静寂的林带响起,欢快的节奏,表达了对未来的期待。植树机前面开出垄沟,人工跟上挖树坑,再是一株株沙棘苗放入,扶正,踩实,浇水,一气呵成。"我们种下树苗,也种下希望。"韩振春说,他家七百多亩沙棘,还套种蒲公英、蓝靛果。三年后,沙棘进入盛果期,林下的药材也有收入,就能实现林场说的"绿富双收"啊!老韩的喜悦,带动了不少观望的农户,大果沙棘成了阿尔山林区退耕还林追捧的树种。

历经70多年的奋斗,阿尔山林业局成为内蒙古自治区第一个人工造林保存面积达百万亩的林业局。如今,构筑生态优美的家园,建设生态文明,守护大东北绿色宝库,林业人退耕还林的信念坚守,矢志不渝。在无边无际的绿色世界里,一株小小的沙棘,也许微不足道,然而"林保"工程,生态建设,构筑美好的家园,每一个微小的举措,都是一份可贵的收获。

老人与树

徐 刚

我总在踏访森林和种树人的路上,与老人相遇。老人与树,是我心中的一道风景线。

1988年初夏,因为采写三北防护林,我去山西保德县找张侯拉。87岁的老人躺在炕上,额头布满了沟沟坎坎一样的皱褶,不停地说:"走不动了,走不动了!"当地林业局的朋友介绍,张侯拉爬了半个世纪的山,种了半个世纪的树,吃了半个世纪的黑豆。他用白面换成黑豆,中间的差价去林场购买树苗。年轻时他用两个银圆的本钱,凑成一副针头线脑花花绿绿的货郎担,不挣一分钱,只跟人换树苗。他还有一个绝招:蹲在林业局苗圃边上,把淘汰下来的树秧子抱走。然后爬上九塔山挖坑种树。张侯拉过了70岁,腿脚不方便了,便在九塔山住了10年,除了回家拿黑豆,到林业局捡树苗,从不下山。"捡来的苗苗能长成树吗?真是树疯子!"他从不辩解,只是日复一日地挖坑、种树、护林。不仅是九塔山,还有分分秒秒流失水土的九塔河小流域,那流泥淌坡之地,他是走过去的,还是爬过去的?

当人们看见九塔山已成青山,九塔河水已经变清时,这才想起了那个住在山上的张侯拉。县林业局的干部在九塔山上忙活了5天,他们要回答一个问题:张侯拉种活了多少棵树?丈量计算的结果是:九塔山小流域已成林面积310亩,共300745棵树,其中根植于流泥淌坡地的有

24万棵,九塔山小流域每年流失的土壤减少两万吨。何止九塔山?群众纷纷出来指认:这几片林子、那些个山头、山洪冲出的沟坎边、黄沙圪梁坡上,都有张侯拉种的树。当地老乡告诉我:"没有主人的树都是张侯拉种的!"

山西各路记者纷至沓来,张侯拉只回答了一句话:"人活一辈子,总要给子孙留下点什么。"

2010年我应邀采访集体所有制林权改革,统称林改。在林改第一村——福建省永安市洪田村,我看见了刻在石头上的、凝聚着农民智慧的九个字:山定权,树定根,人定心。

最拥护林改的是老人。江西盛传一则故事,武宁县大山深处有一独居老人,老太太去世,两个儿子已成家自顾不暇,老人成天在山里过日子。2002年夏初万木葱郁时,村干部忽然找到老人说:"老王头,你屋后的那片竹林就是你的了。""啥?"老王头以为在做梦,再三解释之下,老人听明白了,托林改的福,村民议决,老王头岁数大大家中无人手,就把屋后山坡上那一片竹林分给他了。老王头听明白了,撒丫子就往山坡上跑:我有竹林了!大山里回荡着他的声音。

握别老王头时,我们在竹林里转悠一大圈,陪同的村支书老余问他:"你的毛竹今年砍了多少根?""舍不得,再多长一年吧。"老余告诉我,"山民把山林当作绿色银行,一根小竹一棵小树每天都在生出钞票。"林改还改出了造林绿化新气象,用不着动员,造林时一家人出动,林地的角落边沿乃至悬崖绝壁处,都种上树,就连石漠化山丘,也花香鸟语。

云南陆良县有种草种树30多年的"陆良八老",八老中最长者为王家云,87岁,最年轻的是王小苗,73岁。我踏访花木山林场时,八老中的王开和陪我转这片山。这片山实为石漠化丘陵,约有300米高,原本无名,因为一次次造林绿化均告失败,已经被人遗忘。30多年前,8

位老人面对山民的贫穷、陆良喀斯特地貌形成的荒山荒地，他们商议：为自己，更为子孙，上山种树！据王家云的观察和试验，适合陆良石头地上生存的，是生命力顽强的华山松。因为华山松的种子落地之后只要有雨水，就能长出小苗，出苗后40天的移栽成功率高达90%。关键是要在石头地上挖坑、挖足够大的坑，让松的种子有居处，然后浇一大坑水。如是，天不下雨也能出苗也能移栽。王开和告诉我，"只要有锄头，就能劈开山石挖出大坑种上树。"那时最宝贵、最紧缺的是锄头，就连买锄头的钱也求告无门，8条汉子，8个家庭，一起凑钱，卖猪卖羊卖鸡蛋的钱。两三天换一把锄头，有时候挖个大坑要用两三把锄头。8条汉子从四五十岁挖到七八十岁，7400亩的石漠化山丘上，30年可以计算的是挖断了数以千计的锄头，难以计算的是付出了多少心血汗水与智慧。

我还遇见更多治沙种树的老人，他们中有的人倾全家之所有植树造林。我曾走进八步沙治沙老人居住的地窖，地上有残余的柴草，出口的角落还有一只破损的鞋，那是老汉穿过的鞋，是捡来的别人扔掉的破球鞋。我走近，细察，倾听，那是一只被风沙反复打磨的鞋，鞋帮已经开裂一个大口，风沙在打磨鞋的时候，也在打磨沙地里行走的老人。

回首，那些树还在，老人们大多已作古，我认识的这些老人，几乎不认字，没有动人的语言，却高扬着精神的旗帜！当我又一次面对草木，面对大森林，忽然发现那些老人并没有走远，他们都已成为时代之树的枝叶。

白鹤亮翅

余 艳

3月底,友人打来电话说:今年你宅在家里,我却宅在湖里。友人在南昌五星白鹤保护小区工作,她告诉我,白鹤没受疫情影响,养得都好好的。现在陆续离开鄱阳湖北迁,回西伯利亚繁殖后代去了。

我的眼前仿佛出现群鹤展翅、翱翔蓝天的风景,它们排成"一"字或者"人"字队形,振羽北飞。5个月前的入冬时分,它们也是这么飞来的。每年草木黄落、芦絮漫天之时,白鹤就从西伯利亚启程,远涉5300多公里进入鄱阳湖,与70万羽越冬候鸟共享鄱阳湖的美丽和丰饶。

在这之中,几只"有故事"的白鹤,尤为让人牵挂……

一

"爱爱"是一只3岁小白鹤。

这天,太阳照在鄱阳湖边扁担港库区,微风吹过,波光粼粼。库区中央隆起一条长长的沙洲,芦苇映水,景色宜人。突然,一只白鹤从半空一头栽下来,趴在美丽的沙洲上,气喘、无力,软塌塌连叫喊的力气都没有。

村民李增明开车路过,把它救下。刚抱上公路,一辆摩托车"嘎——"地停在他身旁。

"活的?好大啊!卖不卖?"

"咋能卖？救呢！"

接下来，李增明忙活开了：送派出所，再找林业局，又直接联系到省救护中心的汪志如。

白鹤送到时，已是傍晚，汪志如一看：精神不振，毛色脏乱，不能正常站立，腹下羽毛脱落。估计是长期未能进食，营养不良，体弱掉队。

况绍祥，很有经验的兽医，他给白鹤用了抗菌消炎药，但白鹤依然食欲全无。喂以玉米、新鲜小活鱼、藕夹，都不行。再静脉注射葡萄糖，输营养液补充能量……功夫不负有心人，5天后，白鹤开始进食了，身体明显好起来。

白鹤偶尔小小地飞一下，却很快又兴致败落。况绍祥知道，它身体虽然康复了，却还有心病，常常望着天空鸣鸣。4、5月份的鄱阳湖，已经不见了同伴的身影，它的大部队正在回迁西伯利亚的路上。白鹤要靠团队力量，同频共振形成气流，共同长途迁徙。可这只鹤已经追不上队伍了。它肯定很孤独，也很无助……

这天傍晚，汪志如来到棚舍，白鹤像是故意似的，朝着有光的窗户撞飞。"该让它走了——既然康复了，就归队去吧。"他来回踱步。

"可是赶不上了，再有6天，候鸟群都要飞离吉林莫莫格保护区了。"况绍祥说。

汪志如心里一动，做了个令人震惊的决定——"飞机护送！追赶北迁鹤群！"

况绍祥瞪眼看着他，不敢相信自己的耳朵。

"借助更大的翅膀，追赶飞翔的鹤群——得拜托飞机了！"

还真的行动了！

江西有关部门提前向吉林有关部门提交商请函；给莫莫格方面开出动物检疫合格证明；与航空公司联系，沿途接运，进专门货舱；量身定制新屋，内侧塑料网、底部铺地毯、几十个小钻孔通风……

5月8日这天，"爱爱"住进了特制的木房子，直奔机场。

二

宽广的停机坪，许多"大鸟"展翅待飞。在迁徙路上，"爱爱"也许曾遇见过它们。可今天，它却魔幻般地钻进"大鸟"的肚子，被护送着追赶队伍！

傍晚，飞机降落长春。

历经28小时，全程2000公里，飞机和汽车接力护送，终于抵达"白鹤之乡"——吉林莫莫格保护区。临飞前，"爱爱"戴上了编号S26脚环，并安装了追踪器。

要放飞了。况绍祥摸摸"爱爱"的头，再抱抱，又放下。他有些哽咽：飞吧，"爱爱"，去追赶你的队伍！

"爱爱"一动也不动。像知道要分别，舍不得、走不动。

费尽心思只为康复、只为飞翔，可真要离开了，又是多么不舍。"爱爱"终于开始往前走，却又不时回头看，况绍祥他们还站在原地。渐行渐远，还是展不开双翅，一直在走，在走……

突然，它用颤抖的呜呜，使劲"咕嘎，咕嘎"地叫唤。

我会回来，我会回来！我爱鄱阳湖……我更爱你们！

但，或许是"爱爱"不适应身上的追踪器，总爱用嘴啄它。放飞后不久，"爱爱"就失联了！它的数据再没有更新。这一天是5月28日，放飞的第20天。

汪志如心急如焚：卫星跟踪器坏了？这算是比较好的情况。还是"爱爱"离开了信号传输范围？又或者，最令人担心的，它遭遇了不测？

国际鹤类基金会和中国鹤类联保会，同时发布寻求"爱爱"的信息，但是没有回音。江西省林业局发动白鹤途经省份的野生动物保护机构密切关注，也是毫无所获。

2018年12月，有位"鸟迷"在山东一处水滩上，慢慢靠近一对白鹤。他匍匐着选定角度，拉近镜头，接二连三摁下快门。

这组照片很快在网上传开。都是生动瞬间：一对白鹤情侣，或一前一后，并肩而行；或昂首嘶鸣，相望对啄；或觅食低语，对舞欢歌；或形影不离，翱翔天际。但最让人瞩目的，是小公鹤脚上的"S26"脚环——

"爱爱"，这是失踪7个月的"爱爱"！

汪志茹、况绍祥看到了，顿时眼泪横流。

三

"爱爱"的两位"小伙伴"："枪生"和"419"，同样拨动人们的心弦。

救治"枪生"的周海翔教授，提起"枪生"就心生感慨。

"这个小家伙，身上取下三颗子弹，手术后50天，执意要飞。5月14日飞离国境，长途迁徙西伯利亚，一路不停歇，风雨无阻。"

周教授带着骄傲，展示了"枪生"的追踪器记录的"飞行日志"：

10月9日，飞越中俄边境，到达中国，第二天飞到向海；11月15日，飞回獾子洞，再抵达黄河三角洲，后到安徽省阜阳市境内；12月5日，"枪生"与它的伙伴们到达湖北省蕲春县蕲阳境内；12月16日下午，迁飞至江西鄱阳湖越冬地。

2019年1月11日，周教授冒雨赶到"枪生"的觅食点。滩地上约600只白鹤，没见它。到下午，白鹤雨点般落下。望远镜里，一只慢慢降落的白鹤，背部闪现黑影，周教授仔细辨认，确定是追踪器。这时，手机响了,接收的正是"枪生"的信号!

迅即抬头,"枪生"正飞过头顶。它跟鹤群一起,抖擞精神,引吭高歌,一飞冲天。它不再是害怕的惊飞,而是用翅膀拍开乌云,在云中穿越长嘶!教授在心中,默默向奋勇再生的白鹤致敬。

双喜临门,"419"也找到了!鄱阳湖国家级自然保护区吴城保护站的工作人员拿来一组照片,他们在11月29日巡湖时,发现了戴有脚环和追踪器的白鹤,其中一只就是周教授救治的,脚上还吊着419编号。有照片为证。

"419"和"枪生"是同一天被救下的。它本就身有"残疾":因踩中盗猎者布下的锯齿铁夹,从根部失去了最长脚趾。挣脱逃命时,还别断了大腿骨。它一路迁徙至鄱阳湖,承受了无法想象的痛苦。

追踪"419"的行程,它在回迁过冬、途经辽宁和内蒙古交界时,降落在沙坨子附近,有可能是掉队了。那夜,周教授拨通当地派出所的电话。早晨5点,一行人日出前赶到"419"的临时过夜点,这才发现,它并没有掉队,而是有6只白鹤聚集,将一同结队飞往鄱阳湖。

"我这才放心了。它这身体,还真到北极圈走了一遭!白鹤之志啊,值得敬仰!"

11月4日,"419"回到内蒙古通辽市南部花灯屯;16日,抵达苏皖边界的南京石臼湖;28日,飞入鄱阳湖边的大汊湖。

这一趟,还出现了最感动人的两个画面——

11月5日,追踪而来的周海翔与志愿者发现,在朔风与大雪之中,"419"与它的同伴紧紧依偎在一起。它在上风口,是想为同伴挡风。再细看,怕"419"一条腿站立,会被风雪刮倒,它的同伴在下风口,集体为它支撑身体!

而在石臼湖的那个早晨,志愿者的镜头里,白鹤正集结南迁。"419"

从队伍最后，慢慢加速、起飞，掠过前面同伴的头顶。瞬间，所有的白鹤腾空而起，随它南飞——原来，单肢的"419"担当大任，是这个鹤群的领飞员！

12月7日，"2019鄱阳湖国际观鸟节"，上千只白鹤正集体亮翅，"飞时不见云和日，落地不见湖边草"。

那天，太阳做了舞台的灯光，风儿拉起两道橘红色帷幕。丽日晴天中，天地间的主角出场了——2000多只白鹤正在"玻璃舞台"上，漫步、跳跃、旋转、飞翔……展示着世界上最美丽的芭蕾！

白鹤名片、观鸟经济、生态和谐。

快看，又一对白鹤从天空滑翔降落，优美而坚定，轻捷如纸鸢——

那是"爱爱"，它又飞回鄱阳湖了！

筲箕湖上护鱼人

朱能毅

洞庭湖西滨，眼前这万亩内湖，因形如筲箕，家乡人称它筲箕湖。

10多年前，筲箕湖人还是"两桨一根篙，常年水上漂"，捕鱼是主业。有个外号叫"多鸬鹚"的，堪称业内高手。他本名饶金多，算起来还是我的远房亲戚，因年轻时船上养的鸬鹚多，加上捕鱼如同鸬鹚般稳准麻利，便得了这个外号。近两年他添了个职务：筲箕湖水环境与资源保护协会副会长，人们又称他"多会长"。

"清明鱼娠子，谷雨鸟孵儿"。家乡人把鱼在湖边草丛产卵称作"娠子"。今年清明前，我为观察鲤鱼产卵情景，便乘饶金多巡湖的"两头忙"渔船，来到筲箕湖。

饶金多年近五旬，他像熟悉自己的掌纹一样熟悉这湖，哪里水深，何处鱼密，熟门熟路。前些年他响应政府号召，随渔民上岸了。但他对筲箕湖的关注一刻也没有停止过。此刻，饶金多赤脚站立船头，10个脚趾比常人的分得开些，像锚齿稳稳钉住船板。

我问他：今天怎么没带黑儿？"黑儿"是饶金多麾下"领头鸬鹚"，跟了他七年，捕鱼本事高强。

饶金多叹了口气，告诉我：近些年实行禁捕，那家伙难得派上用场，每天还要拿鱼喂养，大前年把它卖掉了，也让它有个归宿。"朱哥，也不瞒你讲，当时儿子考上重点高中，为筹齐学费，我才下那个狠心。"

有舍有得吧。"

鲤鱼产卵的黄金时辰是夕阳落水时。此刻远瞧，筲箕湖宛如一匹抖动的蓝纱。湖边水清波平，一蓬蓬水草自湖底袅娜向上，摇摆不停，为鲤族铺下繁育后代的安谧软床。"静水鲤，流水鲢"，这几日，母鲤便挺着"大肚子"，游至静谧的浅水区。它将腹和尾部弯曲成弓形，继而拼力甩尾，拍击水面，发出阵阵"扑喇喇"响声，溅起水花。自然产出的鲤卵形似熟透的油菜籽，色泽金黄，散附于草叶上。整个浅水区便缀满数以万计的小金珠，在夕阳映衬下煞是耀眼。

突然，饶金多收住双桨，先前微眯的眼睛睁圆、发亮了，两耳好像都伸长了。他发现了什么？渔船来了个急转向，冲向另一条船。原来有人瞄准产卵鲤正在撒网。顿时，一朵倒置的、灰色的花在船头炸开了，"花"坠水底，"根"攥在那人掌心。

没待我回过神来，那人已收网出水，一对鲤鱼随网入舱。母鲤有十几斤，频频甩尾，卵粒还在断断续续溢出。公鲤在旁不停地挣扎。

"你把它放了。"饶金多一脸严肃，命令那人。

"多会长，都是熟人嘛，何必较真。再说，我们都是上岸渔民，靠什么过日子嘛？"

"熟人和上岸渔民就该吃绝代食？政府已经给大家安排了门路，你不去干活，还有脸哭穷？"家乡把捕产卵鱼称为吃绝代食。

那人哑口无言，只好拎起鱼放归湖中。饶金多跳到对方船上，蹲下身，两手刮净舱板上的卵粒，洒到水草上。那是无数尾生命啊！

这一幕，让我亲睹了饶金多的凛然之气。

这当儿，又来了个高长个子。饶金多低声告诉我，他叫"笔杆刁"。我心里一动：笔杆刁是一种体型扁长、嘴翘的鱼，性情凶狠。叫了这个外号，只怕不是善茬。果不其然，此人瞄见水里有货，抄出一挺"电鱼器",按下开关。待他手上电线入水,大鱼小虾便在劫难逃。

"不许下毒招!"饶金多字字如锚砸过去,挥篙扫掉他手上电线。

此人眼一斜,嘴一撇:"你闲事管多了吧?"

"我管定了!亮出准捕证我看看。"饶金多显然也动了气,脸涨红起来。

过去,筲箕湖渔民捕到产卵鲤,取出腹内卵团,制成食品售卖,很是走俏。于是,湖里频现电鱼、炸鱼、迷魂阵围捕,连产在水草上的卵粒也被舀尽,使得野生鱼逐年减少。因此县湖管局出台了禁捕令,鱼类产卵繁殖期更不可能发放捕鱼证,这人哪里会有?他这才矮了些身子,又见我们的船舱里连片鱼鳞也没有,只好退步离开。

明月已经升起,湖面洒满银辉,千家灯火在远处渐次闪亮。饶金多捞起湖面一只纯净水瓶——刚才那个人扔的,丢进专放打捞物的舱格,拨动桨片对我说:"朱哥,莫睬他,我们四处瞄一瞄,大船也怕钉眼漏。"

湖管局给你巡湖补贴吗?我又问。

他摇摇头:"不给补贴也来。你刚才也看到了,我放得下心吗?"

我明白了:他把巡湖当作义工,当得很不容易。

船划近湖中一块"浮田"。它长十几米,长满植物。"浮田"我略知一二,大名叫"生态浮岛",利用水花生、浮莲、狐尾藻等水生植物根系,减轻水体富营养化,促进水质净化和生态恢复,也为鱼类和鸟类创造生息环境。想不到这里也有了。

一条鳡鱼扑哧跃出水面,击起圈圈涟漪,须臾便没了踪影。湖风吻着湖面,此刻空气仿佛是甜的。饶金多深吸几口,对我说,前些年筲箕湖浅水区被挖沟筑垄种黑杨,深水区被圈为私家池子养珍珠。外地人就耻笑我们:筲箕湖连一片鱼鳞也难见到,趁早改名吧。这话多难听,想想也是，湖里缺少鱼，不愧对祖宗吗？"筲箕湖以前太累了，好比你只能负重100斤，强行背负200斤，你能承受吗？听说你们写文章都讲究留空白，怎么就不能给湖也留点空间呢？"

为湖泊留空间，我还很少听到。除了心头一震，还可用什么词来形容呢？在洞庭湖西滨，像筲箕湖这类万亩内湖已经很少了，多数已成为小片水洼或是港汊，如同摔成碎片的镜子，不再有"带天澄迥碧，映日动浮光"的浩渺气象。即使有千诗万赋，又怎能将它拼贴完整？更重要的是，很长时期里，湖泊确实累了、瘦了。累在万顷烟波被非法围垦、肆意种养取代；瘦在被无节制地榨取，水质、泥质退化甚至恶化。平湖锦帆、远浦白鸥、"表里俱澄澈"的诗意之美渐渐消逝。湖泊宽容了我们，那是它拥有平静阔达的胸怀，而我们实在该为它做修复了！

"幸亏上面下令清除了湖边黑杨，珍珠也退养了，才有今天的安宁。"饶金多告诉我，如今鸟儿已成常客，近两年黑鹳、东方白鹳、中华秋沙鸭也来了，晚上吵得人睡不安。

"你看，现在是不是有点湖的味道了？"

我当然闻到了满湖馨香之味。鸟类的嗅觉、听觉、对大自然的感知程度，优于人类很多，它们是用自己的言语感念筲箕湖的脉动啊！

湖波涌碧，星辉满天，渔船载着我俩，驶向更宽的水域。饶金多提示我：如今呀，渔火你是看不到了，听渔谣也得撞运气。

"我劝哥哥哟莫捕三月鲤，

万千鱼子嘞还在母腹内；

我劝哥哥哟莫打三春鸟，

巢中幼子嘞正在望母归……"

饶金多或许是不愿让我失望吧，自己唱起了渔谣，舒缓悠长的音律中含着几分忧伤。这首渔谣我以前也听过，可是今天，它却有一股强大的穿透力，直抵我的心扉。孟子说过："数罟不入洿池，鱼鳖不可胜食也。"庄子也说过："天地与我并生，而万物与我为一。"人类与动植物共同组成这个世界，每一种生灵都拥有自己的生命价值。敬畏自然，友善万物，我们才能与之共生同处。

这样想来，我心底涌起愧疚：对比饶金多，我为这湖做过什么？几乎没有。耳边，似乎又响起饶金多的渔谣：我劝哥哥哟莫捕三月鲤……

乡土与美味

最喜荔枝红

剪窗花过年

人勤春来早

吴堡的饼子

霜来秋色浓

陈爱民

秋天往深处走，霜肯定来。霜来得轻巧，悄无声息。某一个早晨，瓦檐上闪烁着粉粉的光，那就是霜了。节令的抵达是时间发出的号令。霜由水汽凝结，万物染上或深或浅的白华，霜降正像时间的一场仪式。

霜，只有在晴天里才会生成。霜降霜降，其实，霜是生成的、是集结的，甚至是铺排的。说"降"，是人的心理作用，表明一种空阔、一种自然而然。天气确实更凉了，北方开始大面积冷起来，霜只是把大地和天空拓展得更为苍茫和澄澈而已。经了霜"打"的好多蔬菜和果实，变得甜起来脆起来，比如萝卜、白菜、红薯、柿子、枣儿等。

霜在秋夜里喧哗得紧，数着丰收的故事，到早上，就在阳光的宁静中升腾自己。田里到处是白光流淌，稻草垛憨憨的。好多鸟雀混迹于鸡鸭鹅中间，一起收拾收割后漏下的谷粒，它们是一朵朵蹦跳的火焰，也是一簇簇迷离的浪花。等霜全部离开，一沟沟、一冲冲、一垄垄的田，都列着阵，老老实实，规规矩矩。

五彩缤纷，是山的姿态和行头，虽然有些芜杂，却因了霜的洗涤，显得更加明静。所有的颜色都酣畅到了极致。苦楝的果实和一茎茎的叶，把鹅黄全抖出来了。银杏到底老辣，举重若轻，一树金黄就是一树景观。

山毛榉没有服输，褐的底色中生出星星点点。栗树的每一片叶子都写满了阳光的斑斑驳驳。鹅掌楸挺秀的身材棱是棱、角是角。皂角把果实撑得紫黑油亮，叶子和树干有浓浓的烟火色。至于枫树，烈焰飞奔，自有不凡的气势。再看柏和松，葱茏转深翠，更显高洁。不得不承认，时间的霜，是清醒，是砥砺，是温婉，也是旷达。

"霜降抢秋，不抢就丢。"虽说气候南北差别大，但农事在这个时节没有闲下来。农谚说得明白，"霜降见霜，谷米满仓""霜降快打场，抓紧入库房""红薯霜降下手收，豆到寒露没等头"，等等。湘中地区开始种油菜，等到阳春，油菜花炫目的金色会排山倒海，那些布谷的欢唱倒显得轻浅了；一些农家也在田里撒紫云英草籽，开春后，紫云英自成一景，细小的花骨朵笑成一堆，随风轻漾，猛不丁，一只只野蜂就跌进这紫色的湖泊里。

关于霜降，有两件事情，我记忆深刻。一是摘棉花。晴好的天气，母亲都要去摘棉花，我常常跟着。我家的棉花地在山顶，霜降时，棉花骨朵纷纷绽开，像举着的一个个半攥的拳头；棉秆像刀子削过一样，瘦，但有劲道。母亲走进地里，一次次弯腰，用拇指食指轻轻探进骨朵里，再用力一捏，一扯，再一投，棉花就"啵"的一声，躺到了箩筐里。霜风虽不刺骨，但总是把母亲的脸吹出一道道沟纹。母亲用这些棉花，一部分卖了补贴家用，一部分用来给我们兄妹做棉鞋棉衣。如今老家生活殷实得很了，但母亲还是每年要种一块地的棉花，每年给城里的我寄一双棉鞋。她总说，好鞋子买得到，好棉鞋难得找，土办法做的棉鞋，一针一针紧出来的，穿得久，保（护）脚呢。这都是实话，而且，母亲的针线功夫，在方圆十几里数得上。几次回老家，看见母亲在村头采摘棉花，腰已经挺不起了。我立马跑过去，和母亲一道，把棉花运回家。还有一件事，就是父亲对田里下的功夫，总比别人下得久、下得多、下得深。霜降后,他把自家的所有责任田里都要筑一个池子用来沤肥;春耕时,把池子扒开,父亲会笑得特别舒畅。

"千树扫作一番黄",霜降一过,大伙儿又各有各的忙碌,各奔各的希望了。

最喜荔枝红

蒋子龙

2020年是荔枝的"大年"。

何见其"大"？登上广东省广州市萝岗区的牛首山顶，俯瞰满山遍野的荔枝林，一片片翠绿、浓绿，挤成一团团瓷实的绿疙瘩。无涯无际的绿海中，浮荡着密密麻麻的珍珠般的红色颗粒，恰似"朱弹星丸粲日光"——这就是已经成熟的名为"桂味"的荔枝。

然而，漫步荔枝林，却是另一种景象。荔枝树大异于其他果树，诸如苹果、梨之类，为了便于人类采摘果实，树枝向四面八方七扭八拐，不往高处生长。而荔枝树为了获得阳光，自然而随意地向高空伸展。一般的成年荔树都在10米高左右，百年荔树可长到14米，树龄500年以上的古荔高达16米，相当于5层楼房的高度，其树冠也在50平方米左右。而且，一棵树一个形状，每棵荔树都形成自己的一方小天地。

荔枝林深处，并非像在高空鸟瞰那样密不透风。荔枝累累垂挂，一层一层，拉开了荔树的枝叶，使荔枝林里阳光缕缕，清风徐徐。清澈的山涧水，自上而下，迂回曲折，时缓时急，给荔枝林增添一种清凉的韵致。采摘荔枝的人，将保险绳系在较结实的树枝上，然后爬上荔树顶端，在晃晃悠悠的树梢上，将一挂挂结满荔枝的小枝剪下来，装进挂在树上的竹筐，然后一筐筐地用绳子吊下去。从采剪到装筐、装箱、装车，无不小心翼翼。成熟季节，外地的大客户，每天单是从萝岗，就要买走七八万斤荔枝。

所以，水果的"大年""小年"，最终还是要到市场上去看。今年的市场上，连菜摊旁边都摆着一筐荔枝，价格也比往年便宜不少。任何水果都有人爱吃，有人不爱吃，却很少听说有人不爱吃荔枝。但是，天下人都道荔枝好，却又有多少人真正了解荔枝？

荔枝首先是历史之果，广州市建城2000年，荔枝的栽培历史也是2000多年，萝峰寺至今还生长着一株1300年的古荔树，大多数年份还能硕果累累。《后汉书》中说，旧南海献荔枝，"十里一置，五里一堠"，路途险阻，前赴后继。汉武帝不想这么麻烦，干脆在长安修建了"扶荔宫"，将一百株荔枝树移栽至皇宫庭院，可惜最终一株也没有成活。

后来的唐玄宗、杨贵妃使荔枝的声名大振，"年年驿使走红尘，贡入骊宫色尚新"。据传是身为广东高州人的高力士，向唐玄宗和杨贵妃推荐了这种他家乡的特产。清代两广总督阮元，在其《岭南荔枝词》中肯定了这一说法："新歌初谱荔枝香，岂独杨妃带笑尝。应是殿前高力士，最将风味念家乡。"

荔枝在古代是贡品，大臣们也不一定能吃上。广东人张九龄，身为唐朝开元名相，一边吟诵"海上生明月，天涯共此时"，一边写《荔枝赋》聊以解馋："百果之中无一可比。"至宋代，苏东坡被贬惠州，因祸得福吃上了这种岭南佳果，他至少写了三四首关于荔枝的诗，最终成就了荔枝的文化品位。

人们说，历史就是文化史。荔枝更是一种文化之果，令现代人心生敬仰。一个例子就是，现代作家很少写荔枝，可能因为担心写不过司马相如、杜牧、白居易、苏东坡等古人。现在无论是卖荔枝的人，还是吃荔枝的人，张口就是"一骑红尘妃子笑，无人知是荔枝来""日啖荔枝三百颗，不辞长做岭南人"……荔枝本身已经演变成一种文化符号。

甚至，"荔枝"的名字就是诗。其品种很多，如"水晶丸"，俗称"糯米糍"，名字来自宋朝杨万里的"甘露落来鸡子大，晓风冻作水晶团"；再如"十八娘""宋家香"，名字来自清朝顾贞观的"碧桃争比得，鹤顶真珠液。好在宋家香，刚逢十八娘"；还有桂花香味馥郁的"桂味"，肉质滑软、清甜多汁的"秀玉"，成熟后红紫相间、缝合处一条绿线直贯到底的名贵品种"挂绿"，果皮鲜红、果肩隆起、果肉厚实的"双肩朱砂红"，极其稀少的"水西碧玉""雪怀子"等，不一而足。

岭南民谚："天下荔枝在广东，广东珍品在萝岗。"被誉为荔枝中"三宝"的"水晶丸""桂味""挂绿"，以及被尊称为"荔枝皇后"的"水西碧玉"，皆在萝岗。

为什么是萝岗？

萝岗在广州东北方，隶属黄埔区，境内确实有"岗"。萝岗之"岗"，南北狭长，北高而南低，渐次由三种地貌构成：高丘陵、低丘陵台地及河涌与滨江冲积平原。山丘表层为砖红壤潮土，有机物质丰富，土层深厚肥沃，呈弱酸性，天生就是供荔枝生长的优质土壤。加上全年气温较高，雨量丰沛，就像当地百姓所说，"插根木棍就发芽"。

这里有一座荔枝山，还有一个"果村乡"——可见当地对荔枝的看重。不管是村委会也好，乡政府也好，都全力为栽种荔枝服务。有的村子，是一个巨大的圆圈，圆圈中间是茂密的荔枝园，这叫"人跟着荔枝走"，为守护荔枝而建房居住，从而形成村落。还有的村子，是"荔枝跟着人走"，比如建于明代的水西村，四周都是荔枝林，计有1500余亩，光是古荔树就有12000多棵。村里老人讲，有些古荔的树龄可能在六七百年以上。自古以来，村里人就与荔枝相依为命，数百年的荔枝树至今不改其味，甚至果实的味道越来越甘醇，真是福荫后人。其中一株400多年的古荔，每年挂果千斤左右，且一半是被誉为"岭南第一荔枝珍品"的"水晶丸",一半是"桂味",至为神奇。

走进这样的地方,就像进入荔枝的博览园,或者说是进入荔枝的原始森林。萝岗有百年以上的荔枝林3万多亩,其中半数以上的树龄在300年以上,树龄500年以上的有27株,这些经历了数百年风雨的古荔树,至今仍硕果累累,皆属于"红壳大果品系",肉厚核细,即便在岭南也较为罕见。这当然跟萝岗原生态的自然环境有关。

荔枝的神奇还不止这些,司马相如在《上林赋》中将荔枝写成"离支"。而白居易在《荔枝图序》中这样解释"离支"的含义:荔果离枝之后,其变甚速,"一日而色变,二日而香变,三日而味变,四五日外,色香味尽去矣"。所以采摘荔枝时不是直接摘果,而是连带着树枝一同剪下,让果不离枝,以保其鲜。荔枝的成熟也不是渐渐变红,而是一夜骤红。

这可能也是荔枝之所以格外珍贵的一个原因。

植物学家蒲垫龙曾说:"古荔枝是岭南至宝,倾家荡产也要保护好。"现在,古荔树不仅保护得很好,而且径直成为当地人的摇钱树。当代社会,经济文化高度发达,文化之果荔枝已变成"金果",含金量极高。萝岗又获得了"国际无公害产地认证",每到荔枝成熟期,采购者从四面八方蜂拥而至,每年外销荔枝可达数千万斤,进账也以数千万元计。

如今的荔枝既是珍品佳果,又是大众鲜果;既高级,又普通,饶是"人见人爱"。

吴堡的饼子

李光泽

在陕北吴堡县,招待外地来的客人,常离不开空心饼子。生活在外地的吴堡人,隔三差五也会叫老家的人捎几个空心饼子,解解馋。

吴堡老街上的小吃市场里,有很多摊位卖空心饼子。他们一边制作饼子一边卖。吴堡人把制作饼子,叫作打饼子。打饼子是一门手艺活儿,这个市场里打饼子的师傅,基本都是有二三十年功夫的老把式。

吴堡空心饼子有"三绝"——一空二香三酥脆。空的秘诀在于,饼坯子里面包了一撮干面粉。烤制过程中,饼子受热后,就会形成中空。为了防止饼子太胀,师傅会拿一根钢针或铁丝在饼子侧面扎两下,放点气。香的秘诀在于,饼坯里的干面粉中,掺一点小茴香和食用盐。小茴香自带香气,食用盐用来提味。有的师傅还会有些创新,在饼子上撒些芝麻。虽然多一道工序,但饼子又多了几分芝麻香,香上加香,自然更加抢手。酥脆的秘诀,一在搭碱上,二在烘烤上。吴堡空心饼子属于发面饼,面团发到几分,搭多少碱,要恰到好处。

至于烤炉,就更有讲究,须用土炉。土炉炉膛正中是一个出火口,出火口周围是一个圆形的胶泥平台,谓之"跑马圈"。"跑马圈"上面放一个直径两尺多的铁鏊子,刚好盖住烤炉。打空心饼子须烧蓝炭,火头硬,温度高,无烟。饼坯先在鏊子上烙一会儿,变色以后,再放在土炉"跑马圈"上烘烤。饼子整整齐齐排列在"跑马圈"上,翻过来,调过去，等待着可以出炉的那一刻。刚出炉的饼子最好吃，焦黄冒着热气。咬一口，外面酥脆，里面绵香。

  每天早晨，我从寓所出发去单位上班，都要经过那几个空心饼子摊。离得很远，就能听见打饼子的声音——先是"得啦""得啦"两声，紧接着，"啪"的一声。打饼子的师傅，每人都有两个梨木小擀杖，一个是常规的，一个是特制小擀杖。师傅先用常规小擀杖在案板上空击两下，接着擀饼坯，随后，"啪"的一声，把擀好的饼坯掼到案板上。再用特制小擀杖轻轻地在饼坯子上溜一溜，饼就有了花纹，有了质感。我问师傅，为什么要用小擀杖空击两下案板？师傅哈哈一笑说，耍个"式子"，弄出点声音来，吸引顾客。

  随着生活水平的提高，空心饼子有了新吃法，那便是吴堡人挂在嘴上的空心饼子夹肉，类似关中的肉夹馍。这种吃法当然比普通吃法更过瘾。饼子不干，肉不腻，还耐饱，吃一顿管好久。

  我虽然不是吴堡本地人，但吴堡空心饼子很早以前就给我留下深刻印象。上初中时，我经常利用课余时间，骑着自行车到离学校十公里以外的吴堡县城去贩饼子。买10个，老板送1个，回去把那10个饼子卖给同学们，还可以赚得吃1个。

  我到吴堡工作以来，节假日偶尔在单位值班。到了饭点，我会买两个空心饼子，一块一块掰碎，一边掰，一边吃，不慌不忙消灭掉两个饼子。再泡一壶红茶，红茶加饼子，也算一顿舒适的简餐。

  对漂泊在外的吴堡人来说，一个空心饼子，加上一碗小米稀饭、一碟水萝卜小菜，就是老家的味道，就是小时候的味道。我知道，他们中的很多人，不好山珍海味，就好这一口！

春的锣鼓

乔忠延

春,是从何时开始苏醒涌动的?

是从崖畔上垂下第一枝黄灿灿的迎春花吗?不是,一枝独秀的迎春花,犹如从天地间穿过的第一只燕子,传递的仅仅是春将要到来的消息。是从漫山遍野红艳艳的山桃花吗?不是,芬芳竞艳的山桃花,犹如杨树梢头叽叽喳喳的喜鹊,那已是春盈满天地间的捷报。那春到底从何时开始苏醒涌动的?我固执地认为,从大年的威风锣鼓猛然爆发、齐声轰鸣,春便苏醒、便起步、便奔涌,以至百般红紫斗芳菲,以至千里莺啼绿映红,以至万里山河皆画卷。

在我童年的记忆里,春和我一样,都是贪睡的孩子。一旦入睡,就久久享受着酣梦,迟迟难以苏醒。那时,妈妈在枕头边摆好过年的新衣服、新棉帽,还有小鞭炮,可我就是赖在被窝里不想起床。叫不起来,妈妈就把我扶起来。坐在炕上,我仍然双眼睁不开,迷迷糊糊如在云里雾间。忽然,我的眼睛灿亮,我一跃而起,穿上衣服,飞跑出去,恨不得长出一双翅膀,一下就能飞出好远。让我眼睛灿亮、一跃而起的,正是那翻江倒海般轰鸣的威风锣鼓。

威风锣鼓,是我家乡山西临汾特有的打击乐。乐器很简单,就四样:锣、鼓、钹、铙。但是,可别小瞧这四样乐器,配置起来样样都有文化内涵。常见的组合是:一面鼓、两副铙、两副钹、八面锣。要想规模大,按照比例递增。如今,百人、千人锣鼓队屡见不鲜。据说,鼓代表土,两副铙、两副钹分别代表金、木、水、火——五行齐全;八面锣代表东、西、南、北及东南、西南、东北、西北——四面八方。敲打时,鼓居中,铙、钹在鼓的四个角,锣围在外圈——天圆地方。这样组合在一起,演奏成一曲,能够迸发出惊心动魄的声威。有人描写过,如霹雳轰鸣,如暴雨倾盆。可我总觉得还不够劲,那锣鼓声,比霹雳还要威武,比暴雨还要狂猛。那气势,不是山呼海啸,胜过山呼海啸;不是石破天惊,胜过石破天惊。那锣鼓能长劲,那锣鼓能生威,能让懵懵懂懂的我奋然跃起,奔跑开来,跑向村正中的大院,随着激昂的声响,和那些如痴如醉的爷爷奶奶叔叔伯伯一起举行大年的联欢,村里的老老少少欢天喜地度过万象更新的大年初一。

小时候也纳闷过,家乡这大年联欢未免有些简单,没有豪言壮语,没有丝竹盈耳,没有歌舞飘逸,也没有粉墨登场,实在是简单得很。长大了细想才明白,何须豪言壮语,何须丝竹盈耳,仅这威风锣鼓就能以一胜十、胜百,胜过千千万万。是呀,巍巍中华,地大物博,万里山河,千姿百态,鼓乐也风情万种。有腰鼓,有花鼓,有书鼓,有琴鼓,有排鼓,有板鼓,有扇子鼓,还有阴阳鼓和花盆鼓。鼓乐众多,花样迥异,各自都有吸引眼球的魅力。不过,若论最具声势、最能鼓舞人心,我以为,还是家乡的锣鼓。难怪世人把这锣鼓推举为威风,名曰:威风锣鼓。

我无论如何也想象不出,汾河两岸的先辈们为何能缔造出威风锣鼓,并且用威风锣鼓激活每年这最重要、最隆盛的新春佳节。或许是我居住在黄土高原的缘故,大年,与后来被叫作春节的喜庆日子,来临时却没有一点点春天的气息。冰封河山、寒凝大地,雪花纷飞更是最常见的。莫说百般红紫斗芳菲的蓬勃春色,就是草色遥看近却无的初春景象,也还在祈盼之中。正因为如此,我才一厢情愿地认为春和那个儿时的我一样,正在被窝里贪睡。需得猛击一掌,需得大吼一声,才能惊醒春,春才会迎着寒冽的西北风起步,奔走,直至奋跑,跑进万紫千红,跑进林茂禾盛,跑进五谷丰登。而如这一掌猛击、一声大吼一般,见气势、具活力的,无疑就是先辈们缔造的威风锣鼓。

曾经沾沾自喜,以为破译了威风锣鼓蕴含的奥秘。然而,自从威风锣鼓被列入国家首批非物质文化遗产名录,我不得不重新鉴赏感悟其中的丰饶真谛。再观看锣鼓表演,耳边震荡的是多变的鼓点,胸中翻腾的竟然是李白的诗句。要么是"大鹏一日同风起,扶摇直上九万里";要么是"俱怀逸兴壮思飞,欲上青天览明月";要么是"长风破浪会有时,直挂云帆济沧海"……同风起,壮思飞,长风破浪,直挂云帆,这才是威风锣鼓千秋相传、万代不衰的永恒魅力。

我曾经盯着被誉为鼓王的程三洪,用他打鼓的姿态解读威风锣鼓魅力的内涵。他那眼时睁时闭,臂时舞时停,腿时起时伏。我蓦然领悟,威风锣鼓的声威交织着多种力量,使用的是心力,张扬的是外力,积蕴的是内力,下压的是重力,上翘的是弹力,浑身喷射的是爆发力。毫无疑问,只有将精气神集于一身,融为一体,才能击打出波澜壮阔的声威。

正缘于这扬威提神的魅力,威风锣鼓才能成为一张文化名片、一个文化品牌;才能走出家乡,扬帆远航,遍及神州。数不清有多少教练在长城内外传播鼓艺,数不清有多少团队在大江南北敲打展演。这些教练,这些演员,多是走出庄稼地的农人,有的来自汾河谷地,有的来自偏远山庄。祖祖辈辈躬耕田地的庄稼汉,做梦也没有想到这喜庆的锣鼓,会成为脱贫致富奔小康的道路。他们喜出望外地走出家门,去敲锣打鼓,去欢悦万家,去激扬神威,去招财进宝。

喜滋滋、笑盈盈的家乡儿女吃过阖家团聚的年夜饭,喝过人寿年丰的喜庆酒，一开大门，新年光临。全面建成小康社会的宏伟画卷已在眼前铺开。信心满满的乡亲们早已挎着鼓，举着钹，持着锣，擎着铙，呐喊着飞步奔上场来。脚跟站定，双槌敲击，威风锣鼓擂响了！高天碧蓝，阳光灿烂，盈耳的全是滚滚春雷！

在惊天动地的春雷声中，春草在萌动，春水在融冰，春在苏醒、奔涌，和着众志成城的热浪欢悦地奔涌，奔涌！

清江三鲜面

王在恩

吃清江三鲜面,自然要去清江镇。起因是我们一群因学习聚在雁荡的人,被朋友约到了浙江省乐清市清江镇,说是这三鲜面极好,吃了就忘不了。对三鲜面,我本来没有抱多大希望,以为就是普通的面。面里不是牛羊肉,不是炸酱,不是辣子,就是海鲜而已。

驱车十公里,到了清江。有了一条清江,就有了清江镇。据说是1994年台风过后,滩涂上留下了很多小海鲜。蛏子、跳鱼、黄鱼、蛤蜊等,别人看了,不曾多想,独有一位姓孙的女子看了,就想到怎么用它们烧面吃。她一番琢磨,创出新烧法,面汤鲜美异常,于是挂起了清江三鲜面的牌子。在店里的后厨,我见到了她,年约六十,干瘦,精神。我见多了身形扎实、瓮声瓮气的男厨师,看着眼前这位女子,不觉升起一股敬意。

两个帮厨斩断蝤蠓,去其杂物,水龙头下一淋。主厨下油,放进肉丝,切好的蝤蠓就入锅了。没有放葱姜蒜!这有点出乎我的意料。这样好吃吗?我只在心里疑惑,没有说出口来。她用锅铲翻炒,刺啦刺啦,再刺啦刺啦。之后,就倒进了酱油水,腾起一股一股白烟。人就掩进了白汽里。我也不得不退出了厨房。

三鲜面上桌了。放在眼前,还真的没有看出特别。吃面先品汤,汤色如乳,给我小小的意外。调羹提起,舀起半勺,轻抿一小口,就在舌尖上刮起一阵旋风。于是脱口而出：鲜！北京的面，多酱味；西部的面，多牛羊肉味。而这碗三鲜面的味道，是海给予的。待稍凉，再喝一大口。从舌尖到喉咙再到心尖，是一种熨帖，更如一种安慰。三鲜，名副其实。三，应该是多。但在面汤里，所有的鲜集合为一种鲜，而且只可意会，不可言传。七八个一起吃面的人，只说"鲜""好吃"。而搜罗所有的形容词，都没法说出口来。于是只有用呼噜呼噜的吃面声表达。

这碗面，完全来自大海。蝤蠓、蛏子、跳鱼、黄鱼、大虾，在碗上堆着，冒着一个尖儿。蛏子较多，个小，壳薄，说入口即化是夸张，但入口即滑下肚，倒是真的。大虾，亮着诱人的红。去皮，吃肉，鲜嫩得很，似乎刚刚出水。跳鱼和黄鱼，都被油炸过。主人说，这是为了锁住其味，若过多参与汤里，则不鲜矣。的确，跳鱼是跳鱼的味儿，黄鱼是黄鱼的味儿。尤其是黄鱼，肉细，它的鲜就真是它自己的鲜。蝤蠓最为突出，三鲜面的鲜味大多因之而起。那白汤是蝤蠓体内的壳肉与水充分交融后形成的，而且不加任何东西。吃蝤蠓，更是享受。肉因汤而更美，吮吸入口，比干蒸的蝤蠓更有味。最后吃脚，吃大螯，觉得尖儿里都好吃。写到这里，还要说一下蛋散。这蛋中裹了姜丝，因为浸了汤汁的缘故，吃起来是带着鲜味的香，舌尖上还留了一丝丝姜的辣。这或许也是汤不放葱姜蒜的缘由了。

捞面，入口。筋道，有嚼头儿。朋友告诉我，吃面用调羹，先舀一点汤，再挑几根面条放在调羹里，然后再吃，则味道绝佳。按照指点去做，面果然味道丰厚多了。口感于我恰到好处，好得不觉得是吃面，会把一根根面条当成一条条海里的鱼呢。桌子上有辣椒油和醋。舀起一勺汤，放进一点辣椒，红立时在白上晕开。送进嘴里，觉得鲜味一点没减。似乎调出了另一种鲜。再如法炮制，品尝醋味的汤汁，鲜味依然在，只是被酸夺去了一些儿。边吃边喝，边喝边吃，登时大碗见底儿，碗底是蛏子壳儿。这时才知自己额头上有汗，鼻尖上有汗，后背有一种大海涨潮的感觉。

陆陆续续有人来，交了钱等面。有的明显是回头客，来了就坐，也不东瞅西看。有一个身子很壮，从对话来听是附近开小厂的，说每年来吃好多碗，每碗都吃了精光。就是吃不够！他这句话激起了很多人的共鸣。有的明显是第一次来，像我。斜对桌是一对夫妻，和他们攀谈，才知道是上海的。说自己就爱吃面，网上无意中看到信息，说是三鲜面好吃，趁着来雁荡旅游就跑到这里吃面。他们问我：好吃不？我不假思索：好吃！

一个乡间的平凡女子，琢磨出来的食物烧制法，能够飨乡邻、游人，又能富自己，该是有滋有味的人生了吧！

剪窗花过年

肖复兴

过春节，一般年前最忙。到大年初一，人们就可以尽享清福，阖家欢乐了。年前，男主人、女主人都要外出忙着采购年货，一些妇女和孩子留在家里，洒扫庭除之后，围坐在炕头和桌前，开始剪窗花了。

这样的风俗，有两方面原因。

一方面，剪出的窗花贴到窗上，和大门两旁贴的春联、大门中央贴的门神、屋子墙上贴的福字，和房檐门楣上挂的吊钱，一定都要在大年三十之前完成，才算是过年的样子。清末竹枝词里说："扫室糊棚旧换新，家家户户贴宜春。"其中的"贴"字说的就是准备过年这样必需的程式。

另一方面，和过年的时候家里人不许动刀剪的民俗有关（还有不许扫地倒脏土等，都是防止不吉利的说法）。清时诗人查慎行有诗："巧裁幡胜试新罗，画彩描金作闹蛾。从此刀剪闲一月，闺中针线岁前多。"这里说的巧裁新罗，画彩描金，就包含有剪窗花，从此刀剪闲一月，后来改成到正月十五；再后来到破五；现在，已经彻底没有这个风俗了。

春联、门神、福字、窗花和吊钱，这五项过年之前之必备，我称之为过年五件套。和后来结婚时候一度流行的手表、自行车和大衣柜这三件套的说法相类似。只是，结婚三件套，早已被时代的发展所淘汰，而过年这五件套，几百年过去了，至今依然风俗变化不大，除了吊钱如今在北京见到的少了，其余四种，仍然在过年前看许多人家在忙乎张罗。因为这是过年必备的庆祝仪式的硬件标准。可见，民俗的力量，在潜移默化中，代代传承。

到正月十五灯节之前，再加上各家大门前挂上一盏红灯笼，就是过年必备的六件套。这六件套，全部都是红颜色，过年前后这一段时间里，全国各地，无论乡间，还是城市，到处是这样一片中国红，那才叫过年，是过年的色彩。如果说过年到处是这样红彤彤一片的海洋翻滚，那么，窗花是其中夺目的浪花簇拥。

过去的岁月里，年前要准备的这五件套，除了门神尉迟恭秦叔宝的形象复杂，要到外面买那种木刻现成的之外，其余四件，普通百姓人家，都是要自己动手做的。这和年三十晚上的那顿饺子必须得全家动手包一样，参与在过年的程式之中，才像是过年的样子。普通人家剪窗花，是和贴春联、挂吊钱，包括做门神、写福字一样，都只用普通的大红纸。各家都须到纸店里买大红纸。大红纸畅销得很。

那时候，家附近有两家老字号的纸店，一家是南纸店，叫公兴号，在大栅栏东口路南；一家是京纸店，叫敬庄号，在兴隆街，我们大院后身。家里人一般都将这项任务交给我们小孩子，我们都愿意舍近求远去公兴号，一是那里店大，纸的品种多；二来路过前门大街，到处是卖各种小吃的店铺和摊子，我们可以将买纸剩下的钱买点儿吃的解馋。家里人都嘱咐我们买那种便宜的大红纸。其实，不用嘱咐，我们都会买最便宜的，这样剩下的钱会多点儿，买的吃食也会多点儿呢。

有一阵子，公兴号流行卖一种电光纸，我们又叫它玻璃纸，因为它像玻璃一样反光，一闪一闪。我们都喜欢，便买回家。家里大人不乐意，看着就撇嘴，让我们立马儿拿回去换纸，一准觉得还是传统的那种大红纸好。

过去年月里普通人家房子的纸窗，贴的都是高粱纸，很薄，透光性好。传统的大红纸也很薄，做成窗花，贴在这样的花格纸窗上，很是四衬适合。清末《燕都杂咏》有一首说："油花窗纸换，扫舍又新年。户写宜春字，囊分压岁钱。"诗后有注："纸绘人物，油之，剪贴窗上，名'窗花'。"诗中所说的油花窗纸，指的应该就是这种高粱纸，红红的窗花贴在上面，红白相映，屋里屋外，看着都透亮，红艳艳的，显得很喜兴。电光纸厚，贴在这样的花格纸窗上，不仅不透亮，还反光，没有那种里外通透的感觉。确实是什么衣配什么人，什么鞍配什么马，传统的窗花用纸，和老式的纸窗两两相宜。老祖宗传下来的玩意儿，有它的道理。

　　后来，经济条件好些了，各家的窗子换成玻璃的，还是觉得贴这种传统大红纸剪成的窗花好看。那种电光纸，到底没能剪成窗花，亮相在我们的窗户上。

　　窗花，是老祖宗传下来的，既是手艺，也是民俗；既可以是结婚时的装点，更形成了过年必不可少的一项内容。窗花的历史悠久，有人说自汉代发明了纸张之后就有了窗花，这我不大相信，纸张刚刚出现的时候，应该很贵，不可能普遍用于窗花。有人说南北朝时对马团花和对猴团花中就有了锯齿法和月牙法等古老的剪纸法；有人说唐朝就有，有李商隐的诗为证："镂金作胜传荆俗，剪彩为人起晋风"；也有人说窗花流行于宋元之后……总之，窗花的历史悠久。

　　我私下猜想，窗花最初是用刀刻，然后转化为剪裁。刀刻出的图案，应该受到过更早时的石刻或青铜器的雕刻影响，艺术总是相通的，相互影响和借鉴是存在的。从石刻到剪纸，从刀到剪，只是工具和材料的变化而已。剪和刻的区别，还在于剪是要把纸先折成几叠，是在石头上无法做到的。别看只是这样看似简单的几叠，却像变魔术一样，让剪纸变成了独特的艺术。

窗花，应该是剪纸的前身。窗花也好，剪纸也好，不像石刻或青铜器雕刻，多在王公贵族那边，而是更多在民间，其民间的元素更多更浓。窗花，又是农耕时代的产物，所以，它的内容更多的是花草鱼虫、飞禽走兽、农事稼穑、民间传说、神话人物，以至后来还有八仙过海、五福捧寿等很多戏剧内容，可以说是花样繁多，应有尽有。只有正月十五灯节时的彩灯上描绘的内容，可以和窗花有一拼。灯上的图案，在窗花上大多可以一一找到对应，只不过，在窗花上删繁就简，都变成大红纸一色的红。这便是窗花独到之处，一色的红，配窗子一色的白，如果过年期间赶上一场大雪，红白对比得格外强烈，就更漂亮了。

民间藏龙卧虎，窗花有简有繁。有的很丰富，我从来没有见过。前面所引的《燕都杂咏》诗后还有一注，说有这样的窗花，是"或以阳起石揭薄片，绘花为之"。这种类似拓印式的窗花，我没见过。《帝京风物略》中说："门窗贴红纸葫芦，曰收瘟鬼。"这风俗和年三十之夜踩松柏枝谓之驱鬼的意思是一样的。大年三十的夜晚，踩松柏枝，我没有踩过，那时我们院子里有人买来秫秸秆，让我们小孩子踩，意思是一样的。但是，这种贴红纸葫芦的窗花，我也没见过。《燕京杂记》中说："剪纸不断，供于祖前，谓之'阡张'。"过年期间，如此夸张的剪纸，是窗花的变异，我更是没见过。

小时候，我看邻家的小姐姐或阿姨剪窗花，顺便要几朵，拿回家贴在窗上。我有了儿子之后，孩子小时候磨我教他剪窗花，我不会，便把他推给我母亲，告诉他：奶奶会，你找奶奶去！其实，奶奶只剪过鞋样子，哪里会剪窗花？但被孩子磨得没法子了，只好从针线笸箩里拿出剪子，把大红纸一折好几叠，便开始随便乱剪一通。谁想到，儿子把红纸抖搂开一看，尽管不知道剪的是什么图案，但那样像抽象派的图案，还挺新鲜，挺好看呢！这样剪窗花，一点儿都不难嘛，儿子抄起剪刀，也开始学奶奶的样子，剪出一床窗花来。我家那年春节的窗户上，贴的全是奶奶和她的小孙子剪的窗花。

流年似水，一晃又到春节。儿子的两个孩子，一个8岁，一个10岁了。他们跟爸爸新学会了剪纸，年前剪了一堆的窗花，比他们的爸爸当年剪得有章法多了。虽然人在国外，但两人准备春节前送给每个同学一个窗花，让他们那些外国同学也知道中国人过年贴的窗花是什么样子。视频通话的时候，我让他们两人先别忙着把窗花送同学，一人选出自己最得意的一个窗花，先送给我。今年贴在我家的窗上，他们和他们的窗花，陪我们老两口一起过年。

人勤春来早

杨志宏

一踏上水库边的卵石,满眼的绿便扑了过来,风是绿的,水波是绿的,望山的视线也变成了绿的。顺着水库刚走两步,迎上来的油菜花、蚕豆花、桃花宛若一片起伏的云锦。我往云里走。

"城里后生,是要进山啰!"

转身,碧波上,不知何时,荡来一只小船,划桨老伯,白发银亮。

"是呀,去龙窖山里潘家屋场,潘四贵大伯家!"

"四贵啊,蔬菜大王,这个新冠肺炎疫情,让他损失不小啊。如今情况刚见好,就甩开膀子大干起来了,是个角色。上船,走!"

船头徐徐剪开绿水,晃晃悠悠。甜丝丝的风,一阵一阵漫过来,清凉中藏着暖意,我们径直往山里划去。船过扬花咀,进螺蛳湾,就到了大樟树下的潘家屋场。狗朝我们叫起来,吠声回荡山谷。几只芦花鸡扑棱棱地,飞上了往年的丝瓜架。

谢了老伯,跳下小船,定定踩在青石板上。拎着帆布袋,我上坡紧走几步,就到了大伯家的屋坪。屋西边是小山似的菜堆,红菜薹、圆白菜、青辣椒,都用薄膜掩着,码得比旁边的香椿树还要高。

"志志来了呀,快,屋里坐!"伯娘从堂屋里快步走出来,举着湿漉漉的一双手,见到我,脸上笑作一团。

"伯娘好,大伯呢?菜园子去了?"

"可不是嘛,你看,疫情两个多月下来,菜出不了村了。"

我从她手里接过芝麻豆子茶,问道:"这次咱们家怕是损失不小。"

"你大伯说,无非是从头干起来呗。你知道的,他看得远,人勤快,这不,又没日没夜地和山野菜、中草药铆上劲了!"

"山野菜?"

"是啊,我也说不明白,饭桌上、床头都是花花绿绿的书。你上山问他就晓得了。先喝茶,趁热!"

喝了茶,搁好袋子,我拿起一把锄头,往山上走。晌午的太阳,照得山上一派空明,花木气息像水一样透明流淌。远远的,山坡上传来劈竹筒子的声音,再往上走,见到挂在松树杈上熟悉的老军用水壶,搭在石头上的薄棉袄。

见我来了,大伯放下砍刀,歇口气:"志志来了,你爹妈都好吗?过年也没法走动,有疫情嘛。"

"都好呢,我带了些钱来,您这恢复生产用得着呢!"大伯好像又多了几丝白发,皱纹更深了些,但眼神却更亮了,像跳动着的两团火。

"你爹娘心细呀!"大伯说着又抓起砍刀,开竹筒,劈竹条,一头削尖,用劲插进土里。

我想蹲下来搭把手,大伯摆摆手:"不用了,正好,你是大学生,去看看那棉袄底下山野菜的资料,是县上农业局送给我的,等下给大伯好好讲讲。"

我从棉袄下抽出资料,细看,是介绍野蜀葵、玉竹等山野菜和黄精等中草药材种植技术的。

大伯取下水壶,痛快喝了几口,坐在石头上,笑着说:"这山野菜娇贵着呢,要青山绿水没污染的地方才长得好,它就认这干净水土。"边说边瞅着远远近近的山水,好似在和山水说话。

边看看！"

⋯⋯起身扛着锄头，边走边对我说。一只黄蝴蝶绕着他头上飞，⋯⋯在肩上的锄头上。我们向山谷里走去，走进一团鸟鸣里。溪水哗啦啦淌过茂密的草丛，向山下大水库奔去，那里波光粼粼，仿佛铺满碎银子。

拐过山腰，眼前是一大片平整的菜地，点缀着些许绿意。"这个是鸭脚板，城里人叫野蜀葵，口味像芹菜，城里人可喜欢吃了！"

继续往里走，前头一亩多的菜地，盖着塑料薄膜，太阳一照亮晃晃的。大伯说："靠里边的是黄精，还有金银花。咱这山里，落籽出苗，见风就长。"

走到菜地的沿子上，他吸了口气，扬起锄头，一锄下去，又猛又深，用力一掀，吱的一声，厚重的泥土剜起一大块，透出地气，撕扯着草根丝连。

"伯琢磨着改种山野菜和中草药材，效益比普通蔬菜高得多，磨刀不误砍柴工啊！"大伯说完，对着我，对着大山，爽朗大笑起来。

我忽然想起来，便问："新德伯、国良叔、三琼婶他们，也都在忙吧？"

大伯一笑："都正干得欢呢！走，去看看！"

绕山过坎，就到了沙坪组的新德伯屋场，只见他和伯娘正在水田里忙着，放水，修埂，手扶拖拉机翻地，你吆我喊，热火朝天。

"志志来看你大伯了呀，他的山野菜和中草药材恢复生产最快，镇里让我们向他学习呢！"新德伯边向我们走来，边甩掉手上的泥。

大伯一笑："人不勤，地不灵，锄头口上出黄金。看你这早稻种也都浸好了。"

新德伯说着话，和大伯一起，将浸好的早稻种子装袋搬进屋棚，层层码好。他在袋子的缝隙插进去一个温度计,对我说:"它们也知冷知热,温度要合适,才能催出好芽来!"

新德伯是县里有名的种粮大户,他的深山原生态大米远近闻名。我们家吃的就是他种的大米,雪白似玉,又糯又香。他拍了一下我的肩膀,指着山下的一片片水田说:"这30多亩早稻,禾苗还没下田,买家们就手机上谈好了,早稻米供不应求。咱这水土好,米香不怕巷子深!"

说得我们都笑了起来。田里的牛转身来看,大声哞了一下,摆了摆头。新德伯说:"瞧,那边布谷鸟叫得欢的岭上,你三琼婶正给她的茶园补肥呢。人养地,地养人,春天多锄一遍,收茶能多上一担!"

话别新德伯,我们顺着青石板小径,七弯八拐上了茶园。一垄一垄的茶树,远看宛若春风织就的绿毯,走近了,风中满是春茶的清香。三琼婶和十几位扎着花头巾的姐妹,正在给茶树松土施肥、扯草拔茅,远看像是万绿丛中的点点花瓣。见我们上茶园来了,她摘下头巾,挥动着招呼。

"婶,您这片春茶快开园了吧?"

"快了,过十来天就开摘头茶、明前茶。县上通知我们,茶叶协会要在咱村开春茶品新订货会呢。"

她告诉我们,前年村里成立了高山云雾茶专业合作社,村民抱团发展,还在网上建起了商城,如今人不出门,茶叶销往全国各地,效益一年比一年好。她笑吟吟地望着满坡葱茏的茶树,朝绿意深处一个姑娘喊道:"秀妹,来,亮一嗓子,让城里后生见识一下咱们新排的嗡琴戏!"

嗡琴戏在镇上流传了近百年,唱遍了十里八乡,我小时候就常看常听。正思忖着,那边就传来了清泉般的歌声:

一年之计在于春,

　　　　故事酿花香,
　　　　麻鞭水响生产忙哟,
　　　　春耕歌声暖山乡!

　　"听入迷了吧,走,伯再带你四处转转,人勤春来早,红火着呢!"
　　辞别三琼婶,大伯在前面走着,宽厚的背影像山上的一棵青松。我们顺着山道,大步走进正午的春光里……

"可不是嘛,你看,疫情两个多月下来,菜出不了村了。"

我从她手里接过芝麻豆子茶,问道:"这次咱们家怕是损失不小。"

"你大伯说,无非是从头干起来呗。你知道的,他看得远,人勤快,这不,又没日没夜地和山野菜、中草药铆上劲了!"

"山野菜?"

"是啊,我也说不明白,饭桌上、床头都是花花绿绿的书。你上山问他就晓得了。先喝茶,趁热!"

喝了茶,搁好袋子,我拿起一把锄头,往山上走。晌午的太阳,照得山上一派空明,花木气息像水一样透明流淌。远远的,山坡上传来劈竹筒子的声音,再往上走,见到挂在松树杈上熟悉的老军用水壶,搭在石头上的薄棉袄。

见我来了,大伯放下砍刀,歇口气:"志志来了,你爹妈都好吗?过年也没法走动,有疫情嘛。"

"都好呢,我带了些钱来,您这恢复生产用得着呢!"大伯好像又多了几丝白发,皱纹更深了些,但眼神却更亮了,像跳动着的两团火。

"你爹娘心细呀!"大伯说着又抓起砍刀,开竹筒,劈竹条,一头削尖,用劲插进土里。

我想蹲下来搭把手,大伯摆摆手:"不用了,正好,你是大学生,去看看那棉袄底下山野菜的资料,是县上农业局送给我的,等下给大伯好好讲讲。"

我从棉袄下抽出资料,细看,是介绍野蜀葵、玉竹等山野菜和黄精等中草药材种植技术的。

大伯取下水壶,痛快喝了几口,坐在石头上,笑着说:"这山野菜娇贵着呢,要青山绿水没污染的地方才长得好,它就认这干净水土。"边说边瞅着远远近近的山水,好似在和山水说话。

"走，去那边看看！"

大伯起身扛着锄头，边走边对我说。一只黄蝴蝶绕着他头上飞，又定在肩上的锄头上。我们向山谷里走去，走进一团鸟鸣里。溪水哗啦啦淌过茂密的草丛，向山下大水库奔去，那里波光粼粼，仿佛铺满碎银子。

拐过山腰，眼前是一大片平整的菜地，点缀着些许绿意。"这个是鸭脚板，城里人叫野蜀葵，口味像芹菜，城里人可喜欢吃了！"

继续往里走，前头一亩多的菜地，盖着塑料薄膜，太阳一照亮晃晃的。大伯说："靠里边的是黄精，还有金银花。咱这山里，落籽出苗，见风就长。"

走到菜地的沿子上，他吸了口气，扬起锄头，一锄下去，又猛又深，用力一掀，吱的一声，厚重的泥土剜起一大块，透出地气，撕扯着草根丝连。

"伯琢磨着改种山野菜和中草药材，效益比普通蔬菜高得多，磨刀不误砍柴工啊！"大伯说完，对着我，对着大山，爽朗大笑起来。

我忽然想起来，便问："新德伯、国良叔、三琼婶他们，也都在忙吧？"

大伯一笑："都正干得欢呢！走，去看看！"

绕山过坎，就到了沙坪组的新德伯屋场，只见他和伯娘正在水田里忙着，放水、修埂，手扶拖拉机翻地，你吆我喊，热火朝天。

"志志来看你大伯了呀，他的山野菜和中草药材恢复生产最快，镇里让我们向他学习呢！"新德伯边向我们走来，边甩掉手上的泥。

大伯一笑："人不勤，地不灵，锄头口上出黄金。看你这早稻种也都浸好了。"

新德伯说着话，和大伯一起，将浸好的早稻种子装袋搬进屋棚，层层码好。他在袋子的缝隙插进去一个温度计，对我说："它们也知冷知热，温度要合适，才能催出好芽来！"

新德伯是县里有名的种粮大户，他的深山原生态大米远近闻名。我们家吃的就是他种的大米，雪白似玉，又糯又香。他拍了一下我的肩膀，指着山下的一片片水田说："这30多亩早稻，禾苗还没下田，买家们就手机上谈好了，早稻米供不应求。咱这水土好，米香不怕巷子深！"

说得我们都笑了起来。田里的牛转身来看，大声哞了一下，摆了摆头。新德伯说："瞧，那边布谷鸟叫得欢的岭上，你三琼婶正给她的茶园补肥呢。人养地，地养人，春天多锄一遍，收茶能多上一担！"

话别新德伯，我们顺着青石板小径，七弯八拐上了茶园。一垄一垄的茶树，远看宛若春风织就的绿毯，走近了，风中满是春茶的清香。三琼婶和十几位扎着花头巾的姐妹，正在给茶树松土施肥、扯草拔茅，远看像是万绿丛中的点点花瓣。见我们上茶园来了，她摘下头巾，挥动着招呼。

"婶，您这片春茶快开园了吧？"

"快了，过十来天就开摘头茶、明前茶。县上通知我们，茶叶协会要在咱村开春茶品新订货会呢。"

她告诉我们，前年村里成立了高山云雾茶专业合作社，村民抱团发展，还在网上建起了商城，如今人不出门，茶叶销往全国各地，效益一年比一年好。她笑吟吟地望着满坡葱茏的茶树，朝绿意深处一个姑娘喊道："秀妹，来，亮一嗓子，让城里后生见识一下咱们新排的嗡琴戏！"

嗡琴戏在镇上流传了近百年，唱遍了十里八乡，我小时候就常看常听。正思忖着，那边就传来了清泉般的歌声：

一年之计在于春，

山村故事酿花香，
麻鞭水响生产忙哟，
春耕歌声暖山乡！

"听入迷了吧，走，伯再带你四处转转，人勤春来早，红火着呢！"
辞别三琼婶，大伯在前面走着，宽厚的背影像山上的一棵青松。我们顺着山道，大步走进正午的春光里……